A Era dos Mitos

GERENTE EDITORIAL Roger Conovalov	
DIAGRAMAÇÃO Lura Editorial	
PREPARAÇÃO Rômulo Baron	Copyright © Lura Editorial – 2021
REVISÃO Alessandro de Paula Mitiyo S. Murayama	Lura Editoração Eletrônica LTDA **LURA EDITORIAL - 2021**
DESIGN DE CAPA Lura Editorial	Rua Manoel Coelho, 500. Sala 710 Centro. São Caetano do Sul, SP – CEP 09510-111 Tel: (11) 4318-4605
IMPRESSÃO Gráfica Vozes	E-mail: contato@luraeditorial.com.br

Todos os direitos reservados. Impresso no Brasil.

Nenhuma parte deste livro pode ser utilizada,
reproduzida ou armazenada em qualquer forma ou meio,
seja mecânico ou eletrônico, fotocópia, gravação etc.,
sem a permissão por escrito da editora.

Dados Internacionais de Catalogação na Publicação (CIP)
(CÂMARA BRASILEIRA DO LIVRO, SP, BRASIL)

A Era dos Mitos / [organizador] Rômulo Baron. 1ª Edição,
Lura Editorial - São Paulo - 2021.
   352p.

Vários autores.
ISBN: 978-65-86626-70-4

1.Ficção 2. Antologia 3. Contos I. Título

CDD-B869

Índice para catálogo sistemático:
1. Ficção

www.luraeditorial.com.br

ORGANIZAÇÃO
RÔMULO BARON & LURA EDITORIAL

A ERA DOS MITOS

LURA

EU ACREDITO
QUE LENDAS
E MITOS SÃO
EM GRANDE
PARTE FEITOS
DE VERDADE.

– J.R.R. TOLKIEN

SUMÁRIO

Dois Homens, 17
Rômulo Baron

A Dama de Pedra, 32
Fran Briggs

O Julgamento de Arce, 39
Tauã Lima Verdan Rangel

Mira-Anhangá e o Portal dos Sonhos, 45
Cyntia Fonseca

O Trirreme Atena, 52
Eduardo Maciel

Mandrágora, 59
César A. Pereira

Da Tragédia me Fiz Lenda, 69
Little Blue Fairy

Gujaôa, 78
Leandro Costa

O Filho da Harpia, 81
Venuzia Belo

A Bruxa da Mata, 85
Paulo Henrique Maciel

Sol e lágrimas: uma história de redenção, 94
    Luís R. Krenke

Nemiliztli, 101
    Davi Busquet

O Assovio do Saci, 108
    Paula Carminatti

O Último Deus, 116
    Dias JC

O Início do Fim, 124
    E.C. Reys

A Ascensão, 130
    Tati Klebis

Em Família, 138
    Alysson Steimacher

Stellarium, 146
    Artur Monteiro

O Banquete para as Yabás, 154
    Janaina Couvo

Yãkurixi, a última das Icamiabas, 160
    Jairo Sousa

Olokún, 166
    Inffinitt

O Destino de Kushinada, 173
    Jairo Sylar

O Olho de Hórus..., 181
    Zaccaz

Uns Trocados a Menos, 188
Filipe Travanca

Entre Tapas e Deuses, 196
Maria de Fátima Moreira Sampaio

As Minas de Muribeca, 203
Tainá de Oliveira

O Primeiro Café, 210
Gustavo Clive Rodrigues

Amabie, 218
Ricardo R S Pinto

O Juiz, 223
Déborah S. Carvalho

Naara, a Semente de Yggdrasil, 233
Raquel Cantarelli

O Destino de Seth, 238
Priscila Moreira Gouveia

A Casa no Fim do Riacho, 245
Felipe M. Oliveira

Além da Metade, 254
Maria de Fátima Moreira Sampaio

Glória, 261
Tiago Soares

Um Segredo no Armário, 267
Udine Tausz

Terror em Duas Partes, 273
Marcio Pacheco

Mussum Cuara, 280
	Melkides Diniz

Anhangá, 286
	João Pedro Lupo

O Muiraquitã, 294
	Edvaldo Leite

As Ruínas, 302
	Célio Marques

Deuses da Guerra, 313
	Diego J. Raposo

Sinais, 319
	Alessandro Mathera

O Beijo da Sereia, 325
	Júlio César Bombonatti

Fragmentos de um Outro Banquete, 331
	Valéria de Leoni

Espelho, Espelho Meu:
o Narciso que Não Sou Eu, 339
	Maria de Fátima Moreira Sampaio

Filha do Boto, 346
	Guilherme de Sá Pessoa

APRESENTAÇÃO

A vida material, como a conhecemos, tem seu ciclo inexorável, um tempo finito, entre o nascimento até a morte. Esse ciclo, que permeia todas as espécies, também delimitou aos seres humanos essa condição. Se comparado ao tempo do mundo físico em que habitamos, o período de vida de um único indivíduo, ou mesmo de uma única geração, torna-se ínfimo, completamente insuficiente para encontrarmos respostas para muitos dos questionamentos que nos permeiam diante de tantos mistérios que a brevidade desse tempo nos traz.

Tais mistérios, fenômenos da natureza e aspectos da condição humana e de todas as coisas, materiais ou imateriais, que interagem conosco, precisavam ser traduzidos de alguma maneira. Seria necessário canalizar esses sentimentos, simbolizá-los, transmitir conhecimento e prolongar os feitos de uma vida para as próximas gerações, seja por meio oral e pelos desenhos rupestres, seja pelo artesanato e posteriormente pela música, arte e escrita.

A história fantástica traria, ainda que de uma forma ingênua e simplificada, alento aos inúmeros dilemas da origem da vida e toda complexidade que permeia o delicado equilíbrio entre espaço e tempo. A partir daí, surgiam os mitos, as fábulas, lendas e mitologias. Seria por meio desse caminho que o ser humano poderia ludibriar a morte e manter a chama acesa, de geração em geração, de seus costumes e valores, sua religião e cultura, suas crenças, seus feitos e idealizações.

Como afirma Pitágoras, "O homem é mortal por seus temores e imortal por seus desejos".

Esta antologia de contos, composta por autores e autoras de todo o Brasil, celebra os mitos e lendas da humanidade, heranças milenares, seja de tribos, de povos e nações, do Oriente ao Ocidente, de eras, gerações e vidas que passaram pelas terras que hoje habitamos, que fizeram história e se tornaram imortais.

Roger Conovalov
Diretor da Lura Editorial

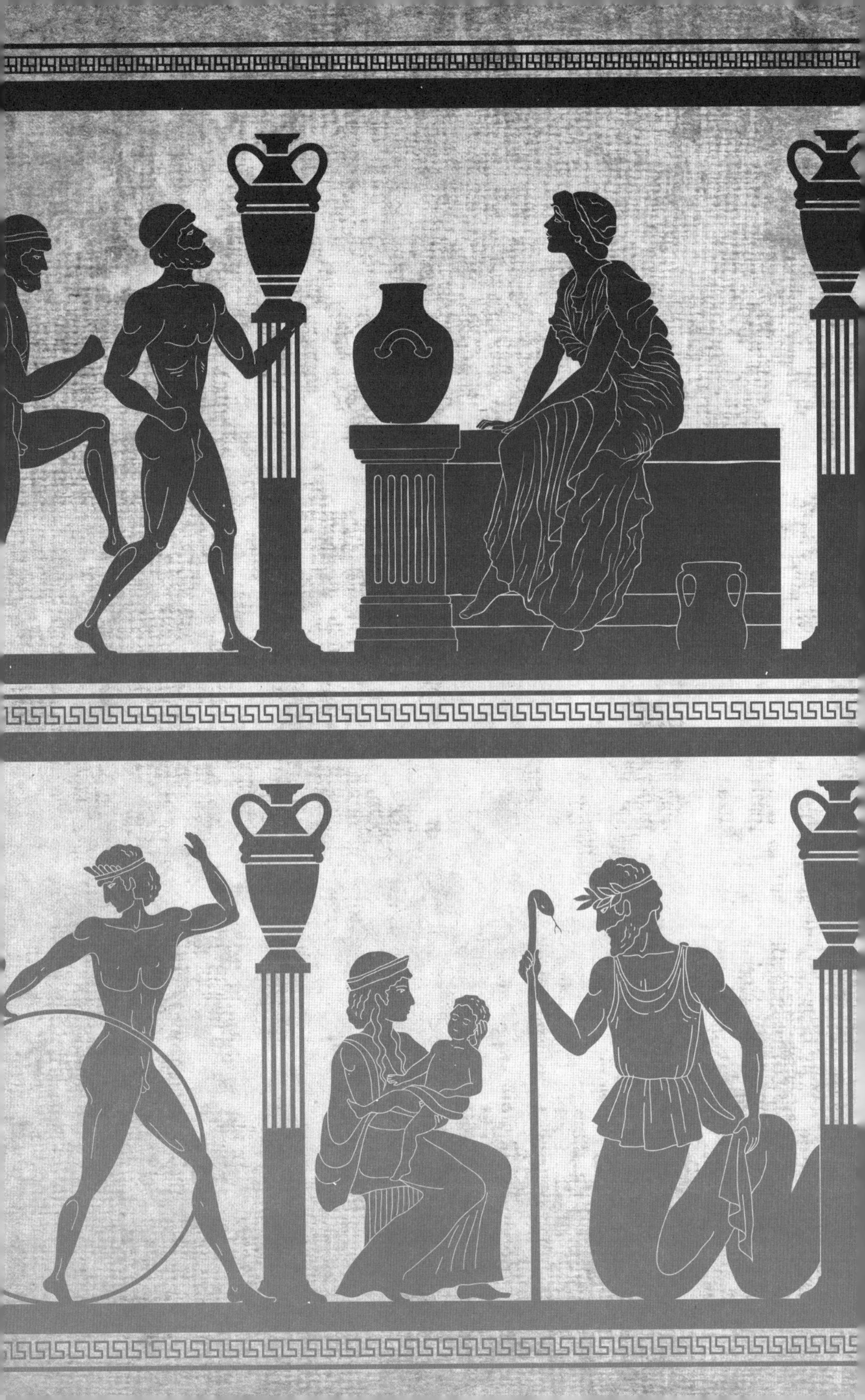

CORAGEM É SABER O QUE NÃO TEMER.

– PLATÃO

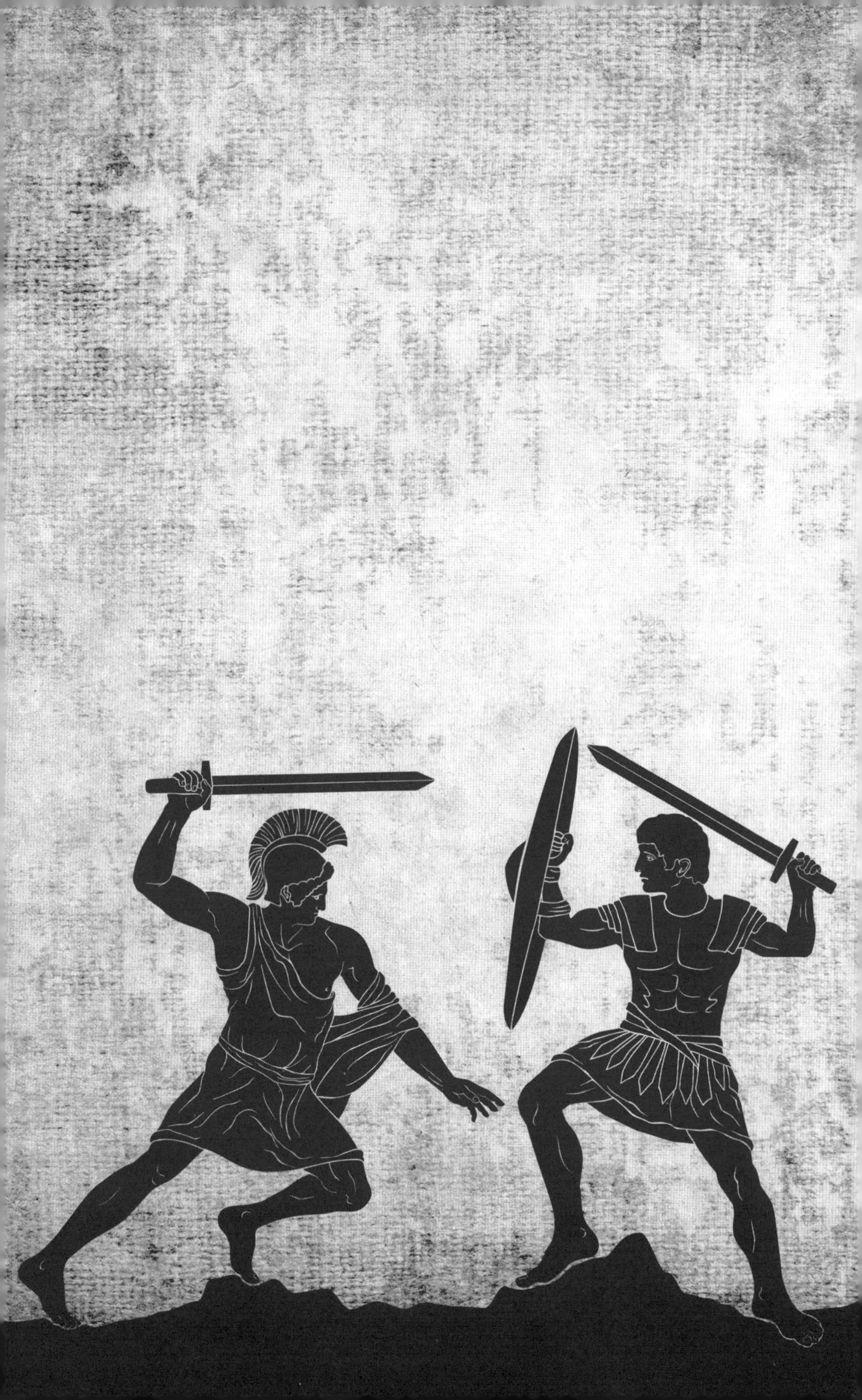

DOIS HOMENS

Rômulo Baron

A coroa rolou pela escada e o som agudo do ouro e das joias zuniu pela sala do trono em Jerusalém, antiga Jebus dos jebuseus. O impacto balançou a estrutura forjada e ela rodopiou pelos degraus até chegar ao chão onde tantas pessoas se prostraram diante do rei que julgava as suas causas. Hoje, caía sobre esse mesmo chão o próprio monarca, Davi, o rei ungido por Deus para unir todas as tribos de Israel e aquele destinado a derrotar os inimigos dos israelitas. Davi rasgava as próprias vestes e chorava copiosamente diante do homem com as vestes sacerdotais. Suas mãos fortes de guerreiro o ergueram do chão onde havia se lançado, para que pudesse enxergar mais uma vez o rosto austero de Natã, o profeta.

A sandália de couro trançado raspou o chão de terra e a poeira se ergueu sobre o vale de Elá. As canelas finas avançaram sem qualquer noção militar ou treinamento de combate diante do arauto inimigo. Os cabelos longos e ruivos balançavam e os olhos encaravam a muralha aterrorizante à sua frente. Seguindo o ritmo do vento contrário, os fios vermelhos revelaram o rosto do jovem hebreu, despreparado, avançava.

Era Davi. Do outro lado, a barba negra daquele guerreiro escapava por um elmo que, ao permitir o mero vislumbre dos seus olhos, fez as tropas de Saul estremecerem. Este era o herói filisteu de Gate, Golias, que corria para o combate. A funda de Davi girou e Golias gingou com a lança em riste. Aqueles dois homens avançavam um sobre o outro e escreviam a história dos filisteus de Aquis e dos hebreus de Saul.

Dias antes

— Por que vocês estão em posição de batalha? Não sou eu um filisteu e vocês, servos de Saul? Vamos resolver esta questão. Eu representarei os filisteus e vocês escolherão um representante do exército de Saul para lutar comigo! Se este homem for capaz de lutar comigo e matar-me, então nós seremos seus escravos. Porém, se eu o matar, então vocês serão nossos escravos e nos servirão — desafiou Golias durante o confronto entre filisteus e hebreus posicionados no Vale de Elá. Não houve homem corajoso o suficiente para responder ao desafio feito e à convocação do rei. Não era por menos. Golias matava desde a juventude, e além dos seus mais de dois metros de altura, havia a força tecnológica ao seu lado, como o ferro fundido que conheciam. Sua espada feita desse ferro era algo que os hebreus jamais conseguiriam alcançar. Havia o boicote dos filisteus para que nenhum ferreiro fornecesse equipamento ou ensinasse suas artes aos israelitas. Sua armadura era uma couraça pesada de malha que pesava 70 quilos, a lança enorme tinha uma haste semelhante a um eixo de tear e somente a ponta de ferro dela pesava um pouco mais de sete quilos. Os hebreus ainda perseguiam, como outros povos cananeus, o bronze, e só tinham uma boa arma se conseguida como um espólio de guerra. Golias era o futuro da guerra, era uma máquina imparável e agora aguardava ao lado de mais quatro gigantes, seus irmãos, a decisão do rei Saul sobre o seu desafio.

— Não se preocupe com este filisteu. O seu servo irá lutar contra ele! — disse Davi ao rei Saul, de forma austera. O rei conhecia aquele garoto, pois o jovem pastor tocava harpa para ele e, segundo os servos, acalmava o monarca do tormento causado por um espírito maligno. O general

Abner e o príncipe Jônatas ficaram estarrecidos. Outros soldados, como Joabe e os irmãos de Davi, incluindo o mais velho, Eliabe, condenaram sua atitude.

— Você não poderá lutar contra ele. Ainda é muito jovem e ele é um guerreiro desde a mocidade! — disse o rei.

— O seu servo já fez isto com leões e com ursos, tirei minhas ovelhas da boca deles, e farei a mesma coisa com esse filisteu incircunciso, pois ele desafiou os exércitos do Deus vivo! O Senhor, que me salvou das garras do leão e do urso, me salvará das mãos desse filisteu!

Naquele momento, aqueles dois homens, um rei e um jovem pastor de ovelhas, discutiam o destino que poderia mudar tudo sobre o domínio de Canãa, a Terra Prometida.

Saul ponderou, sob os olhares do seu general, Abner, que também se sentia encurralado.

— Está bem! Então vá, e que o Senhor esteja com você!

Passaram a couraça de malha pelo pescoço do jovem, depois a armadura e então o capacete de bronze do próprio rei. Davi colocou a espada sobre a armadura e ficou paralisado.

— Eu mal consigo me mover!

Retirou então a armadura, a couraça, e retornou às vestes anteriores. Passou a mão em seu cajado, amarrou a funda à cintura e caminhou na direção da parte baixa do vale. Parou em um riacho, tomou cinco pedras lisas dele e colocou-as em sua bolsa de pastor. Saul, seu filho Jônatas, Abner e os outros observaram a cena estarrecidos.

Davi estava diante de Golias. O semblante furioso do filisteu desceu pelos olhos, nariz, e saiu pela boca como trovão.

— Por acaso sou eu um cão, para que você venha até mim com um pedaço de pau!? Por Dagon, eu o amaldiçoo!

Davi então respondeu e da sua boca jovem demais eclodiu uma voz imperativa inesperada:

— Você vem até mim com uma espada, lança e escudo, mas eu venho contra você em nome do Senhor dos Exércitos, o Deus de Israel que você insultou!

— Juro por Dagon que eu o matarei e servirei sua carne de comida às aves do céu e aos animais selvagens! — disse Golias, tomando o escudo do servo ao seu lado.

— Hoje mesmo o Senhor me dará a vitória sobre você! Eu o matarei e cortarei a sua cabeça! Todos os soldados filisteus mortos eu darei de comida às aves do céu e animais selvagens e todos aqui saberão que não dependem de lanças nem espadas para obter a vitória. A guerra é do Senhor e ele entregará vocês em nossas mãos!

Golias bramiu furioso e avançou em passadas rápidas pelo campo de batalha. Atrás dele, o rei dos filisteus, Aquis, tinha os olhos bem abertos. Era um líder inteligente a ponto de não subestimar aquele povo. A arrogância era compreensível quando se tinha os cinco gigantes filhos de Rapha, da cidade de Gate, em suas fileiras: Golias, o mais notório, Isbi-Benobe, Safe, Lami e aquele cujo nome se perdeu. Eram o povo que dominava a cerâmica e a metalurgia, suas muralhas eram fortes e o governo, organizado e sólido. Comemoravam as vitórias com a mais deliciosa cerveja e honrando seus deuses poderosos. Há mais de 60 anos, no entanto, surgiu dentre os hebreus o tal Sansão, que matou mil dentre seu povo usando apenas uma queixada de jumento, depois morreu ao demolir sobre si mesmo, usando apenas as mãos nuas, um templo de Dagon durante uma festividade, matando milhares de filisteus. Mesmo quando avançaram sobre os israelitas e mataram mais de 30 mil hebreus na batalha de Eben-Ezer e roubaram a Arca da Aliança, que guardava as tábuas que o próprio deus hebreu tinha escrito com as leis deles, o tal artefato causou uma pandemia aos seus e desmoralizou as estátuas de Dagon, lançando-as ao chão. Era aquele o povo de Sansão e da Arca da Aliança. Aquis ouvia bem as histórias do sábio e precisava se manter atento. Por cima de Golias, sua visão encontrou a de Saul do outro lado do campo de batalha. Os dois reis se olharam por uma fração de segundos. Dois homens e suas nações.

Davi sacou da cintura a haste de madeira e a tira de couro pendeu solta, levou a mão à bolsa e dela retirou uma das pedras, encaixando-a. Os dois correram na direção um do outro, Golias ergueu a lança, Davi girou a funda. Naqueles segundos, todas as respirações foram prendidas no Vale de Elá. A poeira do lugar subiu atrás do gigante e do pastor de ovelhas em suas investidas, até que Golias parou, subitamente. A funda estava vazia, a tira de couro ainda caía lentamente e Davi estava na posição do arremesso. A pedra havia descrito uma trajetória angular e, passando pelo escudo e o elmo de bronze, acertou a cabeça e, com os olhos esbugalhados, os mais de dois metros de altura desmoronaram pelo campo de batalha. Davi correu o mais rápido que pôde e, com os dois pés sobre o inimigo, sacou da bainha dele a espada e com um grunhido de força assustador, ergueu a lâmina acima da sua cabeça e a desceu sobre Golias, decapitando-o.

O silêncio daquelas milhares de testemunhas era ensurdecedor. Sem prestar atenção em nada, Davi pegou com as mãos a cabeça de Golias e mostrou-a no alto, a Deus, a Saul, aos hebreus. E todos gritaram com as almas, erguendo o que tivessem e usando como armas. Davi então se virou para os filisteus. Aquis encarava o seu campeão morto e o escudeiro que recuava em disparada, depois mirou Davi e nos seus olhos agora era como se encarasse um leão e, às suas costas, Judá. O brado dos israelitas preencheu e ecoou além do Vale de Elá e o exército hebreu arremeteu na direção dos filisteus. Aquis estava desperto e pôs todo o exército em fuga. Os homens de Israel e de Judá perseguiram os filisteus até os portões da cidade de Gate e de Ecrom, deixando os cadáveres dos inimigos mortos pelo caminho à mercê das aves do céu e dos animais selvagens.

— O rei deseja vê-lo — disse Abner, acompanhando Davi ainda com a cabeça do gigante nas mãos, pelo caminho.

— Conte-me de quem você é filho, meu rapaz — perguntou Saul.

Em um dia aparentemente ordinário para a família de Jessé e sua esposa, Nitzevet, na cidade de Belém de Judá, o grande profeta Samuel, juiz sobre os hebreus e profeta do Senhor, chegou à casa deles trazendo um novilho para sacrifício e ali observou cada um dos filhos de Jessé e Nitzevet. Samuel confidenciou estar em uma missão divina e, após as constantes falhas de Saul, foi então decidido que um novo rei deveria sucedê-lo. Assim como Samuel havia ungido Saul em nome de Deus para ser o primeiro rei sobre os israelitas, agora deveria ungir o novo rei.

O profeta teve a certeza de se tratar de Eliabe, sendo ele o mais velho e forte dos filhos de Jessé, até ouvir a revelação:

— Não julgue um homem pela sua aparência ou sua altura, pois não é este o escolhido. O Senhor não julga como julgam os homens; o homem vê a aparência exterior, mas o Senhor examina os pensamentos e as intenções do coração — revelou o Senhor a Samuel.

Esbaforido, pois havia sido chamado no pastoreio, o jovem Davi, ainda atônito, teve óleo de azeite derramado sobre a testa e foi ungido por Samuel para um destino grandioso demais, audacioso demais: suceder a Saul, que havia se perdido da sua missão original.

— Conte-me de quem você é filho, meu rapaz — perguntou Saul.
— Sou filho de seu servo Jessé, que mora em Belém.

Desde aquele dia, o rei insistiu para que Davi ficasse sempre ao seu lado. Seu filho, Jônatas, criou com Davi uma poderosa aliança e amizade, tornaram-se amigos nas batalhas e na vida. O filho de Saul treinou Davi por dez anos e, assim, ele serviu militarmente ao rei. Porém, o destino de Davi era outro e ali, Davi e Saul, os dois homens disputariam a coroa de Israel.

Hiká Shaúl baalapáv
(Saul matou milhares)
VeDavi beriv'votáv
(Mas Davi suas dezenas de milhares)

— Saul matou milhares, mas Davi suas dezenas de milhares. Era o que o povo entoava na chegada da batalha contra Golias. As mulheres saíam das casas e à beira do caminho entoavam a triunfante canção celebrando e dando vivas aos soldados que voltavam para casa.

— Elas atribuíram a Davi dezenas de milhares e a mim somente milhares? Daqui a pouco vão declará-lo rei! — disse Saul, iniciando a sua jornada de ciúme.

Em sua casa, o rei foi tomado pelo espírito maligno que o atormentava e Davi e Jônatas tentaram acalmá-lo. Como de costume, Davi tentou as melodias de sua harpa, mas o rei colérico tomou nas mãos uma lança e atirou contra ele, que esquivou-se por pouco. Saul afastou Davi de sua companhia e o tornou comandante das tropas. Enviou-o para as batalhas mais difíceis contra os filisteus, prometeu sua filha Merabe em desafio e mentiu, depois prometeu Mical e dessa vez teve de casá-la com Davi. Cada vez que o rei o enviava para a morte, ele voltava vitorioso e mais amado por toda Israel e Judá. Saul então conspirou com seus comandantes e foi a amizade de Jônatas que o levou a alertar e salvar o amigo. Aceitou a unção de Davi e ficar como segundo abaixo dele. Longos anos se seguiram com essa caçada. Entre perdões e reconciliações, Saul sempre tramava para tirar a vida de Davi. Os sacerdotes levitas foram massacrados por acolher ingenuamente Davi, depois Saul foi atrás dele a cada cidade onde percebia sua passagem.

— Algum dia Saul vai me matar. A melhor coisa que posso fazer é fugir para a terra dos filisteus. Aí Saul deixará de me procurar em toda a terra de Israel e assim eu ficarei livre de perigo.

Por um ano e quatro meses, Davi lutou ao lado dos filisteus, servindo o rei Aquis como mercenário e, sob a sua espada, gesuritas, gersitas e amalequitas eram atacados e derrotados, tanto homens quanto mulheres, ninguém era deixado vivo. Os espólios das batalhas eram levados a Gate, onde a admiração de Aquis por Davi crescia mais e mais.

Chegou o dia então de enfrentar os hebreus de Saul. Este rei, que fora ungido por Deus para governar, agora enlouquecia sem respostas sobre a vitória ou derrota na batalha do dia seguinte. Desesperado, buscou uma feiticeira e trouxe do Além o profeta Samuel.

Pensando em de fato lutar ao lado de seu povo e contra os filisteus quando a hora chegasse, Davi foi contrariado ao perceber que ele e seus homens tinham sido dispensados do combate e deveriam retornar à cidade dada de presente a Davi, Ziclague.

— Eu não tenho nenhuma reclamação de ti, Davi. Mas meus conselheiros acreditam que você possa nos trair na presença do teu povo — disse o rei Aquis.

Reflexivo, Davi retornava para sua casa com seus homens quando chegou o aviso de que Ziclague tinha sido atacada pelos amalequitas. Suas esposas e muitos da cidade tinham sido sequestrados. Ele se virou para o caminho até onde lutariam Saul, Jônatas e tantos outros do seu povo. Depois, voltou-se para a estrada que o levaria a Ziclague.

Panos sobrevoaram para as costas, os braços se ergueram para alcançar os cabos. A luz do sol projetava as sombras das espadas cruzadas que o inimigo tanto temia. Davi urrou e desembainhou suas lâminas. Era rápido e letal. O primeiro inimigo já estava rasgado e agonizante. Com um movimento circular, perfurou o pescoço do segundo e, erguendo o olhar, tinha Saul também erguendo a cabeça naquela direção. Seus olhares teriam se encontrado por breves segundos, e Davi poderia ter matado dezenas de milhares de filisteus naquele momento, mas não matou. Saul estocou o aço mas não havia nada lá. Sua lâmina encontrou outra e então seus homens mais próximos cansaram e verteram sangue. Ele se virou e poderia seu olhar ter mirado Davi, mas olhava Jônatas, que, tentando alcançar o pai em perigo, foi atravessado por uma lança e caiu sobre os joelhos.

— Jônatas! Não! — gritou Saul, vendo agora que os filisteus enchiam as fileiras dos israelistas. Virou-se então para o campo de batalha, e teria visto Davi. Mas seus olhos nunca se encontraram. Para onde Davi olhava, estava a tenda com as suas esposas sequestradas, no chão os inimigos vencidos. Eram *amalequitas*. Os olhos de Saul, que pareciam se erguer na direção dele, subiam aos céus, em agonia. Há alguns passos estava o inimigo desejando o seu sangue. Outros de seus filhos foram atropelados pelo anseio filisteu em ter a cabeça do rei ungido por Deus. Aquis desejava vencer Saul, vencer as histórias da Arca da Aliança, de Sansão. As pisadas fortes estavam mudas, pois Saul agora abria os braços para os céus.

— *Amanhã, neste horário, tu e os teus estarão ao meu lado. Os israelitas serão entregues nas mãos dos filisteus* — disse o espírito de Samuel, naquela caverna, conjurado pela feiticeira pagã.

— O senhor quer o meu reino?! Pois, tome! Ele é seu! — e aos poucos passos do êxito, os filisteus fracassaram em alcançar o rei. Com a espada que não matou Golias em riste, Saul ultrapassou o próprio peito e matou o rei que também não unificou as doze tribos de Israel.

Morre Saul... quem reinará sobre Israel?

General Abner se movimenta agilmente para coroar o último filho de Saul vivo, Is-bosete, ao perceber o apelo popular por Davi. Derrotado, se retirou sem guerrear mais uma vez contra aquela família. Alguns anciões, no entanto, o seguiram e escolheram como rei sobre a tribo de Judá. Mais um período de guerras civis chegou, com os olhos das tribos crescendo em admiração pela gestão e vitórias de Davi e desprezo com distância pela imaturidade de Is-bosete. Quando Abner, então, procurou Davi e indicou que a coroa seria passada para ele, tudo parecia culminar numa grande comunhão até o sangue de Abner ser derramado na viagem de volta, em uma emboscada armada pelo maior comandante de Davi, Joabe, incapaz de desfazer o desejo de vingança e ódio do seu coração. Sem a proteção de Abner, Is-bosete foi assassinado enquanto dormia e sua cabeça foi levada a Davi com sorrisos nos rostos. A paga foi a decapitação dos tais aspirantes a súditos do novo rei, pois o novo ungido tinha respeito ao clã de Saul e, mesmo durante a perseguição contra ele, jamais atentou contra a vida daquele rei e nunca permitiu que o fizessem. Todas as doze tribos de Israel e Judá aclamaram Davi como rei legítimo. Audacioso, reuniu seus comandantes e partiu com suas tropas para enfrentar os jebuseus em suas muralhas temíveis. Mesmo sob descrença dos oficiais, sabia que aquele poderia ser o melhor ponto estratégico para governar sobre as tribos.

— Você nunca entrará aqui. Até os cegos e aleijados são capazes de expulsar vocês daqui! — disseram os jebuseus.

— Invadam pelos canais de água e matem todos esses tais cegos e aleijados! — ordenou Davi.

Assim, a batalha ferrenha cessou com a vitória de Davi e o domínio da Fortaleza de Sião, doravante chamada de Yir David (cidade de Davi) ou Jerusalém. A Arca da Aliança entrou na cidade sobre o carro em um grande cortejo em que Davi dançava e festejava com o povo. Esbaforido, chegou ao novo palácio e encontrou Mical, filha de Saul e sua primeira esposa, aguardando com desprezo.

— Dançando e se descobrindo diante das servas como se fosse um homem vulgar do povo! — disse Mical, no início da sua amargura, pois a filha de Saul nunca conseguiria dar filhos a Davi.

— Continuarei dançando em louvor ao Senhor! Sei que serei respeitado por essas servas de quem falou.

Dias depois, Natã, o profeta, foi convocado à presença do rei:

— Veja, Natã! Eu moro num lindo palácio construído com cedro, enquanto a Arca de Deus está numa simples tenda, do lado de fora!

Embora concordasse de imediato com a forma de pensar do rei, Natã o procurou na manhã seguinte:

— Assim diz o Senhor dos Exércitos: "Eu não tenho morado em uma casa desde o dia em que tirei os israelitas do Egito até o dia de hoje. Nunca pedi que me construíssem um templo de cedro! Eu escolhi você para ser o guia do meu povo quando ainda era um simples pastor de ovelhas. Estive contigo por onde tem andado e destruído todos os inimigos. Você não construirá uma casa em meu nome, pois você é homem de guerra e derramou muito sangue. O seu filho é que vai construir uma casa em meu nome, e o seu reino permanecerá para sempre!".

Vitorioso aonde quer que fosse, caiu forte sobre os moabitas, os arameus, os sírios e os amalequitas e enfrentava agora os amonitas. Durante esta campanha, deixou o comando das tropas com seu comandante Joabe para que ele os destruísse e realizasse o cerco final na cidade de Rabá. O rei permaneceu em Jerusalém. Numa noite longa em que nada o fazia dormir, Davi caminhou pelos muros da fortaleza para refletir. Do alto das muralhas, viu uma mulher belíssima a se banhar e, no esplendor daquela cena, enlouqueceu de paixão. Chamou um dos auxiliares e soube se tratar de Bate-Seba, neta do seu conselheiro oficial, Aitofel, filha do soldado Eliã, casada e esposa de um leal soldado de suas tropas chamado Urias, o heteu. Mandou que a chamassem ao palácio e, naquela noite, Davi e Bate-Seba, os dois amantes, se entregaram um ao outro.

— Mande-me imediatamente Urias, o heteu. Preciso falar com ele — dizia a mensagem de Davi a Joabe na frente de batalha. Ao chegar, Urias conversou longamente com o rei sobre a guerra, Joabe e os soldados.

— Agora vá para casa e descanse um pouco — ordenou o rei, enviando para a casa dele um presente. Urias, no entanto, dormiu ao lado dos soldados nos portões do palácio.

— Que há com você? Por que não foi passar a noite com a sua esposa, após passar tanto tempo longe dela? — o rei Davi questionou Urias.

— Como poderia eu entrar em minha casa para comer, beber, descansar e deitar-me com minha mulher, enquanto sei que a Arca do Senhor e os soldados de Israel dormem ao relento? Tão certo quanto o Senhor vive, eu não faria tal coisa!

— Bem, Urias, fique hoje e passe esta noite aqui. Amanhã o mandarei de volta.

Com um banquete, Davi embriagou Urias e o desgastou ao máximo, enviando-o na direção da sua casa. Porém, Urias voltou a dormir aos portões do palácio ao lado dos guardas. O heteu não foi dormir com Bate-Seba e Davi sabia o que isso significava. Pensou na notícia que ela mandou entregar-lhe antes de enviar a carta a Joabe. "Estou grávida", era o que se lia. Com toda a cidade sabendo que marido e mulher não se deitaram, era questão de tempo até que fosse revelado o segredo do amor dos dois e ela certamente pagaria o preço conforme a Lei de Moisés: seria apedrejada publicamente. Davi estava encurralado.

No dia seguinte, entregou uma carta através de Urias para Joabe no cerco de Rabá:

Coloque Urias na linha de frente do combate e abandone-o onde o combate estiver mais acirrado, para que ele seja morto.

Davi e Joabe, os dois homens, ali conspiraram.

Urias morreu em combate contra os amonitas por ter sido colocado próximo demais do alcance dos arqueiros nas muralhas. O relatório do combate chegou e Bate-Seba chorou verdadeiramente pelo marido morto. No primeiro dia após o período de luto, Davi ordenou que trouxessem Bate-Seba ao palácio e a tomou como uma de suas esposas. Os dois viveram felizes, enquanto o filho crescia dentro dela. Natã chegou certo dia para falar com o rei.

— Trago uma questão para ser julgada pelo rei de Israel — disse Natã, chegando à sala do trono.

— Pois diga, profeta Natã.

— Dois homens moravam em uma certa cidade. Um era rico e o outro, pobre. O rico era dono de ovelhas e gado e o pobre, no entanto, possuía apenas uma única ovelha estimada. Certo dia, o homem pobre se viu visitante do rico e, ao receber tal visita, o rico quis preparar-lhe um banquete. Não desejava, no entanto, matar nenhum animal do seu rebanho e, por isso, tomou a ovelha do homem pobre, matou-a, e serviu no banquete.

— Juro pelo nome do Senhor que o homem que fez isso deve restituir quatro ovelhas ao homem por tê-lo roubado e ser morto por ato tão cruel!

— Este homem é você, Davi.

Quando as palavras chegaram ao coração, Davi dobrou os joelhos e lançou-se diante do profeta. A coroa rolou pela escada e o som agudo do ouro e das joias zuniu pela sala do trono em Jerusalém, antiga Jebus dos jebuzeus. Naquele salão onde tantas pessoas se prostraram diante do rei que julgava as suas causas, hoje caía sobre este mesmo chão o próprio monarca, Davi. Ergueu o rosto para encarar mais uma vez a face de Natã, e ali, os dois homens eram réu e juiz:

— Assim diz o Senhor: "Eu o ungi rei de Israel e o livrei das mãos de Saul. Também dei a você os reinos de Judá e Israel. Se isso não bastasse, eu lhe daria muito mais. Por que, então, você não respeitou a palavra do Senhor e praticou uma coisa tão horrível? Você matou Urias, o heteu, com a espada dos amonitas e ainda roubou sua mulher! Por isso, daqui em diante, a espada estará sempre sobre a sua casa, pois você me desprezou".

— Eu pequei contra Deus. Eu mereço a morte!

— Sim, realmente você pecou, mas o Senhor perdoou o seu pecado. Você não morrerá...

Natã se vira e sua veste sacerdotal tampa a visão do rei. Surge Bate-Seba, desesperada com seu filho doente no colo. Davi se lança em jejum e oração para salvar o bebê, em vão. Um bebê pálido e rígido pende inerte nas mãos na mãe.

— *Porém, pelos seus atos, o filho que você teve com Bate-Seba morrerá* — surge a voz de Natã.

Amnon, filho primogênito de Davi, cresce com uma grande rivalidade com o irmão, Absalão, e ambos crescem vivendo conflitos cada vez mais intensos. Certa noite, Amnon, apaixonado pela meia-irmã, Tamar, cuja beleza contagiava a todos em Yir David, finge estar doente e pede pelos cuidados de Tamar. Em seus aposentos, Amnon violenta Tamar e, após o ato, sente grande repulsa e a expulsa. Absalão acolhe a irmã e, sem que ninguém perceba, planeja um jantar sem a presença do pai, ordenando o assassinato de Amnon.

— *Por causa do seu mau procedimento, farei com que a sua própria família se revolte contra você e da sua casa se erguerá o inimigo...*

Absalão se rebela contra as decisões de Davi e os dois homens, pai e filho, são agora inimigos. Aitofel, conselheiro de Davi, avô de Bate-Seba, aproveita a oportunidade e se une a Absalão para arquitetar a deposição do rei. Na cidade de Hebrom, a voz de Aitofel, conselheiro mais valioso da corte e entendido pela população como se fosse a voz de Deus, angaria o apoio necessário para que Davi seja deposto e Absalão tome seu lugar. Dois servos leais que estavam na cidade se apressaram para Jerusalém no intuito de avisar ao rei antes que fosse tarde demais. Ao saber da rebelião, Davi se entristece pelo destino de sua família e se vira para Bate-Seba, agora segurando um lindo bebê saudável no colo, Salomão. O rei ordena então uma retirada pacífica da cidade e permite que Absalão ocupe o trono.

Absalão, por sua vez, segue as sugestões ardilosas de um Aitofel tomado pela vingança e violenta as mulheres de Davi. A batalha é inevitável, porém Joabe convence que é melhor que Davi não participe do confronto.

— Poupe meu filho, Joabe. Poupe Absalão.

A batalha é ferrenha, porém estabelecidas pela noite de preparo, as tropas de Absalão são surpreendidas pelas emboscadas e, derrotado, ele dispara a cavalo pela floresta. A perseguição a cavalo termina com um dos galhos da árvore acertando Absalão e deixando-o suspenso e ferido. Os soldados cercam o usurpador.

— Avisem a Joabe que o temos aqui.

— Não precisa, já estou aqui — diz o comandante, desmontando e indo até ele.

— Por que não o mataram?

— O rei ordenou...

— Eu mesmo recompensaria quem matasse esse traste — tomando uma lança de um dos soldados, Joabe transpassa o coração de Absalão e toma-lhe a vida.

Adonias, filho de Davi, é incentivado por Joabe a ser o novo rei de Israel, tendo o apoio dos exércitos de Israel e outras tantas autoridades para legitimar essa escalada ao poder. Bate-Seba e Natã, ao perceberem que Adonias tomava o poder, vão a Davi. A porta se abre e as espadas trançadas não estão mais lá, nem mesmo o ímpeto destruidor de inimigos. Apenas um Davi agora idoso, fragilizado, repousa à cama.

— Meu amado, não me prometeste que Salomão reinaria? — perguntou Bate-Seba.

— É claro que sim. Deus me disse que ele governaria Israel e construiria para a Arca uma casa.

— Pois então... por que Adonias acaba de ser nomeado rei?

— Com que autoridade? Quem está com ele?

— O exército e os sacerdotes. Só nos resta a guarda do palácio, eu e Natã.

— Natã, você está aí?

— Sim, meu rei.

— Mande chamar Salomão. Coloque-o montado em minha mula, não um cavalo. Minha mula. E faça de Salomão o rei ungido pelo Senhor.

— Sim, meu rei.

Contra o exército, o jovem Salomão é posto em uma mula e acarreta uma multidão como a escolha feita pelo próprio rei Davi para sucessor. Do outro lado, todo o exército liderado por Joabe, ao lado de Adonias. Os dois grupos se observam, o irmão guerreiro, Adonias, e o irmão pacífico e reflexivo, Salomão. Enquanto os dois se observam, a população se enche de energia e decide sobre qual cerimônia participariam. Moveram seus pés e gritaram, legitimando sem saber o novo rei de Israel.

Natã acaricia o bebê e o chama de Jedidias, que significa "Amado do Senhor". Da boca de Bate-Seba sai o nome que deram ao rebento, Salomão, que significa "pacífico". Numa passada do tempo, quando Davi já não vivia, surge o cume do monte Moriá, a leste de Jerusalém, e o rei diante da imponente construção não era Adonias, e sim Salomão. Uma gigantesca congregação de todas as tribos de Judá e Israel se reunia diante daquele templo único e magnânimo em festa. A Arca da Aliança passava por baixo das asas de mais de dois metros da dupla de querubins que alcançavam seus quatro metros de altura, brilhando em ouro. Ali era o Lugar Santíssimo, onde a Arca da Aliança agora habitava, a casa de Javé dentro do Templo de Salomão. Naquele momento e na construção sonhada por Davi e profetizada para o seu filho, os dois homens, pai e filho, mesmo separados, estavam juntos na imortalidade.

A DAMA DE PEDRA

Fran Briggs

Sua mente estava tomada pela confusão de sons e palavras. Ele amaldiçoou a vodka barata que os amigos compraram para a sua despedida de solteiro naquela noite. Amaldiçoou ainda mais a si mesmo por misturar destilados de péssima qualidade com goladas de vinhos de procedência duvidosa.

O sedan cortou a estrada alcançando bruscamente o meio-fio, arrancando tufos de grama pelo caminho. Por fim, os pneus pararam sobre uma poça de barro pastoso. Marco abriu num movimento rápido a porta do carro, aspirou profundamente o ar noturno e sentiu o cheiro de terra molhada que a chuva de horas antes deixou. Depois o jovem tossiu e se engasgou com o enjoo provocado pelo álcool.

— Maldito Leo mão de vaca! — cuspiu no chão, tropeçando nas próprias pernas ao sair do veículo estacionado no meio-fio. — Que belo padrinho de casamento fui arrumar!

Olhou em volta, passando a mão no rosto vermelho e suado. Tentou se dar conta de onde estava, viu algumas placas ao longe, mas a bêbada visão turva o impediu de ler qualquer coisa. Resmungou, voltando a cuspir.

— Que se dane! Já que tô aqui, vou achar uma moita pra mijar — a bexiga cheia reclamava desde os últimos três quilômetros.

Deixou o carro com o pisca-alerta ligado, travou as portas e se enfiou mato adentro a fim de achar um lugar onde ficasse confortável o bastante para exibir a bunda empinada que repetidamente recebia elogios da noiva.

— A Paola vai comer meu fígado quando descobrir que eu dirigi bêbado... — Marco riu de si mesmo tentando se manter em pé ao mesmo tempo em que desviava de poças de lama e algumas despedaçadas colunas de pedra espalhadas entre os arbustos. — E quando descobrir o que rolou na festa hoje.

Não que ele tivesse passado do ponto, mas a dupla de dançarinas exóticas contratada por Leo, e que lhe fizeram uma sexy dança particular no colo, certamente deixaria a noiva bem irritada.

— Ah, inferno! — suando frio, o rapaz levou a mão ao bolso procurando a caixinha de veludo preta. — Não, não, não...

Passou tanto tempo enchendo a cara e olhando para os dotes físicos das dançarinas seminuas que nem se deu conta de, antes de sair da festa, conferir se ainda carregava a caixa consigo.

— Por que diabo a Paola tinha que pedir pra eu levar a aliança pra gravar o nome? — terceirizando a culpa, Marco transpirava de pavor imaginando se perdera pelo caminho o anel de ouro rosa e brilhante diminuto.

Refez o caminho pelo mato, o enjoo aumentando dentro de si, agora mais pelo medo do que pelo álcool que consumira. As coradas bochechas ardiam quentes e a camisa azul estava colada no corpo, por causa do suor provocado pela febril preocupação, quando estacou no lugar numa surpresa arrebatadora.

— Onde é que...?

Esfregou o rosto para ter certeza do que estava vendo, pois quase jurava que não passara por aquela clareira ao avançar pela mata. Mesmo bêbado se lembraria da pequena fonte de mármore no meio da clareira, destoando de toda a floresta ignorada pelo homem. E se lembraria dos restos de colunas alvas que, espalhadas em volta da clareira, acumulavam musgo e mato. Também se lembraria das três estatuas de mulheres com túnicas curtas e flores nos cabelos de pedra, uma delas segurando um delicado instrumento musical, e todas olhando com reverência divertida para a que ornamentava a fonte.

E, claro, se lembraria da figura que as ninfas de mármore admiravam.

O rapaz voltou a esfregar os olhos, afastando a volumosa franja castanha que comprometia sua visão, e aproximou-se vagarosamente da fonte abandonada que aparentemente se enchera com a água da chuva. Cravou os olhos na bela mulher alva, de cabelos longos que desciam soltos, emoldurando os seios redondos que a longa túnica não cobria. Sua marmórea cabeça estava adornada com uma coroa de flores, folhas de louro e pequeninas conchas. Os braços delgados se projetavam para a frente, como se convidando o homem para se juntar a ela e suas amigas em seu retiro particular. Dos lábios perfeitamente desenhados da mulher de pedra, um sorriso faceiro fazia coro ao convite.

Marco ainda lutava para recuperar o ar que a encantadora figura da fonte lhe roubara quando notou algo brilhando nos longilíneos dedos da mulher de mármore. Tentando controlar o corpo, que agora tremia por sensações além da bebedeira, o rapaz se aproximou mais da estátua, curvou-se vagarosamente em frente a ela, com medo de desviar os olhos do rosto que, ainda que de pedra, se mostrava inimaginavelmente real. Quase caiu para trás ao se dar conta de que o pequeno brilho que refletia no dedo dela era a aliança de Paola.

— Mas que cacete?!

Caiu para trás ignorando a dor forte que sentiu nas nádegas por causa do baque. O peito subia e descia rapidamente numa respiração acelerada. Tomado de confusão mental, Marco ouviu risinhos à sua volta.

— Ah, ele se assustou! — comentou uma voz melodiosa.

— Acontece o tempo todo, não é? — respondeu outra voz, sem esconder certo ar de deboche na observação.

Marco virou o rosto e tentou colocar-se de pé, porém as pernas perderam completamente a força quando comprovou que as vozes vinham das garotas, outrora de pedra, que rodeavam a fonte.

— Vocês... estão vivas?!

— Estamos? — a jovem, que segurava um pequeno *epigonion*, dedilhou as cordas, fazendo o som ecoar alto pela clareira.

— Parem com isso! Estão assustando o pobre Marco.

Tentando não gritar, o rapaz olhou sobre os ombros para ter certeza de que a voz aveludada que intervinha por ele pertencia a ela, a figura central da fonte, a mulher de coroa de conchas.

A jovem desceu do alto de sua fonte e com os pés descalços caminhou até ele em um compasso rítmico ao da melodia que suas amigas iniciaram com o instrumento e suas vozes de soprano. Inclinou-se para o rapaz, novamente lhe oferecendo a mão em que o anel brilhava. Sorriu docemente.

— Peço que as perdoe. Não recebemos visitas há muito tempo.

Marco aceitou a gentileza e deu a mão para ela, colocando-se de pé, ainda sem saber exatamente o que estava acontecendo.

— Eu estou muito bêbado, né? Bati o carro e tô tendo uma alucinação.

A jovem apenas sorriu em resposta, conduzindo-o até o meio da clareira, onde uma de suas amigas acendia uma fogueira.

— Como sabe o meu nome?

Sentando-se em frente à fogueira, a mulher moveu o corpo seguindo o ritmo da canção que enchia o ambiente à volta deles. Por fim, dedilhou a aliança em seu dedo e respondeu:

— Está escrito neste anel.

Marco arregalou os olhos, se lembrando.

— Minha aliança! Como foi que... onde achou?

— Você deixou por aqui quando passou depressa — ela piscou, surpresa. — Não era um presente? Faz muito tempo que não recebo tributos.

Ela o encarou por alguns segundos, os olhos azuis cianos perscrutando cada expressão na face dele em busca de uma resposta que a agradasse.

— Ah, bom... é. É um presente — Marco não conseguiu negar, não se sentia nada bem ao imaginar a decepção no rosto dela. E, de todo modo, aquilo era apenas resultado de sua bebedeira e logo mais acordaria com uma ressaca horrível no meio daquela clareira cheia de estátuas de pedra, com sua aliança segura no bolso de sua calça.

— Ah! Isso me deixa muito feliz!

O som do riso dela, a música de suas amigas e as danças ao redor do fogo o embalaram em sensações agradáveis. Seu corpo começa a ceder aos delírios de sua mente.

— Sabem o meu nome, mas não me disseram os seus nomes.

A jovem riu com o prazer de se tornar fruto de sua curiosidade.

— Aquela é Aglária — acenou com a cabeça em direção à jovem que dançava em volta da fogueira. Depois desviou os olhos para a segunda moça, que cantava e seguia os passos da sinuosa dança da primeira. — E aquela é Tália.

Marco apontou para a jovem que tocava o *epigonion*.

— E a musicista?

— Eufrosina.

— São nomes peculiares.

— E não são todos? — a jovem riu mais uma vez e delicadamente deitou a mão sobre a coxa dele, fazendo-o retesar os ombros. — Marco, por exemplo, muitos dizem que deriva de Marte, o deus romano da guerra.

— Nossa! — ele gargalhou alto. — Eu tô delirando com estátuas de pedra que viraram dançarinas e que têm toda essa *vibe new age* anos 70! E o seu nome, qual é? Tem significado?

Ela se espreguiçou com um movimento felino e respondeu com um leve ar de desdém.

— Se tudo é apenas uma ilusão, que diferença faz saber um de meus vários nomes? — antes que Marco pudesse se mover, as mãos dela acariciaram seu rosto. — O que importa é que você me deu um presente, uma aliança.

Marco não fez nenhum esforço para se desvencilhar dela, de seus lábios quentes que tocaram os dele roubando um beijo ardente, ou de todos os demais encantos que a jovem lhe ofereceu naquela noite delirante. Deixou-se afundar nas horas de cantoria, prazer e luxúria que a jovem e suas amigas lhe concederam. O rapaz, tão envolvido nas respostas carnais que tomavam conta de todos os seus sentidos, não notava que a cada toque, beijo ou carícia da mulher, mais lacunas tomavam conta de suas lembranças, até que, em um último gemido de prazer, foi-se o nome da verdadeira dona de seu amor.

O silêncio era ensurdecedor quando ele despertou sob a chuva fina da manhã seguinte, com as roupas ensopadas, o corpo frio e a cabeça ocupada apenas pelas imagens da noite anterior. Levantou-se num salto e deslizou os olhos à sua volta, dando de cara com as estátuas de mármore das jovens e, no centro da fonte, a figura inerte de sua misteriosa amante. Ela tinha a mesma expressão convidativa, a mão projetando-se para frente, chamando-o para si.

O rapaz caminhou desajeitadamente até a jovem de mármore, choramingou sem querer acreditar que tudo fora apenas um sonho delirante, afagou o rosto de pedra dela, depois beijou seus lábios gelados.

Passou todo o dia ali, aos pés da estátua, e não se moveu quando a noite chegou. Nem na segunda, terceira ou quarta noite.

Marco foi encontrado muitos dias depois, quando acharam seu carro estacionado no meio-fio da estrada deserta, evitada há muitos anos pelos moradores da região. Estava desnutrido e febril e se recusava a ir com a equipe de busca. Gritava a plenos pulmões sobre sua amante de pedra, a noite de canções e fogueira. Berrava que sua vida pertencia a ela. No hospital, recusava-se a receber a visita de qualquer pessoa. Ser obrigado a tentar se lembrar de cada rosto que o encarava angustiado lhe trazia mais aflição mental.

As semanas foram passando e a cada novo dia Marco recuperava um pouco de suas lembranças, mas nada o fazia esquecer a jovem de mármore, nem o abraço dos pais, nem as risadas com os amigos. Nada se comparava às sensações que lhe preencheram a alma naquela noite. Até que finalmente sua noiva recebeu a permissão do rapaz para visitá-lo pela primeira vez em tantos dias.

Quando Paola adentrou o quarto, um silêncio constrangedor se instalou entre ambos. Por fim, a mulher deu início à conversa.

— O Leo disse que se lembrou de todo mundo. Fico feliz que esteja se recuperando.

— É, é bom, eu acho. As pessoas, os nomes, os momentos vêm de repente na minha cabeça.

— Você se lembrou de mim? — Paola o encarou com um olhar angustiante.

Marco não se desviou do olhar dela, pensou por algum tempo e, por fim, respondeu junto com um suspiro cansado.

— Dizem que você era a minha noiva.

— Dizem?

Ele encolheu os ombros.

— A gente ia casar, Marco! O que aconteceu com você depois da festa, quando se perdeu? Como é que pode não se lembrar de mim? Você me deu uma aliança, a gente tinha um compromisso! A gente ia casar!

— Onde está?

Paola piscou sem entender a pergunta.

— Onde está o quê?

— A aliança que você diz que eu te dei.

— Não sei... estava com você! Eu não...

Marco a interrompeu apaticamente.

— Eu não tinha nenhuma aliança comigo quando me acharam. Ela desapareceu, assim como minhas lembranças de você.

O rapaz ignorou o choro da noiva que, para ele, agora, não passava de uma estranha que o perturbava com seu afeto não correspondido.

— Eu não tenho nenhum compromisso contigo. Só me lembro de uma mulher e todos os meus pensamentos e sentimentos pertencem a ela. Meu compromisso é somente com ela. Minha vida é dela.

※※✡※※

No meio da clareira da floresta, no alto de sua fonte, o sorriso da jovem marmórea permanecia intocado em seus lábios desenhados na pedra, e em seu dedo alvo a aliança reluzia.

O JULGAMENTO DE ARCE

Tauã Lima Verdan Rangel

— Maldito seja o teu destino, Cronos! — dispara Ouranos, o céu estrelado, agora, castrado pela lâmina afiada e curvada que seu titânico filho portava.

Com desdém, o mais jovem e ardiloso dos filhos de Gaia, a personificação da terra fértil, olha de relance para o pai, que agoniza em razão da investida armada por ele e seus outros irmãos, Hipérion, Coios, Crios e Jápeto. Na mão direita, a lâmina curva ainda está suja de sangue e, na mão esquerda, ele segura o escroto de seu pai, que é lançado ao mar bravio e indômito.

— Digo mais, como sucedeu comigo, assim ocorrerá com você. Da sua semente nascerá um filho que o superará em força, habilidade e prudência. Ele investirá contra o seu reinado e você, juntamente com os seus malditos irmãos, padecerão nas frias prisões do profundo e úmido Tártaro! — vociferou Ourano, cujas palavras corriam pela imensidão do universo e podiam ser ouvidas por todos os mortais, imortais e criaturas viventes.

— Meu irmão, as nossas defesas já sucumbiram! — exclama Jápeto, ao ver o avanço incontido de Zeus, acompanhado de Poseidon e Hades, contra o palácio de Cronos.

— Hipérion, Coios e Crios, avante com as legiões contra os olímpicos. Não deixem que nenhum deles sequer permaneça vivo! — exclama Cronos, curvado pelo tempo e portando a curvilínea lâmina com a qual castrou o pai, assentado no velho trono.

Abrindo abruptamente, Atlas, o general do exército titânico e filho de Jápeto, invade a sala do trono com uma clara feição de terror. A armadura dourada banhada em sangue e as mãos trêmulas, por si sós, já são capazes de dizer aquilo que era inimaginável.

— Meu rei! As nossas defesas caíram! Não conseguiremos conter o avanço de Zeus! À frente de sua comitiva estão os quatro filhos de Estige, meu senhor! Niké, a vitória, entoa seus címbalos pelos ares! Bia, a violência, Cratos, o poder, e Zelus, a rivalidade, guiam os carros dos olimpianos. Não temos como conter as forças da Vitória, dispara Atlas.

— Não é possível que seremos vencidos por eles! — dispara, em tom de incredulidade, Jápeto.

— Meu irmão, infelizmente, já fomos vencidos — rebate com tom austero Hipérion, ao olhar em direção ao pátio do palácio já tomado por todas as forças olimpianas e sabedor do funesto destino que o aguarda.

O som ensurdecedor de um exército a marchar toma conta dos corredores do palácio titânico. Ainda assentado em seu trono, Cronos é incapaz de esboçar qualquer reação à derrocada iminente. Diante de seus olhos, ele vê a antiga profecia proferida por Ouranos tomar forma e se cumprir na exatidão de cada termo lançado. Com um sorriso de resignação, Cronos viu o filho mais novo, Zeus, adentrar triunfante pela sala do trono e levar cativo os principais nomes, incluindo-se os irmãos Hipérion, Coios, Crios e Jápeto; Atlas, o grande general e Arce, a formosa mensageira.

As pesadas algemas que atavam as mãos e os pés eram a marca do triunfo dos olimpianos sobre os titânicos. Cronos sabia muito bem que o julgamento seria extremamente impiedoso e que as piores punições seriam lançadas sobre eles. Não havia nenhuma outra forma de se livrar do quinhão estabelecido para cada um deles. Por mais uma vez, a imagem de Ourano, quando da castração, veio à mente de Cronos e cada uma das palavras proferidas ganharam forma. De fato, Moros, o destino, apesar de ser extremamente caprichoso e vaidoso, é implacável em seus desígnios.

O exército de Zeus comemora ardentemente a vitória obtida. O destronamento de Cronos inaugurava uma nova era, em que os olimpianos se confirmavam como as grandes potências universais. Niké, com o olhar luminoso, entoa cantos e evocação para a honra de Zeus. A voz da jovem filha de Estige ultrapassa os céus e se espalha pelo universo, comemorando a ascensão do divino Zeus. A alegria contagia toda a extensão das falanges belicosas. As mais diversas criaturas e grande parte da miríade dos deuses estão presentes e triunfam com a vitória do jovem filho de Cronos.

— Meus irmãos, meus amigos e meus fiéis acompanhantes! Em uma única palavra: vencemos! Vejam os derrotados cativos de nossas falanges — disse Zeus, apontando na direção dos vencidos.

— Ao único rei, toda glória! — exclama Niké.

— Preparem-se, meus irmãos! O julgamento deles será exemplar e entrará para a eternidade como a manifestação da justiça divina sobre aqueles que atentaram contra os olimpianos, disse Zeus.

※※※※※

O Olimpo estava soberbamente preparado para o festejo que se seguiria. Luminoso em esplendor, brindava em honra a Zeus. À porta da entrada do palácio, Hebe, a eterna juventude, filha de Hera e do rei dos olimpianos, com os seus olhos meigos e convidativos, recepcionava em júbilo o grande cortejo que atendera ao convite. No meio do palácio, postadas em festejos e folguedos, em um coro singular, as musas, nove irmãs nascidas de Zeus e da titânide Mnemósine, entoavam um épico relato que narrava as façanhas dos olimpianos contra os filhos de Gaia. Calíope, a mais velha entre as irmãs, conduzia os versos eloquentes declamados. As três Cárites, Aglaia, Thalia e Eufrosina, dançavam em um bailado majestoso.

Os 12 tronos já estavam organizados e parte dos olimpianos já estava à espera de Zeus. Poseidon, senhor dos mares; Ares, o belicoso patrono da guerra; a sábia Atena; os irmãos gêmeos, Apolo e Ártemis; a fecunda Deméter; a dadivosa Afrodite; Hefesto de muitos dons; Hermes, mensageiro de Zeus e patrono dos ladrões; e, por fim, Dionísio, portando a taça de vinho, prazer dos deuses e dos mortais. Apenas os tronos de Zeus e Hera ainda não estavam ocupados pelos novos regentes do universo.

Um coro exultoso exclamou diante da entrada triunfal de Zeus e sua esposa Hera, graciosa como o amanhecer. Todos os deuses cantavam em honra do vencedor. Em um gesto singelo, ele caminhou em direção ao seu trono, no centro do palácio olimpiano. Como havia prometido a Estige, fiel apoiadora durante o belicoso enfrentamento, honrou Niké, Bia, Cratos e Zelus como os guardiões de seu trono. Íris, a mensageira de Hera, também recebeu o seu quinhão entre os deuses.

Ainda como forma de cumprir as promessas feitas a todos os deuses, partilhou o mundo, distribuindo os mares a Poseidon, o submundo a Hades e a terra tornando um território neutro em que os imortais trafegariam. Após, partilhou a sorte de dons entre os deuses, criou os domínios dos espíritos das águas, das florestas, dos campos e das dádivas presididas aos mortais.

Por fim, estabelecido o quinhão que cada divina criatura teria de receber, Zeus pediu que cessassem as comemorações, pois, mesmo diante da vitória, os vencidos deveriam ser julgados. Um pouco incrédulos, todos assistiram aos ciclopes e aos hecatônquiros conduzirem os titãs caídos em desgraça por causa da peleja. Um silêncio sepulcral preencheu o palácio olimpiano e todos os divinos olhavam com surpresa para Cronos e sua legião acorrentados. O julgamento presidido por Zeus e tendo Atena como a eloquente oradora se seguiu.

Sem nenhuma piedade, o vencedor condenou Cronos, Coios, Crios, Jápeto e Hipérion às profundas prisões frias e úmidas do Tártaro, acorrentados por toda a eternidade. Os irmãos balbuciaram algumas palavras, mas elas não foram capazes de mudar a condenação estabelecida. Reia, mãe de Zeus e esposa de Cronos, ainda procurou, em uma vã tentativa, demover o filho de sua sanha vingativa, mas não surtiu efeito algum, pois o veredicto fora proferido. Para Atlas, o general do exército, Zeus reservou cruel punição, banindo-o para os extremos do mundo com a incumbência de suportar sobre os seus ombros, por toda a eternidade, a abóbada celeste. As ninfas, filhas de Atlas, em um choro copioso e de grande lamentação, invocaram a misericórdia de Zeus, contudo, o novo rei se manteve impassível e indiferente.

Por fim, diante de todos, foi trazida a jovem Arce, uma divina filha de Thaumas e Electra, potências primitivas do mar e que estavam presentes no grande festejo, mas não tiveram coragem de se mover em socorro de sua prole.

— Ora, ora... quase me esqueci de você, pequena Arce! — disparou Zeus. — Antes de eu continuar, gostaria de saber se você tem alguma coisa para falar em sua defesa?

— E o que eu disser seria ouvido por você, majestade? — indagou em tom de ironia e deboche.

Mesmo diante do seu algoz, a formosa Arce não foi capaz de se curvar. Íris, irmã de Arce, porém, em um ímpeto, curvou-se diante dos pés de Zeus e clamou pela misericórdia em favor da irmã. As lágrimas copiosas molhavam o rosto da mensageira de Hera, de modo a comover a própria rainha.

— Meu esposo, não por Arce, mas por Íris, que nos foi tão fiel na batalha, poupe a irmã — disse Hera em um tom de lamento, mesmo sabendo a resposta que o esposo daria.

— Minha formosa Hera, se você me pedisse o céu e as estrelas, eu te daria. Contudo, não posso atender a este pedido. Seque o rosto, Íris, pois sua irmã terá a punição que ela mesmo procurou.

Ainda que estivesse abatida, Arce não se arrependia de ter traído Zeus e seu exército nem de ter prestado auxílio como mensageira dos titânicos durante a batalha. Ao contrário, tudo o que fez foi pelo amor que nutria por Atlas e ela não poderia lutar contra os seus sentimentos.

— Para terminarmos esse julgamento e coroarmos esta festa com a merecida vitória, eu profiro o meu último julgamento: Arce, para ti, a punição será ainda mais severa — a voz ressoava no palácio olimpiano. —

As suas asas, sempre tão festejadas pela beleza que possuíam, eu mesmo arrancarei e a precipitarei na mais completa profundidade no Tártaro, de maneira que você nunca mais poderá sequer contemplar a face de seu amado Atlas.

Zeus conseguiu ver que nos olhos de Arce o desespero se manifestara pela primeira vez, em razão do risco de não mais poder ter com seu amado. O pânico revelado nos olhos da pequena filha de Thaumas contrastava com sua coragem em se manter altiva diante do novo rei dos deuses. Mesmo diante dos pedidos de todos, a fim de que poupasse a jovem, ele se manteve indiferente e ordenou que dois ciclopes segurassem firmemente enquanto ele mesmo executaria a sentença imposta.

A jovem ouviu a tudo impassível, abnegada com a sentença imposta, exceto por uma lágrima solitária que escorreu pela face. Zeus, com uma adaga de ouro, diante de todos os convidados, privou Arce das asas que possuía e colocou a sua punição no céu sob a forma do segundo arco-íris, opaco e esmaecido, que surge depois da tempestade, à sombra do arco-íris principal, a fim de que ninguém esquecesse a punição que recebem os traidores de Zeus.

Arce, então, foi lançada nas mais profundas cadeias do reino do submundo, condenada, pela eternidade, a ficar privada de suas asas, de seu amor por Atlas e amargar a solidão.

MIRA-ANHANGÁ E O PORTAL DOS SONHOS

Cyntia Fonseca

Nina acabara de chegar de uma viagem de quase 40 horas voltando da Austrália e teria que encarar outra jornada. Sim, teria. Quando Alec, seu noivo, encasquetava uma ideia na cabeça, ninguém, nem mesmo ela, o convencia do contrário. Após sete anos juntos, não tinha para onde correr. Seria apenas um dia de descanso, matar a saudade da família no almoço de domingo e, no dia seguinte, estrada. Destino? Vassouras.

— A gente não pode deixar pra ir no próximo fim de semana? — Nina voltava ao assunto para só mais uma tentativa de dissuadir o noivo; os dois já na cama, prontos para dormir. — Você não faz ideia do quanto minha viagem foi cansativa, amor. Eu preciso dormir, pelo menos, umas vinte horas direto — ela acrescentou, com a voz na versão mais doce e manhosa de que foi capaz.

— Poxa, Nina, a gente tinha combinado. Este ano já perdemos a festa do tomate em Paty...

— Eu sei, mas...

— Olha, podemos combinar assim... — Alec a interrompeu, sentando-se de súbito na cama. — Eu deixo você dormir o quanto quiser esta noite e amanhã. Não vou permitir que ninguém te acorde. Você pode hibernar! — ele continuou, entusiasmado, sob os olhos atentos e arregalados de Nina. — Quando formos, eu dirijo a viagem toda. Então, você pode ir dormindo também no carro, o que acha?

Nina ainda achava uma péssima ideia, mas não diria nada. Aquela oferta, levando em conta o desejo e o entusiasmo de Alec pela viagem, já podia ser considerada uma conquista. A estudante de Literatura, então, assentiu, deu um último beijo de boa noite no noivo e se rendeu ao sono restaurador.

É claro que Nina não conseguiu dormir 20 horas seguidas. Nem sequer tentou. Preferiu aproveitar o máximo de tempo que pôde com a família no tradicional almoço de domingo e se preparou psicologicamente para os dias seguintes que passaria *no meio do mato* com o noivo. Ela odiava acampar, caçar, fazer trilha ou pescar. Ironicamente, tudo pelo que Alec era apaixonado. Mas em nome do tal do amor — ou do costume — ela sempre o acompanhava, desde que estivesse carregando algum ou alguns livros para se distrair.

— Você sabe que nessa época a caça tá proibida lá praqueles lados, né? — o sogro de Alec, que também tinha uma chácara em Vassouras, o alertava.

— Sim, e é por isso mesmo que a experiência vai ser muito mais interessante. Não é, amor? — Alec ironizava, mas todos à mesa sabiam que havia um fundo de verdade. O noivo de Nina podia ser bastante inconveniente, talvez até um pouco perigoso em se tratando de suas aventuras.

— Ah, é! Com certeza. Muito melhor. Tô animadíssima — Nina respondeu com desdém, revirando os olhos, para logo em seguida beijar o noivo na bochecha. — A gente vai tomar cuidado como sempre, pai. Relaxa — piscou.

O corpo de Nina parecia ter tomado para si a forma de poltrona, tantas foram as vezes que precisou percorrer longos trajetos naquele ano, fosse de ônibus, carro ou avião. O mestrado em Estudos Literários Mitológicos havia-lhe rendido seminários, TEDs e até minicursos de intercâmbio, como aquele que foi fazer em Melbourne, na Austrália. Ela se sentia uma privilegiada. Por outro lado, estava esgotada física e psicologicamente com aquela falta de rotina. "Talvez esse retiro de três dias com Alec não será de todo ruim, afinal", pensou. Ela teria tempo para ler, estudar ou mesmo praticar o ócio, algo que não fazia há tempos.

— O que você tá estudando agora, amor? — Alec perguntou, enquanto dirigia, mais para quebrar o silêncio do que por real interesse no assunto.

— Este semestre eu devo concluir com mitos indígenas e folclore brasileiro. Tô achando bem interessante — ela resumiu, pois sabia o quão raso era o interesse do noivo em seu mestrado.

— Folclore tipo saci, boitatá, boto rosa, essas coisas? Uau! Interessante mesmo — formado em Tecnologia da Informação, o ceticismo de Alec beirava ao preconceito quando se tratava de ciências humanas, em especial a literatura. Ele achava uma grande besteira, mas evitava falar para não magoar a noiva.

— É, tipo essas coisas, Alec. Não precisa fingir que acha interessante, ok, rapaz-que-só-leu-quatro-livros-na-vida-e-eram-todos-técnicos? Eu adoro e é isso que importa pra mim.

Alec não evitou um sorriso de lado ao ouvir. Ele amava aquela mulher tanto quanto amava implicar com ela. Cerca de duas horas e meia de viagem, a verde e bucólica Vassouras se descortinava diante do casal. A cidadezinha era o destino preferido dos dois sempre que procuravam fugir do caos urbano. Mas daquela vez seria diferente. Não ficariam no Centro, nem em qualquer confortável pousada ou *hostel*. A ideia de Alec era inovar, no sentido mais literal possível da palavra.

— Eu peguei umas dicas novas de caça com aquele Fabrício, lá da empresa. Nesse matagal deve ter muita paca selvagem. Todo mundo fala que é uma delícia. Se tivermos sorte, podemos encontrar até um urutau. Imagina que troféu! — Alec desandava a falar enquanto terminavam de montar a barraca de camping. Eles ficariam num terreno entre a chácara do sogro e a região de mata fechada que cobria um morro extenso.

— Podemos? Você sabe que vai estar nessa sozinho, né?

— Poxa, amor, você não vai incorporar Indiana Jones comigo nem um pouquinho? É sexy.

— Não sabia que Indiana Jones caçava pacas. E eu também não tô a fim de ser presa, sinto muito.

— Como assim, presa? Que exagero.

— Ouvi dizer que tem um ambientalista morando aqui por perto. Torça pra ele estar viajando — Nina revelou, em tom de brincadeira.

— Ah, eu vou me embrenhar lá pra dentro. É tão longe que não dá pra ninguém ouvir.

— Você é doido, isso sim. Vou ficar por aqui com meus livros. Que Anhangá não te ache.

— Quem? — Alec perguntou, sobressaltado, em um tom de voz acima do planejado. Ao ouvir aquele nome, um frio cortante lhe percorreu a espinha.

— É um mito. Uma lenda indígena, na verdade. Nunca ouviu falar? Nem da lenda do vale de Anhangabaú, em São Paulo?

— Não, e nem quero. Parece nome de demônio — Alec respondeu, resoluto, voltando a se concentrar nos preparativos da barraca.

— Deixa de ser bobo. É uma lenda bem interessante, na verdade. Ele é um espírito da mata que protege os animais dos caçadores. Principalmente animais filhotes ou que estejam amamentando.

— Você acredita nessas coisas? Ou é só literatura? — ele questionou, erguendo uma sobrancelha.

— Acredito e não acredito. Só acho inteligente respeitar as forças da natureza.

— Acho que isso é desculpa para não me acompanhar na caça, sabe... — Alec brincou. — O que acontece com os caçadores que esse tal espírito *pegar no erro*?

— Você não vai querer saber — Nina respondeu, segurando o riso.

— Ah, sai daí! — ele devolveu a brincadeira jogando uma das cordas da cabana na direção dela. Seu jeito descontraído era um disfarce. Ele parecia temeroso para alguém que não acreditava nem em Deus nem no Diabo.

Pouco antes de a noite cair por completo, Alec já havia partido em direção ao matagal. Ele tinha experiência em caças ditas recreativas, mas Nina ainda achava loucura. "Ainda mais à noite! O Alec tem parafusos a menos naquela cabeça, com certeza", pensou.

A lua estava alta e o frio, inebriante, o que a deixou ainda mais preocupada. O temor era pelos dois. Ele, sozinho no escuro, numa trilha mal conservada, de posse apenas de um rifle, lanterna e uma pequena mochila com chocolate e biscoitos. Ela, igualmente sozinha, ali naquela imensidão verde, protegida apenas por uma barraca e acompanhada de seus livros e uma pequena fogueira.

Cinco horas e muita leitura depois, nenhum sinal de Alec. A hora exata era tudo que Nina conseguia comprovar com o que restava de bateria em seu celular sem sinal de rede. Não era incomum que as caças de Alec demorassem longas horas, especialmente quando ia sozinho. Mas algo de soturno rondava a atmosfera daquela partezinha de Vassouras naquela noite, algo que Nina não saberia explicar, mas sentia.

Como havia perdido o sono, tomou a pior decisão que lhe cabia: ir atrás do noivo. Alec a alertara que não saísse da cabana em nenhuma hipótese, não importasse o quanto demorasse. Mas Nina podia ser tão teimosa quanto ele, se precisasse. Vestida com dois casacos, botas e lanterna em punho, ela seguiu pela mesma trilha tomada pelo noivo horas antes. Mal entrou na mata, precisou se esgueirar entre galhos soltos e arbustos imensos por toda parte. A visão era limitada pela luz da lanterna. A cada assobio ou coaxada, Nina sobressaltava. Odiava estar no mato correndo perigo. Odiava principalmente o fato de estar ali por causa das ideias sem cabimento de Alec. "Onde já se viu caçar pacas de madrugada? Como vai enxergar? Ele deve estar delirando."

De repente, um vento frio e forte do sul provocou o farfalhar de algumas árvores, e um zumbido grave na noite a fez parar de imediato. Mesmo no breu, ela tinha certeza de ter visto um vulto passando rapidamente entre os arbustos, a ponto de fazê-la derrubar a lanterna.

— Alec? — chamou, num misto de medo e esperança. — É você, amor?

Como resposta, outro zunido provocado pelo vento que, àquela altura, trazia cada vez mais frio. A temperatura parecia baixar a cada minuto e os casacos duplos de Nina já não aqueciam como deveriam.

— Alec! Cadê você? Já não passou da hora de voltar, meu bem? — a estudante mal conseguia disfarçar o temor em sua voz trêmula. Quanto mais alto chamava, mais hesitante parecia.

E, numa partícula de segundo, quando decidia se avançava na mata ou retornava para o acampamento, a figura apareceu em sua frente. Nina só não desmaiou de imediato pois teve dúvida do que estava diante de seus olhos com aquela iluminação limitada. O vento cessou no mesmo instante e o frio que lhe massacrava os ossos deu lugar a um calor quase fulminante.

— Quem é você? Ou... *o que* é você? — ela perguntou, tomada por uma coragem inesperada, assim que conseguiu resgatar a lanterna do chão e constatou cada detalhe do que estava a dois metros de distância.

— Estou procurando meu noivo. Você o viu?

A verdade é que a luz da lanterna não se fazia mais necessária. O corpo do homem que a encarava era de um branco puro que reluzia, oferecendo um verdadeiro clarão em meio ao breu. Nina não queria acreditar no que via e também não queria admitir estar fora de si, diante de uma visão ou algo parecido. Ela precisava ser cética como Alec ou piraria.

— Volte para casa — o ser balbuciou. — O portal logo vai fechar — completou, olhando no fundo dos olhos de Nina, como se a despisse por dentro. A íris vermelha combinava com as penas igualmente reluzentes de seu cocar. Vermelhas como fogo ardente.

Nina questionou-se por um momento sobre a existência de alguma tribo desconhecida naquele lugar. Tudo o que sabia era que a região, velha conhecida de sua família, não abrigava nenhuma reserva indígena. O que aquela figura fazia ali, então? E que forma mais excêntrica era aquela? Ela havia remetido a existência do homem às origens indígenas por causa do cocar, mas tudo nele destoava de qualquer coisa que já tivesse visto antes. Jurava que poderia tocá-lo. Ele era real, mas sua pele translúcida também dava a ideia de que fosse um espírito. Nina, então, beliscou-se. Se estivesse sonhando, saberia. Não estava.

— Do que está falando? Qual seu nome? Não posso voltar sem Alec.

O índio de olhar rútilo se aproximou da estudante de modo fulgás, como se tivesse flutuado até ela, e tocou seu rosto, fazendo-a prender a respiração por alguns segundos. Mas, ao contrário do que esperava, não sentiu medo. O olhar penetrante do aborígene havia afastado de vez qualquer indício de frio. Ela agora incendiava dentro daqueles casacos.

— Meu nome Mira-Anhangá. Moça da cidade sabe quem sou. Volte pra casa. Alec aprender lição.

— Ei, espera! — Nina gritou assim que ele fez menção de flutuar novamente para longe. — Eu estou sonhando?

A estudante ainda precisava de respostas. O Anhangá que ela conhecia dos livros era um espírito aterrorizante, uma criatura pavorosa, o protetor das matas. Nada fazia sentido naquela cena. Aquele homem de luz não a amedrontava, apesar dos olhos lança-chamas. O quanto daquilo poderia ser real?

Como se respondesse ao seu questionário mental, Mira-Anhangá tocou-a novamente, desta vez nos lábios. De maneira suave, pressionou o corpo da estudante contra o tronco de uma árvore, movimento que fez a estrutura de Nina vibrar dos pés à cabeça. Paralisada pela atitude e envolvida pelo calor que emanava da pele transluzente do homem-deus, Nina se deixou levar. Pensou que fosse beijá-la — e talvez estivesse esperando por isso — mas Mira-Anhangá apenas a fitou pouco antes de marcar, com a ponta dos dedos, uma cruz invisível na testa da estudante.

— Sonho, moça da cidade. Portal, Mira-Anhangá.

— Eu ainda avisei que a caça tava proibida, e agora ele vem com essa história de espírito, de bicho sobrenatural... francamente, né, Helena? Ainda coloca a nossa filha em perigo...

— Xiuuu... ela acordou.

Nina abriu os olhos aos poucos, acostumando-se com a luminosidade do quarto. Estava em um hospital, mas não se lembrava de como havia chegado até ali. Seu sonho foi interrompido pelas palavras do pai, que ralhava com a mãe sobre algum acontecimento. Ao seu lado, Alec repousava numa cama repleta de aparatos médicos. Pés e braços engessados, o rosto tomado por arranhões em formato de cruz, os olhos envoltos em olheiras roxas. "Não foi um sonho", pensou.

— Filha, vamos deixar vocês a sós — a mãe de Nina disse com seu tom de voz sempre sereno.

Alec estava consciente, apesar de muito ferido.

— Meu amor, o que aconteceu? Eu só me lembro de ter ido te procurar naquele mato e agora acordo aqui. O que houve lá? Quem te encontrou? — Nina disparava perguntas, extremamente preocupada.

O estado débil de Alec só lhe permitiu responder em sussurro:

— Ele... ele me achou...

O TRIRREME ATENA

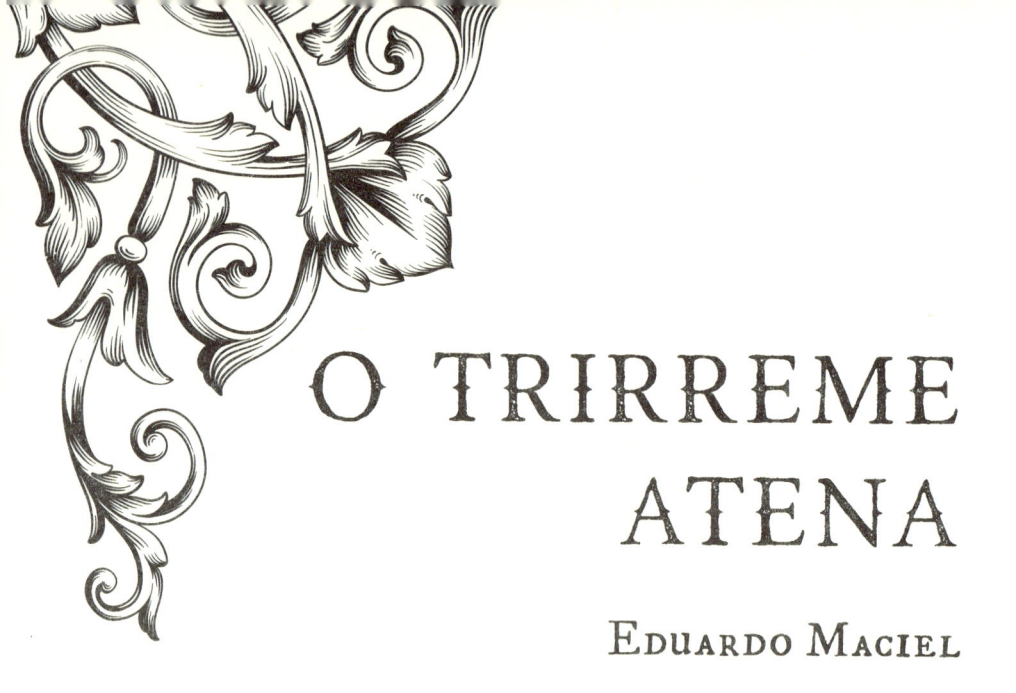

Eduardo Maciel

O meu nome é Tiestes, filho de Agamenon. Fui remador do trirreme Atena, em sua primeira expedição após a grande disputa entre os deuses que se deu aqui na nossa amada e belíssima cidade. Aqui de onde me encontro, consigo ter claros como lágrima todos os eventos ocorridos durante a tal expedição. Vou lhes contar tudo.

Já haviam se passado nove luas desde o fim da grande guerra entre Atena e Poseidon para ter um templo erguido em sua homenagem na terra onde nasci. Ambos demonstraram interesse, nos presenteando com dons realmente divinos: Poseidon bateu no solo da acrópole com seu tridente e fez ali nascer uma fonte de água salgada, nos garantindo a proteção dos oceanos. E Atena, da água salgada emanada da fonte, fez brotar uma árvore frondosa que seria para nós a origem inesgotável de sabedoria.

Os cidadãos votaram para escolher para qual dos dois deuses construiríamos o templo. Nossa cidade prosperava na época, talvez por isso a tal disputa. Mas no voto não conseguimos escolher. Zeus então levou para o Olimpo a querela, com o prestigioso auxílio de Hermes, para que os deuses votassem entre si. Poseidon foi derrotado. Decisão dos deuses.

Nesses dez dias e nove luas que se seguiram, a cidade inteira começou a se mobilizar para a construção do templo e adaptações necessárias para que todos soubessem que Atena nos protegia. Até nossa vasta frota de trirremes foi rebatizada. Todas as naus agora se chamariam Atena: uma honraria até mesmo maior do que a construção do templo, muitos disseram.

Eu tripulei uma das embarcações para a expedição de coleta de pedras para o templo. Consegui arranjar com o alto comando para que meu amigo Eupites, filho de Tirésias, fosse embarcado para servir no mesmo trirreme que eu. Já no embarque nos acertamos para empurrar o mesmo remo, com mais um desconhecido.

Trirreme Atena. Como as demais da frota. Porém, ao mesmo tempo distinta das demais, eu reparei, por haver na popa uma insígnia com as feições da deusa Atena desenhadas. Para quem não sabe, nossos trirremes são feitos de madeiras leves, como pinho, abeto e cedro, com as partes internas feitas de larício, freixo e olmo, vindos da Trácia. Têm 40 metros de comprimento e seis de largura, são extremamente velozes, movidos a remos. Têm 170 remadores distribuídos em três filas de cada lado. Ah, sim: e um polido aríete de bronze na proa, para nossa salvaguarda. O casco, coberto de piche, previne que entre muita água durante a travessia.

Pouco tempo de preparo de provisões e material bélico, além obviamente das cavas para pedras e do arqueiro, protetor do nosso trierarca, capitão da expedição. Todos a bordo, lançamo-nos ao mar.

E que mar! De um azul bem claro e reluzente ao Sol, suas águas calmas dando total estabilidade para o barco. Seguimos tentando com os remos manter nosso curso dentro da rota, com tranquilidade. Todas as funções dentro da nau extremamente bem divididas e todos tendo êxito em seus afazeres, como já era de esperar.

Mas o infortúnio se disfarçara de ovelha e embarcara conosco, ainda no cais do Pireu. E o que não era de esperar aconteceu.

De súbito, em uma tarde linda e quente, em que o céu estava tão reluzente quanto o mar, as águas, antes calmas, se revoltavam sob nós todos. Pequenos tremores de início, depois marolas e, em seguida, pequenas ondas, que passaram a nos preocupar seriamente. Certamente, uma corrente oceânica poderia estar nos colocando em dificuldade. Mas já podíamos prever isso, razão pela qual se somavam aos 170 remos de abeto mais treze extras, para substituição em caso de danos dessa natureza, que poderiam danificar o trirreme.

Infelizmente, não era isso. O infortúnio não havia se disfarçado de ovelha. Havia se infiltrado entre nós sob a forma de um potro, maior animal tripulando o barco. As ondas pequenas foram se adensando e se avolumando, e já não mais eram pequenas.

As ondas grandes se tornaram imensas, e um maremoto se somou às intempéries. Não, aquilo não era normal. E no balanço frenético da nau, em meio ao caos instalado, o avistei. Vindo dos céus e montando seu filho com a Medusa, o cavalo alado Pegasus, fazendo voar ao vento sua longa barba e empunhando seu tridente dourado confeccionado pelos ciclopes na época das lutas contra seu pai Cronos. Lá vinha ele, o próprio Poseidon! Sua expressão era de fúria. Fúria talvez maior do que a fúria dos mares, que já haviam destruído com suas grandes ondas mais da metade da frota dedicada à coleta de pedras para o templo de Atena.

Em se tratando de Poseidon, eu imaginava vê-lo caminhando sobre as águas ou até mesmo delas emergindo, senhor dos mares que ele é. Mas meus olhos não me traíam: ele se aproximava velozmente e voando.

Com um gemido alto e aterrorizante, Poseidon deu um voo rasante quase tocando o trirreme que eu tripulava. Mais um sobrevoo, e todos sem saber se mantinham o protocolo para manter os barcos ou se prestavam atenção àquela figura que muitos de nós sonhávamos encontrar, talvez em situação mais amena. Nosso aríete de bronze sequer fazia cócegas na dupla divindade. A batida de asas de Pegasus arrebatou de uma só vez dez trirremes ao nosso lado, e ficamos felizes por não termos sido destruídos. Por um instante nos sentíamos protegidos.

Mais um rasante e Poseidon fixou seus olhos nas insígnias para Atena desenhadas na popa do nosso barco. Já na nova subida aos céus bradou, fazendo tremer todo o oceano, o nome de Atena. Seus olhos passaram a brilhar com um tom de azul escuro. Ele estava furioso e, dessa vez, para o meu temor, o foco poderia ser em nós. Disse a Eupites que se mantivesse ao meu lado, para podermos nos manter juntos em caso de naufrágio.

Poseidon novamente manobrou Pegasus com grande habilidade e tornou a descer em nossa direção, tocando com a ponta de seu tridente o mar ao nosso lado. No momento do toque, vimos fumaça emanar dos mares e um forte cheiro de enxofre foi sentido por todos os tripulantes.

Primeiro percebemos uma movimentação subaquática, e não tardou para sentirmos a pancada da cauda de uma baleia branca, gigantesca, atingindo o casco, inutilizando um terço dele. A água já não mais podia ser controlada, e o trirreme já tinha seu fatal destino selado. Porém, como se não bastasse, tivemos toda a embarcação abraçada por um polvo enorme, cujos tentáculos esmagaram o que havia restado de madeira. Já não mais havia barco, apenas madeira espalhada ao mar. No meu trirreme tampouco havia mais homens, tragados pelas ondas ou dilacerados pelo impiedoso polvo.

Nossa reação, minha e de Eupites, foi a mais primitiva de todas: buscamos nos agarrar a pedaços dos barcos destruídos para sobreviver. Enquanto fazíamos isso, ouvíamos em alto e bom grego Poseidon repetindo que nos veria morrer por termos ousado batizar a frota com o nome de Atena. E mais ainda, por termos feito desenhos honrando Atena em uma das naus. Um após o outro, Poseidon foi dizimando toda a frota. Um a um, e por vezes vários com um único golpe. Até mesmo os golfinhos atacavam os sobreviventes ao mar. Um verdadeiro extermínio. Violento e aterrador, fazendo as águas claras mudarem de cor para um vermelho em tom de sangue.

Apenas eu e Eupites conseguimos nos esconder por dentro da madeira curva em que nos abrigamos. Fomos aos poucos sentindo novamente o mar se acalmar e o sangue se dissipar. Só então relaxamos nossos músculos. Dormimos quase imediatamente, tão esgotados que estávamos depois do terrível ataque do deus dos mares, provavelmente por vingança em razão de ter perdido a cidade. Dormimos por horas a fio, nem saberia precisar quantas.

Ao acordar, sentíamos sede. Muita sede. Já estávamos acostumados a permanecer longas horas sem comer. Afinal, somos remadores. Mas sem água? Isso já era um problema muito mais sério.

O tempo foi passando e a sede aumentando, quando Eupites então resolveu orar rogando que Atena viesse em nosso socorro, nos trazendo um pouco de água e um direcionamento sobre para onde deveríamos ir após termos experimentado a raiva olímpica.

Ainda me pergunto o porquê de ele ter feito isso. Uma oração dirigida ao Olimpo ecoa por entre suas colunas e reverbera por toda parte, chegando até mesmo ao Tártaro. Pobre Eupites, sempre tão carente de direcionamentos. Ele orou, mas não fez oferendas, e Poseidon ouviu sua voz humana antes de Atena.

Novamente os mares se agitaram, e nós pudemos avistar uma ilha, com pequena faixa de areia e praias em sua maioria pedregosas. Repleta de árvores de todos os tipos e tamanhos. E montanhas. Montanhas altíssimas, como numa cordilheira intocada. Em uma delas, pudemos claramente perceber uma cachoeira. Cachoeira, eu disse. E cachoeira significava água doce, tudo o que precisávamos para aplacarmos nossa sede terminal.

Pusemo-nos a enfrentar as marolas e correntes marítimas usando os próprios braços como remos na direção da ilha. Remamos por minutos e percebemos que, quanto mais avançávamos na direção da ilha, mais ela se distanciava de nós. Paramos de remar. Mal conseguíamos respirar e éramos consumidos pela sede. Entreolhamo-nos e quase imediatamente vimos Poseidon emergir em uma nuvem de espuma, com quatro golfinhos e duas sereias ao seu lado. Dessa vez, o seu olhar não era mais tão raivoso, mas sim sarcástico.

De fato, o deus dos mares parecia gostar de ver nossos esforços em vão para chegar à ilha. E ali nos encontrávamos, sozinhos os dois, de novo face a face com Poseidon e seu tridente inseparável. Onde porventura estaria Atena naquele momento, em que tanto precisávamos dela? Questionei-me em pensamento, mas Poseidon podia ouvir o que pensávamos. Então ele nos disse que Atena nada poderia fazer para ajudar-nos e que somente ele, Poseidon, poderia nos salvar a vida, como prêmio por termos escapado de sua ira ao destroçar toda a nossa esquadra.

Sem titubear, pusemo-nos a orar para ele, suplicando que tivesse misericórdia de nós. Ele nos demandando mais fervor, e nós respondendo à altura. Oramos sem dormir por duas luas seguidas, corpos quase mortos por desidratação. Ao final, imploramos a Poseidon que fizesse algo por nós, que já havíamos sofrido tanto.

Ele ponderou, ainda com aquele ar de sarcasmo, sobre o pedido que finalmente fizemos. O nosso último pedido. Ponderou e nos disse que ele, em sua magnitude, sabia ouvir os humanos e se compadecia, muito embora no nosso caso estivéssemos no meio da questão com a deusa Atena. E errados, segundo ele, por nos prestarmos a ir coletar pedras para erguer um templo para ela.

Após nos fazer agonizar de ansiedade, como se não bastasse a sede e o cansaço físico e mental, disse-nos que havia chegado a uma conclusão sobre como nos ajudar.

Finalmente um resquício de esperança! Quem conta com a ajuda de um deus do calibre de Poseidon certamente não sairia desapontado. Não mesmo.

Sorrindo, mas ainda com aquele olhar, Poseidon disse reconhecer nossos esforços individuais como os únicos sobreviventes do massacre contra os trirremes, por termos tido coragem ante o mar agitado e remado com as próprias mãos para alcançar a ilha que nos garantiria a sobrevivência.

E, por ter reconhecido essa batalha para chegar até a ilha, concluiu que se a ilha não existisse, não haveria necessidade de nos desgastarmos para chegar até ela. Ao dizer isso, fez um sutil sinal com a cabeça para as sereias, que saltaram da espuma onde estavam para as profundezas do mar, só restando agora aquele deus, seu tridente e os golfinhos. Fez o sinal e novamente tocou o mar com o tridente, dessa vez mergulhando-o quase todo, deixando apenas as setas aparentes, acima do nível do mar.

Com esse ato, fez subitamente desaparecer a ilha, engolida que foi pelo mar. Totalmente submersa, como se jamais existira. E, perplexos, já sabíamos que iríamos perecer. Nada de água, nada de Atena, nada de ilha, nada de esperança. Apenas a imensidão dos mares e Poseidon com seus golfinhos.

Quanto tempo durou o nosso sofrimento seria muito difícil para mim precisar, mas havíamos desistido. Nem precisamos nos falar um com o outro para sabermos disso. Tive o desprazer de uma vida inteira ao ver o meu grande amigo Eupites deixar o seu próprio corpo, levado pela barca invisível de Hades. Sim, ele estava morto. Sim, começava a exalar os aromas da morte. Mas eu não. Eu estava vivo. Até que vi a barca chegar também para me levar, ainda sob o olhar de regozijo de Poseidon.

Meu nome é Tiestes, filho de Agamenon. Fui remador do trirreme Atena, em sua primeira expedição para angariar pedras para o templo da grande deusa. Aqui de onde me encontro, consigo ter claros como lágrima todos os eventos ocorridos durante a tal expedição. Onde Poseidon nos mostrou as razões pelas quais é, junto ao seu irmão Zeus, um dos deuses mais temidos de todos os tempos. Tempos passados e tempos que ainda virão. Posso lhes garantir: não há perdão quando se trata do grande rei de todos os mares.

MANDRÁGORA

César A. Pereira

12 de março de 2021

Minhas anotações já há muito deixaram de ser sobre os eventos corriqueiros de minha vida para se transformarem em ritos pouco complexos que me afastam dos demônios da profissão. Confesso ignorar a importância de uma sessão técnica na atual conjuntura, contudo, em defesa própria, saiba que meu amigo de longa data e colega em psicologia, Dr. Loberto F. Shulman, quem me acompanha neste quesito, encontra-se desprovido de espaço em sua agenda, por entre seminários, artigos científicos e tempo com a família. Portanto, não sendo (meio) culpa de ambos.

Mais cedo, recebi em meu gabinete na Escola Estadual Conde Serrano de Vila Real a adolescente Aline Bertrand, 14 anos, escoriada nos braços e rosto, tendo também um corte no topo da cabeça. De acordo com ela, lesões feitas pela colega Efigena Silvestre, 16 anos, durante uma discussão que acabou em briga. Feito por costume, solicitei que Aline relatasse como sua situação com a consorte chegou a este ponto. Em prantos, ela revelou estar sofrendo *bullying* por parte dessa aluna há mais de ano.

Elas nunca se bicaram, mas o relacionamento se tornou insustentável quando as duas descobriram que gostam do mesmo rapaz, Murilo

Duval, da sala 1º C. Estranhamente, parece que lembro de relance ter experienciado algo do gênero em minha áurea época de colégio. O nome dele era Esteban? Não vem ao caso...

Em continuidade, verifiquei que a senhorita Bertrand não tem nenhum histórico de violência, vandalismo ou perturbação de sossego; ao contrário da rival, que sempre esteve envolvida em circunstâncias malquistas: xingamentos, algazarra e enfrentamentos corporais; informações estas conseguidas no caderno de ocorrências da supervisão. Ainda, segundo Aline, a contendedora da classe tenta humilhá-la perante os demais alunos, chamando-a de magrela e falando de seus cabelos, o que, desde bastante tempo, por vezes, tem lhe causado depressão.

Logo, o desempenho da vítima na escola, acadêmico e no basquete, caiu em comparação com a média corriqueira. O que me leva a questionar como é engraçado o julgamento de certos progenitores sobre os sentimentos de seus filhos. Onde estão os pais destas meninas? Em que mundo estamos vivendo, meus amigos?

Fiz então da seguinte maneira: informei a ela que este tipo de brincadeira ocorre com grande frequência e em diversas faixas etárias (o que é um absurdo pelo tanto que se tem visto a despeito do assunto); e que pode significar válvula de escape daqueles que a praticam. Talvez por estarem passando por um problema pessoal ou até mesmo de saúde física (o primeiro motivo, tenho certeza, se enquadra com perfeição). Por fim, prometi orientar duramente Efigena a deixá-la em paz e que este tipo de comportamento não poderá seguir adiante.

Aline transpareceu mais calma até chorar nos ombros da mãe, quando a senhora Bertrand veio buscá-la assim que soube da eventualidade. Bom! Serviço encerrado. Aguardemos o sucesso de meu trabalho com ambas as mocinhas e simbora descansar para amanhã.

13 de março de 2021

Não diria que minhas intervenções tiveram, mais cedo, êxito completo, porém, houve seus méritos. Começando o dia resolvendo o problema da invasão dos banheiros femininos, praticada pelos diabinhos Valentin, de 10, e Theo, de 11 anos. Finalizando com a valentona Efigena Silvestre.

Hoje conversamos nós duas, ela carregando marcas tão visíveis quanto sua inimiga do desentendimento de ontem. Rapidamente notei que ela sofre de pernas e mãos inquietas e rói unhas, ficando claro comportamento de ansiedade. Com relação a interações com figuras adultas, sugeriu-me bastante durona, não quis falar muito do ocorrido e se limitou a dizer que poderia culpá-la de tudo. Que já é atitude habitual do colégio e dentro de casa, por isso as punições não a atingiam mais.

Indo mais a fundo, questionei sobre o porquê de sua ira para com a consorte de turma e ela foi irônica, respondendo achar graça em zombar dos mais fracos (revelando baixa autoestima). Conquanto isso foi leve, perto de sua brusca alteração de humor quando toquei no nome de seu interesse amoroso, e que este não iria gostar de ter um relacionamento do tipo com uma moça de gênio tão difícil quanto o dela.

Quase apanhei! (estou rindo de nervoso) Efigena bateu na mesa com toda força disponível e me encarou nos olhos dizendo que isso era assunto apenas dos dois. Calando-se em seguida e não mais abrindo a boca para nada além de bocejos. Imagine como a minha situação ficaria bonita! Já não sendo lá aquelas, ainda por cima, com o rosto estragado por uma meliantezinha. Mas, em tom sério, sua rotina familiar deve ser por demais desagradável. (Preocupação.)

Bom, não havia muito a se fazer além de notificá-la de que sua condição para prosseguir estudando em Conde Serrano está cada vez pior, e que uma próxima casualidade como esta, desse nível de baixeza, resultará em acionamento do Conselho Tutelar, de novo, já me confirmado pela diretora.

A mãe dela provavelmente está na berlinda de perder sua guarda. Devo me lembrar de contactá-la na intenção de alertá-la, antes que o pior aconteça.

1º de abril de 2021

Já fazia algum tempo desde que falei pela última vez da novela em que as docentes, Aline e Efigena, protagonizam. Pois a trama vai ficando mais emocionante e, diga-se de passagem, não é exagero.

Aline, hoje, veio até mim com o psicológico em frangalhos. Os cabelos e parcela da roupa, oriunda de doações e emprestada pela escola, ainda respingavam água do chuveiro, enquanto ela tremia de frio e desgaste devido ao fato ocorrido precedentemente a nosso encontro. Consoante ela, Gena estava gritando palavras de baixo calão na arquibancada da quadra poliesportiva enquanto o treino de basquete acontecia.

As coisas seguiam bem até que, terminado o exercício, uma de suas amigas, Maisha Fleury, foi defendê-la das maldades de sua perseguidora e acabou levando um empurrão. Com raiva, Bertrand a xingou de "baleia motociclista" (foi engraçado no momento, mas tive de me conter) e outros nomes dos quais não me venho a lembrar agora. Efigena não reagiu no momento, esperando para minutos depois roubar suas roupas enquanto Aline tomava banho no vestiário. O que a deixou da forma que mencionei: ensopada e estremecida. Aliás, no momento da travessura, apenas de toalha. Clamando aos berros por socorro, o que alertou uma multidão de curiosos.

Mais uma vez, na tentativa de diminuir o problema, vi-me ameaçada por um adolescente. Perguntei se havia provas de que a traquinagem tinha sido executada mesmo pela jovem rival e Aline saiu de si. Vociferando coisas do tipo: "vocês são cegos"; "protegem os agressores"; "vou eu mesma matar essa vadia", etc. Voou próximo à minha fronte um porta-canetas que, por sorte, não se arrebentou em minha cabeça. De vidro. Teria ganho uns belos pontos.

Fingindo tranquilidade, passei a mão no telefone e requisitei um chá calmante ao senhor Lázaro, dos serviços gerais, com intuito de não deixar a estudante abandonar meu escritório na condição deplorável e perigosa. (Sim! Circunstâncias destas podem levar a fatalidades.)

Daí em diante, segui mais cautelosa (já ~~imaginou perder a cabe~~ça?). Disse que compreendia o estado em que a situação estava e que imediatamente sugeriria a tomada de medidas drásticas por parte da direção do colégio. Neste ponto, ela tremia de modo assustador e até cheguei a pensar que poderia ter um ataque convulsivo de choque emocional. Deus me livre! Que quinta tensa. Merecidos uma pizza e vinho pra abrandar os nervos.

2 de abril de 2021

Enfim, um descanso de toda essa bagunça, velho amigo! Amanhã vou para casa da Dona Gumercinda, comer um saboroso molho de peixe, beber e ter o colinho tão querido da mamãe nas semanas que transcorreram. As sessões com essa dupla têm botado à prova meu limite de esgotamento mental, assinando embaixo minha abnegação de reproduzir (risos). Coitadas! Não as culpo pela criação desleixada em que têm desabrochado. Todavia, não deixa de ser estressante para quem enxerga o ambiente em desalinho que deveria lhes significar segurança.

Pois bem! Tenho esperança, de todo coração, que estas sejam as derradeiras palavras dos encontros com elas. Estou afeiçoando-me às duas de um jeito que pode prejudicar meu parecer diante dos eventos.

Gena, por volta das 8h, compareceu a meu gabinete, com o objetivo de entendermos a razão da peripécia citada antes. De início, carrancuda, ficou em silêncio, observando alguns pássaros piando à janela do cômodo e, sem qualquer aviso, começou a chorar (de dar dó).

Ela, lamuriosa e soluçante, falou que tem inveja das outras garotas por serem mais bonitas e felizes. Que há meses vem sentindo-se solitária, principalmente quando a mãe levou o namorado pra morar em sua residência, substituindo a figura de seu pai por aquela horrível. Afirmando que nunca aceitará o rapaz como sendo parte da família. MAS A GAROTA É TÃO IRADA! O QUE ESTÁ HAVENDO, MUNDO? Que cabeleira colorida, viva! E que estilo... queria eu ter sido assim. (Agora a invejosa sou eu... kkkkkkk.)

Continuando! Quis mudar de foco e a perguntei por que do ódio do companheiro da sua progenitora. Assim como previ, a resposta voltou-se para seus defeitos, seu corpo avantajado, sua covardia de encarar a realidade. Não deu outra, eu a abracei e por um curto instante senti aquele calor de que falam as "boas" mães.

Cessado o pranto, inquiri se estava confessando a travessura do roubo das roupas. Conquanto, não obtive resposta. Outra vez Efigena se embruteceu e nada mais fez além de fixar os olhos para seus pés que dançavam. Foi horrível dizer o resultado à diretora Cássia e que seria necessário achar o autor da malícia. Percebi pelas palavras, modo de olhar, que já havia desistido da recuperação da educanda. Fiquei até desconcertada de lhe pedir a visita da senhora Rúbia Silvestre.

Vamos parar por aqui, que amanhã é pé na estrada.

6 de abril de 2021

Nada de novo sob o sol: mulheres hostilizadas por um sistema esmagador.

(Ess~~a merda tem horas que me irrit~~a.)

Eu saía para voltar para casa quando o senhor Lázaro me interceptou nos corredores da escola, junto a Dona Rúbia. Ela, por deveras constrangida, afirmou que as diabruras da garota nunca chegaram a este patamar, apertava uma bolsa abarrotada entre os dedos, qual um bichinho do mato acuado num canto, me dando motivos para constatar estado de longo prazo de desorientação. Fumava um cigarro após o outro. Assim, deixei que se abrisse mais do que a interpelei.

(Não existe histórico de uso de drogas psicoativas na família; no entanto, declarou incidentes de agressões corporais e verbais entre eles. Ainda assim, ratificando ser uma pessoa "controlada". Nossa!!)

Segundo esta mãe, infelizmente não está conseguindo conciliar sua interação com a filha (não chamando, em momento algum, Efigena pelo nome) por trabalhar cerca de 12 horas fora de casa, às vezes aos fins de semana, como diarista. O namorado passa mais tempo com Gena, mas os dois não se dão bem, a ponto da jovem "inventar" ações abusivas por parte dele. (~~FDP!!~~) Inocentemente, a mãe crê que tal braveza tem relação com o fato de ela não aceitar voltar para o ex-marido, que teve um relacionamento adúltero até os amigos do homem lhe contarem a traição. (~~Outro verme~~!)

Gente, quero descer! Tá foda estar no meio desses lixos.

Arf! Continuemos. A pobre trabalhadora daí pediu desculpas e quase rompeu em lágrimas ao imaginar a expulsão da garota do colégio, prometendo tentar uma aproximação maior da filha e que essas eventualidades não irão mais acontecer. Acaso voltassem a ocorrer, ela mesma pegaria a transferência escolar da estudante, ainda que contra sua vontade.

Descrito meu diálogo com a senhora Silvestre, acho que essa foi a primeira vez, em cinco anos na instituição, que me deu ânsia de ter falado com a Cássia. Realmente, foi uma bosta!! Ela tinha um semblante de cu e me fez jurar alertá-la quando notasse que Gena tornou-se um caso perdido.

15 de julho de 2021

JESUS! Alguma coisa está muito errada com Gena, e a imagem que está na minha cabeça tem martelado o dia inteiro. Meu almoço foi péssimo, os cafés, crendo que dormir será ainda mais dificultoso. Estou embasbacada em perceber como ela mudou pra pior!

A começar pelo débil aspecto, sendo aquela pessoa à minha frente uma cópia totalmente distorcida da anterior, tão brilhante, intensa, profusa em suas emoções. Estou bastante horrizada! Não minto. A cabeleira de cor azul deu espaço a um tom de espanador acinzentado e a pele (meu Deus!) agora em igual situação: ruça. O alerta viajando por lugares sobre os quais achei inoportuno falarmos, quando a chamei para conversarmos. Nenhum traço visível da intranquilidade anterior. Eu já estava querendo debater sua falência nos conteúdos bimestrais, por causa do excesso de ausência nas atividades e grave déficit atentivo. Porém, fui pega de surpresa. Sendo óbvia a urgência de tratamento hospitalar. (Será que eu peguei o número da mulher?)

Pareceu uma eternidade acostumar-me com aquela presença, transformada de forma tão radical, e só aí pude perguntar se estava usando algum tipo de narcótico, se tem repousado o suficiente e se alimentado como prescrevem os médicos. Ela replicou em voz suave, quase num sussurro, aduzindo séria falta de disposição que "nem um nem outro". Reclamou de fortes dores pelo corpo e cabeça que a impedem de comer ou dormir. Natural em estado como aquele.

Após um silêncio mórbido entre nós, interroguei se foram feitas consultas e como tem sido o acompanhamento familiar. É CLARO QUE A ESTÚPIDA DA MÃE E AQUELE ESCROTO NÃO TÊM SE IMPORTADO!! Telefonei ao escritório da supervisão para que advertissem a sua "(IR) responsável" a respeito da séria fraqueza da filha e que lhe cobrassem atitude pra ontem.

Ela está tão doente que vomitou bile no chão da sala e teve de passar o braço nos ombros de um funcionário para se retirar, aguardando alguém vir buscá-la. SIM! OFERECI CARONA MESMO!! NÃO POSSO, MAS FIZ. FODA-SE!!!!!

O que vai ser dessa menina, hein? Puta coisa punk isso.

19 de julho de 2021

Um final de semana após a vinda chocante da colega, não me admirou, Aline aparece em meu escritório narrando maluquices, culpando-se pela condição de vigor de Efigena Silvestre. Até teria sido hilariante, não fosse pela seriedade do vigor da outra moça. Eis o que Bertrand me contou.

Histérica e fatigada da perseguição da estudante brigona, Aline maquinou formas de se vingar, examinando sua criatividade, livros e artigos na internet. Então, em determinada noite, encontrou num *site* uma espécie de maldição contra pessoas indesejadas. Alucinada com a ideia de ver a moça que lhe estava infligindo tanto sofrimento acamar-se, agarrou-se a este subterfúgio, executando o "feitiço" (foi assim que ela chamou), passo a passo, até o final. A praga não exigia muito mais que um objeto pessoal da vítima, dedos espetados, recitação de preces e uma planta. Eu podia ter rido, mas me lembrava com frequência da face de Gena.

Não acabou no processo anterior. As coisas têm mais detalhes, que foram me irritando paulatinamente. Nossa "bruxa" disse ter plantado um vegetal na praça, que em sua fase adulta ficará grande, imaginando não haver restrições na escolha da espécie do que deveria ir para a terra. Mais tarde, vigiando a rival e achando já ter evidências o suficiente de que a garota agonizava (nesse momento subiu-me uma vontade de dar-lhe uns bofetes), ela descobriu a regra de uma troca equivalente. A mandrágora, nome mencionado por ela, absorvia a energia vital de quem se desgosta acordada da necessidade para seu desenvolvimento. Portanto, o jacarandá posto por ela ceifaria a vida da consorte e não pararia por ali.

Tentando me conter, não só de gritar com ela, mas também de interná-la num hospício, a aconselhei que, se acaso estivesse se sentindo réu de toda circunstância entre as duas, a se desculpar e que deixasse de crer em possibilidades tão absurdas (b~~urras, tolas, malucas etc, etc, etc,~~ ~~etc.~~). Indiquei ainda a inevitabilidade de que se procure um psicólogo da saúde (~~OU EU O FARIA PRA ELA~~).

17 de agosto de 2021

Eu estou muito chateada e me sentindo horrível! Esse trabalho é uma bosta! Me estorva interferir com mais ênfase no que é gravíssimo. Gena está mal, meu Deus! E não sei o que fazer. Transcorrido cerca de um mês desde minha última conversa com ela em princípio de sua adinamia (eu já a chamo pelo apelido, pois me afeiçoei pra caralho a analisando), por volta das 9h15 esbarrei com ela pelos corredores e quase enfartei. Pois sinto que será seu fim! Em dez anos de profissão, nunca me senti tão impotente pelo que irei aqui descrever!

Os pais da pobre criatura a negligenciam e foram praticamente nenhuma as tentativas de busca por sua cura. Ela está em estado deplorável de mumificação, quase vida. As pernas, magras e trêmulas, não suportam o corpo, fazendo-a caminhar como idosa. A coluna, avelhentada, lança o tórax pra frente. Não existia uma corcunda, agora há. Muito da cabeleira dela caiu, restando mexas de um colorido mórbido. Olhar: sem brilho; pele: cadavérica. E, que Deus me perdoe, o hálito podre de um organismo morto.

Ofereci a mim mesma de conduzi-la a uma emergência, quando ela deu seu único riso, e tenebroso por sinal, em todo nosso diálogo, me fazendo saltar da cadeira, respondendo não haver justificativa para tal. Gente, é muito ruim tudo isso!!

Sequentemente ela me agradeceu pelos "serviços prestados", me rotulando como um bom ser humano, enquanto seus olhos semiopacos lacrimejavam. Antes de sair porta afora, pegou um frasco de dentro da bolsa e lançou por sobre minha mesa, este contendo os testículos do companheiro da mãe. Não teriam mais utilidades pra ele, afirmando por entre dentes enegrecidos.

Burra como eu sou, estúpida, fiquei congelada na cadeira. Meus músculos demoraram a obedecer para que eu avisasse, o mais breve que conseguisse, a direção e a supervisão que Efigena não devia sair da escola. Mas ela sumiu do prédio. Contei tudo que pude à polícia.

Vila Real, 3 de março de 2022

Cara Senhora Gumercinda Pratos Dragon,
Venho através desta solicitar sua visita para que possamos tratar da internação de sua filha, e minha amiga de longa data, que de sobejo estimo, no Hospital Psiquiátrico Lis Pector Somar.

Como já lhe relatei, ela vem apresentando seríssimas manifestações de desordem mental: alterações no nível de consciência, choro frequente, queixas de tristeza, pensamento desorganizado, lapsos de memória, alterações de humor etc.

Acredito que o custoso serviço na Escola Estadual Conde Serrano de Vila Real e o falecimento misterioso de uma aluna que atendia tenham resultado na sua insanidade atual. Ela, como a senhora deve saber (Pâmela me contou terem vocês conversado a respeito), não tem dormido, tem sonambulado e até se autoagredido. De acordo com o que vem me relatando, se responsabiliza pelo infortúnio dos estudantes da instituição em que trabalhava até seu afastamento, inclusive, o de óbito da moça que acompanhou por último.

Acrescido a este sentimento negativo, do qual discordamos estar certo, tem visionado através de sonhos estar moribunda na grama de um lugar desconhecido enquanto formigas, baratas e larvas devoram-na. E seus restos servem de novo para nutrir a terra. Consequentemente, em estado de sonambulismo, coça-se com o objetivo de livrar-se das pestes, machucando diversas áreas do corpo.

Ficando-nos claro urgentíssima necessidade de internamento para a sua proteção e futura recuperação.

Aguardo breve retorno,
Dr. Loberto F. Shulman.

DA TRAGÉDIA ME FIZ LENDA

Little Blue Fairy

I

Uma grande gargalhada, um pequeno tornado, e ...
— Preciso da sua ajuda!
— Ai, caramba! Quase desencarno. Como posso ajudar?
— Faz hora do mundo saber da realidade dentro do mito, mas num tenho jeito pra escrever bonito não; preciso da sua ajuda de contadora de estória pra fazer da realidade O VERDADEIRO MITO!
— Huh! Que hora realmente oportuna essa! Veja, soube dessa antologia de contos; e ainda dá para participar. Olha aqui! Será o casamento perfeito pra sua estória.
— Puxa vida! Que capa linda! Não vejo lugar mais bonito pra minha estória.
— Né?! isso é que eu chamo de tremenda coincidência!
— Bem; bem, andei ouvindo sussurros por aí.
— Prometo que farei o melhor!
— Então, vamos voltar lá pra ...

II

O sol cobria-se com brancas mantas acima das copas de altas e densas árvores que escureciam ainda mais toda a floresta, enquanto meu coração retumbava em meu peito pela raiva que havia sentido, pelo medo que agora sentia e o sangue que meu corpo, usado além da capacidade, exigia; por estar correndo pela minha vida, adentrando cada vez mais a natureza ao meu redor; as folhas acrescentavam finos cortes na perna que marcava em sangue, a terra que massageava meus pés descalços e os gravetos que partiam pelo caminho por onde desesperadamente passava.

Conseguia escutar em meu encalço os capatazes de meu falecido senhor com suas botas, deixando pegadas profundas na terra, furiosos a gritar.

— Não o deixem escapar!
— Peguem-no! Faremos com que ele trabalhe até a exaustão!
— Maldito negrinho!

Meus músculos fraquejavam pelo esforço que eu os impunha, e o líquido quente e viscoso que profusamente emanava do corte recentemente aberto por meu senhor, enfraquecendo-me a cada gota perdida, permite meus algozes de se aproximarem; parece um esforço inútil! Mas fraqueza, dor e um futuro sombrio não me amedrontam. Jamais vivi nesse mundo covardemente e não o deixaria desta forma; se a morte em breve me abraçaria, eu a aceitaria com a honra de um guerreiro africano, lutando até o fim.

Senti a terra mudar abaixo de mim. Tornava-se macia e úmida, o som de água corrente se mesclava à fúria às minhas costas; de repente, o nada!

III

A terra se abriu e me vi rolando ribanceira abaixo. Pude ouvir as botas parando logo acima, até que a dolorosa descida parou; apenas para ser arrastado pelo rio que antes só podia ouvir. O rio não só impediu os capatazes de chegarem até mim, como a correnteza também me impedia de chegar à margem. Estaria eu morto ou a salvo?

A correnteza era forte demais para um corpo exaurido conseguir vencê-la mas, com todas as forças restantes, tento chegar até a margem sem êxito. Estava entre a cruz das águas e a espada dos capatazes, que, certos de minha morte, me observavam ser arrastado para um destino incerto.

O desespero intensificava e o guerreiro em mim, para me salvar, digladiava-se com o menino apavorado, razão *versus* emoção; mas foi o instinto do adolescente que venceu. Debatendo-me como louco, conseguia apenas me manter emergido o suficiente para sobreviver e, como se já não houvesse uma inundação de emoções, todo este turbilhão me sugou para a antiga lembrança onde um menininho era calorosamente abraçado após a pergunta feita ao pai.

— Papai, por que o povo branco precisa, com tanta força, fazer nosso povo odiar a própria pele?

Pela primeira vez ele sentiu amor-próprio ao ouvir a resposta que o transformaria para sempre.

— Meu filho, se a vida fosse só sofrer e odiar a nossa raça, Oxalá jamais teria nos dado a imensa capacidade de amarmos a nós e ao próximo. Apenas permita-se sentir.

Irradiado por amor, tentava segurar-me nas pedras que surgiam ao meu alcance, mas todas eram muito escorregadias, apenas ferindo mãos já marcadas pela escravidão; minhas lágrimas salgavam as águas ao me dar conta de que estava prestes a entrar em colapso. Não! Não morrerei! Pedras malditas, não consigo segurar!

Um grande corte me fez sentir delicadas mãos sobre a minha, tal qual no dia em que as pequeninas mãos de minha irmã cuidavam das minhas, feridas pelo castigo recebido ao roubar um pão quando faminto. O ar já não entra mais em meus pulmões e minha visão, tão turva quanto o rio que me suga a vida. Assim penso nas cantigas de meus deuses, até que uma escuridão substituiu o caos.

IV

Oscilando entre a vigília e a inconsciência, por entre minhas fracas pálpebras, o reluzente brilho de feixes dourados cegavam-me e, embalado pelo tilintar de metais, me entregava novamente ao inconsciente; reencontro minha consciência, a luminosidade e o tilintar permaneciam, mas... esperem! Agora uma voz os acompanha. Feminina e imponente, dizia:

— Não chegou a tua hora ainda, jovem guerreiro.

Acalantado pela voz, sucumbi ao desejo do corpo, caindo no limbo entre vida e morte. Despertei sem conseguir abrir os olhos, com o brado de um guerreiro; a atmosfera vibrou ao som do desembainhar de sua espada e ao pé do meu ouvido uma poderosa voz entoava palavras de meus ancestrais africanos, transmutando por inteiro as minhas células e, então, fez-se o silêncio. Quase perdi a consciência uma vez mais quando a terra tremeu como que atingida por um raio radiante, e em pouco tempo suaves palhas tocavam minhas feridas, fazendo-as formigar e arder como se estivessem sendo assepsiadas. Um aroma desconhecido perfumava o ar e de imediato uma cantiga sobre mãos grandiosas empunhando o mágico xaxará surgiu em minha mente, até uma dor lancinante perpassar minha perna, esfaqueada ao dar, em meio à luta, o golpe fatal pela lâmina presa ao pé, naquele que, com seu poder monetário, ganhou o direito de possuir minha vida, corpo e liberdade, que, por sua criação e alienação social, ousou pensar não haver reação minha às suas palavras desumanas.

— Vocês, negros bastardos! Pertencem a mim! Faço o que quiser com cada um de vocês e exijo obediência! — olhou para mim e ameaçou. — Suma daqui ou vai pro tronco.

Veneno jorrado em resposta à minha súplica, nascida do profundo desejo de proteger minha irmã; não era escravo, tampouco guerreiro, apenas um irmão.

— Por favor, não! Solta ela, dotô! Poupa a minha irmã! Pode me açoitar no lugar. Ela é só uma criança, nem sangrou ainda!

Supliquei, apavorado, buscando fôlego perdido por ter corrido desvairado abandonando minhas funções, no momento em que vi minha irmã sendo arrastada para o velho celeiro, assim que tive minha atenção desviada para os gritos angustiados que ela bradava tão logo se viu arrastada. Tudo não passou de um flash de recordação em minha mente. Transbordando de emoções profundas, desmaiei.

V

Não sei por quanto tempo desacordado fiquei, finalmente recobro total consciência; há vida correndo em minhas veias! Sinto uma eletricidade em meus músculos, estou poderosamente revitalizado e saudável! Agora só me importa saborear o frescor da nova chance.

Congelei de pavor! A mão que levei até a minha perna ferida para aliviar o formigamento ardente agora tocava a terra! Não pele e músculo! Após certo tempo olhei para baixo e, onde deveria haver um par, só se via o singular. Entrando em pânico, puxo todo o tecido da calça, até que quase na cintura encontro uma perfeita cicatriz. Mal notei as lágrimas escorrendo em profusão enquanto mantinha o olhar fixo onde minha perna deveria estar.

Tentando intensamente lembrar da amputação, não percebi a atmosfera mudando até ouvir o desembainhar de uma espada, e então vejo materializar-se o guerreiro de vestes azuis e verdes e coroa cravejada de búzios olhando-me intensamente. Sua voz vagamente familiar ecoa em mim, me acalmando por inteiro.

— Guerreiro! Jovem destemido, a batalha findou-se, mas a guerra faz raiz ao seu redor. Uma perna lhe foi tirada ou sua vida seria ceifada. Guerreiro luta até o fim, seu propósito agora começou. Vista minha armadura e não permita mais o temor. Levante! Faça da floresta o seu lar e escute seu coração. Ele o guiará com a mão dos Orixás.

Fincando a espada na terra, fez com que o solo se abrisse num trovejar e por ela desmaterializou-se, deixando tudo no silêncio noturno.

Cavalos ao longe se aproximando alertaram meus sentidos, ouvi os cascos suavemente marcando a terra e vozes que não podia distinguir, o estalido do chicote cortando o ar e o relinchar, em uníssono, a cantar junto ao lamento humano vinham em minha direção. Levantei-me com rapidez e desenvoltura assustadoras. Precisava sair dali, pois indubitavelmente reconheceria tal vívida prova da escravidão em qualquer forma. Assustado com minhas novas capacidades quase sobre-humanas, camuflei-me no ponto mais escuro, deixando para trás uma pequena e forte ventania, fazendo a carroça abruptamente parar e sobressaltando os escravocratas.

— O que foi aquilo!?

— Não sei, não. Deve ter sido uma ventania adiante.

— Que ventania o quê! Já viu vento feito do nada?! Não tem folha balançando em mais lugar nenhum!

— Foi bicho, então!

— Não. Essas bandas de cá não têm bicho pra isso não. Pra um vento desses, tem que ser grande e rápido. A gente teria visto.

— Mas...

— Isso é coisa ruim, sei que é. Já ouvi falar muito das florestas traiçoeiras tendo todo tipo de criatura! Criaturinhas de pés virados! Cobra de fogo que se esconde com os galhos só esperando gente como a gente. É em mato assim que anda aquela bruxa medonha que persegue as crianças.

— A Cuca! Vamo meter o pé daqui, vamo!

Ouvi o chicote estalar. Os cavalos relincharam em resposta e as rodas da carroça rangeram pela velocidade em que saíram. E, em meio ao som dos chicotes e dos ferros prendendo os escravos, pela primeira vez negros e brancos estampando o medo por suas vidas; tal singular testemunho da igualdade humana brota em mim a centelha de uma ideia à espera da maturação.

Ao transpassar os primeiros raios da aurora pela verdejante floresta, sentindo toda a vida em mim acompanhar a vívida natureza, inicio a jornada em busca do meu lar. O dia passava enquanto exploro e me familiarizo com a imensa floresta, entre grandes descobertas de reservas de suculentas frutas e poderosas ervas, uso da sabedoria que a mim foi concedida pelos Orixás para encontrar fonte límpida de água. A poucos metros dali, encontro uma caverna cercada por bambus e diversas árvores floridas como uma pintura pincelada por mãos divinas; meu coração sabe que encontrei meu lar.

Ouvindo belas árias aviárias, sei que preciso permanecer aprimorando-me à minha nova realidade e, para isso, preciso de condições só fornecidas pelas cidades. Então, logo crio um plano. Como se fossem os olhos da própria floresta, observo a astúcia animal e estudo a anatomia das cidades ao redor e cada célula a lhes dar vida.

Ao subir da primeira lua de maio, desbravo a cidade em que um dia morei, buscando uma casa vazia e mantendo uma distância segura do meu antigo povoado para não condenar minha família. Noto nos passantes o susto e a desconfiança nos rostos daqueles que veem o resultado de minha rápida e oculta locomoção.

Deixando para trás cães que latiam no frenesi dentro das terras que abrigavam a suntuosa fazenda que acabara de me fornecer comidas e roupas; retornei para a floresta e, antes de adentrar em seu âmago, observo atento o grande efeito da minha passagem naquela cidade, como uma mítica criatura a apavorar o povo branco, inquietar os animais e encorajar o povo negro.

VI

Sob a luz solar, após farto dejejum, observo um bando de pássaros tiês-sangue à brincar e descansar como chamas flamejantes aquecendo o coração da Terra, e uma fagulha do meu propósito me iluminou; empolgado e feliz por aquele lampejo de ideia, ri com tanto gosto que o som se propagou como se fosse a própria floresta a gargalhar. Naquela tarde, a semente florescida de meu propósito criou fortes raízes e, pelo visto, meu propósito começa agora.

Ouço pessoas correndo próximo ao rio e, como numa explosão, surge o grito.

— Seu insolente!

Sinto minhas células eletrizando e rapidamente começo a me aproximar do local. O choro e gritos de uma criança entrecortados pela dor me dão mais impulso, e logo pude ver um garoto enfrentando um robusto capataz de pito na boca, que lhe açoitava enquanto o menino, com o rosto banhado em lágrimas, tentava lutar.

Usando de minhas capacidades e meu conhecimento, consegui ter o capataz à minha mercê. Ele tremia completamente a cada gargalhada que eu deixei sair pelo plano bem-sucedido; foi quando leves batidas me fizeram olhar para um belo cavalo batendo suas patas na terra como se me chamasse. Inspirado pela visão, fiz do cavalo meu aliado, e foi no empinar de suas patas que o capataz, focado em sua sobrevivência, foge com o cavalo e abandona a criança, deixando algo cair pelo caminho.

Extasiadamente feliz por ter impedido o açoite, vou até o objeto que caíra durante a fuga; um pito ainda aceso, uma lembrança da vida que ajudei e, assim, tornava-se a representação do que fui capaz de fazer. Meu coração dizia para levá-lo comigo e para sempre usá-lo, como a contínua lembrança da minha força motriz.

VII

Com sorriso matreiro e olhar preocupado, rapidamente pego o necessário das reservas naturais e me aproximo do pequeno, quando uma voz desconfiada sai de sua boca.

— Você é aquela criatura, nascida no fogo que aterroriza as cidades!

— Sou só um guerreiro do nosso povo.

Assim que lhe ofereci água, seu corpo relaxou, aceitando toda ajuda oferecida. Sua humildade carregando inocência e austeridade acabava de me ensinar que há força e respeito em aceitar a mão que lhe é estendida com pureza.

Percebi sua expressão intrigada logo antes de falar.

— Por que me ajuda?

— A natureza diz que, juntos, somos mais fortes.

— Sabe, um dia as pessoas criarão estórias sobre mim também. Eu protegerei meu lar em Palmares! Muitos temerão meu nome como temem o seu.

— Ah! Seu nome é forte assim, é?

— Francisco, não... mas Zumbi é.

Vozes interromperam nossa conversa. Pessoas vestidas com batinas procuravam o futuro guerreiro. Certo de que estaria seguro, olhei para ele pela última vez; e ele, com olhos firmes, se despediu.

— Mais fortes, unidos, certo?

— Até, Zumbi dos Palmares.

Guardando aquele momento no coração, parti.

Fiz da minha presença nas cidades o pesadelo daqueles que exploravam negros e dos que tentavam explorar a floresta onde vivia. Assim, estórias sobre o pequeno tornado carregando uma criatura vestida em fogo levando um pito na boca nasciam e cresciam.

Com o perfume da primavera me inebriando, dentro de mais um casarão, me vejo fascinado por uma carapuça vermelha que descansava próxima à penteadeira. Algo dentro de mim acendeu, peguei a carapuça e, parando em frente ao grande espelho, a vesti e contemplei o meu reflexo. Nascia ali o verdadeiro Saci-Pererê.

GUJAÔA

Leandro Costa

Os vapores subiam formando volutas que enlevavam e iam, pouco a pouco, arrefecendo os pensamentos de Joaquim. Entrecortando-lhes, aspirou o aroma e mergulhou o paladar no idioma excitante que os taninos lhe comunicavam.

Sentado em um oásis em forma de mesa, com vista para o vale da Quinta dos Reriús, deitou sua visão cansada na neblina até que ela encontrasse a melhor posição para repousar e ficar limpa.

Silhuetas desenharam-se e transformaram-se na imagem de seres diáfanos de alta estatura, montados em alazões que deslizavam pelos ares deixando um rastro brilhante de gotículas d'água.

Os guardiões das águas e dos ares estavam lavando da terra a esterilidade. O coração, palpitando de susto, trouxe a necessidade de um novo gole da cafeína, que lhe abriu o entendimento, para recordar as histórias da infância.

Uma nova onda melódica do aroma lhe abriu a audição e ampliou o espaço. Paulatinamente sumiram os burburinhos dos turistas empolgados, os passos apressados dos garçons, o tilintar de xícaras e talheres e o tique-taque do centenário relógio à corda da sala.

Um canto bonito, em uma língua que ele não conseguia classificar, possuiu suavemente os seus ouvidos. Não entendia a menor palavra dela, mas compreendia o que cantavam: um hino ao sagrado cafeeiro.

Ouviu de seu bisavô que, quando os portugueses chegaram àquelas terras, encontraram pés de cafés plantados dentro das matas da Meruoca. Chamaram-no de Café das Visagens *porque adoeciam a mente dos que tomavam a bebida de seus grãos.*

Em muitas fazendas, os pés da espécie foram arrancados, mas restou, numa mata intestina daquela quinta, um cafezal que foi resguardado pelos pajés como morada sagrada dos espíritos ancestrais.

Empolgado com a canção, assobiou baixinho, como bom sertanejo, chamando os cavaleiros do vento a apearem na mureta da varanda e se sentarem à mesa com ele.

Vestidos com calças e camisas de alvíssimo algodão, os caciques Reriús tinham os cabelos amarrados em longas tranças e os pescoços adornados por colares feitos de grãos de café. Timicu usava o de grãos verdes; Arapá, o de grãos vermelhos; e Coió, o de grãos torrados. O quarto chefe, que não estava com eles e cujo nome não recordava, usava o da flor que não murchava.

Aquela mesa havia sido preparada para os quatro chefes da Grande Casa das Moscas, senhores das terras que iam até a Serra do Mucuripe. Sua displicência foi perdoada pela ausência de um deles e a hospitalidade dos três.

Serviu café aos folgazes anfitriões que seguraram as xícaras como se fossem cuias, conforme o costume daquela região. Para não ser descortês, acompanhou-lhes o gesto.

Antes de tomá-lo, sentiram o aroma, levantaram-se, estenderam as xícaras na direção do vale e pronunciaram palavras de gratidão. Após sorvê-lo, calcaram generosas pitadas de fumo nos cachimbos acesos por faíscas de pedras de fogo.

Sugando o primeiro trago, pediram ao conviva que ficasse de pé e incensaram-no com uma nuvem de unção que desfez as dimensões, direções, formas e os menores ruídos de pensamento e existência. Nela, uma só palavra era cantada: *gujaôa*, ou seja, "paz a um amigo da paz".

Percebendo que seu cliente adormecera em meio à névoa que tomara a varanda, o dono da quinta tocou no ombro do cliente e o chamou:

— *Gujaôa*, Joaquim. Que o bom tempo venha e fique com você.

— O senhor conhece esta saudação, mestre? Eu a aprendi com meu bisavô e a ouvi agora em um sonho que aconteceu aqui nesta mesa.

— Mestre Joaquim, só se mata uma planta forte arrancando a raiz. Só o tolo acredita que os rebentos são outra árvore. Vamos entrar. Está frio e o pé do fogão é um bom lugar para o senhor me contar seu sonho.

Marcando a página que não conseguiu ler antes de adormecer, os três primeiros parágrafos lhe chamaram a atenção:

Durante a resistência que a milícia imperial opôs aos bárbaros na conquista da Meruoca, três chefes Reriús morreram sob o fio da espada do General Costa Mouta.

O quarto deles, por nome de Raposo, invocando os poderes do demônio, sumiu com o quinhão de gente por quem era responsável dentro de uma grande cerração.

Muitos moradores daquela serra dizem vê-los, quando é tempo de nevoeiros, em uma faixa de terra que recebeu a toponímia de Quinta dos Reriús.

Antes de entrar, observou que João Raposo usava um medalhão de ouro que tinha, impressa em alto relevo, uma flor de café. Naquela região, o ouro de excelente qualidade era chamado de flor da terra.

O FILHO DA HARPIA

Venuzia Belo

Houve relâmpagos e chuva por toda a noite.
Em uma casinha na margem do rio, uma mulher dava à luz ao seu segundo filho. O mais velho a deixara só e seguiu com o pai por estradas e matas fazendo o ruim para as pessoas. Nos poucos dias em casa, inventavam festa até o raiar do sol.

No povoado, contavam sobre o pássaro-mulher que realizava desejos. Com coragem, Maria Firmina foi até a gruta da Harpia. Ao entrar, viu-se em um palácio. Chamas vermelhas ardiam do alto das colunas, rompendo a neblina e deixando ver os ornamentos em ouro e pedras preciosas.

Muitas horas se passaram até um ensurdecedor farfalhar de asas invadir o lugar e a mulher-pássaro pousar à sua frente.

A Harpia de asas negras aproximou-se, entregando uma rosa à Maria. Com uma voz estridente, ordenou:

— Planta esta rosa, mulher. Ela crescerá como teu ventre e morrerá quando ele nascer.

Maria Firmina, apavorada, deixou escapar:
— Ele?
— Não é um menino que veio pedir? Um menino terá.
Tomando a rosa em suas mãos, Maria Firmina balbuciou:
— Num tenho como lhe agradecer.
— Vá, mulher. Vá preparar seu menino.

De súbito, Maria Firmina viu-se do lado de fora da gruta e, segurando a rosa com força, desceu o morro. O caminho, antes uma árida vereda de pedras e arbustos, se fez em um tapete de areia amarela como ouro.

Maria Firmina plantou a rosa e, no mesmo instante, soube-se habitada.

Agora, chegada a hora, as crispações, a dor e o medo a acompanharam por toda a noite. A parteira, para acalmá-la, dizia que mulher velha sofria mais as dores do parto.

Na madrugada, pariu um menino bem feito, um anjo. A dor sumiu e a rosa morreu, murcha, seca.

O marido e o filho mais velho iam e voltavam de suas peregrinações. Nenhum disse uma única vez um querer bem para Sovi.

— Eu vi num livro colorido na casa de Siá Dona. É um passarim bonito. Me deu vontade — Maria Firmina explicava o nome do filho para o padre, vizinhos, até todos se acostumarem.

O filho rapaz o mais de seu tempo passava a maltratar o irmão. Mandava-o buscar cachaça na venda ao meio-dia. Sobre a areia escaldante, os passos leves do menino nem rastro deixavam. Sua cabeleira dourada reluzia sob o sol.

Sovi cresceu sendo todo ele bondade e alegria. Rapaz, as moças do lugar se animavam com a ideia de serem sua esposa.

Sovi passava o tempo embrenhando-se pelo morro, descobrindo as plantas, aprendendo com os bichos ou na beira do rio, pescando. Gostava de se deitar na ribanceira, secando o corpo magro ao sol. Nas noites de frio, sentava com a mãe ao redor do fogareiro.

— Homem se esquenta é na cachaça, moleque — dizia o irmão, com desdém.

Velho, o pai não pôde mais escorregar pelo mundo fazendo sabe-se lá o quê. Então se aquietou em casa, buscando remédio para as dores nas juntas.

Uma noite, gemendo no fundo da rede, disse ao filho mais velho:

— Tu arruma uma mulher e vai fazer tua vida. Eu daqui pru cemitério.

A ideia habitou o pensar do filho, e ele começou a olhar para as moças até pôr os olhos em Aura. Queria colher para si tanta beleza e verdura.

Foi com o pai, sustentado nas muletas, pedir a mão da moça. De longe, viu o claro dos cabelos de Sovi. Mais de perto, as mãos dele e de Aura entrelaçadas. Desde então, dia e noite, o irmão distribuía ódio e desprezo por Sovi nos bares do povoado.

Aura e Sovi se casaram. Na igreja, além dos pais da noiva, só o padre e Maria Firmina. Pai e irmão esconjuraram o casamento.

Depois do casório, o pai mandou o casal procurar morada. Não cabia mais um em casa. Encontraram uma casinha ao pé do morro.

A terra pedregosa, na mão de Sovi, virou horta e pomar. Para viver, o casal vendia na feira os frutos da plantação.

De tanto espalhar aviltamento sobre Sovi, o irmão ganhou adeptos também movidos pela inveja. Ao ver a mãe chorar, contando da gravidez de Aura, a sombra terminou de habitar seu coração.

Guiado pelo pai moribundo, o irmão mais velho contou na cidade: Sovi é filho da bruxa voadora, da Harpia que habita a escuridão do morro. Mulher velha só por bruxaria engravidava. E semeou o seu ódio, com paciência, até muitos do povoado crerem em sua história.

Na feira, não compravam mais de Sovi, justo quando seu filho nasceu. O pai se desdobrava, cansado e estropiado da lida. Pelas vendas escassas, cada dia precisava ir mais e mais longe.

Plantado pelo irmão, começou a correr no povoado a receita: para quebrar a linhagem da Harpia, o filho de Sovi devia morrer.

Sem ter para onde ir, o casal vivia agora entre a fome e o medo, presos em sua própria casa. Num dia em que a panela não pôde mais ir ao fogo, Sovi foi à roça pegar milho, macaxeira e lenha.

Aura viu o marido sumir no mato seco e se agarrou com o filho, em oração.

Caiu a noite. O dia rompeu por trás do morro e Sovi não voltou. O coração de Aura sabia o que sua boca se negava a dizer. Mas, ao ver a velha sogra se arrastando no caminho, soltou as lágrimas guardadas.

— Os dois se juntaram até com os vizim de mais longe. Com machado e foice, pegaram Sovi lá roça — contou Maria Firmina.

— Oh, meu Jesus! Que mal fizemos? — disse Aura, abraçando a sogra.

Maria Firmina segurou firme os braços da nora e, afastando-a de si, ordenou:

— Tem tempo, não. Pega o menino e foge.

Aura correu para o morro levando o filho. Seus pés sangravam, feridos nas pedras. Corria para a gruta da Harpia.

Mas a turba furiosa chegou perto. O retinir de machados e facões nas pedras era o som da ira desmedida daquele povo. Havia xingamentos de bruxa, malditos. E tiros.

Curvando-se sobre o filho em proteção, a mãe foi alvejada. Ouviu-se de longe seu grito de dor.

— Solta o menino! Entrega o filho da besta — berravam seus carrascos.

Exausta, Aura caiu de joelhos sobre os pedregulhos. O bafo de ódio a alcançava.

Um ruflar de asas emudeceu os gritos de ira, transformando-os em gritos de dor. Sovi, com asas e garras de águia, em voos rasantes sobre o grupo, dilacerou quem conseguia alcançar.

Aura, em um esforço final, ergueu o filho ao alto e gritou pelo esposo.

Sovi voou até ela e prendeu o filho em suas garras. Fez ainda algumas voltas no ar e viu Aura desfalecer. Todo o povoado ouviu seu crocitar de dor.

Com a criança em suas garras, Sovi, o filho da Harpia, desapareceu no horizonte.

A BRUXA DA MATA

Paulo Henrique Maciel

Jonas havia abandonado a faculdade e estava desempregado. Na verdade, nunca havia trabalhado e pelo jeito não iria trabalhar tão cedo, pois passava o dia no computador, no celular ou em qualquer dispositivo eletrônico que o mantivesse "conectado" e, à noite, gostava de beber e conversar com amigos. Seus pais se sentiam incomodados, pois aos 25 anos já deveria ter tomado rumo na vida e, graças a essa insustentável situação, resolveram mandá-lo passar um tempo no interior, no sítio da tia Rosa, irmã da sua mãe. A intenção era afastá-lo dos vícios e envolvê-lo com alguma atividade, afinal, lá sempre havia muito o que fazer. Após muitas brigas e discussões, ele acabou aceitando, apenas para encerrar a conversa, mas decidido que não ficaria lá por muito tempo.

No dia da viagem, após o almoço, que não foi nada agradável, seu pai o levou até a rodoviária. Jonas desceu do carro, bateu a porta e não se despediu, apenas disse:

— Daqui me viro sozinho.

Caminhou para o guichê, comprou sua passagem e ficou aguardando a hora do embarque. Seu pai decidiu aguardar e só foi embora após a partida do ônibus.

Ao entrar no ônibus, Jonas informou ao motorista que ficaria no quilômetro 333, onde havia uma placa escrita "Sítio da D. Rosa". O motorista disse que sabia onde era e que o avisaria quando chegassem ao local. Próximo ao final da tarde, após uma longa viagem, o ônibus parou na estrada em frente ao sítio de sua tia. Jonas agradeceu, desceu e o ônibus seguiu viagem.

O sítio ficava à beira da estrada e era cercado por matas. O vizinho mais próximo ficava a quilômetros, era realmente um lugar distante e isolado. Da entrada do sítio até a casa era uma caminhada de aproximadamente 50 metros. Jonas olhou para um lado, olhou para o outro e então decidiu caminhar em direção à casa. Um homem que limpava o terreno parou, se apoiou no ancinho e ficou olhando ele passar. Era o seu João, o caseiro do sítio. Tina, sua prima, uma jovem garota de 15 anos, veio correndo em sua direção, deu-lhe um grande abraço de boas-vindas e já foi dizendo que ficou muito feliz e surpresa quando o viu descendo do ônibus.

— Queria concordar com você, mas vir para cá não é necessariamente a minha definição de felicidade — falou Jonas.

— Ah, não seja tão chato! Aqui não é tão ruim assim. Se não gosta daqui, então por que você veio?

— Precisava dar um tempo do povo lá de casa. Lá está parecendo o inferno e espero que eu não tenha vindo para outro.

— Deus me livre! — disse Tina, fazendo o sinal da cruz.

Caminharam juntos até a entrada da casa, onde foi recebido pelo tio Zé e pela tia Rosa.

A noite chegou rápido e logo todos estavam à mesa, jantando e conversando. Jonas falou sobre a motivação de sua vinda, mas não comentou sobre o descontentamento de seus pais. Apenas limitou-se a dizer que não havia emprego na cidade e que ele precisava de um tempo para organizar suas ideias. Tio Zé falou que ele fez bem em ter vindo, afinal manter o sítio dava muito trabalho e ele precisava de mais pessoas para trabalhar. Jonas ficou quieto e deixou claro em seu semblante que trabalhar não fazia parte dos seus planos, pois sabia que as atividades ali não eram nada fáceis, tipo, acordar cedo, trabalhar duro na roça e ter pouca diversão. Aliás, baseado no que ele entendia como diversão, não havia nenhuma ali.

Tina, percebendo que a conversa não estava agradando seu primo, resolveu mudar o rumo e falou do lado positivo de morar perto da natureza. Falou da qualidade de vida que todos tinham ali, a tranquilidade, o ar limpo e a ausência de violência. Jonas sorriu e, quando ia começar a falar, foi interrompido por um estranho som, um longo e tenebroso assobio que entrou pela casa.

Neste momento, todos trocaram olhares, no mais profundo silêncio. Jonas percebeu um clima de tensão e então tia Rosa, segurando o braço do marido, disse.

— Vá logo e responda!

— Peço para ela vir amanhã, como de costume? — perguntou tio Zé.

— Não! Diga para ela pegar hoje mesmo, pai. Não vamos deixá-la esperando — respondeu Tina.

Tio Zé levantou-se da mesa, caminhou até a janela, abriu-a e disse em voz alta:

— Matinta! Pode passar mais tarde e pegar seu tabaco.

Jonas, ao perceber do que se tratava, soltou uma pequena risada de deboche. Tia Rosa olhou bem sério para ele e disse.

— Você não acredita, não é? Mas espero que, pelo menos, você demonstre respeito.

— Desculpe, tia. Apenas acho bobagem vocês acreditarem nessas superstições.

— Isto não é bobagem e muito menos uma superstição. Vocês da cidade se acham muito espertos, mas não são. Infelizmente, vocês perderam suas crenças e suas origens — retrucou tia Rosa.

— Tudo bem! Tudo bem! Desculpe novamente. Não está mais aqui quem falou. A viagem foi longa e estou cansado. Vou dormir e amanhã continuaremos nossa conversa. Boa noite a todos!

Dirigiu-se ao seu quarto. Queria rir de tudo aquilo, mas sabia que só iria piorar a situação. Um pouco mais tarde, Jonas estava deitado e, apesar de cansado, não conseguia dormir. Provavelmente, saudade de sua cama. Então ouviu passos e, em seguida, o barulho de portas fechando. Veio em sua mente a possibilidade de o tio Zé ter ido colocar o tabaco para a Matinta e pensou: "Bom, como ela não virá buscar o tabaco, já que ela não existe, quem irá pegá-lo serei eu".

Esperou um pouco e silenciosamente foi até a porta da sala. Então, abriu-a bem devagar e, para a sua surpresa, viu, na varanda da casa, uma pequena mesa forrada com uma toalha branca. Em cima, havia um saco de papel. Ele abriu e viu que era tabaco. Não pensou duas vezes: pegou e voltou para o quarto. Começou a rir sozinho imaginando no dia seguinte todos comentando que a Matinta havia ido pegar o tabaco.

Sua tia o acordou cedo, abrindo a janela do quarto e chamando-o para tomar café. A contragosto se levantou, escovou os dentes e foi para a mesa. Para seu espanto, ninguém comentou nada sobre o tabaco e, logicamente, ele ficou em silêncio. O dia seguiu normalmente, com todos trabalhando e apenas Jonas enrolando, sem fazer nada, hora deitado e hora escapando para o mato para fumar o tabaco que havia pego.

A noite chegou e todos estavam reunidos na mesa do jantar. O assunto era sobre as atividades no sítio, acrescidas com algumas histórias sem graça contadas pelo Jonas sobre suas aventuras na cidade. Quando ele falava, a única pessoa que lhe dava ouvidos era a jovem Tina.

Tina falou que, apesar de gostar muito da vida no campo, tinha vontade de passar um tempo na cidade. Seu pai não gostou da ideia e, quando esboçou a possibilidade de tecer algum comentário, a conversa foi interrompida por um som, como na noite anterior, mas dessa vez pelo som de um tecido rasgando seguido por um grito arrepiante e estridente que ecoou por toda a casa. Passados alguns segundos, o grito se repetiu.

Mais uma vez, todos ficaram em silêncio, mas agora um silêncio mortal. Era possível ver o pânico no rosto de todos.

— Que grito foi esse? — perguntou Jonas.

Tina olhou sério, pálida como se tivesse ouvido o chamado da morte e, quase chorando, disse:

— Não foi um grito. Este é o canto da rasga-mortalha e ela cantou duas vezes. Cantou em cruz. Veio anunciar que a morte virá nos visitar.

— Mas, antes do grito, ou seja lá o que foi isso, tive a impressão de ter ouvido o som de tecidos sendo rasgados — comentou Jonas.

— Foi ela também, quando ela bate as asas podemos ouvir a mortalha sendo rasgada — explicou Tina.

— Todos deem as mãos! Façamos uma oração! — disse tia Rosa.

Jonas não falou nada. Apesar de não acreditar, lembrou-se da noite passada e não queria criar polêmica novamente.

Terminaram a oração, mas o clima ainda estava tenso. Sem ter muito o que fazer ou falar, Jonas foi para o seu quarto esperar o sono chegar.

Um pouco mais tarde, alguém bateu na porta. Era o seu João querendo falar com o tio Zé. Eles foram conversar na varanda, então o seu João disse.

— Seu Zé, ontem ela pediu tabaco e o senhor prometeu que daria, disse que ela podia passar para pegar. Porém, quando a lua estava alta, ouvi vozes e resolvi espiar pela janela. Meus pelos ficaram todos em pé quando vi a velha bruxa passando, seguida por aquele pássaro sem asas pulando atrás dela. Ela resmungava que havia sido traída, que alguém não cumpriu sua promessa e que isso não ficaria assim.

— Quem disse que não cumpri minha promessa? Lógico que eu cumpri. Deixei bastante tabaco na mesa — falou tio Zé, espantado.

— Olhe, seu Zé... não quero me meter não, mas com ela não se brinca e hoje a rasga-mortalha cantou em cima da sua casa. Por isso, se eu fosse o senhor, ia até a mata tentar me explicar e cumprir a promessa.

Tio Zé não acreditava no que acabara de ouvir, afinal havia colocado o tabaco para a Matinta. Despediu-se do seu João, entrou e foi direto para o seu quarto.

Após uma longa conversa com a tia Rosa, tio Zé resolveu sair no meio da noite.

— Tome cuidado, meu velho! Por favor! — falou tia Rosa.

Tio Zé seguiu em direção à mata e, após uma longa caminhada, chegou em uma clareira e falou em voz alta.

— Matinta, estou aqui com seu tabaco!

Ele ouviu sons vindos do mato, sentiu um calafrio subir pela sua espinha e então viu quando uma velha senhora saiu de dentro da mata e veio em sua direção.

— Matinta, trouxe o seu tabaco, conforme prometido.

Uma voz cansada e arrepiante disse.

— Ninguém faz a Matinta de besta. A promessa era para ontem e homens que não cumprem suas palavras não merecem respeito e por isso precisam sofrer.

— Mas ontem eu deixei o tabaco para a senhora, conforme o prometido.

— Está me chamando de mentirosa?

— Não! Não, senhora! Nunca a ofenderia e muito menos a enganaria. Por isso, trouxe tabaco para compensar o ocorrido de ontem.

— Tarde demais! A ofensa já foi feita e a rasga-mortalha já cantou. Agora não tem volta. Quando a rasga-mortalha canta, uma alma tem que ser levada.

Tio Zé caiu de joelhos no chão chorando e implorou.

— Por favor, não permita que ela leve alguém da minha família.

— Deixe este tabaco aí. Descubra quem pegou o meu tabaco ontem e traga-o até mim. Uma alma por outra.

Tio Zé não pensou duas vezes. Deixou o tabaco, agradeceu a Matinta e correu para casa.

Quando chegou em casa, Tia Rosa estava acordada e muito nervosa. Tio Zé perguntou o que havia acontecido, então ela disse que Tina estava com uma febre de quase 40 graus, delirando e tremendo na cama. Tio Zé entrou em desespero. Sabia que a rasga-mortalha viria buscá-la. Ele precisava descobrir quem pegou o tabaco da Matinta e desconfiou de Jonas. Então, silenciosamente foi até o seu quarto e, enquanto ele dormia, vasculhou suas coisas. Ele não se espantou quando encontrou o saco de tabaco em sua mochila.

Seu Zé pensou: "A Matinta quer que eu leve o culpado até ela, então terei que levá-lo, mesmo sabendo que irei sacrificar a vida do sobrinho da minha esposa. Apesar da dor no coração, é a vida da minha filha que está em perigo e o Jonas é o causador de tudo isso, afinal ele não devia ter pego o tabaco. Além disso, ele não é alguém que fará tanta falta, pois, além de ser preguiçoso, mal chegou e já está colocando coisas na cabeça de Tina, convencendo-a a ir para a cidade". No fundo, tio Zé precisava justificar para si mesmo que aquela era a melhor decisão.

Decidiu que não contaria toda a verdade sobre seu encontro com a Matinta e chamaria Jonas para uma caçada, com a desculpa que iriam caçar um porco-do-mato, pois a Matinta havia pedido um em troca do tabaco de ontem.

— Jonas, acorde! Preciso que você me acompanhe em uma caçada. Precisamos caçar um porco-do-mato — falou tio Zé, acordando Jonas.

Tia Rosa o questionou.

— Por que você não chama o seu João para ir com você? Ele tem mais experiência que o Jonas.

— O João é mais útil aqui, afinal ele é um bom rezador e a Tina está precisando de orações. Além do mais, caso aconteça algo, o João é capaz de seguir nossos rastros e nos achar na mata. Vá chamar o João e a mulher dele para ficar aqui com vocês enquanto nos arrumamos.

Tia Rosa estava muito nervosa e por isso preferiu não discutir. Então, foi chamar o seu João e a dona Maria, sua esposa.

Jonas, sem entender o estava acontecendo, aceitou numa boa, afinal nunca tinha caçado e tinha curiosidade. Tio Zé começou a arrumar os preparativos para a caçada e, enquanto pegava sua espingarda calibre 16, Jonas perguntou se ele levaria uma arma também. Tio Zé respondeu que não, pois ele não sabia atirar e poderia causar um acidente, mas que talvez o deixasse dar alguns tiros, se necessário.

Quando a tia Rosa chegou com seu João e dona Maria, tio Zé e Jonas saíram. Depois de entrarem na mata, Jonas tentou começar uma conversa e foi interrompido pelo tio Zé.

— O silêncio é o segredo de uma boa caçada. Apenas preste atenção no que eu faço e quando eu falar algo, obedeça sem questionar, certo? Vamos nos apressar. Logo vai amanhecer e ficará mais difícil caçar.

Jonas percebeu que o tio Zé não estava a fim de conversa, mas o que ele falou fazia sentido, afinal, se eles ficassem conversando, os animais iriam se afastar.

Caminharam por um bom tempo, Jonas já estava entediado e com sono, mas permanecia calado. Chegaram em uma clareira, a mesma que o tio Zé havia estado poucas horas atrás, então tio Zé gritou.

— Matinta, vim concluir nosso acordo!

Jonas achou aquilo estranho. Queria rir, mas sabia que não seria uma boa ideia.

Tio Zé se virou para Jonas, colocou as mãos em seus ombros e tentou falar algo, mas as palavras não saíram, então respirou fundo e disse:

— Fique aqui. Alguém virá até você.

Virou-se e, quando começou a caminhar, Jonas perguntou.

— Isso é alguma brincadeira?

— Não! Quando saímos, disse que você deveria me obedecer, então fique aí e aguarde — respondeu tio Zé, segurando a arma.

Jonas começou a ficar assustado, mas pensou que aquilo poderia ser algum tipo de teste, afinal era sua primeira caçada. Então, ouviu um barulho vindo do mato e, de repente, ela surge: uma senhora de idade bem avançada, andando lentamente, um pouco corcunda, vestida com uma roupa preta, velha e rasgada. Segurava um cajado onde dava para ver sua mão com dedos finos e longos e com unhas longas, sujas e afiadas. Sua pele era enrugada como uma folha amassada, seus olhos eram como as trevas, e seu nariz assemelhava-se com o bico de um pássaro. Era seguida por uma pequena ave negra que não tinha asas e pulava para poder se locomover. Além disso, a ave tinha apenas um olho aberto, o outro parecia ter sido arrancado.

A velha senhora aproximou-se dele, tirou o capuz, mostrando seus longos e ralos cabelos brancos. E falou:

— Boa noite, meu jovem! Então você é o rapaz que me roubou?

Jonas estava paralisado de medo e várias coisas passavam por sua cabeça. Pensou que podia ser uma lição orquestrada pelos seus tios, por não acreditar nela, mas se era uma brincadeira, ele não estava gostando daquilo e, então, com o pouco de coragem que lhe restava, virou-se para falar com o tio Zé, que, para seu espanto, já não estava mais lá.

Sentiu quando ela segurou seu braço. Era um aperto gelado e forte, desproporcional para a força daquela velha senhora, e ouviu quando ela disse:

— Agora você vem comigo!

Ele puxou o braço e tentou se afastar, tropeçando e caindo. Ao cair, ouviu o som de tecidos sendo rasgados e, quando olhou para o céu, viu uma ave vindo em sua direção com um grito estridente e assustador, o mesmo que ouvira na noite passada. Era a rasga-mortalha.

Tio Zé voltava para casa quando ouviu um grito de horror se alastrar pela floresta e, em seguida, o silêncio dominou a madrugada. Fechou os olhos, baixou a cabeça, respirou bem fundo e pensou: "Pobre garoto da cidade grande".

SOL E LÁGRIMAS: UMA HISTÓRIA DE REDENÇÃO

Luís R. Krenke

O guerreiro andava pelas planícies verdejantes de Izumo há dias. Vestindo uma túnica azul por cima de seu quimono vermelho, o homem carregava na cintura uma espada de dez palmos, a única posse que seus parentes lhe deixaram após ser expulso do plano celestial. O guerreiro chamava-se Susanoo, deus dos mares e das tormentas, filho dos criadores Izanagi e Izanami, irmão de Amaterasu, deusa do Sol, e de Tsukuyomi, deus da Lua.

Susanoo seguia o córrego do rio chamado Hii, sem ter para onde ir e sem nenhum objetivo para cumprir. As águas cristalinas eram banhadas pelo sol, e Susanoo viu sua aparência refletida nitidamente no leito do rio.

— Está zombando de mim, irmã? — Susanoo lembrou-se do dia que foi banido, quando os outros deuses o contiveram e cortaram sua tão prezada barba longa e escura. Agora, estava com o rosto totalmente sem pelos, sentindo-se nu sem a barba. O sentimento daquele dia se manifestou ao redor de Susanoo; o chão vibrou e pequenas ondas formaram-se no rio. Susanoo controlou seus pensamentos e as vibrações cessaram.

Não era à toa que ele era considerado o deus das tormentas: Susanoo, desde sua criação, nutria uma natureza violenta e amedrontadora. Assim que nasceu, seu choro constante causava pequenos maremotos e terremotos. Ao crescer, a saudade de sua mãe, que estava presa no submundo, fazia Susanoo não se conter em lamentações violentas — que transformavam montanhas em pó e causavam tempestades, eliminando cidades e embarcações sem piedade. Sua barba comprida vivia constantemente encharcada de lágrimas.

O comportamento errático de Susanoo não era bem visto pelos seus parentes, principalmente por seu pai Izanagi. Um dia, Susanoo declarou seus ciúmes pelos irmãos, que governavam planos celestiais, enquanto ele se sentia rebaixado aos planos terrenos. Quando contou ao pai seu desejo de se juntar à mãe no submundo, Izanagi ficou irritado com a ingratidão do filho e, com um grito ensurdecedor, acabou expulsando-o dos céus.

Entretanto, ir embora pacificamente iria contra a natureza tempestuosa de Susanoo. Com grande inveja de sua irmã Amaterasu, ao despedir-se dela também a desafiou para um concurso, no qual quem conseguisse criar mais deuses seria o vencedor. Amaterasu, radiante em sua armadura prateada, quebrou a antiga espada de Susanoo em três pedaços, transformou-os em vapor e fez surgir três deuses. Susanoo, por sua vez, arrancou o colar de pérolas de Amaterasu e quebrou cada uma delas com seus dentes, fazendo surgir cinco deusas. Com um rugido de vitória, Susanoo declarou-se o vencedor da disputa, mas Amaterasu, em toda a sua arrogância, não aceitou a decisão.

— Jovem irmão, as cinco deusas-pérolas são minhas, pois vieram do meu colar. Os três deuses-espada são seus, pois vieram da sua lâmina. Sou a vencedora, obviamente — Amaterasu despediu-se do irmão com um último olhar de decepção e voltou ao seu palácio.

O que aconteceu a seguir provou que Izanagi foi correto na expulsão do filho.

Susanoo, enfurecido com a irmã, causou tumultos por toda a terra, alegando ser o vencedor da competição e chorando de raiva. Com suas lágrimas, inundou os campos de arroz pertencentes a Amaterasu e destruiu o templo onde a colheita era realizada, defecando sobre os destroços como um último insulto à irmã. Ao ir embora dos céus, arremessou um cavalo esfolado dentro do palácio de Amaterasu, matando uma de suas assistentes. Com medo, Amaterasu se retirou para dentro de uma caverna escura e sua ausência deixou a terra em completa escuridão. Os outros deuses baniram Susanoo pela segunda vez, desta vez tirando-lhe sua barba e suas riquezas, e somente assim conseguiram fazer Amaterasu sair da caverna para que o Sol brilhasse novamente.

Agora lá estava ela, acima dele como sempre, provavelmente rindo de seu exílio. De costas para o Sol, ele continuou sua caminhada nas margens do rio até ouvir sons de choro e de tristeza na distância. Seguindo os sons, ele encontrou três pessoas ajoelhadas: um casal de idosos, que era a fonte principal da choradeira, e uma mulher mais jovem, a dama mais bela que Susanoo já havia visto em toda a sua existência, superando até mesmo a beleza de Amaterasu.

— Quem são vocês? — o deus da tormenta perguntou.

— Eu me chamo Ashinazuchi — disse o velho —, e esta é minha esposa Tenazuchi — ele apontou para a mulher idosa ao seu lado, que continuava chorando.

— Me chamo Kushinadahime — a jovem garota disse em voz baixa, contendo as lágrimas. — Meus pais estão chorando por minha causa.

— Qual seria essa causa? — Susanoo questionou o grupo, lembrando-se de suas próprias lamentações em relação à mãe.

O velho chamado Ashinazuchi se levantou. Seus olhos marejados penetraram o fundo dos olhos azuis tempestuosos de Susanoo.

— Eu já tive sete filhas — disse ele —, mas o grande dragão-serpente Yamata no Orochi aparece em minha residência todos os anos e devora uma delas. O dia de sua próxima chegada está se aproximando, e somente me resta minha querida Kushinadahime. É para isso que vivemos? Só para chorarmos? — a pergunta não parecia direcionada à Susanoo, mas sem dúvidas o velho questionava os deuses.

— Como é esse dragão-serpente? — perguntou Susanoo.

— De seu peito saem oito cabeças e oito caudas, suas escamas são escorregadias e cobertas de musgo, seu tamanho equivale a oito vales e oito colinas! É uma monstruosidade!

As lágrimas da família despertaram um sentimento de simpatia em Susanoo; isso era algo novo para ele. Além disso, a visão da bela Kushinadahime tendo um fim trágico nas mandíbulas da criatura não era algo que o animasse.

— Eu os ajudarei — disse o guerreiro —, mas em troca pedirei algo que só revelarei ao final de minha missão.

Foi assim que Susanoo passou os próximos dias na casa daquela família, esperando pelo tal Orochi. Neste período, Susanoo usou o nome Hanzô para não declarar sua divindade. Ele tinha medo de que, assim como seus parentes divinos, os humanos também lhe negassem abrigo devido às suas ações cruéis no passado. O casal de idosos e a jovem filha o tratavam com respeito e admiração. Além disso, Kushinadahime também despertava uma sensação de tranquilidade que acalmava as tempestades que rugiam na mente de Susanoo. Ele ajudava Ashinazuchi a arar os campos, auxiliava Tenazuchi com a colheita e tratava os animais ao lado de Kushinadahime. A vida era boa para o homem chamado Hanzô.

Contudo, era hora de o violento Susanoo surgir outra vez.

Yamata no Orochi estava diante deles, e o dragão-serpente era tudo aquilo que Ashinazuchi tinha falado e ainda mais. Cada cabeça do monstro parecia estar imbuída com algum elemento: fogo, água, trovão, terra, grama, veneno, luz, trevas... As caudas serpenteavam por todo o terreno, entrelaçando-se umas nas outras. Aquela criatura, embora dividida em oito mentes, ainda compartilhava um único corpo. Susanoo sabia que teria que se lançar contra as cabeças e caudas do ser bestial para tentar atingir aquele ponto que unia todo o sistema nervoso de Orochi: um único coração que batia flamejante dentro de seu peito, um Sol em miniatura. Seria aquilo uma metáfora para sua vingança contra Amaterasu?

O dragão-serpente rugiu com todas as suas cabeças ao ver o que havia sido preparado para ele. Diante de Orochi estavam oito caldeirões gigantes, construídos por Ashinazuchi e Tenazuchi sob instruções de Susanoo. Dentro deles, o mais forte saquê já produzido. Orochi interpretou aquilo exatamente como Susanoo esperava: como um aperitivo antes da refeição principal. O monstro mergulhou as oito cabeças dentro dos oito caldeirões e bebeu todo o álcool. Ao terminar, Orochi estava completamente embriagado, com as cabeças tontas e o corpo pesado. As caudas, que antes pareciam chicotes, pararam de se mover.

Susanoo saiu de seu esconderijo de trás do monstro e sacou sua velha espada de dez palmos. Ele sabia que, mesmo bêbado, Yamata no Orochi não se renderia facilmente. O guerreiro investiu contra as caudas e, com toda sua força divina, decepou três delas rapidamente. A cabeça flamejante investiu contra ele, mas estava enxergando dobrado e errou o alvo. Susanoo cortou aquela cabeça e o sangue quente da fera jorrou sobre o seu corpo. Movendo-se agilmente, Susanoo percorreu a planície para chegar ao peito de Orochi, mas as sete cabeças restantes protegeram a barriga. Aproveitando-se da tontura da besta, Susanoo conseguiu decepar mais duas cabeças até que outra lançou um cuspe de veneno que atingiu a espada do guerreiro, corroendo toda a lâmina até sobrar somente um pedaço fragmentado.

Susanoo não estremeceu. Com um grito corajoso, se pendurou em um chifre de uma das cabeças e foi lançado para trás, caindo sobre o dorso de Orochi. Susanoo tentou agarrar-se às escamas da fera, mas eram escorregadias demais para se segurar. Escorregando por cima do musgo, ele caiu com um baque surdo no chão, quebrando algumas costelas. Ele havia voltado às caudas de Orochi, que logo começariam a chicotear novamente. Seu outro braço ainda segurava a espada quebrada e, em um momento de fúria, enfiou a lâmina quebrada na cauda mais próxima.

Quando retirou a espada, ela havia se transformado. Além de ficar completa novamente, emitia um brilho radiante, uma cor que Susanoo só havia visto nos céus, nos palácios em cima das nuvens. Batizando a espada como "Kusanagi, Aquela que Colhe as Nuvens do Céu", ele voltou à batalha com os instintos renovados.

Em sua fúria sangrenta, ele decepou todas as caudas restantes de Orochi e saltou por cima do monstro, pousando com estrondo em frente às cinco cabeças embriagadas. Os céus tinham se fechado e uma tempestade agitava as águas do rio, enquanto cada passo de Susanoo causava vibrações no solo. Mostrando toda a sua habilidade em combate, o guerreiro acabou com mais três cabeças, pintando a grama de vermelho com o sangue da criatura. Enquanto as últimas duas cabeças se debatiam de dor, Susanoo via e ouvia a pulsação quente do coração-sol de Yamata no Orochi.

Pensando em Amaterasu, a tempestade cessou e o chão parou de tremer. Não havia mais ódio dentro do guerreiro, e uma última lágrima caiu de seu rosto em cima da nova espada. Com um golpe de Kusanagi, Susanoo perfurou o órgão vital e o dragão-serpente tombou sem vida.

De uma das cabeças da criatura, rolou uma relíquia em formato de espelho, chamado Yata no Kagami, e do seu ventre surgiu a joia Yasakani no Magatama. Coletando os objetos, Susanoo colocou-os entre suas vestes e embainhou a espada.

Kushinadahime e seus pais se aproximaram. O disfarce de Hanzô não era mais necessário. Eles sempre souberam quem Susanoo era, o único que estava se enganando era o próprio deus. Susanoo estendeu a mão para eles. Com um olhar de gratidão e reconhecimento, Ashinazuchi e Tenazuchi deram a bênção para Kushinadahime partir com o deus — aquela paixão entre os dois foi a recompensa que o guerreiro exilado recebeu por seu trabalho.

Assim, Susanoo e Kushinadahime ascenderam para os céus, onde Susanoo foi até o palácio da irmã Amaterasu para uma última conversa. Como um presente de reconciliação, Susanoo entregou para a deusa do sol a espada Kusanagi, pedindo perdão por todos os seus atos. Amaterasu, brilhando tão forte como o Sol que governa, deu um abraço no irmão e sentiu o calor dentro do peito de Susanoo. Chorando, Amaterasu disse ao irmão:

— Agora nós somos um só.

Redimido de seus atos, Susanoo se casou com a jovem Kushinadahime e construiu um castelo para eles nas nuvens, acima da região de Izumo, onde viviam os pais da moça. O coração do guerreiro estava revitalizado. Juntos, Susanoo e Kushinadahime tiveram mais de oitenta filhos, que se espalharam por todo o Japão.

Enquanto isso, o casal de idosos, Ashinazuchi e Tenazuchi, pensavam exatamente na mesma coisa.

— Não há mais motivo para lágrimas. Nem para nós, nem para o deus da tormenta.

A espada Kusanagi, o espelho Yata no Kagami e a joia Yasakani no Magatama, que surgiram do corpo de Yamata no Orochi segundo o mito de Susanoo, vieram a ser conhecidas como as Regalias Imperiais do Japão, tesouros sagrados que são posse do Imperador do Japão durante seu reinado. Atualmente, os objetos lendários são vigiados por sacerdotes nos templos onde foram guardados.

NEMILIZTLI

Davi Busquet

Meu Deus, por favor, não me deixe morrer. A voz, praticamente um sussurro borbulhante, sumiu em meio ao estrondo fenomenal da explosão final do paiol do galeão. A grande bola de fogo alaranjada partiu o casco de carvalho ao meio, lançando ao ar lascas e pedaços da nobre madeira, matando todos que ainda estavam no convés tentando controlar, inutilmente, o naufrágio inevitável. O cheiro de toneladas de pólvora, assim como a fumaça acre esbranquiçada, rapidamente se perdeu na atmosfera encharcada da tempestade, que em segundos engoliu o navio arrasado, deixando para trás apenas a espuma branca e salgada do mar. Somente Juan testemunhara o destino final do San Carlos III, enquanto boiava, impotente, agarrado a um pedaço de mastro flutuante.

Quando partiram da Espanha, meses atrás, orgulhosos e ambiciosos, o capitão e sua tripulação acreditavam que encontrariam riquezas mil nas terras inexploradas da recém-descoberta América espanhola. Financiados pela Igreja e sua fé única e incontestável, zarparam, munidos de coragem e certeza inabaláveis: quem, afinal, deteria a vontade do grandioso Deus? Mas agora o marinheiro Juan — vivo graças ao acaso de ter sido arremessado do navio logo na primeira explosão, iniciada acidentalmente após a queda de um relâmpago num dos mastros do belo galeão —, apenas pedia para que seu fim fosse breve e indolor. Esta era a misericórdia que sua crença estipulava para o momento final de todo ser arrependido.

Porém, em meio à madrugada escura e chuvosa, jogado de um lado a outro naquele oceano — sabe-se lá quão longe de qualquer massa de terra respeitável —, Juan apenas ouvia seus próprios lamentos e orações não correspondidas. No limite da consciência, agarrado a uma fé cega e sem propósito, aprendida através da vivência cultural — à qual fora exposto ao longo da vida—, pensou ter ouvido o ribombar do trovão falando com ele. Acreditou que estaria louco, talvez, ouvindo vozes tenebrosas em meio ao bramir da tempestade. Contudo, se o próprio clamor fervoroso de permanecer vivo se dirigia ao superior, sobrenatural e improvável, que direito teria Juan de reclamar se a resposta viesse desse mesmo braço oculto e mágico que no momento o envolvia?

Em meio a trovões e relâmpagos, na luz cavalgada por uma enorme garça, que pairava sobre as dunas de água salgada em constante oscilação, Juan ouviu claramente: *Tlaloc*. Ainda que completamente encharcado, percebeu cada pelo de seu corpo se arrepiar, contemplando a ave atravessar os céus em direção à montanha costeira, que se estendia ao longo do litoral, este até então oculto. A ave se foi: embalada por aquele nome que tão pouco sentido fazia para Juan, mas que carregava em si todo um significado embutido: *o benfeitor, aquele que dá a vida e o sustento, o trovão e o relâmpago*. Em um sussurro involuntário, Juan sentiu ele mesmo pronunciar, completando o sentido de todos aqueles títulos:

— O senhor do terceiro sol.

Ele não sabia de onde aquilo havia vindo, apesar de ter sido propagado por sua voz, mas agora estava à sua volta: no clarão de cada raio, nas ondas de choque de cada trovão, fora e dentro do náufrago cristão espanhol, até o momento sem um propósito em sua fé e sua vida. Vendo a garça de plumagem rósea e encharcada se distanciar na tempestade, assomando ao topo da larga montanha, percebeu ele que na base da montanha havia uma caverna que ele poderia facilmente acessar a nado. Para lá rumou.

Abandonou o pedaço de madeira onde se agarrara após o trágico acidente, mas sentia, dentro de si, que algo mais havia ficado para trás. Não tinha uma certeza formada em seu coração, mas sim uma dúvida, que parecia reconstruí-lo de uma maneira totalmente diferente, dando-lhe uma finalidade, e não apenas uma crença no invisível e intangível. Era um feixe longo e comprido: a força que fluía do mundo em direção à essência íntima de Juan. Seria Deus? Seria a natureza? Seria tudo, inclusive ele mesmo — a parte junto ao todo —, como estava prestes a descobrir.

Quando chegou à encosta rochosa, viu que a caverna na verdade era um rio subterrâneo, que terminava naquela gruta à beira-mar. A garça sumira no alto da montanha, em meio aos relâmpagos que começavam a se dispersar, assim como a tempestade. A madrugada, ainda escura, iniciava seu lento caminhar em direção ao alvorecer, cujos primeiros traços azul-escuro já se apresentavam no céu por trás da montanha. De pé sobre um rochedo, espremido no pequeno espaço acima da água do rio subterrâneo, Juan mirava o fundo escuro e assustador da baixa caverna de pedras calcárias. O trovão que o guiou até ali desaparecera, ou estava silente, dando vez a algo mais. Algo que Juan ainda não ouvia.

Com um reflexo muscular e mecânico, ergueu a mão em direção ao peito, sob a camisa encharcada, tateando com os dedos em busca do crucifixo, o qual acreditava ainda estar pendurado ali. O medo do incerto e a certeza daquele medo eram o gatilho para este reflexo, como se, até então, a fé para Juan fosse uma reação química de seus sentidos, ativando células e órgãos frente ao perigo iminente.

Shhh. O chiado agudo e vibrante da serpente, que o encara de dentro de uma das fendas da parede, não o assustou mais do que a própria escuridão da caverna. Foi uma curiosidade contida: a mão sobre a capa de um livro prestes a ser aberto — um livro não de verdades incontestáveis, mas de mistérios reais. Graciosamente ela deslizou para o rio subterrâneo, sem causar nem mesmo a mais sutil das marolas na superfície cristalina. Mantendo a cabeça verde e lisa fora d'água, convidou Juan para o mergulho no espelho límpido e imperturbado. O medo não o deixara, ele percebeu, mas uma confirmação de sua segurança, subentendida no olhar da serpente, lhe garantiu passagem segura por aquele mundo.

Shhh. Era o rio dela, afinal. As águas dos rios, cascatas e mares: o paraíso governado por ela e Tlaloc, o Tlalocan. *Shhh.* Juan fechou os olhos e ouviu atentamente, de maneira clara, distinguindo, nas entrelinhas do chiado ofídico, a voz feminina que entoava o nome da deusa do rio: Chalchihtlicue. E ela o levou até as águas e mostrou-lhe as belezas daquela caverna, cavalgando em seu ombro direito, protegendo-o em carne e espírito, como jamais havia sido feito por deus invisível nenhum em toda a vida de cegueira espiritual de Juan. *Há algo importante em você, Juan, e há algo vital para o qual você servirá*, ela sussurrou em seu ouvido direito, enrolando o corpo delgado e escamoso em volta do pescoço pálido do marinheiro.

Aos poucos, a água salgada deu lugar a uma mais salobra e, finalmente, doce, conforme Juan avançava pelo rio. As paredes eram estreitas, feitas de pedras afiadas e porosas, muito duras, esculpidas de maneira irregular, depois de milênios sofrendo com a passagem de Chalchihtlicue. Os pés do espanhol flutuavam na frieza e umidade, as mãos tocavam as paredes, o teto alternava-se entre uma laje baixa e contínua e uma abóbada elevada e perfurada em diversos pontos. Por tais aberturas, a luz da manhã começava a penetrar, inundando a caverna com seu brilho amarelo e bruxuleante, atiçando para o interior rochoso famílias de morcegos e outras criaturas, que findavam seu ciclo noturno, apinhando-se no teto e nas frestas entre os grandes rochedos.

A imagem de uma catedral, grande e imponente, agora parecia pequena frente ao que Juan testemunhava: aquilo tudo não foi construído por mãos humanas para homenagear seu Deus, mas sim erigida pelos próprios deuses — como aquela sobre o ombro de Juan —, para homenagear o simples e mortal humano. *Shhh.* Ele virou o rosto: sob o teto abobadado, sentado em uma protuberância larga, que se projetava logo abaixo de uma das muitas entradas no teto, o grande jaguar os observava. Não havia muito o que esperar do felino: ele apenas contemplava a passagem dos dois através do rio, sem interferir no que fora acordado entre Tlaloc e Chalchihtlicue.

Contudo, apesar de o que criou a caverna ter sido a passagem caudalosa dela por aquela montanha, é Tepeyollotl que reina ali. O senhor da oitava hora da noite, deus dos animais, das cavernas escuras e dos ecos. *Os ecos*, ela revela a Juan, é voz dele que você escuta em cada pedra nestas cavernas, que sussurram de volta o rugir de seu senhor. Com deferência, Juan passou, seguindo o agarrar de rocha em rocha, banhado nas águas da vida uterina que brotam da serpente.

Muitas horas depois, atingiram a porção final da caverna, que desembocava em um celestial cenote. O imenso buraco circular, escavado no chão rochoso por incontáveis anos de queda d'água do rio lá em cima, era frio e agitado. Parecia um milhão de gotas de chuva se derramando sobre Juan, numa eterna tempestade de lágrimas de felicidade que se misturavam às suas próprias. Recordando-se do temporal que afundou seu navio e dos trovões que o guiaram até terra firme, Juan entendeu por que Tlaloc e Chalchihtlicue formavam o casal das águas, em cujo paraíso — o Tlalocan — regiam as almas daqueles que morriam afogados. Caminhou para fora da água, escalando o aclive sutil das paredes, que se erguiam em círculos concêntricos ao redor do lindo lago de águas esverdeadas e gélidas como a noite.

Só quando atingiu o alto da subida, chegando à superfície da floresta, da qual brotavam as trepadeiras que pendiam sobre o cenote, notou que a serpente não estava mais em seu ombro. A frondosa vegetação cobria o chão pedregoso e, apenas de maneira leve e branda, ocluía os raios de sol do imenso disco solar lá em cima. Fechando os olhos, focando a consciência no astro-rei lá em cima, Juan quase pôde ouvir seu nome, mas outra voz o interrompera. Ela vinha de uma forma semi-humana mais à frente. A silhueta do ser, que arrancava camadas da própria pele, sacudia a matéria fibrosa entremeada por sementes de milho e outras plantas, semeando a terra com sua cútis divina.

Maravilhado por aquela demonstração de vida, e pelo lindo corpo dourado que se revelou por baixo das camadas cutâneas arrancadas, Juan quis perguntar se a pele fértil de Xipe Toltec, o senhor da vegetação e da agricultura, cresceria de novo. Aquela era, obviamente, uma pergunta infantil — assim como as estações se renovavam em camadas jovens de plantas sobre o tapete da floresta, a pele de Xipe Toltec crescia ano após ano, vertendo sobre o solo as sementes do renascimento.

Na verdade, tudo passou a ser evidente e claro para Juan: ele caminhava entre deuses, e era parte deles, apesar de ainda não entender o que um pobre espanhol descrente como ele poderia representar para tais criaturas de pura criação e propósito. Xipe Toltec tomou sua mão, guiando Juan por sobre o chão arenoso e entre os ramos de trepadeiras e frondosas árvores, as quais encimavam o teto sombreado acima deles. *Você é especial, e é isso que os outros viram em você. Tal qual minha pele, a sua vida deve ser renovada, dando propósito à existência de todos os outros seres: assim é o ciclo do dia, das estações, do ano e da vida.*

Juntos saíram da floresta, mas sozinho Juan caminhou através da cidade que iniciava logo após o tapete das matas. Não que a beleza natural fosse interrompida na artificialidade urbana: afinal, aquilo não era Madrid ou Salamanca, mas sim Tenochtítlan. O chão de lajotas de pedra era um recorte geométrico e natural, desenhando as vias pavimentadas das quais brotavam pequenos ramos verdes e vivos por entre as fendas. Os calçamentos, feitos de grandes blocos, eram vencidos apenas por placas pétreas ainda maiores, estas das construções, edificadas em gigantescas lajes calcárias erguidas em níveis. As escadarias, cores de tapeçarias de lã tingida, penas e peles de animais, a saudável população a festejar: tudo era uma grande recepção a Juan.

Como parte do divino que ele estava prestes a se tornar, todos ali eram uma extensão da fé viva, sendo, ao mesmo tempo, crentes e ídolos, penitentes e perdoados. Não havia distância entre o divino e o terreno, lá tudo se encontrava entre as lajes de pedra, a verde floresta e as elevadas pirâmides, que pareciam tocar o disco solar. Em cada degrau Juan pisou, ascendendo aos céus, sob o júbilo daquele povo alegre e colorido. Do alto da pirâmide, pôde contemplar a extensão terrena do divino, e suas ramificações em cada esquina, pedra, árvore e gota d'água. Do leste, em direção ao oeste, passou voando a águia, Tonatiuh, o quinto sol, o disco solar que atravessa os céus todos dias, cujo movimento se dá através do sangue humano.

E lá, sobre a pedra do altar, fria, vermelha, adornada com plumas e sangue, Juan se deitou, feliz por enfim fazer parte de algo, ser incorporado ao divino e sacrificado por um propósito: alimentar o movimento do sol. Abandonou o próprio corpo, como Xipe Toltec abandona a própria pele à semeadura; verteu o sangue sobre a laje de pedra, como Chalchihtlicue verte as águas que formam os rios; de seu peito fora retirado o coração, cujo espaço vazio deixado era como as cavernas de Tepeyollotl: um abrigo para os seres da noite. Sob o grito ensurdecedor de Tlaloc, no alto das montanhas, a multidão se banqueteou com o corpo sem vida de Juan. O rastro de sangue que descia dos degraus de pedra terminavam na mão imponente do sacerdote, erguida ao céu, em direção a Tonatiuh. O ciclo fora alimentado mais uma vez: do leste ao oeste, do dia à noite, o mundo continuaria a existir.

O ASSOVIO DO SACI

Paula Carminatti

Estava prestes a perder os sentidos, esta era sua única certeza. O esgotamento físico, a dor insuportável nas costelas, e a intensa queimação vinda do que supunha serem lacerações nas costas e pernas não lhe permitiam desenvolver uma linha de raciocínio lógico.

Onde estava? Quem lhe infringira tal castigo? Em que momento tudo aconteceu e por que não se lembrava? E, principalmente: quem ela era?

Sim, *ela*. Era Tereza Nunes, tinha quase dezesseis anos e estudava piano, embora não conseguisse chamar a si mesma de pianista.

Sabia quem era, e ao mesmo tempo não. Não era sua própria identidade ali naquele lugar fétido e opressor, mordendo a língua para não gritar quando o simples ato de respirar parecia expandir ainda mais os rasgos em sua carne.

Tentou mais uma vez abrir os olhos inchados. A luz do sol matutino lhe permitiu ver o local. Era um cômodo de madeira e chão de terra batida, onde seu corpo jazia jogado no canto mais distante da porta. Não havia móveis. Não havia nada. Exceto pelas correntes de aço. Estas, ela podia ver em cada um dos quatro cantos do ambiente, inclusive perto de si. Isso a fez se dar conta do aperto frio em seu pescoço. Estava acorrentada.

Sentiu um gosto amargo na garganta e uma vontade incontrolável de revidar quem lhe fizera isso.

Raiva.

Dor.

Humilhação.

Estava subjugada e não sabia o que fazer para se libertar.

Tereza já conhecia aqueles sentimentos, embora jamais os tivesse experimentado com tamanha intensidade. Ser constantemente alvo de *bullying* dos colegas de sua sala de aula lhe causava a mesma sensação de formigamento e aperto no pescoço que o aço lhe provocava no momento.

"Que inferno é esse? Céus! Como sair daqui?"

Como uma resposta ao seu mudo grito por socorro, um anjo apareceu na porta e um nome se desenhou em sua mente: Avelina.

Os bonitos olhos cor de céu estavam marejados de lágrimas. Trazia dobrado nos braços um manto cor de vinho que contrastava com o cinza pálido de seu vestido. Mal a garota deu dois passos, a cena desapareceu do raio de visão de Tereza e um branco ofuscante a fez cobrir os olhos.

De algum lugar bem distante, um assovio de aspecto sobrenatural capturou seus sentidos e a fez esquecer a dor e a raiva.

"Saci? É você?"

Abriu os olhos e foi acolhida pelo calor do verão no Sítio das Goiabeiras, e pelo cheiro de café recém-coado e o de broa de fubá.

Um ruído impaciente a fez olhar para a janela e ver o diminuto pássaro de penas eriçadas na cabeça e padrão rajado nas costas. Era o Saci, seu "despertador" há uns três anos, desde que viera passar férias na casa dos avós pela primeira vez. Todo ano, quando ela retornava ao interior, ele vinha ao seu encontro. Parecia uma forma de lembrá-la de que *ele* a aguardava.

Seu olhar se dirigiu para a penteadeira e se fixou no tecido cor de vinho dobrado sobre ela. Cenas do pesadelo imediatamente retornaram à sua mente.

Tereza jogou as cobertas longe e avançou até o presente que ganhara na tarde anterior. Tateou a maciez da longa capa com capuz, a textura parecia uma mistura de seda e veludo. Ela mal podia acreditar que a peça tinha mais de um século.

"Será que isso é mágico? Esse pesadelo... era ele."

Desdobrou com cuidado e o lançou em volta dos ombros, amarrando com um laço no pescoço. Olhou-se no espelho da penteadeira, ajeitando o capuz sobre os miúdos e numerosos cachos pretos. Os enormes olhos castanhos estavam preocupados.

"Um presente de despedida. Sei que vou embora hoje à tarde, mas voltarei ano que vem. Por que ele me deu um presente de despedida desta vez? E por que parecia tão triste?"

Como se tivesse escutado seus pensamentos, o passarinho deu um último assovio e voou para longe.

— Saci, espere!

Correu para a janela, mas já não o viu mais.

⁕⁕⁕⁕⁕

— Querida, vai sair sem tomar café?

A voz preocupada da avó a fez parar na porta e retornar à mesa. Encheu um copo com leite gelado e o tomou em três grandes goladas. Logo em seguida, apanhou um pedaço de broa de fubá, deu um beijo na testa da avó e saiu porta afora, gritando:

— Fica tranquila que volto a tempo de não perder o trem.

⁕⁕⁕⁕⁕

"Preciso vê-lo. Não posso partir sem ver o Martin. Espere por mim."

Enquanto corria pela estrada de barro seco, atravessando terrenos vizinhos aos do sítio dos avós para alcançar seu destino, lembrava-se dos momentos em que estiveram juntos. Costumavam dar longas caminhadas pela mata que margeava o Rio do Vale, subiam em árvores para saborear as frutas da estação, nadavam no rio, ou simplesmente se sentavam sobre a grama para conversar.

Cada momento com ele havia sido mágico, especial, e Tereza não queria que isso acabasse. Apertou o tecido vinho junto ao peito e respirou fundo para conter a vontade de chorar.

Martin era um jovem solitário, ainda mais que ela, embora não deixasse isso transparecer. Congelado no tempo e preso no limbo aos dezessete anos por uma maldição, nunca mais conseguira interagir com outro ser humano, exceto nas ocasiões em que estivera desesperado pelo mínimo contato possível, e conseguira juntar energia suficiente para tocar algum objeto, deixando-o cair ao chão e assustando quem estivesse por perto.

Por isso, foi um choque para ambos quando, há três anos, após Tereza seguir o pássaro que a despertara nesta manhã, deparar com o que viria chamar de "Jardim Fantasma", e o conhecera.

O tal Jardim Fantasma era uma área abandonada, com ampla variedade de árvores e vegetação selvagem ao redor das ruínas do que parecia ter sido uma bela casa em estilo colonial décadas atrás.

Alheia ao par de olhos que a observava do alto do galho de uma goiabeira, a garota caminhava espantada, olhando tudo ao seu redor, menos o terreno onde pisava. Pelo que lhe contara tempos mais tarde, ele havia invocado toda energia de que fora capaz para saltar da goiabeira e agarrá-la bem a tempo de impedi-la de pisar em uma cobra coral venenosa.

Martin não conseguiu conter seu assombro por ser visto pela primeira vez após mais de um século. E nem sua alegria.

Para Tereza, o momento também foi mágico. Estava claro que ele não era humano, ou não como os humanos que ela conhecia. Chegou a cogitar se ele não seria um anjo, ou um elfo, como os dos livros da biblioteca da escola. O misterioso rosto negro, do mesmo tom de sua própria pele, estava semioculto pelo capuz cor de vinho de sua longa capa. Do pouco que a abertura da capa lhe permitia ver, ele vestia uma camisa cinza escuro e calças cáqui. Estava descalço e... Só pôde ver um dos pés. Ante seu olhar questionador, ele abriu a capa e Tereza pôde ver que lhe faltava uma das pernas. E foi quando percebeu que ele flutuava.

Demorou algum tempo para que conseguisse pronunciar a palavra que se desenhara em sua mente: "Saci?".

— Martin Pereira — respondera com uma mesura.

Tempos mais tarde, quando a amizade se consolidara, Martin lhe explicara que não sabia exatamente por que lhe atribuíram o apelido de Saci. Talvez porque o tal passarinho saci, que Tereza "batizara" com o mesmo nome, aparecia sempre quando ele estava por perto.

A lenda do Saci-Pererê ganhou forma ao longo dos anos quando algumas pessoas conseguiram vê-lo em sonhos, e foi ganhando novas e inusitadas características, como a de que ele fumava cachimbo, sendo que ele apenas guardava o cachimbo junto a si como recordação de seu avô, ou a de que ele era travesso, quando na verdade os sustos provocados em humanos e animais eram decorrentes de suas tentativas de se comunicar.

À medida que se aproximava do Jardim Fantasma, as lembranças se dissipavam face à ansiedade por revê-lo. O pulmão ardia já sem fôlego.

Saci, o pássaro, assoviou alto e recebeu um assovio igual em resposta. Martin sabia que ela viera.

Tereza o encontrou em pé sob a copa da goiabeira onde o conhecera. Sorriu aliviada por ter essa oportunidade de se despedir e arrancar dele a promessa de que voltariam a se ver.

Ele, por sua vez, esboçava um sorriso contido que não lhe chegava aos olhos.

— Por favor, não me diga que esta é a última vez que te vejo.

O rapaz acariciou sua bochecha e secou uma lágrima que teimou em escapar. Era a primeira vez que a tocava daquela forma. Antes o máximo que se atrevera a fazer foi puxá-la pela mão para mostrar algo interessante.

— Tem tempo para ouvir uma história?

Tereza apertou o tecido vinho entre as mãos, como se com isso pudesse impedir o amigo de desaparecer, e assentiu.

— Tem a ver com o pesadelo desta noite?

— Pesadelo? — questionou, convidando-a para se sentar sobre a grama.

Ela se escorou contra o tronco da árvore e esticou as pernas, fechando os olhos. Contou-lhe em vívidos detalhes sobre a cena que lhe preenchera a noite.

— Era você, não era? Acorrentado, ferido... humilhado...

O rapaz fez que sim com um profundo suspiro.

— Como deve ter percebido, eu fui um escravo nesta fazenda. E continuo preso a ela.

Havia tanta dor e tanto ressentimento em suas palavras que a garota desejou muito lhe dar um abraço e dizer que tudo ficaria bem. Mas como prometer algo que não sabia se era possível?

— Não pode sair daqui? Vem comigo!

— Quem dera eu pudesse!

Sorriu de forma melancólica e esticou um dos cachinhos dela só para vê-lo voltar ao estado anterior, como uma molinha. Queria tanto ser livre para brincar assim com os bonitos cabelos dela. E para abraçá-la. E vê-la todos os dias. Envelhecer ao seu lado.

Envelhecer.

Queria tanto sair de seus eternos dezessete.

— Como aconteceu? — ela perguntou.

Levou alguns minutos para organizar seus sentimentos e conseguir contar sua história.

Maria Pereira, sua mãe, era escrava nascida na fazenda da família da finada baronesa Lucrécia Pereira. Escrava de confiança desta, "mereceu" receber o sobrenome da família desde muito cedo. Viera para a Fazenda Alto Rio do Vale por ocasião do matrimônio entre Lucrécia e Álvaro Fidalgo, e ali conhecera Iberê, em uma das incursões clandestinas deste pela fazenda.

Iberê era filho do povo livre da floresta e prometera trazer Maria para viver com seu povo.

Martin nasceu e cresceu ouvindo esta promessa, mas cedo demais viu seu pai e seu sonho de liberdade serem assassinados pelo capataz da fazenda.

O pesadelo de Tereza trazia a memória das consequências da primeira tentativa de fuga de Martin. Foram tantas chicotadas que ele desmaiara de dor.

Acordara horas mais tarde com a presença reconfortante de Avelina Fidalgo trazendo-lhe um capuz cor de vinho, herança de família. A filha do barão lhe implorara para aceitar o presente, dizendo que era um manto mágico da família de sua avó e que o protegeria. Martin não se sentia digno de um presente tão valioso, mas Avelina tinha a incrível habilidade de fazê-lo se sentir especial.

Alguns dias mais tarde, a fazenda foi invadida pelo povo de Iberê. Queriam justiça pelo assassinato de seu futuro líder e exigiam a libertação da família de Iberê e seus semelhantes. Como o barão jamais aceitaria aquilo que ele chamou de afronta, uma batalha sangrenta tomou conta da fazenda e culminou no incêndio da Casa Grande.

Temendo pela vida de sua amiga, e sem saber que Avelina não se encontrava em casa naquela noite, Martin invadira a casa em chamas e encontrara apenas o barão. Por mais que a ideia de nunca mais ver aquele crápula fosse tentadora, seu instinto heroico falou mais alto e o fez salvar a vida dele.

O barão, por sua vez, tinha outros planos. Ao aceitar a mão que o rapaz lhe estendia, puxou-o para mais perto e o empurrou para dentro de um círculo de fogo. Com um último sorriso cínico antes de partir, mentiu dizendo que Avelina já estava morta em seu quarto.

Anestesiado pelas palavras daquele homem odiável, Martin sequer sentia sua perna direita em chamas. Cerrou os dentes, apertando ao redor de si o capuz que ganhara de Avelina dias atrás, e desejou com toda sua força que todos desaparecessem de sua vida.

Jamais imaginaria que seu desejo seria atendido. Muito menos daquela forma.

Martin desapareceu de sua existência e passou a viver sozinho em um limbo temporal, uma realidade alternativa no mesmo lugar em que sempre esteve, mas sem conseguir se comunicar com ninguém.

E no processo de passagem para o mundo alternativo, perdeu a perna que estava em chamas.

— Lamento que tenha sonhado com as minhas memórias. Não sei como isso foi acontecer, eu... eu não queria que você tivesse sentido o que senti. Não queria este peso para você.

— Pois eu não lamento — a garota pegou as mãos dele e as apertou para lhe dar forças. — O que você passou, o que tantos como você sofreram naquela época terrível, é a memória dos meus antepassados. E os fantasmas daquele período ainda nos rondam, mesmo hoje. Entender a sua dor me fez entender um pouco melhor a grandiosidade do nosso papel nesta vida.

— Que papel é este?

— Ter nossos direitos respeitados e construir um lugar melhor para nós e para as futuras gerações. Isso também se aplica a você. Sabe de uma coisa? Eu tenho um sonho de me tornar uma grande pianista e nunca mais irei aceitar que me digam que eu não posso conseguir.

Um lindo sorriso acendeu o rosto de Martin e, pela primeira vez em sua vida, sentiu-se livre.

— E eu desejo ser livre para descobrir com o que posso sonhar.

— Que nós dois possamos ser livres para decidirmos nosso destino.

Ambos apertavam entre as mãos o antigo capuz cor de vinho quando o Saci assoviou pela última vez e voou para longe.

Ali, perdidos nos olhos um do outro, souberam que a maldição havia se quebrado.

O ÚLTIMO DEUS

Dias JC

Nenhum homem é um deus.

A queda de Ícaro, com suas asas de cera, não foi tão alta quanto o preço que pagaram, esses vaidosos.

Nós, humanos, não passamos de poeira.

Você, meu querido aluno, é minha grata última visita antes de eu encontrar o meu fim. Com você, decidi compartilhar segredos que nunca mais ousei falar.

Não sou grego. Fui trazido pelo mar no final da minha infância e inocência.

De onde vim, conhecíamos a verdade. Sabíamos quem eles realmente eram. Ainda assim, nós os adoramos.

Por que iríamos nos opor? Éramos tão vaidosos quanto eles. O povo dos deuses. Escolhidos por Moros, para servir e compartilhar todas as suas graças e conquistas.

Éramos os filhos de uma terra imaculada, berço do poderoso império do próprio Zeus, vasto além de todas as fronteiras e carrasco de todos os outros povos.

Fizemos cada terra conquistada à nossa imagem. Nossos obeliscos, arcos, colunas, pirâmides, monólitos, templos, arquitetura e cultura ainda resistem, como prova do nosso orgulho, agora decadente.

Não quero colocá-lo em perigo e espero que o meu terror, vivido por tantos anos, seja cego a ti, mas a verdade não pode morrer comigo.

Como você, eu também já venerei todos eles, embora eu soubesse que eram tão humanos quanto nós dois.

É isso mesmo que você está pensando. Os deuses são a história do meu povo, imposta a todos os outros por nossa conquista implacável.

O Monte Olimpo era o palácio vertical desses ditos deuses. O centro do seu reino e império.

As esculturas, desde a sua base, contavam a real história dos deuses, a partir de Gaia, mãe deles.

Da escuridão do Caos, nas cavernas das profundezas da terra, nasceu a primeira deusa, Gaia. Lá cresceu com suas irmãs mais novas, as ninfas. Nossas mães.

A luz e o céu surgiram quando elas saíram das cavernas e, com eles, Urano e os primeiros homens, os sátiros, na verdade, algo entre homens e animais, guiados por um instinto primitivo.

A primeira guerra teve muitas perdas de ambos os lados. Embora os sátiros fossem fortes, foram subjugados pela inteligência das mulheres e reduzidos a animais domésticos. Exceto Urano. O líder e mais humano dos sátiros foi manipulado por Gaia e a tomou como esposa.

Gaia e Urano lideraram a primeira civilização, formada por seus filhos, os titãs, e pelos filhos das ninfas e sátiros. Eles foram criados livres no vale Olympico, nas florestas e bosques dos Sátiros, até os limites do mar.

No entanto, Urano era mais animal que rei e iniciou a segunda guerra, exterminando todos os sátiros e homens.

Gaia escondeu os filhos e os homens nas cavernas, nas entranhas da terra, enquanto reinou a selvageria e luxúria de Urano. Lá, ela tramou com as irmãs e os filhos.

Com ferro e fogo, ela forjou a foice negra de Cronos, que emboscou o pai sob ao manto de Nyx. Ele odiava tanto a luxúria de Urano que o castrou e assistiu ao último sátiro sangrar até a morte.

Com a bênção de Gaia, Cronos se tornou o novo rei.

Diferentemente do pai, ele era vaidoso, obcecado com a pureza e superioridade da sua linhagem, e desposou a própria irmã, Reia.

Cronos reconheceu como iguais apenas a mãe e os irmãos, e monopolizando o domínio do ferro e do fogo, escravizou todos os outros e impôs sua cruel tirania.

As cavernas se tornaram sua grande prisão. O Estômago. Ele mandou até seus próprios filhos para lá, temendo a praga nas últimas palavras do pai.

Gaia desaprovou Cronos e ajudou Reia a criar o último filho escondido.

Zeus cresceu e descobriu um metal forte brilhante como os raios do sol. Ele forjou uma armadura e uma lança em forma de raio e desafiou o pai no Estômago, com um brilho divino.

As lendas dizem que a terceira guerra durou anos, mas os livros na biblioteca de Métis dizem que o ferro negro de Cronos sucumbiu ao oricalco de Zeus em uma hora.

Zeus libertou os irmãos e todos os prisioneiros, e foi coroado, não rei, mas deus do trovão.

Os seus irmãos e irmãs também se tornaram deuses. Hades do submundo ficou com as cavernas, onde aprisionaram os apoiadores de Cronos e os criminosos. Poseidon dos mares foi o senhor da marinha e o principal responsável pela expansão e conquistas além do mar.

Os deuses se casaram entre eles e a história foi cunhada nos livros da infinita biblioteca de Métis e esculpida em cada novo andar do Monte Olimpo. Cada deus que reinou registrou seu mito sobre os cinco andares originais erguidos por Zeus. Gaia, Cronos, Hades, Poseidon, Zeus.

Cada terra conquistada foi presenteada e governada por um deus e seus descendentes.

Nossa Grécia foi de Athena, Roma de Ares, Nilo de Apolo, assim como muitas outras terras além do horizonte.

Quando Babel ameaçou a soberania do Olimpo e tentou construir uma torre maior, enfrentou a fúria da deusa Ate e os nossos exércitos fizeram a Babilônia em chamas.

Eu tinha 5 anos durante o governo de Hybris, o deus do orgulho, em um tempo em que havia sete no Olimpo.

Minha família era Devtpo. O pátio da nossa casa tocava a areia da praia. Meu pai, Pyl, era jardineiro. Cuidava até das flores no Olimpo, com suas ferramentas reluzentes. Minha mãe, Meg, era professora na biblioteca de Métis, onde eu aprendia e minha irmã Tália, de 16 anos, já era alquimista. Diziam, era tão bela quanto a filha de Hybris, Mera, a deusa da pureza.

No meu tempo, nossas terras só podiam ser tocadas por deuses e por nascidos na ilha. Também tínhamos o privilégio de ser sepultados com os deuses, nas cavernas sob a pirâmide negra, o templo de Hades. A prisão já não existia desde o deus Éaco. O Exílio era a pior das penas.

Vivíamos como nos Elísios. Os deuses provinham tudo. Casa, comida, saúde e educação. O ignorante povo escolhido, exibindo suas peças reluzentes, em sinal de aprovação e devoção.

Minha mãe tinha uma tiara e Tália, um prendedor de cabelo. Eu tinha a moeda de folha, símbolo da minha família.

Os dias eram tranquilos, até aquela maldita baleia branca.

A gigantesca carcaça surgiu na praia, em uma manhã ensolarada. Morta pela mordida de outra coisa grande, possivelmente maior.

Acreditamos ser obra de Aqueloo. Apenas o deus tubarão poderia arrancar um pedaço de carne tão grande. Ainda não imaginamos o real tamanho da ameaça daquele primeiro sinal.

A carcaça era tão grande que podia ser vista do Olimpo e Hybris ordenou que ela fosse despedaçada e jogada longe no mar, pois a carne apodreceu rápido.

Foram dois dias até nos livrarmos da baleia, mas o fedor tomou conta do reino. Até os deuses foram incapazes de se livrar dele, no topo do Olimpo.

Naqueles dias estranhos, o templo de Poseidon, com a escadaria e os pilares projetados para dentro do mar, ficou cheio.

As pessoas levavam oferendas, pediam proteção e perdão pelas ofensas que pudessem ter feito o castigo do mar recair sobre nós.

Até Phuno, a deusa dos desejos, e seu filho Midas, o infante deus da fortuna, desceram até o templo para interceder junto a Poseidon.

Midas, de 10 anos, entrou na água escoltado por guardas. Ele empurrou uma barca cheia de tesouros e homenagens até onde a água cobriu sua cintura, e proclamou:

— Poderoso Poseidon! O Olimpo jamais esqueceu o seu valor! Aqui pagamos o seu preço. Leva para longe...

O segundo sinal não esperou o garoto terminar de falar, e foi bem mais brutal. Os restos podres da baleia voltaram do mar e, junto com eles, uma barbatana surgiu nas costas do menino por um breve momento, antes de arrastá-lo violentamente para as profundezas, deixando apenas uma mão infantil dilacerada, com uma pulseira brilhante, em um mar de sangue.

Naquele mesmo dia, todos vimos que o desespero e a dor da perda de um filho era igual para uma deusa como para qualquer mulher.

A loucura e o choro de Phuno convenceram seu irmão, Hybris, a mandar a marinha de Damian, o deus do domínio, e filho mais velho com outra irmã, Lyssa, a deusa da fúria, atrás do assassino de Midas.

Antes de o dia acabar, perdemos o sol, a marinha mais forte do mundo e nosso futuro governante para a pior das tempestades e aquela coisa no mar.

Nenhum homem jamais chegou à praia. Apenas os destroços dos navios se misturaram aos restos da baleia.

A tormenta continuou incessante e a maré parecia mais alta a cada dia, junto com um lodo negro e os restos de diversas outras criaturas marinhas, tubarões, golfinhos, peixes, crustáceos e outras coisas desconhecidas.

O fedor era cada vez mais insuportável.

Alguns disseram que enfrentávamos o Kraken, outros temiam ser Ceto, ou até mesmo algo mais antigo, talvez o próprio Ponto, mas o sacerdote senhor do templo de Poseidon, Iouliavós, afirmou que adorávamos os deuses errados.

Lembro-me dele na praça de Dionísio. Usava a máscara de Poseidon, de oricalco laranjada, de cabeça para baixo. A barba para cima e a coroa de estrelas do mar para baixo, exibindo uma bizarra feição de agonia e pânico.

— Vocês não estão prestando atenção nos sonhos? — disse o velho mascarado. — Ele fala! Há futuro para quem escuta!

Era verdade que todos comentavam sobre sonhos estranhos. Eu ainda me lembro de pesadelos inomináveis, me afogando em água negra, sons indecifráveis, o brilho de milhares de olhos prateados e algo gigantesco, massivo e escamoso.

Lyssa ficou sabendo de Iouliavós enquanto ainda sofria o luto da perda do seu filho para o mar. Ela reuniu os melhores soldados da guarda da cidade e foi até o templo de Poseidon executar os hereges.

O homem com a máscara invertida a aguardava com outros três mascarados. Cavalo-Marinho, Scylla e Chrysaor.

No dia seguinte, a cabeça de Lyssa e dos seus soldados amanheceu nas esculturas dos deuses em volta da base do Monte Olimpo. Foi escrito *Falsos deuses* com sangue em cada estátua.

Os dias eram escuros e a tormenta cobriu a cidade inteira com água até os nossos joelhos. Além dos pesadelos, começaram os relatos de coisas do mar invadindo casas e matando pessoas, mascarados e seres escamosos vagando pela noite.

Então, os corpos começaram a aparecer flutuando por toda a cidade. Afogados, suicidas, devorados, todos cobertos por carniceiros menores. Caranguejos, lampreias, enguias, peixes e moluscos.

O fedor era repugnante.

Restavam apenas quatro deuses no Olimpo, a bela Mera, futura governante, que ainda chorava a morte da mãe, o bebê Quelome, deusa do descanso, alheia e indiferente àqueles dias, sua mãe Phuno, enlouquecida, convenceu os últimos fiéis e seu irmão e consorte, Hybris, que a solução seria um sacrifício. Como Andrômeda, ele deveria entregar sua filha mais amada para a besta no mar.

Mesmo louca, Phuno conseguiu deixar o deus sem escolha, afinal, todos sabiam. Mera era a filha preferida de Hybris. Boatos diziam que, além das irmãs, ele também se deitava com ela.

Então, os problemas dos deuses chegaram à minha família.

Soldados bateram na nossa porta à noite. Um deles entrou, tirou o elmo e se revelou Hybris. Ele conversou com meu pai em particular e depois a minha irmã veio se despedir de mim.

Ela me entregou o seu prendedor de cabelo e disse as últimas palavras que ouvi de sua boca:

— Não se preocupe, irmão. Terei a proteção do meu deus — depois ela partiu com Hybris, também vestida como soldado.

Na manhã seguinte, fui com os meus tristes pais para o templo de Poseidon, ainda sem entender o que acontecia. Mesmo com a violenta chuva e o odioso fedor, toda a cidade compareceu para o sacrifício da deusa Mera, com a esperança do fim da maldição.

Phuno conduziu o sacrifício com a filha Quelome nos braços. Nossa deusa estava irreconhecível, parecia um cadáver ambulante. Ossos recobertos por uma fina camada de pele. A insanidade dela a impediu de perceber que a garota acorrentada ao pilar no mar, por baixo das joias e maquiagem, era na verdade a minha irmã e não Mera.

Eu chorava desesperado e puxava os meus pais esperando alguma reação, mas eles me ignoraram, ocupados com suas próprias lágrimas.

Os nossos pesadelos se tornaram realidade quando um incontável número de tentáculos saiu do mar, em volta da Tália. Aí, o impensado aconteceu.

Alguns cidadãos e soldados entraram no mar para defender sua deusa. Até meu pai lutou pela filha, mas os tentáculos massacraram todos eles e depois se voltaram contra o templo.

Perdi-me da minha mãe na correria, mas eu queria encontrar Tália e fui na direção do mar.

Ouvi um grito e vi o homem com a máscara de Chrysaor apunhalar Phuno e arrancar o bebê de seus braços. Eu o segui até o mar e o vi entregar a Quelome para o velho com a máscara de Poseidon. A água estava na minha cintura.

Os mascarados caminharam por entre os tentáculos até o pilar onde os outros dois, Scylla e Cavalo-Marinho, já haviam libertado Tália. Poseidon entregou o bebê e uma adaga brilhosa para ela, que não hesitou. Apunhalou e soltou o pequeno corpo nas águas.

Nadei contra a corrente, gritando o nome dela, mas minha irmã apenas me olhou uma última vez antes de afundar no mar junto com os mascarados. Fiquei sozinho naquele violento mar, até um homem me puxar para um bote e eu tomar consciência do caos que se passava atrás de mim.

Assisti paralisado o mar e suas mais profanas criaturas devorarem o nosso reino e todos que tentavam escapar.

Pensei ter ouvido os gritos do último deus, quando o Monte Olimpo mergulhou completamente. Nem mesmo percebi que criatura levou a metade de cima do meu salvador.

A tempestade ficou para trás, mas não sei quantos dias passei naquele bote. Os terríveis pesadelos me acompanharam. Sonhei com quatro humanoides com as máscaras de Lymnades, Kraken, Siren e Dragão Marinho invadindo o Olimpo no dia do sacrifício, matando os guardas e arrastando Mera com eles para as águas. Sonhei com Tália, com os gritos de Hybris, com os sons, cada vez mais parecidos com um chamado.

Você sabe o que fazer, pareciam dizer. *Prove! Prefere a morte?* Cada vez que eu olhava o corpo no barco comigo, eu entendia mais aqueles sons.

Então preferi a morte, mas essa escolha me foi tirada.

Joguei-me no mar e nadei para o fundo, mas acordei de volta no bote. Quando tinha sede, chovia e, quando estava quase sucumbindo à fome, peixes saltavam no barco ou caranguejos surgiam.

Não desisti, mas o mar pareceu desistir de mim.

Finalmente encontrei terra. Afastei-me da praia, fui adotado e cresci aqui em Atenas, esquecido do meu trágico passado.

Esse broche era o prendedor da minha irmã. É meu legado e meu pedido de desculpas, caso algum mal lhe recaia. Nessa vida, só confio em ti, meu amigo Platão, para manter viva a minha Atlântida.

Serei eternamente grato por essa última visita. Amanhã enfrentarei de bom grado a sentença dos homens e do país que me acolheu. Prefiro mil vezes o veneno ao julgamento daquela terrível monstruosidade escamosa, que se apoiou sobre o Olimpo e arrastou Atlântida para as profundezas do esquecimento.

O INÍCIO DO FIM

E.C. Reys

—Ser desprezível!

O sangue espirrou longe, sujando as mãos, os braços e a túnica negra de Hel, que lançou um olhar de desprezo ao corpo caído a seus pés antes de abaixar-se para limpar sua adaga, Inanição, nas roupas do gigante degolado. Inanição era uma preciosidade feita pelos anões artesãos Balduir e Adinsir, nunca perdia o fio e cortava qualquer tipo de material, uma arma mortal como sua dona.

Estava quase pronta para subir à superfície e tomar o que era seu e dos irmãos e lhe havia sido negado quando Odin, aquele deus velho e desprezível, os havia separado, banindo-os cada um para um destino diferente quando ainda eram crianças.

Tendo passado séculos em Niflheim e se assegurado de qual caminho seguir para conseguir se vingar de todos os deuses que concordaram com Odin, incluindo seu odioso e trapaceiro pai Loki, Hel iniciaria seu plano. Encontraria Jormungand e Fenrir e os levaria à glória a que estavam destinados, mesmo que, para isso, tivesse que começar o Ragnarok.

Sentou-se em seu trono macabro erguido com crânios de deuses, gigantes, anões e homens no submundo e observou seu domínio sombrio. Em todos os nove mundos, o seu reino era o mais poderoso. Uma vez lá, somente ela poderia libertar alguém e não abriria mão de ninguém. Especialmente assim que destruísse Valhala, não haveria Valquírias nem para escolher com Odin os guerreiros mortos em batalha, nem para guiá-los após a morte. Asgard não teria opção e todos os mortos seriam seus.

Tinha orientado seus servos, mas iria pessoalmente liderá-los. Primeiro acompanharia os gigantes construtores que iriam fazer uma passagem que ligaria o grande oceano que circunda Midgard ao subterrâneo para que seu irmão, Jormungand, pudesse vir a seu encontro. Depois iria com os anões libertar Fenrir, mas esse irmão não poderia simplesmente ser solto. Era a ele que Odin mais temia, pelo que tinha visto em suas visões do Ragnarok. O Pai dos Deuses temia ser morto pelo lobo gigante, portanto iria trazê-lo para junto de si, mas o manteria preso aos grilhões da Gleipnir como medida de segurança, até convencê-lo que juntos seriam invencíveis e dominariam os nove mundos.

A passagem pelo interior de Yggdrasil estava pronta, o olho do conhecimento tinha lhe mostrado tudo o que precisava saber, afinal o olho se abria a quem sacrificasse a própria vida, e como ela era só metade viva, não foi difícil abrir mão do lado vivo e bonito já que não poderia se livrar de seu lado morto em decomposição.

Amava a escuridão, a maldade era sua essência, a crueldade sua natureza, ao contrário dos deuses da superfície, que tentavam manter suas naturezas vis, traiçoeiras, egoístas e maldosas escondidas por uma névoa de honradez e justiça. Somente os homens, os seres mais inferiores dos nove mundos acreditavam que os deuses eram magnânimos. Os gigantes, elfos e anões sabiam o quanto eles, principalmente Odin, podiam ser bárbaros, selvagens, brutais e vingativos, incluindo o belo Thor, cujo martelo já havia destruído incontáveis seres e mundos. A verdade é que se algo não fosse do agrado deles, seria destruído, sem dó, sem chance de defesa.

Levantou-se e se dirigiu para a base de Yggdrasil, o sorriso de escárnio nos lábios decompostos que revelava dentes podres e afiados como presas. Era atroz e era só o começo. Os deuses cairiam a seus pés, um a um. Não haveria cantos, não haveria comemoração. Valhala arderia em chamas negras, o pós-morte dos guerreiros seria somente destruição. Era o começo do fim.

⁂

Após a chegada de Jormungand, Hel o deixou finalizando os planos com seus servos, de cavar túneis abaixo da muralha de Asgard para que a grande serpente, com sua força descomunal, pudesse abalar a estrutura e fazer desmoronar a proteção da cidade, a fim de que seu exército pudesse invadir e aniquilar a morada dos deuses, e foi ao encontro de Fenrir.

Ao chegar à montanha na qual o lobo gigante havia sido petrificado após ser enganado e imobilizado pela Gleipnir, pegou Medjnir, o cinzel forjado com os encantamentos mais poderosos dos anões artesãos e, com poucas batidas na rocha, os olhos incandescentes de Fenrir se abriram.

Hel retirou a espada que mantinha a boca do lobo permanentemente aberta e murmurou:

— Bem-vindo à vida novamente, irmão. Vou retirá-lo dessa prisão que os deuses o condenaram e o levarei ao meu reino. Jormungand nos espera para juntos, os filhos de Loki, os arautos do extermínio, tomarmos o que é nosso: os nove mundos.

Antes que o irmão pudesse responder, Hel colocou em seu pescoço outro presente dos anões, Breiring, o colar da obediência, ordenando:

— Venha comigo, irmão.

Assim o lobo, ainda preso a Gleipnir, se deixou levar carregado ao submundo pelos gigantes.

⁂

Odin achou que havia visto o início do Ragnarok e tentou conter Jormungand e Fenrir para que sua visão não se realizasse. Que estúpido! Em sua arrogância, presumiu que os filhos homens de Loki seriam a perdição de Asgard. O que ele não esperava é que Hel, filha de Loki e da gigante Angrboda, fosse a própria ruína dos deuses.

Do alto da mais alta montanha, enquanto observava Heimdall lutar para retirar Edda, a venda do universo, dos olhos, e sem poder enxergar os perigos que se aproximavam e desse modo avisar os deuses, Hel viu os ventos do inverno eterno se aproximarem. O Fimbulwinter era o prenúncio da sua era.

Enquanto a neve e o gelo cobriam todos os nove mundos, e o frio congelava a maior parte dos seres, os grandes terremotos haviam começado e libertaram por fim Fenrir dos seus grilhões. As enchentes já varriam a terra, acabando com toda vida nos oceanos, e um rastro de fogo e destruição seguia seus irmãos. A cada avanço, seu reino se enchia mais e mais, se fortalecendo com a morte. Após garantir que Valhala fosse aniquilada, consumida em fogo negro, era hora de atravessar a Bifrost e tomar Asgard.

Marchou para confrontar os deuses. Sabia que Odin tentaria se deslocar ao poço da sabedoria que ficava ao lado de Yggdrasil para tentar pedir conselhos à cabeça de Mímir, o maior sábio de todos os tempos. O que Odin não sabia é que a cabeça descansava agora no submundo, ao lado do trono de Hel.

Não haveria Naglfar, Loki não seria timoneiro nem capitão do navio da extinção, assim como não haveria batalha em Vigrid. O campo de batalha final seria onde ela escolhera: Asgard. A surpresa era sua aliada, ordenou aos irmãos que fossem na frente e partiu com seus guerreiros. As premonições e visões de Odin seriam destruídas em pouco tempo. Suas legiões tinham uma única ordem: matar todos.

※※❀※※

Admirando os destroços do que um dia fora a bela Asgard, os irmãos seguiram caminhando lado a lado até o salão dos deuses. Já não havia deuses para lutar contra eles. Haviam perecido em batalha e agora agonizavam em Niflheim. Restara apenas o Pai dos Deuses, que fugira, ferido e humilhado tentando se esconder no grande salão.

Fenrir, cuja ferocidade havia sido solta depois de séculos aprisionada, estava com os pelos rubros, banhados pelo sangue das milhares de vítimas que havia feito, seu olhar insano e malévolo percorria o ambiente para caçar mais vítimas de sua ira.

Jormungand se arrastara até o salão atraído pelo cheiro de medo e morte, levando entre suas presas a cabeça da bela Freya, os cabelos louros trançados com ouro, empapados de sangue, os olhos e boca abertos em uma expressão de puro terror.

Hel vinha caminhando com os olhos fixos em Odin. Em sua mão direita, sua inseparável adaga Inanição, a esquerda segurava pelos cabelos a cabeça de Loki.

Os nove mundos estavam próximos do fim, sendo consumidos em fogo, transformados em cinzas que seriam lavadas pelas enchentes, sem deixar restar nem um único guerreiro. A destruição não havia poupado nenhum exército, nem dos vivos, nem dos mortos. O que restava eram aqueles quatro seres, os filhos de Loki e Odin.

Fenrir, cujo desejo de vingança era maior que o de todos, se adiantou e avançou em direção ao velho deus que, sabendo ter uma única chance, ergueu sua lança, a Gungnir, única arma capaz de matar o lobo gigante, enterrando-a na barriga da criatura, que caiu de lado imóvel para toda a eternidade.

Jormungand, vendo o irmão ser morto, lançou-se com fúria contra Odin, despejando o veneno letal de sua língua de serpente, sem perceber que o velho arremessara em sua direção o lendário Mjölnir, que agora não servia mais ao deus do trovão, como era da natureza do objeto. O alvo foi acertado e a serpente gigante que iria destruir o mundo caiu morta ao lado do lobo.

Lentamente Hel aproximou-se de Odin. A ira em seu olhar competia com a diversão, fazendo com que o Pai dos Deuses ficasse confuso com o que via. A deusa do submundo, que havia resgatado e juntado os irmãos para dominar o mundo, se divertia com a morte deles. Pela primeira vez Odin percebeu que Hel tinha mudado. Não havia mais dois lados: o lado vivo e bonito havia sumido, ela era toda escuridão e podridão.

Percebendo tanto a dúvida quanto a compreensão se alternarem na fisionomia de Odin, Hel lançou a cabeça para trás em uma longa gargalhada de escárnio antes de se dirigir ao velho:

— Por que eu dividiria com eles o que conquistei com meus próprios méritos? Eles foram instrumentos. Nem mesmo perceberam que estavam sendo usados. Assim como eles, você me subestimou, velho. Subestimou minha inteligência e astúcia, e pagará com a vida por isso.

Tentando ganhar tempo, Odin usou do único argumento que lhe ocorreu naquele momento, o momento em que entendeu que Hel destruiria tudo ao seu alcance:

— Não pode acabar com tudo. Se destruir a árvore do mundo, será o fim da terra. Sem superfície não há submundo. Seu esforço será em vão, de nada terá adiantado a astúcia e inteligência de que tanto se gaba. Será seu fim também.

Enquanto retirava a lança que havia matado Fenrir e avançava, Hel sorria. Não o sorriso insano da loucura, mas sim o sorriso de quem havia bebido da sabedoria das runas e entendido a extensão e o poder da magia, de quem havia sacrificado parte de si mesma, sua humanidade, para obter tal sabedoria.

— Não, Pai de Todos! De toda a profecia que previste, deixarei que somente parte do final permaneça. Os dois mortais que se esconderam em segurança no interior da Árvore da Vida sobreviverão e povoarão a terra novamente.

Quando sentiu a lança perfurar seu estômago e a névoa da morte o envolveu, Odin perguntou a Hel o porquê de deixar somente os humanos vivos, e ela, abrindo mais ainda o sorriso, respondeu:

— Porque são a espécie mais fraca, a escória dos seres. Irão destruir a si próprios com o passar dos tempos e virão a mim. Hoje, a Era dos Deuses se acaba e se inicia a Era de Hel. Niflheim desaparecerá, mas somente para renascer na nova era, e eu estarei lá esperando os mortais no que eles chamarão, no que eles presumirão ser a era dos homens, de Inferno.

A ASCENSÃO

Tati Klebis

"...o Kali Yuga chegará
e a 5ª grande raça perecerá."

Refúgio das Almas — Brasil — hoje

Um uivo rasgou o véu da noite numa solitária melodia. A lua vermelha prenunciava que algo grande e sombrio estava por acontecer. O enorme lobo marrom encheu os pulmões, se preparando para mais um lamento noturno, quando sentiu algo diferente no ar. Um odor ocre, metálico e... saboroso. Aprumou as orelhas para tentar ouvir algo que destoasse dos barulhos noturnos tão conhecidos. Galhos quebrando, sons abafados de uma respiração ofegante. Alguém estava na floresta, ferido, correndo. Fechou os olhos para sentir, ouvir, farejar de onde toda aquela discrepância vinha. Quando os abriu, sabia exatamente para onde deveria seguir.

Nina não queria pensar, apenas aproveitar a adrenalina do desespero e escapar. Seus pés latejavam, suas pernas estavam a ponto de desabar, mas tentaria até o seu limite. Tinha que fugir. Tinha que salvar sua vida. Tinha que...

Não conseguiu completar os pensamentos. Uma sombra gigante atravessou seu caminho fazendo-a se desequilibrar e cair no chão úmido da floresta. A queda lhe trouxe um surpreendente alívio. Por um momento a dor se foi e, com ela, sua consciência.

Cidade das Portas de Ouro — Atlântida — data desconhecida

Asterope prendeu a respiração ao ver seu rosto refletido em tons avermelhados nos grandes portões de coriculque que guardavam a entrada do palácio. Já tinha ouvido falar daquele metal, uma espécie de liga de ouro, prata e cobre, mas ver era mais impressionante!

Os grandes salões do palácio ora dourados, ora prateados, ora avermelhados, com tetos de espelhos esculpidos de cristais, ostentavam todo o poder e glória que a rainha Ketabel representava para seu povo: ela era a luz e o brilho que os conduzia através dos tempos, era a mãe doce e rígida cuja justiça era soberana e inquestionável, era a prova de que o tempo podia ser dominado e os atlantes ansiavam por esse conhecimento hermético. Ela sustentava a coroa dos estados do sul há mil anos e prosseguiria por mais mil se dependesse de seus súditos. Templos a ela eram erguidos em todas as cidades e Asterope se sentia afortunada. Fora escolhida, entre tantas sacerdotisas da Irmandade da Cruz Rósea, para ser abençoada com a ascensão. Essa era a maior honra e o sonho de todas as meninas e meninos que dedicavam suas vidas à Ketabel.

Refúgio das Almas — Brasil — hoje

O grito não chegou a sair, apenas ecoou nas últimas brumas de um sonho que Nina queria esquecer, mas a dor em seu corpo a recordava que tudo foi real e não um grotesco pesadelo.

— Chame Kayke. Ela está acordando.

Ela não reconheceu a voz e isso soou como um alarme. Tentou abrir os olhos, mas a claridade a fez fechá-los novamente enquanto sentia como se uma lança atravessasse sua fronte.

— Feche as cortinas.

Outra voz. Diferente da anterior, que parecia jovem demais, essa era serena e profunda.

— Tome isso, minha jovem.

Uma mão firme levantou delicadamente sua nuca e Nina obedeceu embalada por uma estranha sensação de segurança.

— Um dia você vai ter que me ensinar esse truque, Kay... isso seria muito útil! — a primeira voz falou descontraidamente.

— Isso não é um truque, Darren! — advertiu o outro.

Então, eram dois homens. Um se chamava Kayke e o outro, Darren. Nina deveria estar com medo, mas a sensação de conforto aliada às dores que começavam a desaparecer enquanto o líquido quente e doce descia por sua garganta a faziam se sentir cada vez mais segura.

Assim que sua cabeça foi novamente acomodada no travesseiro macio, abriu os olhos e, dessa vez, nenhuma dor a atormentou. Apesar da suave penumbra oferecida pelas cortinas fechadas, percebeu que o ambiente era claro e acolhedor. Um homem com longos cabelos negros e lisos, olhos escuros e pele caramelo estava ajoelhado ao lado da cama, e demonstrava preocupação em sua face. O outro, sentado displicentemente em uma poltrona perto da janela, tinha cabelos curtos e uma expressão curiosa, como um adolescente que encontra algo interessante

— Qual é o seu nome, minha jovem?

— Nina.

A resposta veio mais como um impulso, como se fosse impossível não responder àquela voz quase hipnótica.

— Nina de quê? — questionou o jovem na poltrona mudando de posição e apoiando os cotovelos nos joelhos.

— Darren, pare com isso! — repreendeu o homem ao lado da cama.

— Ah! Qual é, Kay! Foi só uma pergunta! — Darren levantou as mãos num gesto de rendição e se recostou, procurando uma nova e confortável posição para assistir, ao desenrolar da cena.

Virando-se para a mulher na cama, Kayke continuou, gentilmente:

— Você se lembra do que fazia na floresta?

Floresta. Nina sentiu os pelos em sua nuca eriçarem e seu estômago reagiu ao medo que ameaçava voltar. Percebendo seu receio, Kayke tocou uma de suas mãos, transmitindo segurança.

O calor do contato teve efeito imediato. A jovem experimentou nova onda de confiança e as palavras saíram naturalmente:

— Eu... estava fugindo. Por favor, por favor, não me levem de volta!

Nina apertou a mão que a tocava, enfatizando ainda mais a súplica das palavras.

— Não vamos fazer nada que possa te prejudicar. Apenas me conte o que aconteceu.

Num gesto assentido de cabeça, ela começou:

— Eu estava fugindo de um maluco que se refere a si mesmo como Crítias. Aquele psicopata! Ele me sequestrou e tentou me matar! Disse que eu deveria me sentir privilegiada. Falou que minha morte finalmente a traria de volta!

— Traria quem de volta, Nina?

— Uma tal de rainha dos tristes destinos.

Cidade das Portas de Ouro — Atlântida — data desconhecida

Finalmente o momento pelo qual esperou e se preparou por toda uma vida chegou. Estava no salão da ascensão, à espera da grande rainha.

Desde o momento em que chegou ao palácio, há exatos três dias, sua vida se transformou! Recebeu tratamento digno de uma princesa, mas, naquela manhã, algo mudara dentro dela.

Era tradição a população enviar oferendas aos escolhidos para a ascensão. Em meio aos presentes, um lhe chamou a atenção. Era uma pequena caixa com o símbolo de um dos templos do Norte. Não imaginava como aquilo poderia ter ido parar lá e, por um segundo, pensou em perguntar a alguém se não era um engano. Após uma breve reflexão, decidiu abri-la. Dentro estava um pequeno crânio de cristal com um orifício na parte frontal levando até o interior da peça. Enrolado de forma a se encaixar perfeitamente no minúsculo espaço, um pergaminho com palavras na língua angelical que ainda ecoavam na mente de Asterope: "Fuja ou sua alma imortal perecerá".

Não sabia por quê, mas decidiu esconder o estranho presente e continuou sua preparação para a grande noite. Agora, diante de um dos altares, à espera da rainha, sentia medo.

Olhou para os lados, para aqueles outros onze atlantes que, como ela, seriam ascendidos naquela noite e desejou, com todas as forças de seu ser, poder se sentir abençoada novamente e não temerosa. Aprendera que o medo durante o ritual poderia levá-la aos mundos infernais e isso era impensável.

Sentiu algo como uma eletricidade no ar e os pelos de sua nuca eriçaram. Ketabel entrou no grande salão e, naquele momento, Asterope soube por que a rainha fascinava a todos: era impossível achar palavras para descrever sua beleza, seu encanto. Ao olhar para ela, a jovem pensou como tinha sido tola em temer. Ela daria a vida pela rainha. Daria sua alma imortal se ela pedisse!

Ao sinal do sumo sacerdote, os 12 jovens se deitaram nos altares designados e o ritual teve início.

A princípio, foi um leve formigamento tomando conta da ponta dos pés à cabeça. Em seguida, pequenas ondas magnéticas pareciam desligar os nervos e os sentidos de todo o corpo. O cérebro já não recebia mais impulso nenhum e, aos poucos, começava a se desligar caindo num abismo profundo, sem sons ou imagens.

Por algum motivo, Asterope ainda continuava alerta. Sentiu o formigamento e as ondas elétricas. Porém, quando deveria entrar em um sono profundo, seu cérebro despertara. Estava começando a entrar em pânico, pois não conseguiria finalizar o processo se não se desligasse.

Tentou se mover ou falar, mas foi em vão. Não sentia seu corpo do pescoço para baixo e seus lábios se recusavam a mover. Forçou as pálpebras e quando abriu os olhos não quis acreditar no que via refletido nos espelhos do teto do salão. O sumo sacerdote estava ao lado de um dos jovens e inseria um comprido instrumento cirúrgico por uma das vias nasais, retirando logo em seguida algo de dentro da cabeça do menino e colocando em uma pequena bandeja prateada. Em seguida, iniciou a verbalização de mantras que Asterope nunca ouvira antes. Enquanto pronunciava as palavras mágicas, algo se materializou e, no final, guardou aquela massa brilhante em um recipiente dourado. Ao terminar, dirigiu-se a outro escolhido enquanto dois sacerdotes se aproximavam e começavam um procedimento de retirada do sangue daquele corpo para garrafas avermelhadas.

Quando conseguiu desviar o olhar, Asterope percebeu que o quadro era ainda mais aterrador. Enquanto o sumo sacerdote reiniciava aquela inesperada cirurgia na moça ao seu lado e outros retiravam o sangue de alguns jovens, homens com roupas negras pegavam os corpos daqueles que já tinham passado pelos processos e os cortavam, separando por partes em baús de ferro: braços com braços, pernas junto de pernas e assim por diante.

Lágrimas escorriam pela face dela enquanto se lembrava do presente inusitado da manhã.

— Você não deveria estar acordada — o sumo sacerdote encarava Asterope. — Não chore! Você será parte da nossa rainha! Não é isso que todos desejam? A imortalidade de Ketabel? É o que darei! Você alimentará a sua imortalidade! Isso é um privilégio para poucos!

O medo se transformou em pânico e o pânico em desespero quando Asterope viu, pelo reflexo no teto, o sumo sacerdote pegar o instrumento com o qual retirara algo da cabeça dos outros. Fechou os olhos orando fervorosamente para que algum ser a escutasse e lhe concedesse a bênção de uma morte rápida e indolor. Quando o frio do metal tocou sua pele, soube que aquilo não lhe seria permitido.

Enquanto a energia vital era sugada lentamente e sua alma transplantada para alimentar a imortalidade da rainha, um lampejo de compreensão a inundou: agora entendia o que os anciões dos estados do Norte sussurravam nas sombras afirmando que o Kali Yuga, o Fim dos Tempos da Era de Ferro, já chegara, entendeu que o líquido espesso e viscoso que tomavam nos rituais do Templo era o sangue dos ascendidos numa perversa tentativa de replicar a vida eterna da rainha, e, por fim, seu coração chorou em uma última batida quando compreendeu profundamente por que os sacerdotes do Norte a chamavam de rainha dos tristes destinos.

Refúgio das Almas — Brasil — hoje

A noite chegou rápida e sorrateira e, com ela, a oportunidade de eles encontrarem o local onde Nina fora quase morta.

Kayke e mais três homens seguiam a senda que o grande lobo marrom abria pela floresta farejando o caminho inverso que a jovem fizera na noite anterior.

Não foi difícil para Darren encontrar o rastro de Nina e, algum tempo depois de saírem, chegaram a uma clareira em meio à floresta, com uma casa aparentemente abandonada. O odor inconfundível de morte confirmou que estavam no lugar certo.

O lobo rodeou a estrutura de janelas quebradas à procura de algo que pudesse indicar a presença de alguém vivo, mas não conseguiu. O forte odor de carniça mascarava qualquer outro cheiro. Rapidamente, o lobo tomou sua forma humana e se juntou aos outros, que esperavam alguns metros dentro da mata.

— O lugar parece abandonado e, cara, tem muita carniça por lá!

— Certo. Vocês três, guardem o perímetro. Eu e Darren vamos entrar — Kayke passou as instruções e seguiu em direção à construção.

A porta de entrada estava apenas encostada. De *kukris* em punho, Kayke sinalizou para Darren, que arrumou displicente o par de socos ingleses nas mãos. Entraram com cautela, e a fraca luz da lua cheia amenizou a escuridão revelando uma cena grotesca. Pilhas de corpos jovens formavam um quadro quase apocalíptico de um filme de terror *trash* dos anos 80. Dezenas de crianças e jovens descartados em vários estágios de decomposição mostravam que aquilo já vinha acontecendo há um tempo. Como não tinham percebido? O fato de a residência ficar em um local isolado ajudava, com certeza, mas tantos corpos... de onde vieram? Não ficaram sabendo de muitos casos de desaparecidos. Pelo menos, não mais do que o usual. E aquilo não era normal.

Mesmo para seres acostumados com batalhas e mortes, o que viam transcendia tudo. Vasculharam o local sem encontrar alma viva, até que chegaram à cozinha, o único lugar da casa sem corpos.

Um barulho abafado, como um riso histericamente contínuo, parecia vir de algum lugar na parede. Darren se aproximou do armário embutido que, diferentemente do resto da casa, parecia intacto e quase novo, e abriu a porta, revelando uma passagem iluminada com uma escada que levava a um andar inferior.

O som ficava cada vez mais alto conforme os homens avançavam. Os degraus de madeira contrastavam com o corredor que havia sido escavado na terra e não tinha nenhum tipo de revestimento.

Ao chegar ao final da escada, Darren baixou os braços e esperou que Kayke se juntasse a ele. Uma grande sala arredondada, inteiramente cavada como a toca de um animal, se abria à frente deles. Uma espécie de altar feito de pedra estava colocado no centro, coberto de sangue velho e novo. O cheiro do lugar era uma mistura de terra úmida, sangue e incenso. No chão, embaixo do altar, pegando grande parte da sala, um *tetragrammaton* estava desenhado com algo branco. Velas espalhadas pelo lugar abafavam o ambiente e, em um dos cantos, um senhor no alto de seus 60 anos estava recostado rindo histericamente. Ao se aproximarem, notaram que um fio de sangue escorria do nariz do infeliz.

Ao perceber a presença deles, o velho começou a sussurrar e seu timbre de voz foi aumentando gradativamente até que começou a gritar repetidamente duas palavras:

— Ketabel! Renasceu!

Depois de alguns segundos em frenesi, o homem caiu no chão de terra batida, sem vida.

Kayke encarou Darren, que agora exibia rugas na testa e apertava as mandíbulas, fazendo saltar uma veia em seu pescoço. Percebendo que estava sendo observado, o jovem olhou para o amigo antes de dizer, sério:

— Então é agora que começa? O tal do Kali Yuga?

Kayke baixou os olhos para o corpo inerte antes de responder:

— Sim, meu amigo! Agora começa o final da Era de Ferro. A dos Tristes Destinos retornou, e está faminta!

EM FAMÍLIA

Alysson Steimacher

Ainda não eram duas horas da tarde quando Zac desceu na estação Trianon-Masp carregando uma pesada mala colorida. Na saída da estação, foi ofuscado pelo sol que brilhava por entre os altos prédios; era difícil acreditar que havia chovido pela manhã. Daquele ponto até o museu eram apenas duas quadras. A essa hora, a avenida ainda estava vazia, mas em pouco tempo se tornaria uma verdadeira festa, como vinha acontecendo todos os domingos. No caminho, alguns rostos conhecidos acenavam, outros gritavam seu nome, sorrindo. Eles não eram exatamente seus amigos, mas Zac gostava do clima que existia entre os artistas ali.

Para sua sorte, seu espaço preferido estava vazio. Em frente ao museu, apenas uma dupla de *indie rock* montava seu equipamento e afinava os instrumentos. *Espero que eles não sejam muito barulhentos.* Zac os cumprimentou e tratou de delimitar seu espaço, abrindo a mala à sua frente e retirando uma placa decorada com os dizeres "Zac, o grande".

— Vai um sanduíche aí, Zac? — a simpática vendedora de rua sorria.

— Oi, Dona Lucinda. Eu aceito se puder pagar no fim do dia — Zac coçava a cabeça, envergonhado. — As coisas estão feias este mês. Ainda não tenho nem para o aluguel.

— Não precisa nem pedir. Você tem crédito comigo, não sabe?!

Zac sorriu.

— Bem, sendo assim, vou querer um suco de laranja também.

Zac começou a comer imediatamente, um pouco por fome e um pouco por ansiedade.

— Você está muito magro, menino. Acho que você não está se cuidando direito.

— Ah, Dona Lucinda... essa semana foi muito triste. Meu gato, o Paçoca, morreu.

— Ohhhhh... pobre bichinho. Espero que não tenha sofrido.

— Bem, eu acho que não. Morreu dormindo. Já estava bem velhinho. O apartamento ficou muito triste sem ele — Zac segurava as lágrimas. — No fundo, era meu único companheiro.

A tristeza de Zac era tão latente que Dona Lucinda tratou de mudar de assunto.

— Alguma novidade para o espetáculo de hoje?

Zac engoliu o choro e respondeu:

— Quem sabe!? Passei a semana ensaiando algo sensacional, mas não sei ainda se está pronto. Talvez eu o arrisque no fim do show, acho que vai dar o que falar.

— Tenho certeza que sim! — Dona Lucinda sorria. — Nos vemos no fim do dia.

A avenida já havia mudado desde a hora que Zac chegou. Casais de namorados, famílias, gente passeando com o cachorro, vendedores ambulantes e curiosos de toda estirpe já lotavam a Paulista, parando em frente das dezenas de atrações de rua espalhadas ao longo da via. Zac sabia que sua hora tinha chegado.

— Reeeeespeitável público! — ele estava a plenos pulmões. — Aproximem-se e vejam o incrível, o inacreditável, o único... Zac, o mágico!!!

Depois de tanto tempo trabalhando na rua, ele ainda se surpreendia sobre como esse anúncio impressionava as pessoas. Uma a uma elas chegavam, curiosas, fazendo um enorme círculo em torno do mágico.

O show havia começado há pouco e, truque após truque, o mágico era saudado por palmas e sorrisos. Era incrível ver como as pessoas ficavam encantadas com cada mágica, por mais simples que fossem.

Elas querem acreditar. Essa é a beleza da magia.

Zac reverenciava todos, feliz por ver as moedas caindo dentro de sua mala. Se o dia continuasse assim, ele não só pagaria Dona Lucinda, como também teria conseguido o dinheiro que faltava para o aluguel.

O show já estava quase no fim quando o sol saiu de trás de uma grande nuvem branca. Só então o mágico pôde notar a chegada de uma linda mulher, que se destacava em meio ao seu público. O longo vestido azul, contrastando com a pele branca e os cabelos negros, denunciavam que ela não pertencia àquele lugar.

Zac tinha ficado encantado. A mulher sorria direto para ele. *Meu Zeus, ela parece uma deusa grega.* Tomado pela coragem, o mágico resolveu trocar o truque que tirava infinitos lenços coloridos de sua boca por outro, que havia ensaiado durante a semana inteira.

—...E agora, para finalizar o show, apresentarei a todos uma mágica inédita! — Zac sorriu para a mulher na plateia, enquanto exibia a todos uma linda moeda de prata. — Peço a vocês que façam silêncio e prestem muita, muita atenção neste número.

Todos ficaram vidrados no pequeno objeto que brilhava em suas mãos. O silêncio do público aumentava ainda mais o suspense em torno do ato.

Zac fechou sua mão, colocou a moeda sobre o polegar e lançou-a para cima.

— Apreciem!!!

A moeda subiu, subiu e subiu, até sumir de vista. Ninguém ali seria capaz de saber a que altura e quanto tempo ela ficou fora de vista. Todos olhavam para cima boquiabertos, até que um pequeno ponto brilhante surgiu, girando enquanto caía, refletindo a luz do sol em suas faces. O público acompanhou a queda da moeda até que ela desapareceu direto na boca do mágico, que a esperava ajoelhado, de braços abertos.

O povo foi à loucura e explodiu em palmas; nunca ninguém tinha visto nada parecido. Zac, por sua vez, tinha calculado mal o truque. A moeda se instalou direto em sua garganta, e ele não conseguiu mais respirar. Colocou as mãos no pescoço e sentiu que estava mudando de cor. As pessoas continuavam a aplaudi-lo sem parar, e ele percebeu que não tinha forças para pedir ajuda. Os sons foram ficando mais distantes e tudo foi ficando escuro, até que sucumbiu com o peso de seu corpo morto.

Zac não sabe quanto tempo ficou ali, até que uma insistente buzina o acordou. Devagar, se sentou, bateu o pó das roupas e chacoalhou a cabeça.

— Me desculpem, pessoal... — as pessoas ainda aplaudiam, encantadas. — Acho que ainda preciso ensaiar esse truque um pouco mais.

Quando pensou em se levantar, percebeu que seu corpo ainda estava deitado no chão quente da avenida. Só então entendeu tudo, mais surpreso do que triste.

Droga! Eu estava indo tão bem...

A buzina não parava. O mágico seguiu o som e pôde ver que, do outro lado da rua, alguém dentro de um sedan preto acenava para ele. Em meio à multidão que ocupava a avenida, a pessoa dentro do carro parecia ser a única que conseguia vê-lo.

Bem, parece que meu táxi chegou.

Mesmo desconfiado, atravessou a rua e abriu a porta, entrando no carro. Afinal, o que mais poderia dar errado?

— Feche a janela, por favor. Vou ligar o ar — O motorista já saía com o carro. — Balinha?

— Errrrr... não, obrigado.

— Meu nome é Caronte. Vou levá-lo ao seu destino final.

— Caronte... — Zac pensou que já tinha ouvido aquele nome antes. — Caronte, o barqueiro?! — um princípio de pânico acometeu o mágico.

— Sim! Barqueiro, motorista, aviador se preciso. Mas acho que entregador me define melhor que todas as anteriores — Caronte olhava algumas folhas em uma planilha — Você é o Zacarias...

— Zac está bom — engolindo em seco. — Sr. Caronte, acho que está havendo um engano aqui... para onde estou indo?

— Engano?! — Caronte riu. — Vamos para o reino de Hades, caro Zac.

— Hades?! — a confusão havia se tornado desespero — Aquele Hades... da mitologia?

Caronte concordou.

— Exatamente esse Hades, mas permita-me discordar da parte da mitologia. Hades fica furioso com isso.

— Mas por que Hades, meu Zeus?!

— Como assim, "por que Hades"? Você me chamou, não foi? A moeda... na sua boca — Caronte se virou. — Aliás, meu pagamento, por favor.

Zac abriu a boca e lá estava o óbulo de Caronte.

— Linda moeda. Vai para minha coleção. Sua passagem está paga, Zac.

— Ainda acho que tudo isso não passa de um tremendo engano, Sr. Caronte. Eu sou ateu. Não sei bem o que estou fazendo aqui.

— Uau, isso é novo! — Caronte olhava-o pelo retrovisor. — Bem, se você era ateu, pode ter havido um engano. Mas isso não é com meu departamento — Caronte ponderava —, eu só trabalho na parte de logística; entrega, distribuição, essas coisas. Você pode abrir uma reclamação formal assim que chegar ao tribunal.

Tribunal? Era só o que faltava mesmo.

Zac chegou à recepção do reino mais rápido do que imaginava, desceu do carro e se despediu do motorista. O lugar em nada parecia o que ele esperaria de um tribunal. Por fora, parecia mais a entrada para uma repartição pública. Na porta, passou por uma enorme estátua de um cão, que rapidamente identificou como Cérbero.

O mágico entrou e uma pequena fila de pessoas aguardava na recepção. Como indicado, pegou uma senha e esperou; era possível ouvir latidos vindos lá do fundo. Não tardou e o número de sua senha indicava que seria atendido na mesa 8.

— Nome completo? — a secretária aguardava impaciente com as mãos no teclado.

— Zacarias. Zacarias da Silva, na verdade. Mas pode me chamar de Zac, por favor.

— Nome diferente... nacionalidade?

— Brasileiro.

A secretária abaixou um pouco a cabeça e o olhou por cima dos óculos.

— Não temos muitos brasileiros aqui. Vocês só aparecem quando são distribuídos.

— Distribuídos? — o mágico coçou a cabeça, confuso. — Não entendi.

— Os ateus, Zac. Já que não têm predileção por nenhum deus, são distribuídos de acordo com uma enorme lista. Isso evita que haja injustiça com os deuses que já não gozam de tanta popularidade.

— Ahhhhh, acho que entendi. Bem, é aí que está o problema. Eu sou ateu!

A secretária riu.

— Não, Zac... os ateus entram pela porta dos fundos. Vão direto para o Campo de Asfódelos. Você foi trazido por Caronte, não foi?!

— Sim, e é o que eu gostaria de explicar. Acho que tudo isso foi um engano.

— Engano? — a secretária olhou-o com estranheza. — Raramente temos enganos aqui. Bem, eu posso encaminhar você a outro setor, se desejar abrir uma queixa.

O outro setor era um pequeno anexo do prédio principal e parecia uma cópia reduzida do anterior. Zac chegou e foi atendido prontamente.

— Qual é a reclamação, senhor Zacarias?

— Zac, por favor. Bem, nem sei por onde começar... acho que estou no lugar errado, talvez no momento errado.

— Ok... o de sempre, então. Vou levantar sua ficha aqui. Vai demorar só um segundo.

De fato, um segundo depois.

— *Voilá*! Aqui está! Bem, você tem razão em alguns pontos. Realmente, você não é um devoto de Hades. Para sua sorte, ele não está aqui; ele fica muito chateado quando isso acontece.

— Imagino — sem saber onde pôr as mãos, Zac só esperava que aquilo se resolvesse rápido.

— Por outro lado, a data da sua morte era essa mesmo; só tem uma pequena inconsistência aqui quanto à causa. Aqui diz "engasgado com o truque do lenço", mas não entendi muito bem.

— Ah sim, eu sou mágico. O truque do lenço estava programado para hoje, mas resolvi mudar de última hora e...

— ...Causou uma bela confusão, não?! — a secretaria ria. — Bem... quanto à morte, nada posso fazer. Regras são regras. No entanto, posso tentar encaminhar você ao seu destino original. O que acha?

Zac deu de ombros, não achava nada de fato.

— Olha... ficaria mais fácil se eu soubesse qual era meu destino original, não acha?

— Claro, eu entendo seu dilema. No entanto, não posso fornecer tal informação. É contra as regras. O máximo que posso dizer é que, se eu fosse você, aceitaria — a secretária piscou com ar de cumplicidade. — No fim, acho que Hades não vai se opor, já que vai ficar tudo em família.

Mesmo sem entender direito, Zac aceitou.

— Certo... então agora vou gerar uma guia e você pode fazer o pagamento no caixa, ok?!

Zac arregalou os olhos.

— Pagamento?! Que pagamento?

— Sua passagem de volta, oras. A moeda para Caronte. Ele vai te levar de volta ao seu ponto de partida, só então será transferido.

Droga! Por essa eu não esperava!

Zac bateu a mão nos bolsos e nada.

— Me desculpe, senhora secretária. Não sei como dizer isso, mas eu não tenho uma moeda.

— Hum... nesse caso não sei se posso ajudá-lo — lamentava. — Mas sério... — a secretária provocava, rindo. — ...que tipo de mágico é você que não tem uma moeda?

Um mágico, é claro! Por que não?

— Se me permite... — Zac levou a mão atrás da orelha da secretária e... — *Voilá!* — retirou uma moeda, orgulhoso.

— Muito bem!!! — a secretária batia palmas, extasiada. — Agora pague a guia no caixa. Caronte o esperará lá fora. Não se atrase.

A viagem de volta foi tão curta quanto a anterior.

— Boa sorte, caro Zac! Não me lembro qual foi a última vez que alguém teve a sorte de voltar — Caronte se despedia, acenando.

Zac pisou fora do carro e percebeu que havia voltado ao exato momento em que havia partido. Seu corpo ainda estava lá, deitado, e as pessoas ainda o aplaudiam, imaginando que tudo aquilo fosse parte do número.

A única diferença para o quadro anterior era a linda mulher de azul, que o esperava sorrindo.

— Oi, fujão! — o sorriso dela era encantador.

— Você?! — Zac estava maravilhado.

— Espero que você não tenha nenhuma objeção, Zac.

— De maneira alguma. Só estou surpreso mesmo.

— Pode me explicar que ideia foi essa de trocar de truque na última hora? Você quase arruma um problemão.

— Desculpe, acho que eu queria impressionar você.

— Olha, você conseguiu isso de uma maneira bastante inusitada. Além disso, você quase matou todos de susto aqui. Tem gente até agora achando que isso faz parte do seu truque.

— Talvez faça... — ele ria, olhando-a direto nos grandes olhos negros.

— Bem, para sorte de todos, tenho certeza que você nunca mais fará isso — seus olhos sorriam. — Venha! Você vem comigo.

Ele nem discutiu. Reverenciou a plateia que ainda aplaudia seu corpo no chão e então saíram.

— Eu ainda não sei seu nome.

— Macária. Muito prazer.

Zac pensou um pouco, já tinha ouvido aquele nome em algum lugar. Enfim, apenas disse:

— Lindo nome. Um pouco incomum, não acha?

— É um nome antigo. Coisa de família...

— Eu ainda estou um pouco envergonhado. Minha morte precisava ser assim, no meio de um espetáculo?

— Zac... Quantas pessoas você conhece que receberam uma salva de palmas quando morreram? Sua passagem foi linda!

O mágico sorriu. Não havia pensado por esse lado.

— Vamos embora. Mamãe nos espera para o chá. Ela vai adorar conhecer um mágico. E, ah... quase ia me esquecendo. Tem um gatinho lá morrendo de saudades do seu amigo.

O mágico sorriu. Paçoca fazia muita falta.

Assim, os dois continuaram caminhando e conversando, enquanto o sol caía na cidade. Por um momento, Zac pensou ter ouvido latidos de cachorro, mas não teve coragem de olhar para trás.

STELLARIUM

Artur Monteiro

No Olimpo, os deuses reuniam-se, de tempos em tempos, para a Assembleia convocada por Zeus. Outrora magnífica e crucial para determinar os destinos da humanidade, agora, com a perda dos fiéis, se transformara em mera formalidade pomposa, regada a néctar e ambrosia, na qual discutiam-se apenas questões burocráticas desimportantes.

Como de praxe, Zeus imponentemente narrava, pela enésima vez, os seus feitos épicos, sobretudo na Titanomaquia e na guerra contra Tifão.

Afrodite, ladeada por Eros, chamava atenção por sua sensualidade e magnetismo sexual. Os arquirrivais Hefestos e Ares dirigiam-lhe seus olhares lascivos, assim como Hermes e Poseidon; até Apolo e Dionísio interrompiam suas intermináveis discussões estéticas para contemplar a beleza da deusa afrodisíaca. Atena, Ártemis e Héstia, por sua vez, imunes aos poderes da deusa do amor, a censuravam, considerando que aquela libertinagem profanava sua sacra condição divina.

Enquanto, a um canto do salão, Deméter aproveitava a presença de sua filha Perséfone, senhora do mundo dos mortos, Hera, deusa do casamento e da maternidade, dividia-se entre bancar a anfitriã e repreender Zeus por suas narrativas de infidelidade ou Afrodite por sua promiscuidade.

≫≪≫≪⚜≫≪≫≪

Certa vez, contrariada com a monotonia repetitiva dos eventos, Éris, a deusa da discórdia, roubou uma das maçãs douradas de Hera do Jardim das Hespérides, lançando-a na mesa principal dos deuses comensais.

No pomo dourado, lia-se: "À divindade protetora do novo morador celeste".

Caos. Intriga. Rivalidades.

Um conflito de proporções épicas quase veio à tona.

≫≪≫≪⚜≫≪≫≪

— Quem ousa profanar meu presente de casamento, dado por minha avó, Gaia? — enfureceu-se Hera. — Não bastasse o insensato e brutamontes Hércules ter matado Ládon, o guardião, e ter roubado algumas maçãs com a ajuda de Atlas para me provocar e cumprir uma das tarefas dadas por Eristeu, agora todo mundo se acha no direito de roubá-las?

Hércules, imortalizado após a morte, saiu do lado de sua esposa Hebe, a deusa da juventude, e se dirigiu à madrasta:

— Não fosse a loucura com que me inebriastes para se vingar de mim e de meu pai, eu não teria matado minha esposa e filhos e não teria me submetido às doze tarefas impossíveis de Eristeu para me redimir e provar meu valor. No final das contas, Ládon está morto por tua culpa — retrucou em tom agressivo. — E não tenho nada a ver com o atual roubo das maçãs, já que Atena as devolveu ao seu jardim, nos confins do mundo — disse, seguido por um aceno positivo da deusa da sabedoria, confirmando sua versão.

A fim de aplacar a fúria de sua esposa e evitar a lendária inimizade entre Hera e Hércules, Zeus tomou a palavra:

— Há algo mais importante do que os pomos dourados: a *mensagem*. Quem ousa desafiar-me ao criar um novo lar celeste, a octogésima nona constelação, sem vir a mim? Sem suplicar a bênção do senhor dos céus e rei dos deuses? — inquiriu desafiadoramente o senhor do Olimpo.

Silêncio absoluto.

Ausente de manifestações, Atena se dirigiu a Hera:

— Ládon recebeu a justa homenagem e hoje ocupa a casa celeste de Dragão. Esta morada já foi disputada com os nórdicos, para os quais deveria ser de Fafnir, o anão que se transformou em dragão para guardar o tesouro roubado dos nibelungos, até ser morto por Siegfried. Assim, você deve se orgulhar por lá manter um dos seus.

Hera resmungou.

— Siegfried... ha! Odin queria colocá-lo nos céus e eu teria permitido se não fosse aquela folhinha nas costas. Quase invulnerável não é o mesmo que totalmente impenetrável. Se tivesse tomado banho de sangue de dragão direito... — pilheriou Zeus.

— Que o diga Aquiles! — provocou Poseidon.

— Nem me lembre de Aquiles! Que decepção! Ele teria sido formidável se não fosse aquele calcanhar.

— Mas, se não fosse ele, os gregos não teriam vencido em Troia. Então, apesar do descuido de Tétis ao não mergulhá-lo por inteiro no rio Estige, Quíron mostrou ser um grande tutor ao treiná-lo — retrucou Apolo.

— Sim, sim... apesar de ele ser meu meio-irmão, filho do odioso Cronos, você fez um bom trabalho ao adotá-lo e ensiná-lo, meu filho.

— Aquiles, Hércules, Jasão, Teseu e... *Asclépio*! — ressaltou Apolo, citando alguns dos heróis treinados pelo centauro, e provocando seu pai com a menção ao deus da medicina e da cura.

— Isso de novo? O que eu poderia fazer? Hades me pressionava pois estava enfurecido com a ousadia do rapaz ao fazer sobreviver os desenganados e praticamente ressuscitar mortos. Não tive escolha a não ser fulminá-lo com meu raio. Só não precisava descontar nos meus ciclopes.

— Perdi a cabeça! Queria te punir e deixar-te sem teus raios.

— Isso é passado! Até me arrependi e, pra te consolar, coloquei Asclépio em Serpentário, uma das treze moradas eclípticas, no caminho do deus Hélio.

— Nosso pai, o poderoso Zeus, se arrependeu? Essa confissão é seu verdadeiro prêmio, meu irmão! — zombou Ártemis, e completou: — Mas Quíron não era somente bondoso e habilidoso: era também um pai ciumento. Lembro-me até hoje das súplicas de Hipe, sua filha, buscando ajuda para esconder dele sua gravidez com Éolo, o senhor dos ventos. Compadecida, lhe cedi a morada de Potro, adjacente à casa de Pégaso.

— Em Potro, mora o irmão menor de Pégaso, Celeris, que ofereci a Castor, o dióscuro mortal e valente domador de cavalos — retrucou Hermes, o deus mensageiro.

— Ok, *ligeirinho*! — ironizou Ártemis.

— Não comecem! Há lares para os protegidos de todos! — apaziguou Héstia.

— Já que mencionaram Pégaso e agora falamos sobre quem realmente importa, os meus filhos, intercedo em favor de Belerofonte, o único digno de montar o cavalo alado, e que teria sido ainda mais grandioso não fosse a inveja do meu irmão — provocou Poseidon.

— *Os soberbos devem ser punidos!* — disse enfaticamente o senhor dos deuses. — Reconheço a grandeza de seus feitos, especialmente com a quimera, mas, ao se julgar merecedor de se juntar aos imortais do Olimpo, precisou ser castigado.

— Punição aos soberbos? Tragam o espelho pra Narciso aqui! — debochou Poseidon.

Ignorando o comentário do tio, Apolo complementou o raciocínio do pai:

— Lembro-lhes de Faetonte: não fosse impedido, ele teria queimado toda a terra com a desgovernada carruagem solar. A casa do Rio Erídano está lá para lembrar o errático caminho que ele percorreu e o seu leito de morte para onde foi atirado quando atingido por Zeus — então arrematou: — A punição deve ser inexorável para os que almejam aproximar-se da divindade solar. Ícaro bem sabe!

— Mas... por que não Teseu? — perguntou Hércules, intercedendo por seu primo, que, certa vez, resgatara do mundo dos mortos.

— Atena quis dar a ele uma morada por conta de seus feitos, especialmente com o Minotauro, mas Zeus atendeu a mim e a Hades: imagina sacrificar o meu touro branco, enviado ao rei Minos, e, ainda por cima, tentar raptar Perséfone? Esse tipo de sacrilégio não pode ser tolerado — respondeu-lhe Poseidon.

— Vamos lembrar os ausentes ou nos concentrar no panteão helênico? — provocou Atena. — Quíron encontra-se homenageado nos céus com sua casa zodiacal de Sagitário, ao contrário de seus irmãos incultos, habitantes da casa austral de Centauro. Asclépio, além de sua casa, também está relacionado à casa da Serpente, associada à saúde e ao renascimento em função das trocas de pele deste animal.

Após uma breve pausa, continuou:

— Houve um tempo em que os heróis interpelavam as essências mais divinas da humanidade e, por isso, nos instigavam a ajudá-los em seus feitos ditos impossíveis. Foi o caso do lendário Perseu, que, além do meu escudo, Égide, contou com a ajuda do elmo da invisibilidade de Hades, da espada de Hefestos e das sandálias aladas de Hermes para derrotar Medusa e se contrapor aos caprichos do meu tio Poseidon. Em sua homenagem, dedicamos-lhe as casas de Perseu, Andrômeda, Cassiopeia e Cefeu, além das casas de Pégaso e da Baleia, que outrora foi reclamada como morada da bíblica baleia de Jonas.

— Ah, a virgem e vaidosa Medusa! — afrontou Poseidon, lambendo os lábios.

— Aquieta-te, luxurioso e imprudente tio! Não basta ter me arrependido de punir Medusa pelo crime libidinoso que tu cometeste? Aliás, nunca aceitaste a tua derrota para mim pelo culto dos atenienses. Por tua causa, outro herói, Odisseu, não ocupa lugar nos céus, pois, apesar das minhas campanhas pelo reconhecimento de sua astúcia, inclusive para sobreviver ao sedutor canto das sereias, você sempre o odiou e o quis destruir.

Poseidon, enfurecido e sem responder, empunhou o seu tridente, num claro gesto belicoso.

— Sobreviver ao sinistro canto das sereias lembra-me de Orfeu — retrucou Apolo, referindo-se ao seu filho com Calíope. — Nem o fato de ter sido o melhor poeta entre os mortais lhe rendeu um lugar nos céus, mas, a meu pedido, Zeus ao menos concedeu ao instrumento que uma vez lhe ofereci um lugar na casa de Lira, em memória à sua sublime arte.

— E isso me lembra Jasão — emendou Atena. — Pois Orfeu fez parte do formidável time dos argonautas. Protegido por mim e por Hera, Jasão liderou-os em feitos incríveis, como o roubo do velocino de ouro.

Atrelado à sua lenda, lhe dedicamos uma das treze casas zodiacais, a do Carneiro, bem como três casas à nau *Argos*: — Quilha, Popa e Vela, — e a morada de Pomba, referente ao animal que os ajudou a atravessar as Rochas Flutuantes, ainda que esta casa seja reclamada pelos cristãos como pertencente ao animal do dilúvio bíblico.

— Quem elegeu Atena como guia turístico do cosmo? — debochou Ares, o deus da guerra e eterno desafeto da deusa. — Pedante insuportável!

Sem dar-lhe atenção e rememorando a discussão até ali, Atena cochichou algo a Hermes, que, em seguida, munido do caduceu, que lhe permitia transitar entre os territórios sagrados e profanos, desapareceu da Assembleia.

— A *Argos* me lembra de Castor e Pólux, que me lembram de Leda e de como a desposei metamorfoseando-me em um cisne — retomou a palavra Zeus. — Aos fraternos irmãos, dei a casa zodiacal de Gêmeos, em homenagem à eterna amizade entre ambos, e, em honra à minha amante, povoei a morada de Cisne com o animal que nos uniu, mesmo que esta morada tenha sido pleiteada pelos europeus medievais para Lohengrin, o cavaleiro do cisne.

Aproveitando a deixa, Apolo complementou:

— Isso tem acontecido: nós, os olimpianos, temos perdido muitas moradas, especialmente as austrais, dedicadas às ciências e às artes. É o caso das casas do Compasso, do Relógio, do Microscópio, da Régua, da Bússola, do Telescópio, do Cinzel, do Pintor e do Escultor.

— Ou dedicados a animais e seres novos encontrados nas viagens exploratórias, como as casas da Girafa, do Camaleão, do Índio, do Lagarto, do Lince, da Mosca, do Tucano e da Raposa — completou Ártemis.

Preocupado com a notória perda de poder, Zeus rebateu:

— Precisamos desalojar alguns moradores. Tenho várias amantes que adorariam casas celestiais — troçou o senhor dos deuses e, para não perder a oportunidade, provocou os irmãos: — Alguém na família tinha que ser garanhão: Poseidon teve que mandar um golfinho procurar por Anfitrite para convencê-la a se tornar a senhora dos mares e, em gratidão, o colocou na casa do Golfinho; Hades teve que raptar Perséfone para ter uma senhora do submundo, pois só assim conseguiria uma esposa!

Hera rebateu veemente:

— As moradas celestes não passam de um mapa de tuas traições, e elas não escancaram outra coisa senão o seu desrespeito ao matrimônio e o meu papel de trouxa — disse raivosa.

E, assim, denunciou as moradas celestiais cedidas às relações extraconjugais de Zeus: a casa de Coroa Austral, dedicada a Sêmele, mãe de Dionísio, o deus do vinho; a casa do Pavão, em homenagem ao animal simbólico de Hera, que havia recebido os olhos vigilantes de um gigante após este ter sido morto por denunciar o romance do deus com Io; as casas de Ursa maior e Ursa menor, as quais abrigavam a ninfa Calisto, do séquito de Ártemis, e seu filho Arcas; e as casas zodiacais de Touro, em alusão ao caso com Europa, e de Aquário, referente a Ganímedes, raptado pela águia de Zeus, consagrada na casa de Águia, para servir néctar no Olimpo, a contragosto de Hera.

Após isso, os deuses se revezaram nas narrativas de seus feitos eternizados nos céus a fim de conquistar o direito de indicar o novo morador:

Ártemis versou, para ciúmes do irmão, sobre o lendário gigante morador da casa de Órion, relacionado com a casa zodiacal de Escorpião, em referência ao animal enviado por Gaia para matá-lo, e com as casas de Cão maior, Cão menor e Lebre, ocupadas por animais partícipes da cena cósmica de uma de suas caçadas.

Hércules julgou-se o maioral, pois, além de sua própria morada e relação com a casa de Dragão, a ele também se referiam as casas de Leão e do Caranguejo, vinculadas, respectivamente, ao leão de Nemeia e ao animal enviado por Hera para atrapalhá-lo em sua luta com a Hidra de Lerna, esta também eternizada na casa de Hidra. Além disso, disputava a posse da casa da Flecha com Apolo e Zeus, creditando a morada à flecha que teria matado a águia do castigo eterno do titã Prometeu, ao passo que Apolo dizia ser dedicada às flechas responsáveis por matar os ciclopes no caso da morte de Asclépio, e Zeus afirmava ser a flecha de Eros que o fizera se afeiçoar a Ganímedes.

Afrodite se manifestou para manter a casa de Peixes, dedicada a ela e a Eros quando fugiram de Tifão; o mesmo fez Pã, o deus pastoril, para reclamar seu lugar na morada de Capricórnio, o bode do mar, em referência ao animal que se transformara no mesmo episódio.

Astrea, divindade personificada da justiça, por sua vez, reclamava as moradas de Libra e Virgem, sendo esta casa também pleiteada por Dionísio, em honra a Erígone, bem como a casa da Coroa Boreal, dedicada a Ariadne, desposada pelo deus após ser abandonada por Teseu.

Com discussões acaloradas, as entidades estelares foram conjuradas, colocando os céus à beira de uma guerra.

Atena, após receber a mensagem trazida por Hermes, aprumou-se em sua forma guerreira e, olhando para a cabeça da górgona em seu escudo como um lembrete doloroso de como as ações temerárias são inimigas da sabedoria, bradou:

— *Parem todos!* Estamos tão embebidos em nossas vaidades que esquecemos de olhar com a razão: Urano confirmou a Hermes que não há uma nova morada nos céus. Tudo não passou de um jogo de Éris para causar discórdia entre os olimpianos, como fora, outrora, o julgamento de Páris, que culminou na Guerra de Troia.

Desmascarada, Éris resmungou e se retirou da Assembleia.

Então, a frágil harmonia entre os deuses do Olimpo voltou a reinar.

O BANQUETE PARA AS YABÁS

Janaina Couvo

Minha avó foi uma grande contadora de histórias. Uma dessas histórias marcou a minha infância. Trata-se de uma história que envolvia a África, a natureza, um grande banquete e mulheres fortes e determinadas. Eram divindades importantes para os povos africanos, que sempre organizavam grandes festividades para reverenciar essas deusas. Quando visitava minha avó Lourdes, ela me convidava a ouvir suas histórias, e essa sobre o banquete eu guardei comigo. Sempre que recordo minha infância, relembro suas histórias.

Neste momento, estou olhando para o mar, num fim de tarde, pensando que preciso retornar para o meu texto. Estou escrevendo um livro, mas a inspiração foi levada pelo vento. Saí do computador e vim para a janela do meu apartamento, de onde tenho uma visão privilegiada do mar e, contemplando esta maravilha da natureza, lembro-me de minha avó Lourdes e da história que eu mais gostava de escutar. O grande banquete realizado para as Yabás, as divindades africanas: Iansã, Iemanjá, Nanã, Obá, Ewá e Oxum.

Ela contava que esta história quem contou a primeira vez para ela foi a sua própria avó, Maria, que tinha o costume de reunir todas as crianças da rua e fazer uma grande roda, embaixo de uma árvore, onde ela costumava ficar fazendo seus bordados durante o final de semana. Minha bisavó era descendente dos africanos escravizados, que muito contribuíram para a formação da nossa cultura brasileira. Ela, segundo minha avó, sempre ressaltou que os negros vindos da África também trouxeram suas histórias, que sobreviveram ao período de sofrimentos durante a escravidão e que ficaram nas memórias dos mais velhos. Estas histórias deveriam ser contadas aos mais novos, para que não fossem esquecidas. Assim, minha avó continuou a contar as histórias da minha bisavó, e eu, como assídua frequentadora de sua casa, sempre estava atenta às suas narrativas.

Então, a história do banquete para as Yabás começa num tempo em que os povos conviviam em harmonia com os deuses e a natureza, já que as divindades representam as forças da natureza — o ar, as águas, as florestas. As pessoas tinham uma relação de respeito para com os rios e as florestas, protegendo e não permitindo a sua destruição, já que eram espaços sagrados. Porém, numa época de muitas guerras e conflitos, diversas regiões foram afetadas, com muitas mortes e destruição, deixando todos abalados.

Passados os conflitos, o recomeço foi ainda mais difícil. As terras foram devastadas, muitos tiveram suas famílias desestruturadas com a morte de seus parentes e a dificuldade de recomeçar diante de tanta destruição se tornou uma realidade. Alguns perderam a fé em suas divindades, e se recolheram diante de tanto sofrimento, tornando-se pessoas descrentes nas forças da natureza, que tanto reverenciavam.

Porém, alguns ainda mantinham suas crenças, não abandonando seus deuses, fazendo as oferendas e tentando reafirmar a fé nas divindades em meio à descrença da maioria das pessoas da região. Com o passar do tempo, as casas e as cidades foram reconstruídas e as pessoas seguiram em frente; algumas, amarguradas, não conseguiram superar suas perdas; outras recomeçaram suas vidas, conseguiram retomar suas relações com o sagrado, mantiveram os rituais e colaboraram para a reconstrução da natureza.

Mas algo foi esquecido: o ritual de integração das regiões, o grande banquete para as Yabás. Este era, antes das guerras, o ritual mais importante, acontecia anualmente, reunindo pessoas das várias regiões. Era um momento de fortalecimento dos laços comunitários e também das relações com a natureza e o sagrado. A devoção às divindades femininas era muito importante, pois estava ligada à proteção sagrada do lugar, à fertilidade, à fartura e à manutenção da paz.

Houve uma época em que a terra não mais dava frutos, tornando difícil qualquer tipo de plantio, e isto interferiu na manutenção de alimentos para as comunidades. Além disso, um fato inusitado começou a despertar a atenção dos moradores: várias meninas, entre 7 e 13 anos, começaram a contar a seus familiares histórias de sonhos recorrentes e muito incomuns entre elas. Eram sonhos parecidos, que, de acordo com as narrativas das meninas, tratavam de uma grande festa, um banquete rico em alimentos e a presença de seis mulheres muito bonitas, cada uma com características diferentes.

A primeira, Iemanjá, estava vestida de azul e prateado, cabelos longos, uma grande coroa feita de conchas e pérolas, e segurava um belo espelho prateado numa das mãos e, na outra, uma espada também prateada. A outra, Oxum, estava usando dourado da cabeça aos pés, uma grande coroa também dourada e com detalhes em flores amarelas; segurava um espelho amarelo cheio de flores nos vários tons de amarelo e dourado. Era de uma beleza hipnotizante, de acordo com as narrativas contadas pelas meninas.

Havia uma mulher que trazia uma força em seus olhos, utilizava uma roupa na cor vermelho e dourado e, na cabeça, uma coroa com desenhos de raios. Tinha uma espada e um outro elemento numa das mãos, parecendo um rabo de cavalo, muito bonito. Era muito séria e parecia uma grande guerreira, chamava-se Iansã; assim como a outra, Obá, que estava vestida de vermelho e branco e trazia um escudo numa das mãos, além de um arco e flecha na outra. Eram duas mulheres prontas para a guerra. Outra mulher, Ewá, estava trazendo consigo uma pequena serpente enrolada na cintura e uma cabaça; e a outra, a mais velha de todas, Nanã, trazia em seu rosto marcas de sabedoria, de quem já tinha vivido muito e possuía um saber ancestral. Trazia consigo um objeto feito de palha, que ela carregava como se fosse uma criança, em seu colo. Vestida de branco, com detalhes em roxo, uma coroa de palha, bem rústica e trabalhada com contas brancas, esta mulher, juntamente com as outras presentes nos sonhos das meninas, pediam para que as pessoas em cada comunidade realizassem o banquete que outrora era constante, e que só assim a situação crítica que todos estavam passando poderia ser alterada.

Estes avisos através dos sonhos das meninas foram contados nas regiões que sempre, em outros tempos, uniam-se para a realização do grande banquete. A necessidade de uma orientação foi sentida pelos líderes dessas comunidades, tendo em vista que os sonhos das meninas começaram a deixar as pessoas preocupadas. Algumas, que ainda mantinham sua fé nas divindades, também relatavam a necessidade desse ritual, e até os adivinhos, os chamados Babalaôs, começaram a dizer que esses sonhos eram avisos importantes, fato confirmado através da consulta do oráculo, o jogo de Ifá.

Assim, estes líderes se reuniram e decidiram organizar o ritual. Para isso, buscaram informações com alguns dos mais velhos, que, ainda vivos, traziam em suas memórias as referências à realização destas festividades. Por serem comunidades onde o conhecimento era passado a partir da oralidade, não foi difícil conseguir relatos sobre este ritual, como era organizado e o local onde o banquete era montado para as Yabás.

Com isso, a partir destas informações, e com orientações dos babalaôs, cada comunidade ficou responsável por reunir o maior número de alimentos possível, que seriam transformados em oferendas para serem colocadas no ritual das divindades. Mulheres foram convidadas a trabalhar na preparação das oferendas, que envolviam todo tipo de alimento: grãos, raízes, folhas, entre outros, que necessitavam de um preparo especial. A finalização das oferendas estava sob a responsabilidade das senhoras, que possuíam o conhecimento do sagrado.

Foram dois dias preparando essas oferendas, pois em todos os rituais para as divindades africanas ocorria a socialização dos alimentos, ou seja, recebem primeiro as oferendas os deuses e deusas e, logo depois, as pessoas das comunidades, havendo a integração de todos em torno do alimento sagrado. O banquete para as divindades foi organizado num espaço que somente as Senhoras sabiam onde organizar. Mas, antes de tudo, a divindade da comunicação, Exu, recebeu sua oferenda, para assim, abrir caminhos para as demais atividades religiosas a serem realizadas no dia. Com o banquete organizado no lugar que sempre foi o espaço para esse ritual em tempos passados, as deusas africanas, as Yabás, receberam suas oferendas, da forma como era feita, com todo cuidado com as particularidades para cada divindade.

O ritual tinha a duração de sete dias, porém, como as comunidades estavam com escassez de alimentos, foi realizado em três dias. Após a entrega solene das oferendas, as pessoas puderam compartilhar o alimento que ficou destinado para a socialização entre todos, reafirmando os sentimentos de comunidade e solidariedade, algo muito importante para eles e que ficou esquecido por um tempo.

Depois que foi realizado o ritual para as divindades femininas, aos poucos a vida nas comunidades foi seguindo seu caminho, e as dificuldades foram sendo vencidas, principalmente a retomada das práticas agrícolas, já que a terra, antes infértil, aos poucos foi retomando sua fertilidade, possibilitando o plantio e uma colheita satisfatória para todos. A cada ano, os líderes das comunidades se reuniam para discutir a realização do banquete para as Yabás, reafirmando seus laços com o sagrado, assim como cada pessoa que tinha perdido a fé se reencontrou com suas divindades e isto fortaleceu mais ainda os grupos, as famílias e os lugares.

Relembrar essa história da avó Lourdes, além da saudade no coração, também me faz refletir sobre a vida que escolhi seguir, sobre minha relação com a profissão em que trabalho, que sempre foi meu sonho: ser escritora. Minha querida avó, que por sinal foi quem escolheu meu nome, Caiala, homenagem à deusa africana Iemanjá, sempre disse que eu escolhesse com o coração o que eu iria ter como profissão, pois seria uma escolha pra vida toda. Foi o que fiz. Hoje sou escritora e já tenho alguns livros publicados. No momento, estou trabalhando em um livro que tem como ambientação a cultura africana. Relembrar essa história do Banquete das Yabás só me ajuda a repensar o caminho que eu devo seguir na minha escrita, que até então estava parada, a inspiração muito longe, o que me fez desligar tudo e vir para a varanda do meu apartamento contemplar o mar, numa noite quente e com uma lua cheia brilhante.

Então, decido seguir a inspiração que me vem neste momento, e vou desenvolver um livro a partir de uma das narrativas da minha avó, que destaque a riqueza da cultura africana, seus mitos e, principalmente, vou ressaltar no meu livro a força e a determinação das mulheres negras, que, ao longo da história, muito contribuíram para manter viva em suas memórias as narrativas mitológicas. Em homenagem às lembranças de Maria, minha bisavó, e Lourdes, minha avó, que sempre trouxeram essas histórias para a minha vida, mantendo a tradição e valorização de suas raízes africanas.

YÃKURIXI, A ÚLTIMA DAS ICAMIABAS

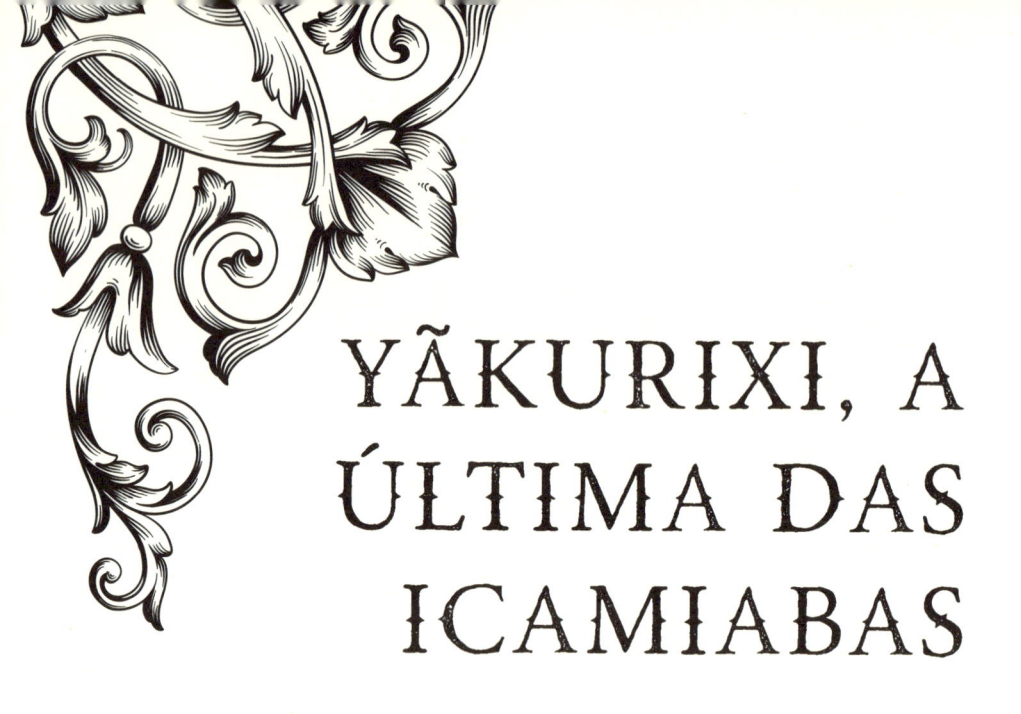

Jairo Sousa

Setembro, as canoas ainda iam e vinham no lusco-fusco das águas do Tapajós, Alter do Chão estava em festa, as praias eram tapetes confortáveis para turistas e festeiros, eram camas para os hippies e casais de namorados.

A lua havia nascido às 18h, estava tão linda que todos a admiravam e, ao som do carimbó que tocava no barzinho, se balançavam juntos com os pés de açaí assanhados pelo vento que trazia lembranças de tempos idos ao Vekanô, indígena de meia idade que, sentado no banco da praça, olhava para o rio e a lua e cheirava seu amuleto da sorte. Ele guardava segredos da alma naquele amuleto, o misterioso Muiraquitã.

No dia anterior, Vekanô havia levantado bem cedinho e tinha ido acompanhar um grupo de turistas. Foi mostrar umas trilhas. Ao tocar na mão de uma moça para ajudá-la a descer do barco, seu amuleto vibrou. Sentiu como se fosse um choque. Nunca havia sentido aquilo antes.

Do outro lado do rio, explicou a trilha, mostrou todo o percurso e ficou esperando que a turma retornasse. Marcaram para voltar às 12h para almoçarem na palhoça da praia. Queriam comer tambaqui assado.

Vekanô ficou inquieto pelo atraso dos turistas, era uma turma de cinco pessoas: três moças e dois rapazes.

O tempo passou e nada de eles retornarem. Deu 15h e nada...17h e nada. Ele estava morrendo de fome. Já havia comido todo o amendoim e a paçoca que levara.

Ao retornar para Alter, muito preocupado, já pensa em chamar os colegas para retornarem e procurarem os turistas, mas é surpreendido com os cinco na praia. Ele olhou-os de longe, se aproximou e tentou fazer contato, mas não foi reconhecido. Ficou sem entender.

À noite, ficou observando-os de longe: um negro, outro asiático, outra europeia, uma americana e a outra, grega. Ele era só um amazônida sem entendê-los.

Ele pensava com seu amuleto:

— Amanhã será lua cheia, um dia especial, não posso perder a oportunidade de viver novas experiências.

Então, beija seu amuleto.

Passou a noite toda sonhando com aquela moça que fez o amuleto vibrar. Não entendia o porquê daquilo. Tudo estava muito confuso para Vekanô. A grega mexeu com o indígena, mas primeiro com o seu amuleto. E o festival dos botos movimentava multidões na pequena vila: muitos turistas, músicas, danças, cores, brilhos, alegria, vendas, abraços e muitos encantamentos.

Pela manhã, ele acordou e foi para a beira do rio para atender sua clientela.

Enquanto limpava seu barco, os cinco turistas do dia anterior chegavam e se sentavam.

— Hoje queremos ver o encontro das águas!

Vekanô olhou-os, pegou o dinheiro, em dólar, e saiu em direção ao encontro das águas. Eles iam sorrindo, tirando fotos, pegando nas águas límpidas do Tapajós e faziam daquele rio, que é nossa rua, agora a deles também.

No meio da viagem, caiu uma chuva tão forte que desistiram de prosseguir. Somente a grega queria ver o encontro das águas, mas, por votação, resolveram retornar. Ela ficou frustrada com aquela chuva, mas muito mais com seus colegas, que não deixaram Vekanô cortar as águas e chegar até o encontro das águas tão almejado por ela, em particular.

Na volta, ela não deu uma palavra, silêncio total. Parecia que estava em um outro mundo, numa outra dimensão, enquanto os outros continuavam tagarelando.

Ela olhou para Vekanô e seus olhos refletiram no Muiraquitã. Os dois brilharam. O amuleto vibrou. Eram da mesma cor. Ela queria tocá-los com os olhos, sequestrá-los. O encontro foi tão forte que ela adormeceu. Acordou no lugar do desembarque. Vekanô, atento ao percurso, não percebeu o *imprinting* ocorrido.

Na descida, ela olhou Vekanô e fez uma oferta para comprar o seu precioso amuleto. Tentativa sem sucesso, ele apenas balançou a cabeça negativamente.

Isso era por volta de 16h30. A chuva já tinha passado. Resolveram ficar na praia para verem o pôr do sol, um fenômeno da natureza que hipnotiza qualquer ser.

Vekanô conseguiu anotar o nome da grega e, ao descer do barco, foi direto ao *cyber* café. Pesquisou e descobriu que a descendência dela era brasileira, indígena. Seu decavô estava na equipe de Orellana, desbravando as américas e seus rios e mares.

Ele ficou muito admirado com a situação. Mirava a moça dos pés à cabeça. Ela era alta, forte, bonita, de pele clara, cabelos compridos e negros.

Ficou intrigado. Por que ela queria seu amuleto? Por que ela queria tanto ver o encontro das águas? Ela disse que ali estava a história dela, a memória mais brilhante de seus sonhos ininteligíveis. Carregava o rio em seu nome, em seu sangue.

Sentado no banco da praça de Alter do Chão, Vekanô conversava com o seu amuleto, enquanto o carimbó tocava a alma dos turistas.

Era dia de lua cheia, um dia especial. A moça grega se aproxima de Vekanô e faz-lhe uma proposta.

— Moço, eu preciso ver o encontro das águas hoje ainda, eu pago o quanto você quiser, mas tem que ser hoje. A chuva passou e só você pode fazer isso!

Vekanô precisava ir ao rio naquela noite de lua cheia. Aquela era a oportunidade certa.

Aceitou a proposta e foi organizar o barco.

Os fogos já enfeitavam o céu de Alter do Chão. Enquanto os foliões se divertiam, os dois pegavam o barco e apontaram para o encontro das águas. Naquela noite, em evento especial de lua cheia, o encontro das águas revelaria os mistérios ancestrais.

Ela, de pé na frente do barco, lembrava uma guerreira nativa. O vento soprava forte e seus cabelos negros balançavam rumo ao encontro.

A lua refletida no rio e o barco cortando as águas claras do Tapajós, os dois de lugares tão distantes encontram-se naquela aventura épica.

Avistaram a orla de Santarém e então ela disse, apontando para o meio do rio:

— É ali! Segue!

Vekanô vai aproximando o barco do encontro dos rios Tapajós e Amazonas e, de repente, ela se aproxima de Vekanô e segura em seu amuleto e, no encontro das águas, abre-se um portal radiado pelo Muiraquitã e pelos olhos da moça misteriosa.

Como se estivesse no meio de um redemoinho, o barco girou, girou, girou e foi parar perto do trapiche. Vekanô desmaiou.

Yãkurixi, a guerreira Icamiaba, ressurge das Eras para um mundo que clamava por sua presença. Nas profundezas de El Dorado, um paraíso precioso, Yãkurixi lidera um exército de mulheres guerreiras que guardam as riquezas da cidade perdida. Cidade que estava ameaçada por invasores gananciosos e ladrões oportunistas.

Criaram uma escola para treinar as guerreiras, eram exímias arqueiras. Conseguiam acertar um fio de cabelo à distância de 3 km. Construíram um império para manter a ordem e a paz!

Os homens eram os serviçais, todos desarmados, e apareciam somente quando eram necessários. O exército havia sofrido algumas baixas pelas batalhas que travaram contra os europeus invasores. Eles queriam as minas da cidade perdida, mas foram surpreendidos com a rápida e eficiente bravura das mulheres guerreiras.

A líder das Icamiabas veio do outro lado do mundo para enfrentar esse grande perigo. Os vales de ouro, diamante e outras pedras preciosas eram cobiçados pelos estrangeiros. Suas investidas, agora, eram mecanizadas, material de alta tecnologia, satélites que localizavam os minérios, as terras mais férteis, estudos e laboratórios, leis que facilitam a exploração. Essa era a maior das missões.

Por isso, foi necessário o retorno da grande líder, Yãkurixi, sangue de guerreira, força bruta da natureza, que se comunicava com a Lua, com o Sol, com o rio, com o tempo.

Dominava todos os conhecimentos. Lia as estrelas, encantava as águas, o vento, os raios do sol, possuía a percepção correta da linguagem dos animais e da flora. Confundia-se com a natureza. Ela era a natureza.

Depois da sua chegada à cidade perdida, a alma dos moradores se acalmou. Ela representava a força, o conhecimento, a beleza, o amor, a justiça, a igualdade e a tolerância.

Ela começou a tratar aquele povo, ensinar a enxergar as próprias forças, a dizer às meninas que elas eram inteligentes, que a maior riqueza daquele povo não eram as pedras preciosas, mas a beleza de serem mulheres independentes que lutam pela justiça e igualdade, que a tolerância engrandece e enobrece uma nação.

Yãkurixi não usou o arco e a flecha naquela guerra. Percebeu que a palavra era a maior arma para aquele momento. Uma nação educada não aceita a escravidão e o jugo desigual.

Ela mostrou suas armas afiadas e seu poder de vencer uma guerra no mundo atual.

Elas venceram porque descobriram que precisavam acreditar em suas próprias forças.

Yãkurixi havia sido forjada no calor das maiores batalhas e aprendeu a analisar e vencer cada um de seus inimigos.

Próximo de meia noite, Vekanô acorda todo atordoado e percebe que está sozinho no barco próximo ao trapiche.

— Onde estará a moça misteriosa? E o meu Muiraquitã?

Revoltado, liga o motor e retorna ao porto de Alter do Chão.

O céu de Alter está todo iluminado, um lindo show pirotécnico.

Ele resolve ir ver o encerramento da festa.

No meio do grupo de dança, ao som de uma música regional, eis que ressurge Yãkurixi, a última das Icamiabas.

Vekanô olha para um lado e para o outro, meio sem entender nada, pega em seu pescoço e encontra o seu misterioso amuleto Muiraquitã.

OLOKÚN

Inffinitt

Criação.
No início, quando nenhuma criatura como conhecemos ainda havia sequer pisado neste mundo, ela já estava aqui. A terra ainda estava sendo espalhada para cobrir os pântanos nos quais nada crescia, e o Sol brilhava majestoso e dourado no céu que ainda não possuía nuvens. Era plano de Olòdúmaré transformar este lugar em um ambiente repleto de vida, um espelho de seu reino, Orum, e Olokún foi a primeira a fazer deste mundo sua morada.

Naqueles dias, para onde se olhasse, viam-se apenas as rochas escuras e sem vida que emergiam das profundezas incandescentes. Era assim o planeta quando os delicados pés de Olokún tocaram a terra, muito antes das coisas que ainda estavam por vir terem sua forma definida.

A deusa de pele muito preta olhava para o alto com os olhos pesados, mas o céu estava vazio e aquilo a incomodou. Por alguma razão, não conseguia mais ver Orum, o que deixou seu coração apertado, sem brilho. Aquilo era insuportável para uma criatura feita de pura luz e, portanto, também o seria para os seres que estavam por vir. Olokún desejou deixar de existir para que aquele tormento acabasse e, sem aviso, pequenas gotas de água rolaram para fora de seus olhos, pesadas como as rochas que pisava, mas cristalinas, salgadas e, antes de caírem sobre a terra estéril, reluziam com o sol. Aquelas foram as primeiras lágrimas existentes, e a primeira coisa que este mundo conheceu foi a dor, que naquele dia ainda não tinha nome.

Na solidão silenciosa, Olokún chorou até ver o sol caminhar para o outro extremo do horizonte, e foi então que outra lágrima muito pesada correu apressada pela pele de seu rosto, mas dessa vez sem conseguir encontrar seu brilho na luz do poente, desaparecendo antes de cair, pesada como chumbo escuro, salgada como a tristeza. A lágrima tomou forma ao tocar a terra, tornando-se uma serpente preta que Olokún chamou de Acaró, pois ela possuía o poder de realizar seu desejo, transformando-a em incontáveis gotas de água que subiram aos céus formando nuvens de vapor que desaguaram sobre toda a terra, escorrendo para os recantos mais profundos e escuros, onde formou imensas fossas escuras, tão infiltradas nas entranhas da terra que acabaram ocupando espaços onde a luz solar jamais foi capaz de chegar. Foi assim que Olokún perdeu sua forma e repousou inerte na escuridão ao lado de Acaró, fazendo com que o mundo conhecesse a morte antes mesmo do pulsar da vida.

Assim que as sementes foram colocadas sobre a terra, Olòdúmaré enviou as chuvas de Oxumaré para que fossem nutridas, fazendo brilhar no céu o primeiro arco-íris. Os caminhos abertos pela água corrente deram forma aos rios de Yemonja, por onde também correm as águas doces de Osun, e do fluido cristalino que se movia sem parar, trazendo a melodia das águas da vida, surgiu Samugagawa, que acompanhou com seu corpo esguio o movimento contínuo por todos os lugares, e sempre que tocava as rochas ao fundo as transformava em puro ouro. Assim, seguiu por rios e cachoeiras até chegar à imensidão salgada de Olokún, onde passou a nadar lado a lado com Acaró. Vida e morte passaram a existir uma ao lado da outra.

Quando todas as coisas tiveram sua forma definida e o sopro da vida foi lançado sobre elas, Olòdúmaré decidiu que deveria ser mantida uma ponte entre este mundo e Orum, e cada Orixá se tornou responsável por manter o equilíbrio delicado e perfeito que sustenta tudo que existe, assim como por trazer orientação e sabedoria aos seres recém-criados. Dessa forma, Olokún reinou sobre os mares onde todas as águas se encontram, o maior e mais misterioso reino de todos, e, com o passar do tempo, os humanos foram aprendendo os mistérios e a magia dos Orisas e passaram a cantar seus cânticos, dançar suas danças, preparar suas comidas e, apesar do mistério e perigo, não se esqueceram de Olokún. Seu nome foi ouvido por todos os lugares enquanto a superfície do mar espelhava incessantemente o céu de Olòdúmaré, ao mesmo tempo em que escondia nas suas profundezas silenciosas e escuras, mistérios e portais que os homens podem jamais vir a conhecer, pois sempre haverá algo além, algum lugar ainda mais profundo onde nenhuma luz ou racionalização humana serão capazes de brilhar.

Injustiças

Abá estava sentada na pedra à beira-mar, deixando as águas acariciarem seus pés. O som das ondas formava uma melodia harmoniosa em conjunto com o vento suave e morno, chegando a quase esvaziar sua mente dos pensamentos que insistiam em tumultuar suas emoções.

Lágrimas graúdas escorriam pela sua pele preta, reluzindo como pequenos cristais contra a luz do poente. Ao se desprenderem, as pequenas gotas despencavam no vazio antes de se diluírem no mar ainda mais salgado que a dor que exprimiam. Toda aquela tristeza destoava do céu tomado de tons de rosa e laranja que se elevava sobre a cabeça da menina, fazendo toda aquela cena parecer uma obra de arte. Aquilo era, na verdade, uma obra da vida, mas Abá não via nada de belo naquele momento. Estava imóvel, devastada, exausta. Sequer percebeu quando Mãe Olosá parou ao seu lado, com a saia muito branca farfalhando com o vento brincalhão. A mãe de santo, que era sempre calma como a superfície de um lago, ficou em silêncio. Gesto que não apenas demonstrava sua imensa sabedoria, como respeito pelos sentimentos da filha de santo.

— Eles quebraram tudo, Mãe! Tudo!

— E nós vamos reconstruir tudo de novo, minha filha.

— Eu tô cansada disso... — Abá ergueu os olhos para Olosá, que estava resiliente como uma montanha. — Eu cansei de ser a "pobretona", a "favelada", a "negrinha macumbeira"! Eu cansei de ouvir a senhora dizendo que o Orisá cuida da gente quando ele deixa esse monte de merda acontecer!

— Pobre a gente deixa de ser, e favelado sofre e luta demais pra ser usado como ofensa! Agora, negra... negra, não! Você é preta, preta como foi tua mãe, como foi tua avó, como sou eu e como são os Orisás maravilhosos que guiam nossos caminhos — Olosá sorriu docemente antes de continuar.

— E macumbeira, sim, minha filha! Assim como os nossos antepassados que chegaram aqui e sofreram tanto para que pudéssemos estar onde estamos, diante do mar de Olokún, rezando e cultuando nossa religião.

Outra lágrima escorreu pela bochecha de Abá, mas esta não brilhou na luz do sol, caindo assim mesmo, pesada como chumbo e amarga como a dor.

— Eu não aguento mais. Meu cabelo, minha boca, meu nariz, minha roupa, tudo! Tudo é motivo de chacota! Mas isso eu relevo, a gente nasceu e cresceu passando por isso! Mas minha religião... eles quebraram todos os igbás, Mãe! Todos! Não tem nada inteiro no terreiro... Você sempre diz que Olokún olha pela gente, que cuida da nossa casa, como que pode acontecer uma coisa dessas!? Tudo que acontece com a nossa gente nesta terra é uma desgraça!

— Cuida das tuas palavras, Abá! Não abra tua boca para dizer coisas das quais vá se arrepender!

— Eu odeio essa vida!

— Não, Abá! Você está machucada, te falta amor neste momento e isso é diferente de odiar. Ninguém lá fora ensina a gente a amar nossa pele, nosso cabelo. Ninguém ensina a amar nossa religião nem nossos Orisás. É por isso que nós sempre cuidamos uns dos outros e nos mantemos firmes! Não é odiando quem você é que vai conseguir fazer as pessoas que fizeram o que fizeram mudarem! Muito pelo contrário!

— Então a gente deve deixar eles quebrarem nosso terreiro? Cuspirem nos nossos fundamentos? Vamos deixar que nos levem de volta para o tronco de uma vez, então!

— Não. Nenhum preto nesse mundo vai ser tratado desse jeito de novo e, se tentarem fazer isso, vamos nos unir ainda mais e vamos lutar!

Mas por hoje, minha filha, deixe que a vida cuide daqueles ignorantes que entraram em nossa casa para destruir o que acreditamos. Eles nunca vão vencer, a menos que consigam quebrar a nossa fé! Um filho de santo não é nada sem humildade e fé.

As duas foram interrompidas por um irmão de santo que vinha apressado em busca de orientação quanto aos afazeres e reparos do terreiro, obrigando Mãe Olosá a retornar.

— Deságua sua tristeza. Aproveita que já está na beira-mar e pede que Olokún ajude a aliviar esse peso do seu coração.

Olosá seguiu seu filho de santo, enquanto Abá permaneceu sentada encarando as últimas réstias da luz do dia. Ela se sentia desamparada e sozinha. Doía-lhe a alma quando parava para pensar que vivia em um mundo onde tudo que fazia parte da sua vida era demonizado pelos outros. Da sua carne ao seu espírito, do seu nome aos deuses que cultuava, não havia paz, e não era justo que uma pessoa tivesse que viver assim! Temia pelo dia em que tentariam queimar o terreiro. Já aconteceu em outros lugares, e ali não parecia nada impossível! Estava triste, amedrontada e perdida na própria tempestade, sem saber que, das profundezas do oceano, Olokún guardava por ela e ouvia suas preces, assim como compreendia sua dor.

Profundezas

O mar se agitou repentinamente e, das águas azuladas, Abá viu uma mulher preta emergir com os longos e pesados cabelos caindo até a cintura, cobrindo-lhe os seios e o ventre. Em uma das mãos, empunhava uma espada e na outra, um majestoso escudo. Quando Olokún levantou sua espada aos céus, tudo foi coberto pelas águas infinitas de seu reino.

Abá afundava desesperada na escuridão. As águas frias e salgadas esmagavam-lhe o corpo, forçando o ar a deixar seus pulmões. Os olhos ardiam, a garganta e o peito queimavam e, não importando o quanto sentisse que estava arregalando os olhos, nada via além do breu. Nada ouvia além do barulho abafado da água que a cercava. Sabia que iria morrer ali.

Desistiu de se debater e se entregou, para ser puxada como uma pedra em direção ao abismo escuro. Sentia-se frágil, insignificante como um ácaro. Seu coração batia forte, alto. A pressão fazia com que fosse possível sentir o sangue sendo bombeado e quase podia ouvir o barulho viscoso que fazia ao correr por suas veias. Mas havia outro som: uma melodia, uma canção que ela conhecia sem conhecer.

Sawade lade olokun sawade, sawade lade olokun.

Começava com um canto solitário que era seguido por um coro.

Sawade lade olokun sawade.

Abá queria sair daquele tormento, mas também queria ouvir a canção. Foi quando se lembrou de Olokún e pediu-lhe ajuda. A deusa preta tomou forma, abraçando o corpo da menina, acalmando-a e envolvendo-a como o mar. Abá sentiu seu corpo tomado pela fúria incontrolável das marés e pelo peso esmagador das profundezas. O coração de Olokún pulsava com o oceano, fazendo com que o de Abá entrasse aos poucos no mesmo ritmo e, quando seus corações bateram em uníssono, a menina escutou a voz imponente de Olokún ecoando em sua mente. "Deságua essa dor." E ela assim o fez: desaguou tudo que estava enterrado dentro de si, explodindo como um maremoto, antes de perder a consciência.

A jovem acordou caída na areia da praia com as roupas ensopadas. Levantou mais leve, ainda com o coração disparado, e correu até o terreiro. Chegando lá, encontrou Mãe Olosá, que falava com outros filhos de santo que se sentavam à sua volta.

— Nós confiamos no Orisá. Nós batemos nossa cabeça e nos devotamos. Nós honramos a história do povo preto que tanto sofreu até que chegássemos aqui, e continuamos firmes, resistentes e prontos para lutar e recomeçar quantas vezes for preciso! Eles podem quebrar tudo, mas não podem quebrar a nossa força interior nem a nossa fé! Se pudessem fazer isso, já teríamos deixado de existir há muito tempo. Mas não podem! O povo preto é forte e vai prosperar! Além do mais, quem fez o que fez com nosso terreiro é livre para fazer o que quiser, mas nunca será livre das consequências do que escolheu praticar!

Abá se juntou aos outros na lida do terreiro. Estava pronta e compreendia o que Mãe Olosá queria dizer quando falava que deveriam sempre confiar no Orisá.

— O Orisá nunca vai querer teu mal. Se tiver que confiar em qualquer coisa nesse mundo, confie no Orisá! Se tiver que amar, ame. Se tiver que perdoar, perdoe, mas nunca se esqueça, filha, que perdão não isenta ninguém da justiça.

※※※

Naquela noite, oito pessoas morreram afogadas nas águas de Olokún. Nenhuma delas inocente.

O DESTINO DE KUSHINADA

Jairo Sylar

Kushinada era uma garota simples que vivia com seus avós na cidade de Izumo, na província de Shimane, no Japão. De origem simples e sempre esforçada, Kushinada batalhava arduamente em seus estudos para se tornar alguém na vida. Seu nome foi dado por seus pais em homenagem a uma princesa de uma lenda que se casou com um deus. Segundo o que seus avós contam, eles acreditavam que esse nome lhe traria a sorte de ter um bom marido e ser salva de um destino ruim, como aconteceu com a Kushinada lendária, no entanto, a garota nunca acreditou nisso, apesar de respeitar as crenças de seus pais e avós. Kushinada passou a viver com seus avós após o desaparecimento inexplicável dos seus pais, em uma noite de tempestade três anos atrás. Eles foram dados como mortos pela polícia, apesar de seus corpos nunca terem sido encontrados. No fundo, Kushinada acredita que estejam vivos em algum lugar, só não entende o motivo de eles terem partido. Atualmente, ela vive uma vida típica de um adolescente, com seus estudos e amigos, baladas e responsabilidades e, hoje,

Kushinada foi convidada por seus amigos a visitar um velha cigana que vive na cidade. Segundo eles, seria divertido ver o que o destino reserva para cada um dos garotos.

O grupo de Kushinada é composto por sua amiga Mizuki, com quem ela sempre compartilhou tudo o que pensa; seu ex-namorado e atual ficante Masahiro, sobre quem ela não tem tanta certeza sobre seus sentimentos; as irmãs gêmeas Sakura e Sayuri, e Gilbert, o mais novo do grupo, que estaria fazendo intercâmbio bancado por seus pais que vivem na Inglaterra. Os seis amigos se reuniram naquele bairro para ir à casa da cartomante que fica próxima à escola primária de Nishida. Mesmo sob o protesto de Gilbert, eles decidiram ir mesmo assim. Gilbert, por não querer se tornar outra vez motivo de piadas na escola, teve de acompanhar seus únicos amigos:

— Não me diga que tem medo, Gilbert. Isso tudo é besteira. Nós não estamos a fim de assistir aula hoje, então achamos divertido ver nosso futuro nessa cartomante — Masahiro adianta o passo para alcançar Kushinada, que caminha na frente sem dizer nada. — O que foi? Está tão calada hoje.

— Nada, eu só tive um sonho estranho que me deixou pensativa, desculpe. Eu também não acredito nessas coisas, mas acho que será divertido participar.

Kushinada quis despistar Masahiro, mas Mizuki sabe do que ela está falando. O sonho que Kushinada teve a incomodou e muito, porque tem a ver com a origem do seu nome e, apesar de a própria Mizuki ter reconfortado a amiga e a convencido de que tudo ficaria bem, ela não podia negar que aquele relato a deixou preocupada, especialmente porque envolvia o bem-estar de todos ali presentes. Seus devaneios, no entanto, são interrompidos por Sakura, que aponta o destino do grupo. Eles estão próximos. — Vejam! Aquela é a casa da bruxa? — no entanto, sua irmã gêmea a repreende. Ela sempre foi a mais correta das duas e corrigir os erros da sua irmã é seu papel desde crianças. — Não a chame assim, mana. É pejorativo. Não devemos zombar das crenças alheias assim — Sayuri fala num tom sério, mas ao mesmo tempo amoroso para com sua irmã, que responde:

— Desculpe...

— Então? Quem será o primeiro? Eu acho que serei eu — Masahiro se adianta querendo impressionar Kushinada. — Quero logo saber o que o futuro me reserva — ele fala tomando a frente de todos e impedindo que qualquer um o interrompa.

— Parece que seu cavaleiro dourado está bem pomposo hoje — Mizuki fala ao se aproximar de Kushinada.

— O quê? ... que nada! Deixa ele, ele só está empolgado. Eu só vim mesmo por insistência dele.

— Acho que todos nós, né? Apesar de eu não estar nem um pouco confortável — Gilbert acrescenta ao assunto, parando ao lado de Mizuki.

O grupo observa Masahiro ir à frente, seguido por Sakura e Sayuri. É evidente que as duas têm certa atração por ele, mesmo que tentem esconder isso, mas Kushinada nunca se incomodou. Ela prefere mesmo que ele siga com sua vida, mas enquanto não acontece, ela só aproveita o momento. — Você nunca está confortável, Gil. Vamos entrar logo e acabar com isso — Mizuki fala, jogando os braços por sobre os ombros de seus amigos e os levando para dentro.

O interior daquela casa parecia ter parado no tempo em algum momento, móveis velhos adornam o ambiente com um cheiro de velharia no ar. Há diversos quadros de outras culturas pendurados nas paredes, bem como utensílios esotéricos espalhados por todo canto. Aquela trupe de garotos e garotas não sabe para onde olhar diante de tanta variedade. As gêmeas seguem para os quadros, enquanto Masahiro se senta no sofá que ele vê próximo à porta. Gilbert fica parado no centro da sala desconcertado e Mizuki caminha pelo local olhando de tudo um pouco. Kushinada é a única que não olha para nada na sala e sim para a porta logo à frente, onde uma senhora usando um cachecol sobre os ombros sorri para eles, como se já os esperasse. — Vejam! Ela já está aqui! — Masahiro fala dando um salto do sofá. Os outros se agrupam no centro da sala junto de Gilbert, Kushinada fica logo atrás deles, algo naquela mulher a assusta e, para seu azar, o foco daquela senhora está nela.

— Você já sabia que viríamos? — Sakura pergunta.

— Sakura, não seja descortês com ela. Ela apenas nos ouviu entrar, não é verdade? — Sayuri pergunta à senhora, tentando parecer o mais educada possível.

— Eu estive esperando por você, pequena — diz a senhora de um olho cego que mais parece ter saído de um conto de fadas. — Eu vivi por esse momento, então é chegada a hora premeditada. Foi por isso que você veio até aqui.

Todos estranham as palavras daquela senhora. Não entendem de quem ela está falando. Sakura se impressiona fácil e acha que está falando dela, enquanto Sayuri acredita que aquela senhora esteja apenas delirando. Gilbert quer logo sair dali, já ficou o bastante, e Mizuki apenas tenta entender o que está havendo. No fundo, Kushinada preferia que não fosse verdade, mas ela sabe que a senhora está falando dela. Sabe disso porque viu em seu sonho. — Galera, acho melhor irmos embora — Kushinada diz, recuando a passos lentos. Mizuki percebe isso e pensa em ir em auxílio de sua amiga, porém a velha interrompe ao falar com Masahiro:

— Você! Você tem o porte certo para um deus, Susano'o no Mikoto, aquele que salvará a princesa das garras de Orochi.

— Acha que tenho porte de um deus? Agradeço o elogio — Masahiro responde orgulhoso de si mesmo.

Kushinada olha para Mizuki e sua expressão é de pavor, porque o que está havendo ali é como em seu sonho. Mizuki, sempre sendo uma amiga fiel e que cuida de Kushinada, trata de agarrá-la pelo braço para levá-la para fora, não sem antes ouvir o praguejar daquela senhora:

— Não adianta fugir, princesa. Seu destino está selado desde o nascimento, assim como suas antecessoras que herdaram seu destino. Yamata no Orochi, a serpente de oito cabeças, despertou e virá atrás de você, atrás do sacrifício.

— Vamos embora, você não precisa ouvir isso e eu não vou deixar o idiota do Masahiro te convencer a fazer mais nada. Essa foi uma péssima ideia — Mizuki diz, levando a amiga o mais longe possível daquela casa.

— Quando foi que anoiteceu? — elas escutam Gilbert perguntar, este que saiu junto dos outros logo que as duas iniciaram sua fuga. De fato, o que antes era um dia ensolarado se transformou na mais repleta escuridão noturna. Eles não demoraram mais do que dez minutos dentro da casa. Como pode ter escurecido tão rápido? — Vamos, Sakura! Precisamos voltar rápido. Nosso pai vai nos matar por termos ficado até tão tarde fora de casa! — Sayuri puxa o braço da irmã gêmea, que não se move, mesmo sob a ameaça da bronca de seu rigoroso pai. O que poderia ter travado sua irmã assim? Sakura encarava o céu quando Sayuri resolveu olhar para trás, o que instintivamente a fez olhar também. Por entre as nuvens tempestuosas que povoam o céu daquela cidade, uma forma semelhante a uma serpente preenche o céu noturno e, entre relâmpagos e trovões, é possível distinguir o que parecem ser ao menos oito colossais cabeças por entre as nuvens, com olhos flamejantes e raivosos que parecem buscar algo e, pouco a pouco, encontram o que procuram. Aquela visão além da imaginação que Sakura e Sayuri têm, as primeiras a perceberem, é suficiente para deixá-las sem reação e paralisadas de medo.

— Ele está aqui! Yamata no Orochi veio reivindicar o que é dele depois de mil anos — a velha cartomante diz.

Gilbert, ao notar que as gêmeas nada dizem e não param de olhar para o céu, se atreve a buscar o que elas tanto olham e antes não tivesse feito. Uma das oito cabeças o encara com ferocidade e dentes prateados. Apenas uma bocada é suficiente para levar ele e parte do asfalto embaixo da vítima. O grito das gêmeas em uníssono é ensurdecedor. Aquele que era para ser um dia comum se tornou um pesadelo sem controle e alguém já perdeu a vida. Mizuki, percebendo o perigo que correm, decide levar Kushinada embora dali. Só que é tarde para isso.

— Você trouxe? — a velha pergunta, olhando aqueles jovens perdidos e condenados.

— Sim — Masahiro responde, buscando algo próximo aos arbustos. — Eu a trouxe mais cedo, como parte dos preparativos — Masahiro segura algo enrolado em um tecido velho. Parece ser algo longo.

— É bom que esteja certo disso, pois agora não há mais volta — a velha diz rindo quase em teor de satisfação.

— Eu estou pronto.

Ao desembrulhar o conteúdo do que ele carregava consigo, Masahiro revela uma espada aparentemente antiga que fora restaurada recentemente. — Como você disse, Bruxa. Esta foi a espada usada por Susano'o no Mikoto para cortar a cabeça de Orochi e, assim, casar com a princesa

Kushinada, certo? — Masahiro parece empunhar bem aquela espada. Ele esteve presente nas aulas de *kendo* de sua escola e se preparou muito bem para esse dia.

— Sim, como você me pediu, eu uni vocês hoje diante da grande serpente. Vença o desafio e você terá a mão da garota Kushinada, assim como Susano'o teve a mão da princesa. Vença esse desafio e ela será sua para sempre — a velha responde rindo.

Ouvindo o que foi dito pela cartomante, Mizuki se põe entre Masahiro e Kushinada. Mesmo estando distantes, ela não pode acreditar que toda essa situação surreal fora causada pelo garoto por uma mera paixão de adolescência:

— Masahiro, seu idiota! Você causou tudo isso? O Gilbert morreu por sua causa!

— O que isso importa? — Masahiro responde da forma mais fria que um jovem de dezoito anos pode transparecer. — Kushinada e eu fomos um casal perfeito e por meros desentendimentos nos separamos. Hoje não estamos de fato juntos e eu pretendo mudar esse fato.

— Masahiro, eu... — Kushinada tenta dizer, mas é impedida por Mizuki, que ergue a mão para que sua amiga não diga nada.

— Assim como o deus Susano'o no Mikoto salvou a princesa Kushinada das garras de Yamata no Orochi, eu irei salvar Kushinada hoje e provar o meu valor. Assim ela cumprirá seu destino e se tornará minha esposa, como tem que ser. Kushinada, meu amor, prepare-se para testemunhar minha valentia!

Masahiro ergue sua espada apontando para os céus onde a criatura de inúmeras cabeças voa por entre as nuvens com todos os seus olhos direcionados àquelas pessoas. — Você veio em busca de um sacrifício, eu ofereço todos eles em troca de Kushinada. Ela é minha por direito, monstro! — Masahiro diz, reunindo toda a coragem que pode. Sakura e Sayuri são as primeiras a correrem por suas vidas, apesar de Sakura querer ficar e se provar para Masahiro. Sayuri sabe que não vale a pena e a única coisa que importa é salvar suas vidas. Um pouco tarde para isso, pois ambas são esmagadas por uma enorme pata, a pata da criatura que desce dos céus aterrissando por sobre as casas e o asfalto daquele bairro, com todos os seus dezesseis olhos mirando Masahiro. O jovem segurando sua espada pensa em alguma estratégia para vencer aquilo, mas é inútil. Ele começa a crer que talvez tenha feito uma escolha errada.

— O próprio Susano'o no Mikoto se utilizou de saquê para embebedar a criatura e então vencê-la — a velha relata com tom jocoso para cima de Masahiro.

— Você só me diz isso agora? — ele responde, suando como um porco em uma sauna.

— Devia ter estudado mais antes de agir. Em todo caso, sua alma agora pertence à velha Yamauba — essa foi a última coisa que Masahiro ouviu antes de ser engolido por inteiro, assim como aconteceu com Gilbert. Agora restavam apenas Mizuki e Kushinada, as duas últimas oferendas a Yamata no Orochi.

— Devore ambas! Este é o sacrifício final — a velha bruxa diz.

A imensa serpente Yamata no Orochi vira-se para Kushinada e Mizuki, que permanece à frente de sua amiga, sem hesitar por um segundo. — Mizuki... — Kushinada tenta dizer e sua amiga apenas olha para trás, sorrindo como nunca o fez:

— Não tem como fugirmos daqui, mas se eu puder adiar o seu sofrimento, eu o farei. Masahiro não era o único que te amava.

Kushinada se desespera, pois nada pode fazer diante daquela situação. Após perder todos os seus amigos, ela chora por tamanha tragédia que se abateu sobre eles, tudo por culpa de alguém mesquinho e egocêntrico. Mizuki abraça a amiga enquanto Kushinada fechou os olhos e levou as mãos ao rosto. Se seria o fim, ambas terminariam isso juntas e o frio é tudo o que elas podiam sentir.

Dias depois, Kushinada desperta em uma cama de hospital, sem entender de início o que foi que aconteceu. Ela parece ter sofrido um acidente ou coisa parecida. Segundo os médicos e enfermeiros, seis jovens, ao matarem aula próximo à escola municipal Nishida, foram atropelados por um suposto caminhão desgovernado. Duas garotas chamadas Sakura e Sayuri morreram ao serem esmagadas pelo veículo de grande porte, enquanto o paradeiro de Masahiro e Gilbert continua um mistério, deixando seus pais na Europa arrasados. Já as duas sobreviventes,

Kushinada e Mizuki, apesar de não terem quase nenhum ferimento, apresentam uma versão diferente da história. Para Kushinada, esse pesadelo nunca deixará suas lembranças. Ela amaldiçoa o dia em que seus pais lhe deram esse nome que não trouxe sorte alguma. Não houve um deus ou príncipe que a salvou ou é o que Kushinada acredita, diferentemente de Mizuki, que mesmo sabendo da verdade, se sente satisfeita em ter salvado a vida de sua amiga. Ao menos ela agora sabe que, por menor que possa ser, um dia poderá demonstrar seu afeto por Kushinada de uma forma menos intrusiva que Masahiro.

O OLHO DE HÓRUS...

Zaccaz

No quarto da luxúria, a cama cheia de lembranças de vidas que não foram vividas.

Afinal, o sonho se tornou um pesadelo testemunhado por estrelas, com o vazio frio da solidão, o coração apertado procurando a alma gêmea milenar para voar em direção à paixão.

Uma estante reformada cheia de livros antigos e carrinhos *hot wheels*, um pôster do Bon Jovi na parede, se deteriorando, assim como seus pensamentos...

Tudo estava despedaçado, em detrimento à busca de algum sentido que ainda valesse continuar com as trocas gasosas pulmonares.

Perdeu o seu emprego no Ateliê de Empreendedorismo Cultural, que possibilitou a ostentação de estar na pseudoclasse social "mor", em uma espiral comportamental nada espiritual.

A namorada o abandonou e ocasionou um ultraje de movimentos psicológicos destinados à destruição completa do que um dia se pôde chamar de ser humano.

Estava na marmúria, virou motivo de piadas, escárnios de uma incredulidade palpitante, que repetia dentro de si, que sua "hora" estava marcada...

O pó era sua companhia, remoendo noites de um gozo sacudido, atrevido, de gemido alado, com seus retratos, de uma juventude que nunca parecia ter fim...

Enfim, um Hercólubus de seus flagelos estava se aproximando, a infelicidade de não ter um dia a mais para poder abrir um portal de nova chance de ascensão social.

Não lamentava abertamente, mas, no seu interior, um turbilhão infernal aquecido incessantemente.

O que havia de fazer?

Frequentar o "culto", depois de tantas injúrias pronunciadas aos irmãos, desvencilhando infindáveis sarcasmos aos que creem?

Nem Caronte o queria em sua balsa.

O Minotauro não devoraria sua carne, com o medo asteca de contrair sua vaidade indócil quanto a não conhecer seus limites.

Caminhando pelo devaneio da praça central, se questionava...

"O nada me fez, e o nada agora sou..."

Segundo Heráclito, "ninguém se banha nas mesmas águas do rio mais de uma vez", "ele" agora era prova viva da ira do criador. De Deus a Zeus, tudo foi lhe levemente tirado, a fonte secou para sempre.

Companhias inexoráveis de mecenas modernos, belas Afrodites, Hércules de instituições público-privadas arrastando olhos de Medusa para suas audácias nos negócios artísticos.

Bajulações capitais, que agora o fazem pagar seus pecados.

Nenhum agrado, nenhum virado, ele foi amado e, agora, está embreado na dimensão de se ver atravessado por uma lança impetuosa de abjeções quanto a sua existência mesquinha.

Perambulando maltrapilho, por ruas cheias de parasitas humanitários, proxenetas, meretrizes, traficantes, viciados, desempregados, defronta-se com uma casa de ajuda esotérica.

No letreiro imundo, o aviso:

"Sua vida não será a mesma, Hórus irá lançar seu olhar sobre você."

Seu ceticismo o fez hesitar, mas como sua maré de sorte não estava para peixe, resolveu arriscar.

Adentrou pela porta. Uma campainha de recepcionista em um balcão de mogno envelhecido, com uma cadeira de plástico, estilo terminal rodoviário de subúrbio, o aguardava.

Tocou a sineta.

Um silêncio mortuário foi quebrado pelas cordas auriculares de um som ordinário.

"Lugar ermo, bem no centro da pandemia da hipocrisia humana", pensou levianamente.

Terapia de vidas passadas ou sortilégios não estavam no seu cardápio de uma possível autoajuda.

Um ranger de dobradiças arde no espaço do cômodo degradante.

Uma figura carnal, cheia de varizes, com cabelos pretos amarrados em um rabo de cavalo medonho, simplório e vulgar, pitando um cigarro dos mais mequetrefes, sem nenhuma aura de disseminar simpatia.

"Então você... o que quer de Hórus?"

— Quem é Hórus? (Em sua ignorância diante do mundo místico.)

— Nesta dimensão, já não há mais espaço para você. Aliás, você nunca esteve em uma esfera de carinho real, amargura, sofrimentos causados por si mesmo, nunca se colocou no lugar do próximo, até que ponto o dinheiro e fama é algo de importante? — interroga a mulher.

Ele encurva as costas. Suas bochechas estão a ponto de explodir.

Ela continua.

— Não tem nada a me propiciar, nem uma reclamação tu és capaz de balbuciar?

Escravo das suas próprias maldições, vilania ambulante de angústias ambicionais não concretizadas, seus *karmas* vieram à sua procura, e o encontraram, mais cedo do que eu pensei. Não há desafios em sua alma, a vida já não constrói cores em suas entranhas. Yama almeja cobrar-te por sua conduta.

— Querer ter uma boa vida é algum pecado?

— Não, fariseu. Mas fazer da vida somente algo de bom é brincar com o destino. Aliás, ele, o "Destino", veio cobrar por seus vícios e por sua falta de virtude.

O sucesso é um acidente, muitas vezes regrado a balbúrdia, não tendo um cálice ético e cheio de metáforas morais risonhas.

— Você é um estúpido (risos), por um acaso fui eu que te procurei?

As palavras cessaram por uns instantes:

— Está bem, o tempo está contra mim. Não quero apodrecer como qualquer um!

— Você já era qualquer um quando atravessou essa porta, mas Hórus confia em você.

— E o que ele quer de mim? Qual preço preciso pagar? Que pacto tenho que fazer?

— Idiota! Aqui não há termos pactuais para exigir, ou algum tipo de barganha mágica, ou sobrenatural, nem as Damas de Salém iriam querer propor alguma coisa, em sua pobreza.

Ele se resigna. Aquilo tinha sido demais para ele.

Não teve competência para administrar seus bens materiais e, agora, ouvia um "tal de Hórus, que possivelmente poderia ser sua redenção e salvação".

A funesta dama se retira para um canto da sala, pega um cajado, que em uma das extremidades possuía o formato de um falcão, e na base dos olhos um azul profundo, enigmático, hermético, que penetrava profundamente em seus admiradores.

Ela ergue o instrumento defronte daquele infeliz maltrapilho.

— Olhe para isso, ovelha senil, Judas sem moedas, anjo decaído da miserabilidade suburbana! O poder dos faraós ao seu bel-prazer. Jure fidelidade, ajoelhe-se! (Gritando de forma histérica.)

Subitamente, contra sua vontade, seus joelhos são flexionados, suas pálpebras demonstram espanto, um suor amedrontado escorre por entre a testa...

— Que maldição é essa? Raios!...

Ela interfere com um agrado mitológico...

— Com o poder dos Antigos Reis do Nilo, metamorfose sua escuridão, pela luz de riqueza, que sua existência seja de agrados infinitos, pelo ouro dos raios solares, se purifique sua displicência em não se abrir para a "verdade", Hórus, falcão incomensurável focado no equilíbrio de seus servos, lance imanências da áurea de seu poder sobre esse ímpio que agora te pertence!

Uma bola de fogo entra por entre a sala, em sua direção, ardendo em fúria febril, estalando um misto de raiva e grandeza.

Ele não consegue mexer seu corpo, a mulher está grunhindo uma mistura de sarcasmo com deboche e, irradiando amargura, grita novamente.

— Sinta o poder da chama do falcão em seus sonhos, reles mortal!...
— lança seu cajado na direção daquela figura obliterada.

Uma acústica luminosa toma conta da sala, ele acorda diante do pôster ridículo do Bon Jovi, com o celular tocando, com sua esposa sacudindo seu corpo e dizendo que o museu o está esperando para a reunião de toda segunda de manhã. Diante disso, resmunga.

— Tive um sonho horrível, meu amor. Espécie de prelúdio do fracasso, onde eu estava só, sem emprego, amigos, sem família, jogado no calabouço do esquecimento!

— Deve ter lido muita mitologia ontem, meu caro curador. Mas as artes advindas do Cairo estão para chegar para a exposição da semana que vem. Isso deve ter afetado seu inconsciente, minha vida!

— Sim, você tem razão, flor...

Ele toma seu café da manhã e caminha até a garagem, escuta pássaros voando e um em especial chama sua atenção, pousado em cima dos fios, do poste, depois da revoada.

Uma criatura de plumagem cinza e branca, com olhos celestiais fitando-o indistintamente, abrindo suas asas, como se quisesse abraçá-lo.

Ele monta no seu carro.

Liga o motor, passeia pela Avenida Troia intrepidamente, e não percebe que o falcão o segue.

Cruza por um templo xintoísta, puxa um cigarro enquanto dirige.

A fumaça envolve seu rosto, levando a um gozo de adrenalina beirando o toque de Eros.

Aquela exposição tinha tomado horas, dias, noites, semanas, meses para sua organização.

Sua paixão por arqueologia vinha desde a tenra infância. Agora estava pronta para ser consumada e admirada.

Até uma múmia de escavações de Minya foi cogitada para adereçar o evento, no museu de antiguidade e história natural, junto ao consulado egípcio.

O sonho da noite passada ainda estava em sua mente. O que Hórus queria lhe dizer?

Saberia o dia exato de sua morte? Terminaria sua tese de doutorado em História Antiga? A firma de antiguidades iria promovê-lo? Iria passar pela ruína? Seria ele a reencarnação de algum monarca?

Bem, isso não adiantava nada. A nova Joia do Nilo estava quase pronta, no Centro de Eventos Municipal.

Ele chega ao local do evento.

Desce do carro, olha para o *hall* de entrada, caminha até os homens que cuidam dos últimos detalhes, para os quais os últimos adereços estão sendo preparados.

Enxerga seu nome triunfante entre aqueles que merecem destaque na paleontologia e arqueologia da instituição.

Entre vários ornamentos e objetos antigos, maravilhado por suas conquistas, sente um toque leve em seu ombro esquerdo.

Uma senhorita, de cabelos longos escuros, bem apessoada, com voz de veludo e com um pingente em formato de pirâmide, o questiona.

— Como vai, doutor Osíris? Tem andado sonhando com aves de rapina?

Isso o deixa petrificado.

Como ela poderia saber do sonho? Quem era aquela mulher que nunca tinha visto e joga uma indagação tão direta e enfática como aquela?

Ele vai até ela... sem pestanejar aproxima-se...

— Como sabe meu nome e quem é você?

Ela sorri de maneira endeusada, mas com flâmula irônica...

— Eu sou Ísis! Vim atrás do que me pertence. Em sonho te procuro há tempos, mas seu desejo de cobiça é maior que meu amor. O conhecimento fez você se esquecer de mim.

Ele olha espantado.

— Alguns pontos da vida humana, não são somente "mitos", e sim renovações de uma *psyché* a cada nova estação. O amor que nos foi arrancado no passado, vim agora nesta reencarnação cobrar através do Olho de Hórus. Vi uma oportunidade de recuperar o que me foi negado.

Osíris não sabe como agir.

Agora tudo faz sentido. Ísis se disfarçou em sonho de uma feiticeira para poder reencontrar sua eterna paixão diante de labirintos mentais incompreensíveis, de pesadelos carnais que somente desejam um gozo de prazer sexual, e não mais consegue ferver com a leveza do amor, sem pudor, mas sendo sincero e terno.

Aquele falcão nada mais era do que um sinal para que ele olhasse e refletisse acerca dos rumos atordoantes da sua volta burocrática e vazia, podendo assim transcrever um novo significado para ela.

— Esperei a eternidade para poder sentir o seu toque novamente, mas agora vejo que diante de sua posição austera, o que importa para você é somente um borbulho de conhecimento e satisfação.

Isis caminha entrada adentro e, com uma consternação com razão, declama.

— Adeus Osíris, sua frieza ante as pessoas é maior que meus sentimentos fraternais por ti. Fique com suas mitologias e eu fico com minha realidade. Esperei em vão por esse momento

Osíris para diante do lustre no meio do salão sem saber ao certo como agir.

Estagnado, lembra-se de vidas passadas, das quais não tem consciência de que as viveu.

Ísis caminha lentamente e entra em um táxi que some pelo asfalto molhado da chuva noturna e o falcão que estava sempre na vigília acompanha-a, com uma lágrima saindo de seus olhos.

Osíris se recordaria desse dia para sempre, enquanto Ísis retornou para o além, encontrando Shu e Tefnut...

Desde então, chuvas torrenciais como lágrimas de deusa ferida sendo consolada caem sobre a cidade, e a vegetação é abundante, gerando alimentos e beleza para seus habitantes.

Os falcões estão sempre presentes, testemunhando a harmonia da natureza e escolhendo novas presas para suas visões carnais e espirituais.

UNS TROCADOS A MENOS

Filipe Travanca

Tudo aparentava ser como num dia normal. Acordei com o despertador marcando seis horas. Lembrei-me das várias coisas fantásticas com as quais sonhara. Tomei banho, preparei o café, li as notícias, me vesti com o mesmo terno do dia anterior e saí para trabalhar. Estava andando despreocupadamente na rua a caminho do escritório quando fui interpelado por uma idosa vestindo um manto encapuzado.

— Não gostaria de saber seu futuro?

— Desculpe-me, senhora. Estou com um pouco de pressa. Você quer umas moedinhas?

— Melhor guardar essas moedas. Vai precisar. Venha comigo.

Então, retirando uma tesoura dourada da manga, abriu o ar com um leve e ágil movimento — incompatível com sua aparente idade. Com uma força sobre-humana, me jogou por uma fenda, atravessando-a em seguida.

Eu, que num instante estava na rua de casa, no momento seguinte me encontrava dentro de uma úmida gruta com estalactites gotejantes. Na minha frente, duas mulheres, quase idênticas à que me raptara, estavam sentadas em banquinhos de madeira. Poderia achar que eram trigêmeas se não fosse pela aparente diferença de idade entre elas. Uma, que segurava um fio de linha brilhante preso a um fuso e uma roca, parecia estar na flor da juventude. A outra, que desenrolava um fio nas mãos, aparentava estar na meia-idade. A terceira, já idosa, surgiu por detrás de mim, resmungando e colidindo — aparentemente de propósito — com meu ombro.

— Já estou farta desse trabalho, fica cada dia pior — sentou-se emburrada em um banquinho desocupado.

— Vamos, não adianta agir assim — respondeu a mais jovem. — Olá, Alfredo. Eu me chamo Cloto.

— ...Eu me chamo Láquesis... — disse a que desenrolava o fio.

Fez-se silêncio. A terceira parecia mal-humorada demais para dizer qualquer coisa.

As duas que já haviam se apresentado começaram a cochichar com a terceira.

— Vamos, Átropos! Você tem que se apresentar. É deselegante da nossa parte.

— Ele disse que estava com pressa... pra mim! Quem ele pensa que eu sou?

— É um costume atual. Vamos... fique tranquila e se apresente. Não nos faça passar vergonha.

— E eu me chamo Átropos. Pronto!

— Somos as Moiras — disseram as três em uníssono.

Questionei como sabiam meu nome e exigi saber por que tinha sido levado até ali. Elas tentaram me acalmar, explicando que eu ia morrer. A senhorita Átropos era responsável por saber quando o fio da vida de alguém se esgarçava e por buscar esses mortais. Tentei contra-argumentar, dizendo que era jovem, estava apenas começando a vida, mas elas estavam certas da informação.

No instante seguinte, entrou na caverna um homem jovem de olhos cinza e cabelo platinado.

— O que temos pra hoje, queridas?

— Olá, Sr. Tânatos. Esse moço aqui. Parece que chegou a hora dele — foi Átropos quem falou, mostrando ao jovem um comprido fio.

O tal Tânatos assentiu e, olhando para mim, se apresentou dizendo que era conhecido no meu mundo como "pulsão de morte". Os quatro riram exageradamente.

— Bem... tudo certo com esse aí. Pode cortar e mandar pras Queres.

Deu uma estranha piscadela para Átropos e, assim como chegou, partiu. A mulher mais velha, satisfeita, esticou o fio com a ajuda da outra irmã e, com a mesma tesoura que cortara o ar, cortou o fio da minha vida. No mesmo instante, caí de joelhos no chão, com profunda dor. Ela então ajudou a me levantar e, com um movimento da tesoura, abriu uma passagem, me jogando através dela sem nem se despedir.

No momento seguinte, estava de volta à rua, no mesmo lugar em que havia sido levado. Ainda sentindo um pouco de dor, comecei a caminhar, tentando entender o que ocorrera, questionando a minha sanidade.

Após dar alguns passos, senti algo tocar minhas costas. O formato pontiagudo do objeto fez com que eu imaginasse que colocavam uma faca contra meu corpo. Evidentemente, me senti apavorado e, logo em seguida, me percebi rodeado por um grupo de mulheres. Não sei dizer exatamente quantas, mas elas me levaram a contragosto para um beco deserto. Percebi que a suposta faca era a unha de uma das mulheres no momento em que a senti perfurando meu corpo. Com essa deflagração, as demais me atacaram violentamente. A cada ferimento aberto, uma das algozes se abaixava para sugar meu sangue, deixando meu corpo, além de machucado, enfraquecido. Enquanto me atacavam, algumas me acusavam de ter realizado diversos horrores. Debilitado, não tinha forças para negar as acusações. Fui apunhalado pela última vez no coração e, então, largado naquele canto. Com tamanha dor, creio ter desmaiado.

Acordei no colo de um homem forte, de cabelos enrolados cor de ouro e feições suaves. Não entendi o que estava acontecendo. Achei que talvez estivessem me levando para algum hospital, quando me dei conta de que sobrevoava uma floresta. O homem sorriu galante para mim.

— Que bom que acordou. É uma lástima você ter acabado nesse estado, tão jovem, bonito e fértil. Estava comprometido?

Se não estivesse impactado demais com tudo que me sucedia, podia até ter caído nos galanteios do homem, que se apresentou como Hermes. Indaguei preocupado o que estava ocorrendo e ele prontamente disse que ia me deixar num porto, onde então eu poderia prosseguir minha viagem. Reclamei que não tinha viagem nenhuma a realizar, que precisava ir a um hospital, pois havia sido atacado por um grupo ensandecido.

— Foram as Queres. Uh, gato… você realmente as irritou. Nunca vi ninguém no seu estado. Uma pena realmente… É isso aí… foi um prazer conhecê-lo. Adeus!

Com esse fim de discurso, me soltou das alturas, mas, antes que eu pudesse atingir o solo em queda livre, pequenas asas surgiram momentaneamente nos meus calcanhares, me ajudando a pousar tranquilamente à beira de um rio.

Um forte assobio me chamou a atenção para um pequeno porto na margem em que me encontrava. O som provinha de um homem excessivamente magro, em pé, dentro de um pequeno barco, portando um remo em suas mãos. Lentamente me aproximei do barco.

Fui surpreendido pelo homem, que tinha o rosto escondido por um grande capuz, pois, inadvertidamente, enfiou a mão em minha boca, remexendo em busca de algo. Não achando o que procurava, estendeu a mão e falou em voz espectral:

— Um óbolo!

— Um o quê?

— Um óbolo!

— Me desculpe, mas eu não sei…

— O pagamento!

Recordei-me da fala da velha Átropos, que me recomendara guardar minhas moedas, pois seriam necessárias. Senti-me realmente grato por não ter me desfeito delas e, retirando uma moedinha de meu bolso, coloquei-a na mão esquelética do barqueiro, que por conseguinte permitiu que eu embarcasse. Inserindo o grande remo na água, começamos a travessia. Devo confessar que o barqueiro não era muito de falar, o que por um lado foi positivo, pois sua voz era assombrosa, mas, por outro, deixou a viagem muito mais demorada.

Depois de muito navegar, atracamos. O barqueiro anunciou que eu havia chegado ao meu destino: o Palácio do Submundo. Pensei em lhe oferecer uma gorjeta pela viagem, mas como não me estendeu a mão, decidi guardá-las para outra eventual necessidade. Virou-se assim que desembarquei, sumindo com a gôndola na neblina do rio.

A neblina subira e dificultava a visão. Avancei incerto na direção do palácio, mas estanquei ao ouvir um rosnado escabroso. Tentei descobrir de onde vinha, mas a essa altura a neblina turvava meu senso de direção. Andei até me chocar contra algo macio, mas levemente melado. Tateei tentando descobrir o que era e, para a minha surpresa, a coisa se ergueu, afastando a neblina ao seu redor. Nesse momento, pude ver que se tratava de um cão monstruoso, que mostrava seus dentes assassinos banhados em sangue. A criatura tinha o tamanho de uma casa e, como se isso não fosse o suficiente, no lugar de uma cabeça, havia três. Parecia preparado para me liquidar, quando uma música tranquila o fez parar. Um homem moreno de cabelos encaracolados apareceu com uma lira e, com um aceno de mão, me convidou a entrar no palácio, enquanto a criatura se sentava para descansar naquela terra inóspita.

Sem dizer palavra alguma, pois ainda tocava a lira, ele me guiou até uma porta, indicando que eu deveria prosseguir e, sem mais, se afastou. Bastante empertigado com essa situação, escancarei a porta de folha dupla e entrei.

Deparei com este salão, tão grande e tão semelhante aos tribunais do meu mundo — olha, disso eu entendo, pois já fui convocado para ser júri.

— Como vossas excelências já sabem, fui ordenado a me sentar nesta cadeira de réu e, "sem mais delongas", intimado a contar o que me trouxe perante vós, grandes juízes.

Finalizando sua recapitulação, Alfredo ficou em silêncio. Um homem barbado, sentado no centro da tribuna, chamado Minos, se manifestou:

— Não foi isso que quis dizer com "conte-nos o que o trouxe perante nós". Era para você contar o que fez em vida, que fosse honesto sobre suas ações. Não precisava ter falado literalmente como chegou aqui, estamos familiarizados com o procedimento e as burocracias.

O homem ao seu lado direito, Éaco, murmurou preocupado:

— Embora a ação das Queres tenha sido um pouco excessiva...

— De fato! — Minos sussurrou em resposta — Mas o que queremos saber é como você se declara perante as acusações.

— Acusações? Mas eu nem fui acusado de nada ainda.

— E precisa ser? Você sabe muito bem o que fez. Vamos mandá-lo logo ao Tártaro — resmungou o homem de cara fechada sentado à esquerda, Radamanto. — Certo, deixe-me consultar o livro — lambendo a ponta dos dedos, Minos começou a folhear as páginas, arregalando os olhos a cada virada. Vez ou outra, consultava os outros homens. Até que enfim respondeu:

— Bem, é incrivelmente abundante o número de delitos e malfazeres por você cometidos.

— Por mim? Eu nunca fiz mal a ninguém.

— Sempre se fingem de bonzinhos — Radamanto disse, puxando o livro para si. — Roubo, assassinato, tráfico de pessoas, estelionato, tortura e a lista vai embora.

— Mas eu não fiz nada disso!

— Você não se chama Alfredo?

— Sim. Alfredo de Campos.

Éaco puxou o livro para si, retirou um velho óculos do bolso e, soprando a poeira, colocou-o no rosto. Os três juízes conversavam em silêncio, mas muito exaltados, um puxava o livro — e os óculos — das mãos dos outros múltiplas vezes. Por fim, Minos disse:

— Você tem alguma forma de provar o seu nome?

— Bem, acho que tenho meu RG.

Minos gesticulou para que Alfredo se aproximasse. O jovem entregou o documento, permanecendo na frente dos três juízes que checavam os dados. Inesperadamente, Minos olhou para trás de si, dizendo:

— Vossa Alteza, acho que é bom fazermos um recesso. Sei que é inusitado, mas estamos deveras confusos.

Apertando bem os olhos, Alfredo percebeu que, no fundo do tribunal, escondidos na penumbra, havia dois tronos. No maior sentava-se um enorme homem e no menor, uma formosa mulher.

— Não dá para andar logo com isso, Minos? Ainda temos outros castigos para aplicar — a voz rouca ressoou, preenchendo o tribunal e deixando Alfredo tremendo.

— Também acho necessário, senhor — Éaco concordou com Minos.

— Por mim, mandava ele pro Tártaro — respondeu Radamanto, encarando Alfredo com ódio.

Em meio a uma fungada, veio a resposta:

— O Tribunal do Submundo entra em recesso pela primeira vez em... desde sempre. — Na volta do recesso, Alfredo viu que as diversas cadeiras, antes vazias, agora estavam ocupadas pelas figuras que ele encontrara na sua trajetória até ali. Recebeu um sorriso de Cloto, um rosnado de algumas Queres e uma piscadela de Hermes.

Após se sentar na cadeira dos réus, os três juízes subiram à tribuna. Não havia como o jovem saber se o casal misterioso estava sentado nos tronos do fundo. Minos, então, tomou a palavra:

— Agora vamos ouvir as testemunhas.

Alfredo não sabia precisar quanto tempo passara naquele lugar, ouvindo os relatos e tendo que se defender das acusações. Às vezes, parecia que haviam passado dias; em outros momentos, sua sensação era de parcas horas. Independentemente do real, ele se sentia exausto e só queria ir para casa.

Quando o último testemunho foi ouvido, o primeiro juiz, Éaco, levantou-se para dar sua sentença: "Inocente!". O segundo juiz, Radamanto, proferiu: "Culpado!". Por fim, Minos decretou: "Inocente!". Alguns espectadores vibraram contentes, outros reclamaram. Minos declarou:

— A ser levado imediatamente aos Campos Elíseos.

— Não, não! Não há necessidade. Eu moro na região da Lapa. É só me deixar em algum metrô que eu chego em casa.

Todos no tribunal o encararam atônitos. Minos quebrou o silêncio.

— Você ficará no submundo. Já foi morto. Não há como voltar. Mas ficará em um lugar agradável de viver na morte.

— Isso não é justo. Não era minha hora de morrer. Pergunta pras mulheres dos fios. Era pra minha vida ser mais longa do que isso. Exijo uma reparação... Passei por tudo injustamente no lugar de outra pessoa. Quero minha vida de volta!

Minos começou a falar, mas foi interrompido pelo homem do trono.

— O mortal ousa desafiar a soberania deste tribunal com que autoridade?

— Com a autoridade de uma pessoa enganada. Ouvi boatos de que o retorno de alguns já foi permitido — olhou de soslaio para Orfeu. — Pode não ter dado muito certo... mas eu exijo ir para minha casa agora.

— Sua ousadia é rara, porém, justa. Podemos dar um jeito para o seu retorno, mas preciso criar uma condição quase impossível!

Alfredo tateou os bolsos, retirando os objetos e depositando-os à mesa. Em meio a balas de iogurte, colocou as moedas que ainda conservara.

— Acho que não tenho nada que possa oferecer... — todos olharam curiosos. — Isso são óbolos?

Alfredo deu de ombros, enquanto as moedas flutuavam até a figura.

— Fascinante... óbolos nunca chegam tão longe. Com eles, podemos fazer enfim o belo passeio de gôndola nos rios do inferno. Minha querida, o que acha?

— Fabuloso! Caronte finalmente não poderá recusar nosso embarque!

— Mortal! Aceita trocar estes inestimáveis itens por sua mísera vida?

— Me parece um bom preço...

— Por ordem de Hades e Perséfone, deuses do Submundo, o mortal será restaurado à vida.

Então. com um estalo dos dedos, tudo ficou escuro.

Tudo aparentava ser como num dia normal. Acordou com o despertador marcando seis horas. Lembrou-se das várias coisas fantásticas com as quais sonhou. Tomou banho, preparou o café, leu as notícias, se vestiu com o mesmo terno do dia anterior e saiu para trabalhar. Estava andando despreocupadamente na rua a caminho do escritório, quando se chocou com um moço forte, bem vestido, de cabelos enrolados cor de ouro e feições suaves. Olhou para trás, o moço fez o mesmo, gritando: "Olhe no seu bolso!". E, com uma piscadela, desapareceu no meio da multidão.

ENTRE TAPAS E DEUSES

Maria de Fátima Moreira Sampaio

"Estou gorda!

Isso sim é uma tragédia grega! A deusa do amor, eu, Afrodite, a mais linda, sexy e poderosa de todas as deusas, com uma cintura de 63 centímetros! Aquelas deusas rachas envidiosas vão adorar! Não, isso não pode acontecer! Como vou levar adiante meu plano de pegar um deus gato?

Estou solteira, estou na pista e vou à caça!

Não, nada de Adônis! Cansei de competir com aquela ossuda da Perséfone! Quem se chama Perséfone??? Perséeefooonnneeeee, vem cá! Nome horrendo! E Adônis, o ex-deus do meu coração, é um vacilão. Embora eu saiba que sempre preferiu a mim, pensava que eu era uma pizza dividindo seu tempo em pedaços com aquela deusinha de araque! Deusa do submundo! Só pode!

Hoje eu preciso estar mais perfeita do que nunca!

Balada no Olimpo é campo minado pra me acabar em uma noite de muito amor!

Posso ter quem eu quiser. Sou Afrodite, filha de Zeus, o deus dos deuses e dos homens!

Tudo bem que fui enjeitada por esse abestado do Adônis. Se acha!! Só porque tem olho da cor do amor, pele de cetim, tórax Brastemp, pernas perfeitas, boca de veludo, dorso de amêndoas??? Grande coisa! Eu sou a deusaaa! Sou linda, sou charmosa, sou perfeita! Apenas!!! Vou é pegar o saradão do Ares que é o deus da confusão! Quero só ver a cara dessa membrana de Covid-19 chamada Perséfone!!!

Só preciso entrar nesse corselet que tá me matando pra arrasar no Olimpo!".

Bom, depois desta descrição singela e modesta que Afrodite fez de si, ela finalmente chega ao Olimpo! É a esperada balada de Eros, festinha básica oferecida para festejar o fim da quarentena no Monte Olimpo!

Eros é o deus do amor, da paixão, do erotismo, portanto, da pegação geral! Depois de tanto tempo em isolamento, nada como uma festa entre os mais belos e poderosos para celebrar uma imortalidade com muita saúde e alegria! Hoje o cupido vai trabalhar muito. Vai ser flecha mágica voando até o sol raiar! Principalmente para aqueles deuses que estão sozinhos ou que terminaram o relacionamento nessa temporada ilhada onde todos precisaram se recolher por longos cento e dez dias!

Mas, mesmo para aqueles acostumados com a imortalidade, pegar uma virose forte não é nada bom. Sem contar que atrapalharia demais seus superpoderes e um deus precisa estar em forma eternamente.

Eis que ela, a sempre mais linda de todas as deusas, embora ela mesma seja muito insegura quanto a isso, entra na passarela de acesso ao Salão de Cristal para uma noite lancinante!

Afrodite estava deslumbrante! Vestia um belo vestido da cor do mar, com um manto azul desenhado com cristais dourados que representavam as constelações do universo dos deuses, com bordas recheadas de anjos fazendo amor. Completando seu arrasador traje, um corselet branco com chuvas de pétalas cintilantes perfumadas que se espalhavam pelo salão.

"*Aí, Panteão, chegou a mais bela!*". Era o pensamento de Afrodite em sua já conhecida modéstia. De fato, ela estava matadora! Suas curvas quase perfeitas, porque de fato estava um pouquinho mais cheinha, e sua pele sempre jovem traziam o mistério da juventude que todas as deusas desejavam para si e a todos encantava!

Bem, a todos, não! Perséfone, alcunhada de Pepê por Afrodite, a odiava. Dizia que ela se banhava em lama do Nilo com dengue e bebia xixi de filhos de ninfas para ser sempre jovem. Quem disse que baixaria é privilégio só dos mortais?

Enfim, era mesmo uma tortura olhar para aquela que exalava beleza e sedução.

Bom, depois desses cento e dez dias de quarentena, que pareceram cento e dez séculos no Olimpo, todos estavam bem dispostos e, claro, com uns quilinhos a mais!

Afrodite estava a ponto de espocar em seu belo traje. Na verdade, quase sem fôlego. *"Gente, essa passarela não acaba, não?!"*, pensava ela com seus botões quase estourando!

"Minha deusa top das tops, venha quebrar minhas muralhas e nadar em minha ilha!".

Esse foi Éolo, deus dos ventos, se gabando de sua propriedade olímpica, um sempre apaixonado por Afrodite. Algo que ela não curtia.

"Sai pra lá, poeira! Estou necessitada pero no mucho!", Afrodite o olhou com desprezo, como sempre, enquanto afiava o bico do sapato pra lhe dar um *"sai carniça aquática!"*.

O pobre deus aguentou firme a pisada nos dedos que ela sadicamente lhe fazia, soltando lágrimas ao vento, claro!

"Que bom, todo mundo mais gordo depois dessa quarentena!", festejou Afrodite, depois de dar uma olhada geral em suas colegas deusas! *"Pelo menos não sou a única! Deveria ter um deus da magreza, porque estou me acabando aqui!"*, pensava Afrodite, empurrando o abdômen para dentro, em um esforço sofrido para manter a silhueta perfeita.

Depois de sentar-se em uma mesa suspensa ornamentada com corações feitos com avelãs e cupidos que tocavam hinos de amor, Afrodite passou a apreciar a paisagem repleta de beleza composta pelos ilustres cento e dez convidados que representavam o total de dias de isolamento social ao qual os deuses foram submetidos. Uma terrível virose assolou o Olimpo e, mesmo que não pudesse matar os deuses, posto que são imortais, os deixava doentes.

Nesse momento, eis que um burburinho toma conta do salão em forma de cristal! Era Perséfone, a inimiga mortal número um de Afrodite, fazendo sua entrada triunfal na passarela cravejada de brilhantes!

Ela estava perfeita! Escultural! Magra!

"Ódio, ódio, ódio! Onde essa deusa brega passou a quarentena para estar tão minguada?".

Perséfone era a deusa das flores, dos frutos e dos perfumes, do submundo, da agricultura e das estações da terra e uma rival terrível de Afrodite, porque, além de ser bela, era também a deusa da fertilidade e aquela com quem dividira por muitos séculos o amor de Adônis. Ela estava absolutamente radiante! Seu vestido, desenhado em seu próprio corpo com elementos das quatro estações que simbolizam o calendário dos deuses, enaltecia as suas curvas, que se mantiveram perfeitas nesta temporada de privação social. Para completar, um manto com orquídeas da cor de seus olhos arrastava os olhares fascinados dos deuses àquela linda criatura que, depois do divórcio com Hades, o deus do mundo subterrâneo, ficou ainda mais bela!

"O que esse povo está vendo nessa deusa da sujeira? Vou me lembrar de vocês na hora de me pedirem sorte no amor, as mandingas pra conquistar quem já tem dono e os meus colágenos da eternidade! Me aguardem!".

É... não está fácil para Afrodite hoje! A rivalidade pode ser história antiga na vida dessas duas, mas o que estava difícil mesmo era engolir a aparição triunfal da Pepê! Triunfal e magra!

"Me poupe... o traste sequer traz a romã com ela! Só arranjou uma maçã podre!". Afrodite estava possuída mesmo! Se inveja matasse, ela certamente deixaria de ser imortal nessa noite!

Vale lembrar que Perséfone, além de ser uma deusa linda, sempre atraiu a atenção dos demais deuses por seu trabalho nos movimentos da terra, razão pela qual é também a deusa da agricultura e das flores e tem como símbolo do seu labor na Ecomitologia uma romã. Em tempos de quarentena, tanto o plantio como a colheita ficaram escassos e ela só arranjou mesmo uma maçã. Ah, a Pepê também é a deusa do submundo, portanto, dos pobres, dos desvalidos, ou seja, daqueles mortais que passam por privações de toda sorte.

Esse desempenho social lhe dá ainda mais brilho, o que enfurece Afrodite que, apesar de ser também uma deusa bela e benevolente, não é exatamente vocacionada ao trabalho voluntário e é muito vingativa. Contam as más línguas que ela teria nascido da mutilação dos órgãos reprodutores de seu avô e daí vem seu caráter rancoroso que atrai uma série de críticas voltadas para ela.

Bem, voltemos à balada tão esperada oferecida por Eros, o deus do Amor, filho de Afrodite. Eros, vendo a solidão de tantos amigos, resolveu dar um empurrãozinho para ver se alegrava mais o mundo dos imortais. Também estava vendo a sua mãe meio deprê em sua solidão por falta de amor. Chamou Dionísio, festeiro por natureza e chegado a um vinhozinho e pronto! Festa, beleza e muita paixão é o objetivo dessa festança que tem hora para começar, mas não momento para acabar! Som ligado, rebolado sob as luzes dos cristais encantados e deixem a paixão falar mais alto! Esse Eros é muito doido mesmo! Esses deuses todos já são louquinhos e, depois de um incentivo desses, Littia vai ter muito trabalho em pouco tempo!

Ah... Littia é a deusa do parto, só para esclarecer a conexão.

Agora que as mais belas deusas estão no recinto, falta chegar o cortejado Adônis e o não menos belo Apolo.

Mas o alvo de Afrodite hoje é mesmo Ares!

"Vou pegar! Um deus destemido, sempre pronto pra luta, meio subestimado na mitologia, certamente está muito carente também e, por ser corajoso, vai estar sempre disposto a morrer por mim.".

E aí, meu sonho? Está mais apetitosa que nunca! Não quer dar um passeio em minha ventania? Posso ser sua tempestade! Este era o incansável Éolo, ainda tentando atrair a atenção de Afrodite.

"*Descola, bafejo! Vai te catar! Meu negócio é carne e proporções e não uma coisa que não se pega e não se vê como o vento! Sai daqui, tarado!*".

E, por falar em proporções e tara, nesse momento adentra no salão ele: Apolo!

"*Ai, ai... isso é que é deus! Que proporções!*", suspira encantada Afrodite! De fato, Afrodite apreciava bastante a beleza de Apolo. Tanto que desistiu de Ares depois de mais uma vez contemplar a beleza do deus multifacetado que acabara de chegar.

Sim, Apolo é uma espécie de deus difícil de definir! Deus do sol, oráculos, verdade, profecias, cura, poesia, música, beleza masculina, perfeição, equilíbrio, razão, arco e flecha, é o iniciador dos jovens no mundo dos adultos e dono delas: as proporções mais perfeitas que o Olimpo já fez! Senhoras e senhores, deuses e deusas, esse é Apolo!

"*Ô lá em casa! Gente, eu trocaria uns dez mil anos da minha imortalidade por umas dormidas de conchinha com esse deus!!!*", suspirou Afrodite.

"*Sempre obtusa!*", soprou venenosamente Pérsefone, no ouvido de Afrodite.

"*Ob, o quê?*".

"*Obtusa, baby. Não sabe o que é? Claro... só entende de galinhagem! Estava em um chiqueiro, minha filha?? Engordou quantos quilos?*".

Qualquer definição de guerra, terremoto, tsunami, seria insuficiente para narrar o pau que cantou no belo Palácio de Cristal onde outrora haveria uma festa pelo fim da quarentena. O que quase acabou mesmo foi a beleza de duas deusas movidas pelo ódio recíproco, a mútua inveja e algumas palavras impronunciáveis no glamouroso dicionário do Olimpo. Foi porrada pra todo lado! Apanhou quem estava no recinto, quem ia chegando e quem tentou fugir, quem tentou apartar e também quem apostou pra ver quem ganhava a briga. Nunca, nunca fique de testemunha em uma briga onde há bolsas, sapatos, cabelos grandes e dentes!!! A Bia, personificação da violência, estava solta!

Resultado: as duas em cana para ver o sol nascer quadrado! Velho ditado de antigamente do mundo dos mortais para dizer que foram presas e que iam apreciar a próxima aurora através de grades. Destruição do patrimônio público, lesão corporal, infâmia, injúria, difamação, calúnia, etc, etc, etc, etc.

A lista é bem grande. Mas não menor do que a vergonha de duas das mais lindas e admiradas deusas do olimpo. Não é preciso dizer que o babado se espalhou como uma praga nas redes sociais dos deuses: o Instalimpo, o Faceoraculum, o Telegrego, enfim, todo o Olimpo constatou que em briga de deusas nem Themis faz justiça, muito menos milagres.

De qualquer modo, a filha do céu e da terra, irmã mais velha de Saturno e tia de Zeus, as sentenciou a uns trabalhinhos que, para deusas de tão alto padrão, foram bem constrangedores. Teriam que limpar o Salão de Cristais e aprender a lavar roupa suja em privado. Ainda foram proibidas de participar de eventos coletivos por mais cento e dez dias e condenadas a pagar uma multa de trinta gregos sarados para ela, Themis, vulgo Tetê, a dona do pedaço nos julgados do Olimpo.

Bem, dos males, o menor. Uma vez rivais, sempre rivais. Brigas em público, nunca mais! Themis ficou de boa com uns quantos deuses possuídos de luxúria pra ela e assunto pra toda uma década no babadus com do Monte Olimpo.

Eita, eita! Tem jeito não! E, deuses, não riam porque vocês são iguaizinhos às deusas. Só mudam o gênero.

Eros, calçado de vergonha, ficou de remarcar outra data para uma nova confraternização entre os mais belos do Olimpo. Claro, sem contar com a presença das "amigas" Afrodite e Perséfone...

Lamentável será uma festa sem elas. Um futuro evento coletivo sem a presença das duas com certeza não será a mesma coisa. De qualquer modo, elas vão ser o principal menu das conversas e vão sim estar presentes, porque com certeza os vídeos que foram feitos da barafunda das duas bombou na intergreg e serão o assunto.

Então, tá. Nem Adônis, nem Ares, nem Apolo. As duas continuam, por hora, sozinhas e novamente em isolamento, porque depois dessa nem tão cedo vão ter coragem de pôr a beleza para ser vista fora de seus palácios.

Esperemos novos acontecimentos eletrizantes para que este seja esquecido.

Assim na Terra como no Olimpo, tudo é muito parecido. Só o endereço e, claro, a imortalidade é que são diferentes!

AS MINAS DE MURIBECA

Tainá de Oliveira

Diz-se muito sobre o grande Caramuru, sua mulher Paraguaçu, sua imensa prole e, mais ainda, de sua misteriosa morte em meio a um naufrágio.

Mas pouco se fala de seu primeiro varão e o mais curioso de todos: Muribeca.

Muribeca foi um caboclo raro. Era mais próximo de sua mãe, tanto no temperamento quanto na aparência: sua pele era acobreada e até o fim de seus dias nunca teve um fiapo só de barba no queixo. De seu pai, só herdara a postura bruta e a imensa fome de saber.

Quando seus pais partiram para Portugal, levando consigo seus irmãos e irmãs, Muribeca foi o único que resolveu ficar nas terras auriverdes. Os tupinambás, gratos pela sua presença, lhe revelaram um segredo que até então nunca tinham contado. Nem mesmo para o grande Caramuru o segredo foi revelado.

Os tupinambás guiaram Muribeca por dias a fio na floresta. Finalmente, ele pôde avistar, ao longe, uma formidável cordilheira: banhada pelos raios de sol, seu cume parecia emitir um esplendoroso brilho, como se fosse feita de cristais incandescentes.

— Lá, jovem Muribeca, jaz a morada Daqueles-Que-Vieram-Antes. Dizem que a terra deles foi inundada pela fúria de seus deuses e engolida pelo mar. Poucos escaparam com vida — contou-lhe o pajé tupinambá, que guiava a expedição.

Guiado por seus amigos gentios, atravessaram um portal formado por três arcos grandiosos, esculpidos em pedra sólida. O do meio era tão grande que Muribeca mal podia enxergar as estranhas inscrições feitas na pedra ao alto. Seguiram por uma estrada de paralelepípedos gasta, cercada de ocas estranhas, feitas pedra, não de palha. Estavam parcialmente destruídas, mas tinham um antigo esplendor.

Os tupinambás sabiam o caminho, por isso ignoravam as construções que fascinavam tanto Muribeca. Passaram por praças, jardins, cabanas e templos que outrora deviam ter sido grandiosos. Porém, ao ver ossos humanos pelo chão, Muribeca se perguntava qual deidade era tão vingativa capaz de pesar sua mão sobre esta cidade, pois o esplendor estava indo embora com o tempo, dando o vazio ar de abandono.

— Aqueles-Que-Vieram-Antes desrespeitaram os deuses mais uma vez? — indagou Muribeca.

O pajé assentiu, sombrio:

— Sim, Muribeca. Mas foram seus filhos e netos. Eles não aprenderam a lição que seus pais sofreram. Olhai!

Haviam chegado a uma praça suntuosa, em cujo centro se erguia imponente a figura de um homem nu da cintura para cima, imberbe, como Muribeca, e de tenra idade. Seu braço direito se apoiava em sua cintura e o esquerdo estava em riste, apontado para o norte.

— Olhe bem, Muribeca, pois este representa Aqueles-Que-Vieram--Antes e que foram mais orgulhos que os deuses: escaparam com vida da punição que jogou os irmãos de seus antepassados ao mar, mas não aprenderam com seus erros.

O pajé girou em volta de Muribeca, mostrando-lhe a cidade destruída.

— Olhai, Muribeca, onde leva a soberba dos homens: não bastasse perderem uma cidade, mas sim duas! Esta, a fúria da terra a derrubou e a fúria dos céus a chamuscou.

Muribeca engoliu em seco.

— Por que me mostras o flagelo dos deuses?

— Porque, Muribeca, ama essa terra e teme aos deuses. És justo e gentil, por isso, as graças dessa terra lhe sorriem.

O pajé guiou Muribeca por mais alguns dias naquelas ruínas esquecidas pelos deuses, até chegarem às margens de um rio volumoso, tão grande, que parecia um oceano. Muribeca reparou que lá havia animais criados como gansos e patos, tão tranquilos e pacíficos, pois não havia ninguém que os fizesse mal. Havia cervos e lobos também. Bastava Muribeca estender a mão que eles vinham, mansos.

Subiram o rio e Muribeca parecia acreditar que não era mais impossível se maravilhar ainda mais com tudo o que via naquele lugar abandonado, mas ao mesmo tempo tão encantador. Ao chegarem ao pé de uma cachoeira, um cervo de pelo branco e com curiosos olhos vermelhos observava-os, como se os esperasse.

— Ide — disse o pajé, apontando para o cervo.

Muribeca assim o fez. O cervo o levou por entre as cortinas de água, que revelaram uma caverna. O queixo de Muribeca quase tocou o chão: a caverna estava cheia de pepitas de ouro e prata. Mais do que nunca tinha visto na vida.

— És agora o senhor de todas essas dádivas da terra, Muribeca — disse o pajé. — Cuide deste segredo, jamais faça nenhum mal às criaturas desse lugar e o proteja dos olhos e da cobiça dos outros; assim, sempre terá abundância.

Foi o que aconteceu: a partir daquele dia, Muribeca se tornou o homem mais rico da colônia. Mais do que qualquer rei europeu ou qualquer rei que tenha existido. Muribeca vendia o ouro e a prata da mina secreta para os homens brancos que passavam pelo Porto de Salvador e prosperava cada vez mais.

Os únicos que conheciam o segredo da cidade oculta e da magnífica mina de ouro eram apenas alguns tupinambás, o pajé e Muribeca, que mesmo sob a curiosidade e muitas vezes cobiça de vários homens, jamais revelou a ninguém a origem de tamanha riqueza.

Muitos tentaram descobrir o segredo das misteriosas Minas de Muribeca. Alguns homens tentaram segui-lo mata adentro, toda vez que ia buscar mais prata, mas sempre o perdiam de vista em meio ao mato. Além do mais, coisas engraçadas aconteciam: seguiam pegadas que apontavam uma direção mas davam para o sentido oposto. Outras vezes, alguns cobiçosos até conseguiam chegar perto de uma montanha brilhante, mas um estranho nevoeiro baixava e há homens que juram de pés juntos que toda vez que isso acontecia, podiam ouvir o rugido de uma criatura muito assustadora...

Assim como Caramuru, Muribeca teve uma grande e próspera prole. Alguns de seus filhos, assim como o pai, preferiam viver com os tupinambás nas aldeias, andar nus, caçar e tomar banho de cachoeira, mas outros preferiam a vida como a dos homens brancos, igual ao avô. Entre eles, Robério Dias, o filho mais velho, que visitou a antiga terra de Caramuru.

Lá, Robério se deu conta de que, por mais rico que seu pai fosse, era motivo de chacota: onde já se viu um homem que tem tanto ouro andar pelado, gostar de enfeitar-se com penas e viver entre os selvagens das terras do Brasil? Robério não havia se dado conta de que essas pessoas tinham inveja de Muribeca, mas tomou as chacotas como ofensa pessoal. Teve vergonha de sua pele acobreada e da pouca barba em seu queixo, assim como os modos pouco finos que tinha em comparação aos fidalgos brancos.

Robério botou na cabeça que deveria se tornar um homem civilizado, que tinha que vestir as mais ricas vestes bordadas em veludo, botas de couro fino nos pés, um chapéu elegante sobre os cabelos e um vocabulário rebuscado. Só assim seria respeitado na corte portuguesa. Foi quando recebeu uma carta vinda da colônia: o grande Muribeca havia falecido. Em vez de ficar triste pela perda de seu pai, Robério viu ali uma oportunidade: como primeiro varão, sabia a localização das Minas de Muribeca.

Teve então um plano. Disse ao rei de Portugal que era herdeiro de Muribeca e que sabia a origem de toda sua riqueza. Mostraria a localização ao vice-rei no Brasil em troca de um título da nobreza. Robério queria ser marquês. O rei examinou o ganancioso rapaz à sua frente. Era bem verdade que já tinha ouvido falar de Muribeca, o rico caboclo que vendia ouro e prata aos seus capitães, mas que nunca se sabia de onde vinham tantas riquezas, uma vez que seus homens sempre falhavam em encontrar ouro naquelas terras.

Resolveu então aceitar o acordo com o jovem Robério. Redigiu com seu próprio punho um documento, chamou um de seus capitães e lhe entregou o documento lacrado.

— Pois bem, jovem Robério! Nas mãos do meu capitão está um documento que lhe concederá um título nobre. Meu capitão o levará de volta ao Brasil e lá você mostrará a ele onde está a mina de seu pai Muribeca. Uma vez que meus homens confirmem a veracidade das minas, este documento será seu.

Assim foi feito: a bordo de uma caravela, Robério Dias voltava para a terra onde havia nascido e de que tanto se envergonhava. Porém, em meio à viagem, sentia o coração pesar: terá valido a pena revelar o segredo de seu pai em troca da nobreza? Trair os tupinambás, que o criaram com carinho? Seus irmãos, que, mesmo tão simplórios, viviam tão felizes?

As garras do arrependimento apertavam o coração do pobre rapaz. Mas os pensamentos cobiçosos insistiam em cutucar sua mente. Robério queria ser marquês. Se visse a prova de que agora era de fato um nobre da corte, talvez não precisasse se sentir tão mal. Mais uma vez, urdiu um plano: fingindo querer comemorar seu título de marquês, Robério se aproximou do capitão e lhe ofereceu uma garrafa de *cauim*, que havia trazido consigo desde que havia saído do Brasil.

O pobre capitão tinha a fraqueza de gostar de uma beberagem. Mas o *cauim* era mais forte do que qualquer vinho que já tinha provado. Mal chegara à metade da garrafa e já estava roncando sobre sua cadeira. Robério aproveitou o momento para mexer nos bolsos do homem desacordado e achou o documento do rei. Tremendo de excitação, rompeu o lacre da carta e a leu.

Que decepção!

O rei não lhe daria o título de marquês. Muito pelo contrário. Era o título de Capitão de Missão, a casta mais baixa que existia na realeza. Havia sido tapeado. Furioso, tratou de fechar novamente o documento e colocou-o de volta nos bolsos do capitão. Até o final daquela viagem, não falou mais nada.

Quando finalmente a caravela chegou ao Porto de Salvador, foram recebidos pelo vice-rei. Robério mal pôs os pés na terra firme quando foi indagado pelo homem:

— Então, jovem Robério? Onde estão as minas de seu pai, o Muribeca?

Robério Dias estufou o peito e, zangado, retrucou:

— Achai-vos sozinhos, tu e teu rei! Não entregarei o tesouro de meu pai!

— Estás louco, rapaz? Como ousa contrariar a mim, representante de sua majestade?

— Ouso da mesma forma que teu rei ousou me enganar! Da minha boca, não sairá um pio sobre as minas de Muribeca!

Enfurecido com tamanha ousadia, o vice-rei mandou seus soldados apontarem suas armas para Robério, que nem assim se acovardou:

— Podem me matar, mas o segredo morrerá comigo. Podes ter certeza que nenhum irmão meu o dirá, pois sou o único a quem meu pai contou antes de partir para Portugal. Digo-te mais! Nenhum tupinambá irá contar sem antes tombar perante a morte!

O vice-rei mandou prender Robério Dias e na mesma hora mandou seus soldados atacarem a aldeia onde viveu Muribeca. As palavras do rapaz se provaram certas: mesmo com muitas batalhas sangrentas, nenhum tupinambá revelou a localização, nem das minas e nem da cidade perdida Daqueles-Que-Vieram-Antes, mesmo que tombassem mortos. Os que sobreviveram ao ataque fugiram para a floresta, inclusive os demais filhos de Muribeca, que nunca mais apareceram para alguém.

Dizem que os descendentes de Muribeca foram para a cidade perdida e nunca mais saíram de lá. Dizem que o vice-rei continuou mandando soldados e bandeirantes procurarem, mas sem sucesso. Dizem que somente anos mais tarde uma bandeira teria sucesso de encontrar tal cidade e até escreveram um manuscrito sobre o lugar, mas, na viagem até a capital, esse manuscrito foi parcialmente destruído e a parte onde estava escrita a localização exata foi perdida.

Esse documento seria conhecido como Manuscrito 512 e ninguém nunca pôde provar sua veracidade até os dias de hoje.

Dizem que o único homem capturado pela coroa, o filho de Muribeca, nunca revelou o segredo, por mais que tentassem obrigá-lo. Robério Dias passou o resto da sua vida preso, pagando pelo crime de trair a coroa, mas isso não importava a ele: Robério pagou até o fim de seus dias por sua ganância, por trair seu pai e por acreditar em homens cheios de cobiça e inveja.

Quanto às minas de Muribeca, nunca mais se viu nem ouviu falar delas.

O PRIMEIRO CAFÉ

Gustavo Clive Rodrigues

J á era quase a hora do almoço e nada de ele se levantar. A cama, cujos lençóis não eram trocados há alguns dias, era a única forma de acolhimento. Se não fosse a fome e outras necessidades primárias, ele poderia ficar lá de um pôr do sol ao outro. Depois, repetiria o processo. Assim tem sido a rotina de Teseu Oliveira Domingos nos últimos dias.

Quando finalmente se levantou, usou o banheiro e depois foi à cozinha. Comeu algumas bisnagas com manteiga e, então, foi até a varanda. Ele morava no terceiro andar de um prédio baixo na cidade de São Paulo. Normalmente, a paisagem era agitada e volátil. Um tanto agressiva na maior parte das vezes. Mas, nas últimas semanas, tem estado deserta.

Era abril de 2020 e, assim como boa parte do resto do mundo naquela época, o país estava sofrendo por causa da pandemia do coronavírus e a cidade estava em quarentena.

Na varanda de seu apartamento, Teseu olhou para baixo, respirando fundo e com as mãos tremendo. *Muito baixo,* disse a si mesmo. Então, ergueu a cabeça decidido, pegou sua carteira e saiu do apartamento sem se preocupar em fechar a porta. Hesitou somente por um breve instante, reparando no acúmulo de correspondências na porta do apartamento da frente. Pensou que a vizinha, que vira de passagem apenas uma vez e nem sequer sabia o nome, devia ter ido viajar e não conseguiu voltar por causa da pandemia. Passada essa breve distração, Teseu começou a subir as escadas até o nono e último andar do prédio. Lá, foi até a porta da saída de incêndio e subiu uma pequena escada vertical de metal que dava acesso ao terraço. Então, Teseu foi até a beirada, se esgueirando para passar pela proteção, e sentou-se na beira do prédio.

Lá em cima, ficou quieto e contemplativo. O silêncio só era quebrado por uma leve brisa de outono que soprava de maneira contínua. Depois de um tempo olhando fixamente para baixo, Teseu pensou que *essa história de que nossa vida passa em um piscar de olhos quando estamos prestes a morrer, pelo visto, é a mais pura mentira*. Afinal, ele estava prestes a se jogar e nada, absolutamente nada, vinha à sua mente. Nada além de um silêncio estranhamente incômodo e torpe.

Algum tempo se passou. Teseu não sabia quanto. Então, um pouco mais consciente do presente, pegou sua carteira e começou a arremessar todo o dinheiro que tinha dentro dela. Não era muito, mas Teseu achava que o destino e o vento deveriam decidir quem seria o felizardo. Depois, jogou seu cartão do banco e cartões de visita de pessoas a quem prometera ligar e nunca ligou. Depois, foi a vez dos selinhos de promoção do mercado. Quando chegou na sua identidade, segurou-a um pouco mais demoradamente em sua mão. Tentava se reconhecer naquela foto de sete anos atrás. Muita coisa mudou. Então, à rua do prédio, junto de alguns sacos de lixo, notas de cinquenta reais, cartões de plástico e folhas caídas, foi adicionado mais um pedaço de papel e um rosto emoldurado em 3x4. A carteira ficou praticamente vazia, salvo por uma foto que Teseu pegou em mãos. Na imagem, um jovem e um senhor de mais idade estavam abraçados e gargalhando. Ficava claro que era uma daquelas gargalhadas que vinham de dentro. Daquelas de doer a barriga. De perder o fôlego. Intensa e sincera. Eram ele e seu pai, Egeu Augusto Domingos.

Nesse momento, o cérebro de Teseu começou a explodir em sinapses que trouxeram cálidas memórias à tona, sem nenhuma forma de controle ou sentido aparente.

Teseu sempre foi muito chegado ao pai. Sua mãe, Virgínia Marques Oliveira, morreu poucas horas depois do parto.

Seu pai, Egeu, fascinado por mitologia e literatura fantástica, sempre contava histórias para o filho. É provável que o fato de ter sido batizado como Egeu, homônimo do rei de Atenas e pai de Teseu na mitologia grega, tivesse influenciado suas escolhas e preferências na vida. Há quem diga que foi um exagero ele ter batizado o filho com o nome do herói que derrotou o Minotauro, mas, para Egeu, não havia outra opção.

Desde pequeno, Teseu se empolgava com as histórias de grandes heróis contadas pelo pai e procurava se espelhar neles. Queria a sagacidade de Odisseu, a destreza de Aquiles e a coragem do próprio Teseu. Mas nunca achava que poderia alcançar demasiado grau de grandeza. A prova disso veio recentemente, menos de três semanas atrás, quando não pôde ajudar o pai e tampouco se despedir.

Quando deu por si novamente, no topo do prédio, Teseu afastou rapidamente a fotografia quando notou que lágrimas a estavam molhando. Balançou a mão e depois tentou secar com a manga da roupa. Era tarde demais. Os rostos, seu e de seu pai, já eram uma mistura de cores irreconhecível em um papel quase desfeito. E em um volume quase inaudível, muito mais uma exalação de ar do que de uma palavra, Teseu disse: ...*Desculpe*...

Teseu fechou os olhos, recuperando a imagem do rosto do pai em sua imaginação. Mais sinapses. Como um filme rodando em sua mente, ele reviveu um momento muito marcante de quando era apenas uma criança. Eram férias escolares e seu pai o havia levado para um sítio, bem afastado da cidade turbulenta. À noite, em volta de uma fogueira que fizeram juntos, Egeu começou a narrar a história do herói mitológico cujo nome era o mesmo de seu filho. Enquanto falava sobre como Teseu foi corajoso em ir para Creta enfrentar o Minotauro e como escapou do labirinto com a ajuda de Ariadne, o jovem garoto sorria e se empolgava, se mexendo como se estivesse fazendo os mesmos movimentos que o protagonista do mito. Até que, de repente, Egeu parou de contar a história.

— Mas, pai... e aí? O que aconteceu com Teseu depois de derrotar o Minotauro e sair do Labirinto? Ele não voltou para casa? Não foi contar para o pai dele que venceu? — perguntava o garoto para matar a curiosidade de como era o final daquela história.

— Filho, essa é minha história favorita, mas ela tem um final um pouco triste. Outro dia eu te conto, pode ser? — respondeu o pai de maneira vacilante. Pensou que deveria ter escolhido uma outra história. Uma com um final totalmente feliz. Seu filho ainda era muito jovem.

— Não! Me conta agora, pai. Por favor. Não importa que seja triste. Quero saber! — disse o garoto, com a típica ingenuidade da idade.

— Tudo bem — respondeu o pai em meio a suspiros e fazendo uma escolha diante do dilema. — Bom, Egeu sabia que o desafio era enorme e que seu filho poderia não sobreviver. Mas, fosse qual fosse o desfecho da aventura, ele queria saber o que aconteceria com Teseu o mais rápido possível. Então, eles combinaram que, se Teseu saísse vitorioso, era para a tripulação de seu barco usar as velas brancas. Ele ficaria olhando para o mar, então assim que visse o barco retornando com as velas brancas já saberia que o filho estava vivo. Mas, caso Teseu morresse no Labirinto do Minotauro, era para a tripulação usar as mesmas velas negras que estavam usando quando zarparam. Está entendendo até agora, filho?

— Sim, pai. Se o Minotauro matasse Teseu, o barco voltaria com as velas negras. Se o Teseu matasse o Minotauro, usaria as velas brancas. O Egeu ficaria olhando lá do alto. Mas... não entendi ainda o final triste. O Teseu venceu o Minotauro e saiu do Labirinto — afirmou o garoto.

— Filho, acontece que houve um engano. Uma armadilha do destino. Na volta, eles esqueceram de trocar as velas. Então, quando Egeu observou o barco ao longe com as velas negras, achou que Teseu havia morrido. A tristeza dele foi tão grande, filho, mas tão grande, que ele se matou. Se jogou no mar. Esse mar passou a ser chamado, então, de Mar Egeu — concluiu o pai, preocupado com a recepção do filho ao final triste.

Teseu ficou um tempo em silêncio, se esforçando para entender, mas não conseguia.

— Mas, pai... como assim esqueceram de trocar as velas? Tão simples! — questionou Teseu com indignação na voz.

— Eu sei, filho. Teseu e a tripulação estavam tão eufóricos com a vitória que não se lembraram — respondeu o pai.

— O quê? Como assim? Não acredito! — respondeu Teseu, abaixando a cabeça, decepcionado com o final da história.

— Eu sei que é difícil compreender, meu filho. Teseu simplesmente não pensou. E isso, infelizmente, matou seu pai, Egeu. Mas, em muitas histórias da mitologia, os personagens ficam à mercê do destino. Depois que a última moira, uma das três irmãs do destino, decide cortar o seu fio de vida, não há como escapar. Para ela, a hora de Egeu havia chegado.

— Isso existe na vida real, pai? Destino e essas irmãs que cuidam dele.

— Eu não acredito nisso, filho. Eu acho que fábulas, mitos, enfim... eles servem para nos mudar, entende? Mudar nosso estado de espírito. Algumas são para nos alegrar, outras para nos fazer pensar, algumas até nos deixam tristes... mas todas elas existem para nos engrandecer. Para nos conhecermos melhor. Por isso, esses símbolos, essas metáforas. A morte de Egeu tem um significado. Sabe, filho, a vida é um caos. Você entenderá isso melhor quando crescer. Mas se olharmos algumas coisas que nos acontecem nesse caos como símbolos, isso nos ajuda a ter uma clareza melhor sobre nós mesmos e, assim, escolher que caminho trilhar.

Teseu saiu da memória e voltou a si.

— Você não escolheu, pai. Não escolheu — disse Teseu, em meio a soluços e olhando para baixo.

Outra memória vem à tona, dessa vez mais recente. De dois meses atrás. A última vez que Teseu falou com seu pai pessoalmente.

— Você não entende mesmo, não é?! — gritou Teseu para seu pai.

— Não, filho... você que não está entendendo. Me escute, por favor — respondeu Egeu.

— Chega! Não fala mais comigo! — Teseu terminou sua fala batendo forte a porta da casa de seu pai. Saiu sem olhar para trás.

Teseu simplesmente não pensou.

Dois dias depois, Egeu ficou doente, parecia uma gripe forte. Isso foi há um mês. Pensou em ligar para o filho para pedir para levá-lo ao hospital, mas preferiu não incomodar e então pegou um Uber. O médico o diagnosticou com Covid-19 e então não podia mais receber visitas. O hospital informou a Teseu sobre o estado de seu pai por telefone. Ele se sentiu impotente. Sem poder visitar o pai, não havia nada que pudesse fazer.

Tentou contato com ele por telefone, mas Egeu não conseguia falar por causa dos aparelhos que o auxiliavam na respiração. Por ser idoso e com o pulmão já comprometido, seu quadro piorou drasticamente. Uma semana depois, ele faleceu. Não houve velório e o caixão estava lacrado. Teseu não conseguiu se despedir do pai. Suas últimas palavras para ele foram *não fala mais comigo*. Nem sequer se lembrava do motivo da briga. Algo besta, provavelmente.

Teseu voltou a si. Saiu das memórias e focou sua atenção no tempo presente à beira do terraço do prédio. Olhou para baixo e respirou fundo. Jogou a foto, agora já desfeita, aos caprichos do vento. Apoiou as mãos no concreto, ao lado de suas pernas, e dobrou ligeiramente os braços para poder pegar impulso. Coração acelerou. Respiração ofegante. Vertigem. Teseu iria começar a fazer força para pular até que um barulho forte chamou sua atenção. Era a porta da saída de incêndio. Alguém mais subiu no terraço.

— Ah... desculpe... não queria... o que você está fazendo aqui?! — perguntou sua vizinha. Nervosa, histérica e ofegante.

— Ah... bem... eu estava... olhando a paisagem, sabe? Aproveitando o silêncio da cidade. São Paulo nunca ficou tão quieta, então decidi aproveitar. Sabe como é, né? — respondeu Teseu, tentando passar tranquilidade. Mas sua voz trêmula e o aspecto físico escancaravam a verdade.

— Hum, sei... — respondeu a vizinha, que estava visivelmente incomodada e confusa. Não sabia o que era pior: uma testemunha de sua escolha ou ter que esperar numa fila para o ato.

Teseu viu a confusão estampada no rosto dela. Sentiu uma mistura de sentimentos. Além de uma certa vergonha, também ficou com raiva pois aquela era a hora de dar um basta em tudo e foi interrompido. Ele, então, olhou para ela com um pouco mais de atenção.

— Ei, você não é do terceiro andar? — perguntou a ela.

— Ah... sim, sou. Você é o cara do apê da frente, né?

— Sim... muito baixo, não é mesmo? — perguntou Teseu de forma melancólica.

— Sim — respondeu a moça, entendendo a retórica. Sabia o significado do *muito baixo*.

A partir daí, os dois ficaram em silêncio por algum tempo. Mas não era daquele tipo de silêncio incômodo e constrangedor. Era uma quietude. Uma serenidade. Já haviam perdido boa parte da resistência um com o outro, pois naquele momento houve uma identificação. Mesmo que mórbida.

Ela se aproxima da beira e senta a dois metros de distância de Teseu.

— Você não vai falar para eu não fazer, né? — perguntou ela.

— Acho que não estou em posição para isso — respondeu com a cabeça baixa.

— Hum...certo — disse ela, retirando um isqueiro do bolso para acender um cigarro que estava preso em sua orelha. Ela deu uma tragada e começou a tossir.

— Não que seja da minha conta, mas isso pode acabar te matando — disse Teseu, com uma leve carga cômica de ironia em sua fala.

Ela olhou para Teseu, terminando de tossir ainda. Teseu olhou de volta, com uma expressão de quem espera para ver se a piada funcionou ou não. No começo, a vizinha não parecia muito receptiva, mas logo começou a rir. Teseu riu junto. As risadas foram aumentando aos poucos, até se transformarem em gargalhadas. Daquelas que vinham de dentro. De doer a barriga. De perder o fôlego. Intensas e sinceras. Não foi pela piada, que obviamente não era das melhores. Foram risadas e gargalhadas há muito sufocadas. Eram gritos de alívio, só que expressados de uma outra forma. Uma forma aleatória, mas espontânea. Diafragmas se movimentando exaltados sem nenhum tipo de controle ou preconceito. Alívio.

— Qual é o seu nome? — perguntou Teseu assim que conseguiu tomar o ar novamente.

— Me chamo Ariadne. E você?

Teseu hesitou por um momento. Uma estranha sensação de conforto e segurança o tomou.

— Olha, que tal um café? Antes de... você sabe. Um último café. O que acha?

Ariadne desviou o olhar para o cigarro. Apagou-o no chão de concreto e o jogou para longe.

— Dane-se. Pode ser. Eu topo um último café — respondeu Ariadne.

Os dois então se levantaram e desceram as escadas até o terceiro andar. O que não sabiam é que este seria apenas o primeiro café.

No dia seguinte, o zelador do prédio estava limpando a calçada. Foi seu dia de sorte, pois havia algumas notas de dinheiro espalhadas na rua. Olhou para cima, para ver se alguém havia deixado cair sem querer. Não viu nada. Apenas o cara do terceiro andar chacoalhando um lençol branco na varanda.

AMABIE

Ricardo R S Pinto

Enfim conseguiria levar o sustento para sua mãe. Esperava ansiosamente seu aniversário chegar, seus tão fadados dezesseis anos. Seria uma enorme comemoração, afinal o governo japonês que autorizou, há alguns anos, que jovens, ao completarem esta idade e que tivessem concluído o curso ginasial, poderiam ser empregados enquanto frequentavam o colégio.

Katsuo teve uma vida sofrida desde pequeno, após o abandono do pai, que fugiu para a capital Wakayama à procura de uma condição melhor de vida. Sua mãe se entregou à prostituição para prover o sustento do filho, e adquiriu algumas doenças sexualmente transmissíveis, incluindo a AIDS. Sua saúde definhava a cada dia. Sem dinheiro e sem possibilidade de trabalhar, Katsuo mantinha uma rotina de estudar, pescar, cuidar da casa e de sua mãe.

Naquela semana, durante a pescaria noturna, viu um ponto distante no mar que se aproximava da costa. Ficou interessado pela descoberta, poderia ter encontrado algo de valor para trocar no mercado da cidade. Seria um grande alívio, afinal os peixes não estavam ajudando naquela noite.

Conforme o ponto se aproximava, Katsuo pôde enxergar melhor os contornos daquela criatura. Parecia ser uma mulher de cabelos longos e uma boca que lembrava um bico de pato, bem comprido. Tinha três pernas ou caudas, possuía o corpo coberto de escamas do pescoço para baixo.

A cidade de Kushimoto era habitada e visitada por muitos pescadores, assim possuía um vasto folclore de mitos e lendas oriundas do mar. Katsuo acreditava estar na presença de uma sereia, conforme um velho pescador brasileiro havia lhe contado durante sua passagem pelo porto.

— Muitos pensamentos para um jovem tão novo. Não sou este ser que você está a pensar. Eu me chamo Amabie — identificou-se a criatura.

— Você fala? — Katsuo estava aterrorizado com a presença daquele ser. Suas pernas estavam bambas, o que impossibilitou sua fuga do local.

— Estranha esta pergunta. Nunca viu um *yōkai* na vida?

Já tinha escutado este termo em contos e lendas do folclore japonês. *Yōkais* são uma classe de criaturas sobrenaturais similares a espíritos, alguns são humanos com características de animais ou o contrário. Na maioria das vezes, são considerados seres bondosos, mas sempre existe uma exceção à regra.

— Venho cumprir meu desígnio como profeta. Trago uma profecia sobre um mal que cairá sobre esta terra. Uma doença surgirá e se propagará por toda a terra, devastando grandes e pequenas nações. A cura será disseminada por aqueles poucos escolhidos, como você, que ao me presenciarem disseminarão ilustrações sobre minha beleza aos enfermos.

— Eu sou apenas um garoto, não tenho como abandonar minha mãe para cumprir sua profecia. Tento salvar apenas ela e mesmo assim não consigo — Katsuo começou a chorar. Não entendia o que estava acontecendo e qual seria seu papel naquela profecia.

— Sorte e fortuna acompanham meus escolhidos. Abra bem seus olhos e se deslumbre com minha beleza — após alguns segundos, Amabie retornou ao mar.

Voltava para casa de mãos abanando. Não conseguira seu tesouro e, assim como o *yōkai*, os peixes haviam desaparecido. Passou pelo mercado do porto, recolheu alguns legumes e restos de comida, aquela seria a refeição que poderia conceder a sua mãe. Na manhã seguinte, sairia em busca de trabalho. Teria a idade para trabalhar e conseguiria dar uma qualidade de vida melhor para sua família, quem sabe até pagar uma consulta médica ou medicamentos para sua mãe.

Não conseguiu pregar os olhos. Toda vez que o sono chegava, junto dele chegava a imagem de Amabie durante o sonho, relembrava sua profecia e a necessidade de desenhar. Revirou a pequena fogueira improvisada no canto da cozinha, pegou um pedaço de carvão e caminhou para a rua. Precisava desenhar o *yōkai*. Pensou em desenhar no muro de sua casa, mas, de acordo com a criatura, a doença se propagaria por todo o Japão. Caminhou até o centro da cidade. Naquele horário, não encontrou nenhuma pessoa além de si vagueando por aquele bairro.

Um enorme edifício sobressaía na praça central. A corporação Kaihn era reconhecida pelo alto desenvolvimento tecnológico nas atividades rurais, sendo a maior produtora de arroz de toda a província. Empregavam um enorme número de trabalhadores daquela cidade, tanto nos escritórios como nos campos de cultivo. Ali seria um ótimo lugar para desenhar a imagem de Amabie. Tinha certeza que o desenho poderia ser visto por várias pessoas. Katsuo retornou para sua casa e conseguiu ter uma boa noite de sono após cumprir sua parte da profecia. Aquela ideia fixa desapareceu de seus sonhos.

Na manhã seguinte, o garoto e a mulher foram acordados por policiais que invadiram sua casa. Não teve tempo de se explicar ou de se despedir de sua mãe. Katsuo foi algemado, jogado dentro de uma viatura e levado para o Departamento de Polícia. Pelo caminho, conseguiu ver, da janela do veículo, que uma câmera de vigilância da praça havia captado um garoto pichando um edifício. Esta notícia estava em todos os telejornais. Na delegacia, foi recebido por um grupo de pessoas que o chamavam de vândalo. As pessoas se aglomeravam na entrada do prédio e exigiam sua prisão.

Por causa de sua idade, um dos policiais utilizou uma blusa para cobrir seu rosto e o acompanhou até uma sala de interrogatório. Ficou ali com seus próprios pensamentos por cerca de quase duas horas.

— Minha mãe me perdoe. Pensei em ajudar e acabei atrapalhando nossa vida — pensava Katsuo. — Maldito *yōkai*, bendita a hora que apareceste na minha frente.

Podia perceber uma grande discussão na sala vizinha. Não conseguia visualizar o que estava ocorrendo, mas podia perceber que algumas pessoas discutiam sobre sua condição. Alguns alegavam que era um santo, enquanto outros continuavam a defender sua prisão por vandalismo. Subitamente, todo aquele alvoroço acabou, a porta fora aberta e um idoso bem vestido entrou na sala. Seu rosto era inexpressivo e, para piorar, usava um par de óculos escuros que impedia as pessoas de verem seus olhos.

Katsuo entrara em uma enorme confusão e agora, ali na sua frente, estava seu juiz e algoz. Pensou em se desculpar, queria retornar até sua mãe, voltar à sua vida humilde. Não sabia por onde começar com as desculpas. De repente, o idoso se ajoelhou à sua frente e lhe agradeceu.

— Desculpa, não sei o que significa, acabei de terminar o curso ginasial — informou Katsuo.

— SRAG ou Síndrome Respiratória Aguda Grave. Após muitos dias lutando pela vida, resolvi trazê-la de volta para descansar em sua terra natal e cumprir seus últimos desejos. Resolvemos passear pelo edifício da empresa que ela ajudou a criar — o idoso retirou os óculos e Katsuo pôde ver seus olhos lacrimejantes. Estava a chorar ao contar aquela história. — Já tinha escutado que algumas pessoas de nossa cidade juravam ter se curado desta doença, que está sendo conhecida como uma doença respiratória grave causada por um vírus, sabia que a cura milagrosa estava relacionada ao seu desenho em nosso edifício. Por isso, não me importei de cumprir os desejos finais de Yumi, afinal, eu gostaria de testar este milagre.

— Só desenhei aquilo por causa de um *yōkai* chamada Amabie. Peço desculpa, mas caso não desenhasse eu não conseguiria dormir e assim não poderia cuidar de minha casa.

— Não se desculpe, pois graças a seu desenho minha esposa está curada. Não tenho nenhuma intenção de acusá-lo de vandalismo. Na verdade, gostaria de lhe prover uma grande recompensa financeira.

— Não ligo para o dinheiro. Já devo ter perdido meu maior tesouro. Minha mãe estava doente e sozinha em casa. Não sei se ainda continua viva após estes dias que estou preso.

Entrou pela sala o delegado responsável por aquele Departamento de Polícia. Era uma pessoa baixa e gorda, com um enorme bigode e cabelos engordurados. Fez uma reverência ao cumprimentar Yoshiaki e se ajoelhou em frente a Katsuo.

— Não devíamos tratar um santo desta forma. Gostaria de lhe pedir desculpa em nome de todos os policiais desta delegacia. Sobre sua mãe, no momento em que você foi detido, enviamos uma ambulância para buscá-la e ela está internada no hospital da cidade. Porém, seu estado de saúde é grave.

Yoshiaki pegou o garoto pelo braço e o arrastou para fora daquela delegacia. Saíram pela porta dos fundos e entraram em um luxuoso veículo.

— Leve-nos rapidamente para o hospital — disse o idoso para o motorista.

Já na chegada ao hospital, Katsuo foi informado que sua mãe havia falecido em decorrência das doenças já adquiridas e sua baixa imunidade causada pelo vírus do HIV. Ela possuía um alto risco de probabilidade de falecimento perante aquela doença respiratória grave causada pelo vírus, sendo que ao adentrar o hospital e ao ficar alguns dias internada, teve contato com outros doentes contaminados pela doença respiratória.

Havia retornado para casa, que agora se encontrava vazia, havia conseguido melhorar sua condição de vida, conseguiu um belo emprego na corporação Kaihn, além de uma bela recompensa financeira. Retornou aonde tudo aquilo começara. Voltou ao porto, desta vez não trazia sua vara de pesca. Estava ali para tentar acertar as contas com aquele que estragara sua vida.

— Apareça, Amabie! Quero que devolva minha mãe — gritava Katsuo.

Gritou durante algumas horas e por fim desistiu, entrou no mar e desapareceu entre as ondas, iria até o inferno para acertar as contas com aquele *yōkai*.

O JUIZ

Déborah S. Carvalho

O Registro de Atividades do Inferno (RAI) é caracterizado por muita movimentação, mas, também, por muita rotina. O julgamento de sempre, a tortura de sempre... o sempre de sempre. A cada 1.000 anos, o Registro ganha uma entrada ligeiramente empolgante. Esta foi anotada pelo demônio Charlie, o "Inglês", que escreveu sobre Caio, o "Peste". Parece nome de demônio, mas Caio era humano. Um humano de 14 anos, dentes tortos, temperamento inflamado e problemas familiares. Típico humano...

Tudo começou quando Caio veio a óbito. Alma suspensa acima da cena de sua própria morte, o humano não teve muito tempo para refletir, pois havia sido sumariamente abduzido pelo demônio mais safado que o Inferno já viu. Antes de chegarem ao local de destino, Caio conseguiu comentar:

— Charlie... esse nome é americano, não é?

— Inglês. Terra dos Beatles, da Rainha, de Shakespeare...

— Demônio tem nacionalidade?

— Claro que não! — respondeu Charlie, que tinha aparência de um *gentleman*, com direito a sobrecasaca e chapéu. Quase se passava por humano nessa forma, não fossem seus olhos vermelhos, suas orelhas pontudas e sua pele com brilho de parafina. Na verdade, Charlie era um camaleão cor sangue de fígado, com asas de morcego e rabo de escorpião. E seu nome nem era Charlie. — Depois de existir por milhares de anos, eu precisava de um *hobby*.

Era meio ator nas horas vagas.

O RAI adverte que, como ator, Charlie é um excelente demônio.

Foi a partir dessa conversa que Charlie passou a chamar Caio de Peste. Ele quase se arrependeu desse sequestro, em particular. Tantos outros meninos morrendo ao mesmo tempo na região, e ele foi pegar justamente o Peste! Destino e Metafísica são assuntos complexos demais para o RAI.

Para "Destino" e "Metafísica" v. A Enciclopédia de Belzebu.

Caio já imaginava que o Inferno era um lugar terrível, mas nem em seus piores pesadelos usaria a palavra "variedade" para se referir a ele. Tinha o já esperado lago de fogo e enxofre, e prisões terríveis de onde, só de chegar à porta, era possível ouvir gritos de gargantas rasgando, em um verdadeiro coral de almas torturadas. De fato, antes de descobrir o que diabos fazia naquele lugar, Charlie deu um *tour* VIP por todas as mais conhecidas regiões infernais. Num paradoxal curto, porém eterno, período de tempo, Caio conheceu do rio Styx ao Hades e ao Tártaro. Foi de um portal com a inscrição "Deixai toda a esperança, vós que entrais!" até os Nove Círculos. Deparou-se com uma terra suja decadente de milênios chamada "Yomi", cuja saída era guardada por um demônio terrível, que tinha aparência de mulher, com as feições poluídas de profanidade.

— Não mexe com Izanami, não, que é problema... — aconselhou Charlie. O *tour* prosseguiu e Caio logo viu que o Inferno era um lugar horrível e confuso. Barulhento e de tortura em alguns lugares, onde os bichos comiam as entranhas e outros demônios quebravam ossos sem parar; silencioso em outros, levando as almas a urrarem de dor em meio ao sombrio e frio vazio. Para toda essa diversidade, havia um ar de familiaridade. Caio reconhecia aqueles lugares e aquelas criaturas porque, de formas menos imaginativas e mais modestas, já os tinha visto antes, quando ainda era vivo.

— Parece que alguém vomitou um livro de Mitologia do Mundo neste lugar! — concluiu o menino ao fim do passeio.

— É porque estamos no século XXI, Peste... é a Era do Relativismo, da Pós-Verdade, do Vale Tudo. Por que você acha que os seres humanos vêm parar no Inferno em primeiro lugar? Pergunta retórica, não responda. O fato é que o Inferno tem essa geografia...

— ...esquizofrênica — completou o menino.

— Eclética! — corrigiu o demônio, habilmente. — Para que as almas se sintam mais *conectadas* a essa nossa terrinha, elas têm que saber que são daqui, e tem que saber que daqui nunca sairão. — Não pela primeira vez, Caio sentiu o medo engolfando seu ser. Algo frio, viscoso e sufocante nas palavras e nos olhos rubros. Não gostava de Charlie. O que esperar de um demônio que não fosse um plano maléfico para fazê-lo sofrer eternamente?

Para "História da Humanidade", "Cultura", "Relativismo" e "Existência". v. A Enciclopédia de Belzebu.

Após a excursão, Charlie e seu pupilo — para não dizer refém — chegaram ao destino final e, por conseguinte, aos motivos por trás do sequestro. Em muitas palavras que não valem o registro, Charlie explicou:

- Caio havia acabado de ser nomeado ao cargo de Juiz do Inferno.
- Um dos juízes, de nome Alastor, havia entrado em greve.
- O motivo da greve foi um comentário infeliz de Charlie.
- "Francamente, Alastor, essa sua exigência por 'almas mais saborosas' é absurda! É como se o seu trabalho fosse vital para o Inferno ou coisa assim..."
- "Qualquer moleque de 14 anos faria o seu trabalho."

Caio se sentou na cadeira de juiz, fazendo de Charlie um demônio muito satisfeito. Não só provaria o quanto estava certo, como provavelmente seria o encarregado da tortura daquele coitado do Alastor que, depois de tantos milênios, esqueceu que o Inferno é uma ditadura, não uma democracia.

Para "Teoria Geral do Estado" v. A Enciclopédia de Belzebu. O RAI informa: "A Tortura de Alastor" ainda não tem data marcada. Mais informações no Registro de Eventos Infernais (REI)

A Sala do Julgamento de Caio, o Peste, parecia mais uma gigantesca sala de espera de dentista, porém sem cadeiras e revistas de fofoca ultrapassadas. Era um cubo branco que parecia não ter começo nem fim, onde o condenado se postava bem no meio, e onde o juiz, sentado à mesa, na qual havia um painel de botões coloridos, fazia seu trabalho. Se tirasse da mente que estava sentenciando uma alma à condenação eterna, parecia mais um trabalho enfadonho de uma repartição pública. É lógico que a Sala do Julgamento não era a única em todo o Inferno. Havia milhares de salas, decoradas de diversos temas, com milhares de demônios exercendo seus respectivos cargos de juízes. De fato, a inscrição no Portal, conhecida na Terra por meio da obra "O Inferno de Dante", é literal. Depois da morte, se caiu no inferno, não há outra opção. A não ser que haja vida novamente.

O verbete "Ressuscitar" não existe mais na Enciclopédia de Belzebu desde aquele *terrível incidente* com "aquele que não pronunciamos o nome"...

— *Jesus*! Que lugar chato do caramba! — Caio exclamou, e o Inferno inteiro sofreu um terremoto que fez sua mesa de juiz rachar ao meio antes de sua grande estreia.

— Ssssshhhh!!! Peste burra do inferno!!! Não pode dizer esse nome aqui! — Charlie admoestou, perdendo o controle de sua forma e virando camaleão por um instante que teria matado Caio de susto se ele já não estivesse mortinho.

O mais novo juiz aprendeu que julgar se uma alma vai "para cima" ou "para baixo" não era atribuição dos demônios, mas do Criador, mais conhecido como Deus.

Para "Deus" v. A Enciclopédia de Belzebu.

Talvez, Charlie estivesse certo no que tangia à simplicidade do trabalho de Alastor. Afinal, as grandes decisões morais (para cima ou para baixo) estavam acima de sua jurisdição. No inferno, não se decidia se a alma ia para um lugar bom ou ruim, mas se a alma ia para um lugar ruim ou um pior ainda.

※※※※※

Caio foi um bom juiz.

Na primeira década, ele hesitava em mandar as almas para as regiões apropriadas aos seus pecados e terríveis naturezas, mas, uma vez que pegou o jeito, apertava os botões do painel, convicto. Toda vez que um botão de seu painel era apertado, o chão sob os pés da alma condenada literalmente se desfazia e a alma era automaticamente enviada a cumprir sua sentença. A Sala era equipada para o mais eficaz julgamento. Antes mesmo de a alma se apresentar ao juiz, este já era devidamente informado de quem era aquela alma por meio de um extenso dossiê de sua vida. O conteúdo do dossiê era absorvido pela mente do juiz em questão de instantes. Uma das conveniências do pós-vida.

Com o tempo, Caio passou a apertar os botões com gosto sempre que uma alma muito imunda vinha poluir a já detestável paisagem tediosa da Sala. Literalmente, mandou para o inferno milhares e milhares de almas. Era tanta gente que, uma vez, Caio se perguntou se o Inferno não ia sofrer com superlotação. Charlie não ficava o tempo todo ao seu lado, pois tinha mais o que fazer. Ainda assim, sendo uma presença constante e aporrinhante, explicou que o inferno não tinha limites. Graças a Lúcifer, o Inferno do século XXI era um Inferno ecumênico, ou, nas palavras de Charlie, *eclético*.

A maioria dos pecados que Caio julgava eram os relacionados à família, o que era uma tarefa de embrulhar o estômago, pois o ser humano capaz de ferir um pai, um filho, um irmão, era capaz de tudo. Por outro lado, isso facilitava as coisas; sentia menos na hora de apertar o botão.

A maioria havia se perdido por mentiras, falcatruas, inveja e maledicência.

Muitos por violência.

Muitos assassinos.

Um número surpreendente de parricidas e fratricidas.

— Só dá Caim e Abel aqui, Peste! — brincou Charlie.

Traidores!

— Judas fez escola... — Charlie gostava de atormentar as almas com apelidos.

Abusadores de tudo o que era espécie. Gente que vendeu até a própria mãe. Nesses casos, Caio apertava o botão e suspirava de alívio. Alguma justiça estava sendo feita. Não era uma boa justiça, mas era a única disponível.

Magistrados também eram julgados.

— Aqui não tem venda de sentença, não!

Políticos corruptos.

— Vai delatar na casa do capeta, seu verme!

E muito, muito mais. No inferno não havia limite. No inferno sempre havia mais.

A lista era longa, a fila do lado de fora da Sala era interminável, e Caio estava cansado de tanta sujeira e de tanto Charlie. Passados quarenta anos em seu cargo de juiz, o menino começou a acreditar que ele tinha a alma tão pútrida quanto a das almas perdidas e que só as julgava porque Charlie era um gênio que entendeu que essa era a verdadeira tortura de Caio. Assistir, impassível, ao banimento das almas, imaginando que um dia chegaria sua vez, pois a sua não era melhor do que a de ninguém. Era um jeito elegante de atormentar uma alma tão nova. Estava tudo submetido à vontade de Charlie, de fato. O Inglês era frívolo, gostava de se divertir e nunca escondeu que, um dia, poderia acabar ficando entediado com Caio. Quando chegasse esse dia, provavelmente iria devorá-lo. Caio fazia seu trabalho, porque era um jeito de controlar a paranoia que o corroía cada vez mais. Chorou, na companhia de um demônio safado que bebeu suas lágrimas, com um sorriso no rosto de parafina e um brilho de prazer nos olhos rubros. Os planos de Charlie iam de vento em popa.

Um dia, o próprio Charlie introduziu uma alma na presença de Caio. Não era uma alma qualquer. Ao ver o pai na Sala, Caio foi assaltado por uma tremenda dor de cabeça e por uma profusão de memórias que lhe violentaram a mente. Lembrou-se de que tinha mãe! Tinha uma vida inteira lá na Terra, que acabou porque Caio não viu aquele caminhão chegando!

O Registro dos Condenados do Inferno (RCI) documenta a história de Caio e seus problemas familiares nos seguintes termos:

Marcus não passava de um bêbado, viciado em jogo, covarde e inútil que, por acaso, era pai de Caio. Aos 10 anos, o menino e a mãe haviam sido abandonados pelo homem. Ele tivera a pachorra de alegar que sua fuga era para "proteger a família". Era óbvio que Caio e a mãe doente não iam ficar em casa, simplesmente esperando para ver se os bandidos, a quem Marcus devia, não iam persegui-los e matá-los, saldando a dívida de alguma forma. Seja na Terra ou no Inferno, nunca é aconselhável contar com a boa vontade de homens cruéis.

Caio passara quatro anos numa terra distante, cuidando da mãe doente. Sem plano de saúde, o remédio era água morna e reza. Os dois entocados num quarto mofado e sem aquecedor, vivendo a miséria, o abandono e a ameaça de morte. Mas a mãe de Caio tinha um corpo forte que sobreviveu à doença. Ela se recuperou, arranjou um emprego e, até o momento em que Caio morreu, os dois estavam bem.

— Eu precisei de você! Mãe precisou de você! Agora, eu não preciso mais. É tarde demais para tentar ser pai — a raiva escorregava por entre os ossos de Caio. Charlie saboreava tudo, satisfeito que seu plano dera tão certo.

— Eu sei... eu sei que não fui um bom pai, sei que te abandonei, e sei que mereço ir para onde estou indo... mas, antes de apertar esse botão, deixe-me dizer: Perdão.

Perdão. Sem justificativas. Sem informar que, em todo o tempo em que estivera longe, amargara o remorso. Sem promessas. Pura e simplesmente: perdão.

Foi nesse momento que Caio foi golpeado pela memória mais importante.

— Pois é, querido Peste. Na hora da sua morte, eu posso ter omitido alguns fatos...

— Cala a boca, Charlie! Eu quero ouvir de você, Marcus! Por que você me salvou? O que você estava fazendo na minha cidade?

Com a garganta atada em nós, o pai confessou.

— Um amigo meu perdeu o filho para a pneumonia. Moleque bonito, saudável, da sua idade. Morreu, assim, sem mais nem menos. Meu amigo ficou devastado, e eu só conseguia pensar que um dia eu tive um filho; um filho lindo e talentoso que eu deixei para trás porque fui um covarde que fugiu porque não conseguia pagar uma dívida de jogo.

Charlie, sabendo que tinha perdido, confessou, gotejando maldade em cima do pai e filho.

A trama com Alastor era verdade.

Realmente tinha ido à Terra buscar um garoto de 14 anos, recém-morto.

Quis o Destino que fosse Caio.

Marcus realmente queria pedir perdão a Caio e à esposa.

Ele morreu no mesmo atropelamento de Caio, tentando salvar a vida do filho e falhando.

— Assim que soube que o homem que tentou salvar sua vida era o pai que você tanto desprezava, eu me movi para que vocês não se encontrassem até a hora certa! Até hoje! Tudo o que eu queria era ver essa sua alminha jovem se corrompendo, para eu poder devorá-la melhor! Alastor vive reclamando da qualidade das almas, e ele está certo! Tão insossas que minha língua poderia cair! Mas você tinha tanto potencial! Esse ódio guardado dentro de você, por causa do seu pai, estava florescendo tão bem! E você, Marcus, seu inseto mal-acabado, resolveu dar uma de santo, justo aqui, no inferno!? Meu plano maravilhoso estava indo tão bem, Peste! Enganei Alastor, botei você para condenar milhares de pessoas por 50 anos, até você se acostumar com isso! Se você tivesse apertado aquele botão agora, você iria para o inferno junto com seu pai! E eu ia devorar sua alma cheia de ódio!

Amor e perdão (quem diria!) frustraram os planos do demônio.

A Enciclopédia de Belzebu ensina sobre "Tempo": uma unidade que muda no Inferno. Em termos terrestres, Caio esteve morto por apenas 2 minutos e 59 segundos. No Inferno, isso foi equivalente a 50 longos anos.

Há certas coisas que nem os demônios mais precavidos e maquiavélicos, feito Charlie, poderiam prever. Em meio àquela cena insólita, constituída de um pai arrependido, um filho machucado e um demônio perverso, algo aconteceu. A isto se deu a entrada no RAI. Nunca um humano ganhou um cargo de juiz no inferno, como também nunca um pai e um filho morreram praticamente ao mesmo tempo e voltaram à vida praticamente ao mesmo tempo.

Contam-se casos de pessoas que morreram por alguns minutos (3 minutos é o recorde máximo) e voltaram à vida. Essas pessoas nunca se lembram do que passou nesse confuso tempo. Raras vezes, voltam à Terra com algumas lembranças, nunca coerentes o bastante para formar uma história que faça sentido a ponto de ser considerada verídica.

A última coisa que Charlie disse, antes de perder de vista as almas de Caio e Marcus, que se desfaziam em luz diante de si, foi: "NÃO!". A última coisa que Caio fez, antes de sair de vez do Inferno, foi abraçar o pai. Ao entender que aquele homem que o abandonara morreu dando a vida pelo filho, Caio o perdoou. Não sabia se depois daquilo iria para o Céu. Não sabia se Charlie iria devorar sua alma e a do pai. Apenas sabia que tinha que abraçar aquele homem.

Para "Perdão" e "Catarse", não veja a Enciclopédia de Belzebu. Não tem nada disso lá.

Depois do que pareceu uma viagem eterna e vertiginosa, as almas de Caio e Marcus atingiram, violentas como raios, os dois corpos estendidos sobre o pavimento. A cena toda era caótica. O motorista do caminhão estava ao telefone; uma comoção se formando, e uma sirene de ambulância que soava, indicando que estava chegando. Caio despertou, atordoado. Não viu ninguém, somente o pai. Não se lembrava do Inferno, não se lembrava de Charlie, mas se lembrava do pai, do abandono e de um sentimento de perdão que lhe dizia que as coisas iam ficar boas.

Marcus e o filho foram levados ao hospital. Caio, mesmo que tivesse morrido por uns minutos, não tinha um arranhão. Realmente tinha sido salvo pelo pai e, quem vai dizer, por Deus, que, talvez, possa ter planejado a coisa toda de uma forma muito mais bela e complexa do que o causador de confusões do Charlie. Marcus ainda ficou em coma durante meses. Caio e a mãe o vigiavam no hospital diariamente. Esse tempo fez com que tanto Caio quanto a mãe redescobrissem o amor que tinham pelo homem. Um dia, Marcus despertou do coma, apertou filho e mulher contra o peito, pediu perdão uma vez mais e não se atreveu a dizer que era um homem mudado. Não se atreveu a fazer uma promessa.

Mesmo tendo cumprido todas, para o resto de sua vida.

※※❦※※

A última frase da entrada sobre "Caio, o Peste" no RAI é esta: "Deus escreve errado por linhas que o inferno acerta".

NAARA, A SEMENTE DE YGGDRASIL

Raquel Cantarelli

Levou um tempo até Naara se recuperar. Ergueu-se lentamente, soltou um gemido doloroso quando os vergões em todo o corpo pareciam gritar, enquanto derramavam sangue. Quando se sentou, percebeu apenas que não mais sentia o contato de suas roupas íntimas. Haviam desaparecido, assim como seus pertences e sua inocência. Seus agressores a tinham abandonado ali para morrer.

Lembrou-se vagamente das palavras de sua mãe, pedindo para que ela fosse direto para casa depois da aula de História. Mas ela adorava o estudo de Mitologia e não recusou o convite dos amigos quando a convidaram para ir até a casa de um deles buscar o livro que haviam adquirido recentemente. Na cidade de Nova Xavantina, não havia biblioteca. Agora, Naara não tinha nada.

Revolta e ódio eram as únicas coisas que se permitia possuir, e essas, ela tinha em abundância. Por alguma razão, sentiu que eram as únicas coisas no mundo de que realmente precisava naquele momento, pois combinadas, a revolta e o ódio, se transformaram em desejo de vingança.

E como ela desejou... tanto e tão forte que cerrou os punhos e os dentes no momento em que sentiu o fogo sair pelos olhos ao fixar a visão ao seu redor, freneticamente, os olhos tentando se concentrar na luz do ocaso, e ficou aliviada quando encontrou no chão, a poucos metros de onde estava, uma semente ainda fumegante, trazida por um arco-íris de cores e odores que jamais imaginou existir.

Sentiu uma dor aguda no abdome e, depois de apanhar a semente, colocou-a sobre a ferida, lembrando-se de que havia sido apunhalada por um dos agressores. Doía, mas assim que o calor da semente a tocou, a ferida cicatrizou.

Ainda insegura nos passos, Naara caminhou até a margem do Rio das Mortes, como fizera muitas vezes antes. Lavou-se e tirou o excesso de areia e sangue do corpo e caiu de joelhos.

Raramente falava com Deus, mas quando o céu escureceu de vez, rezou para conseguir encontrar um lugar seguro o suficiente naquela cidade desolada, antes de ser atacada outra vez. Já tinha sangue demais na garganta e na consciência.

Depois de caminhar por mais de dois quilômetros, Naara chegou a uma praça na parte antiga da cidade, onde ficava a igrejinha. Parecia perfeita, agradeceu por não ter de passar a noite ao relento. Procurou uma árvore e não encontrou, tentou forçar a porta da igreja, sem sucesso. Cansada, deitou-se aos pés de um arbusto e, com a semente na mão, desejou sentir-se segura.

Quando o sono começou a dominá-la, Naara começou a sentir alguns tremores. Eram diferentes do que já estava acostumada. Era como se algo estivesse se agitando sob sua pele. Mas não durou muito. Quando caiu em sono mais profundo, foi como se ela estivesse derretendo, seu corpo se transformava em água e corria em direção à terra seca até encontrar-se com a semente e penetrá-la.

A semente então brotou, transformando-se numa árvore parruda, com tronco volumoso, nove grandes galhos e três raízes fortes e profundas. Naquele instante, Naara tinha consciência de que era a própria seiva bruta a correr e se contorcer, perambular e convulsionar enquanto percorria as raízes, o tronco e os galhos da árvore, fundindo-se uma, duas vezes, cada vez mais rápido. Em certo momento, foi sugada para um dos galhos e perdeu os sentidos.

Quando acordou, estava em um lugar estranho, com densa névoa e sons esquisitos. Amedrontada, sentou-se no chão e ficou ali, tremendo de frio, esperando que alguma fera a atacasse.

Não precisou esperar muito. Fixou o olhar e percebeu que os sons vinham de um poço. Não era um poço qualquer. Ele borbulhava e mais parecia uma sopa em ebulição, o que fez o estômago de Naara reclamar de fome.

A princípio, não conseguiu ver o que a havia atingido, sentiu apenas o golpe que a arremessou para longe. Gritou de dor quando o corpo todo se chocou com o poço e teve espasmos e convulsões. Mas o que veio a seguir produziu uma agonia insuportável. Um enorme dragão surgiu em meio à névoa e lançou fogo sobre ela, queimando-a quase por inteiro. Naara fechou os olhos com força e cerrou os dentes, tentando concentrar a mente, desviá-la da dor excruciante que irradiava de todo o seu corpo, tentando escapar.

— Ora, ora, ora... o que temos aqui? Não veio roubar minha água, não é?

Só podia ser um pesadelo, pensou Naara, mas por que então doía tanto? Um dragão falante?

— Diga-me, garota... o que veio fazer em Niflheim, o mundo da Névoa?

O pavor a impediu de responder. Sua pele ondulava e se torcia, seus braços e pernas se contorcendo, ossos estalando enquanto as costas se arqueavam para frente e ela se apertava e se debatia enlouquecida pela dor. Num impulso desesperado, mergulhou no poço.

Naara ouviu um último som e sentiu o bafo quente do dragão e, com um pensamento, rezou para acordar mais uma vez. Em seguida, não suportando mais a dor, mergulhou na escuridão.

Como já havia ocorrido antes, foi sugada para dentro da árvore. A árvore, porém, que antes parecia adormecida, nasceu diferente dentro de Naara e ela acordou no estado e forma de seiva que compartilhava anteriormente com a árvore, embora alguma coisa lhe parecesse diferente.

Estava consciente de algum modo. Parecia exagerado dizer que ela e a árvore compartilhavam a consciência, assim como faziam com o corpo e o tronco, pois a árvore em si parecia ser insana e malvada. Naara desejava apenas o ódio e a morte. Queria existir apenas para se vingar. Era seu único instinto, seu único propósito.

Naara se encontrou novamente presa dentro da árvore e a árvore, por sua vez, estava de alguma forma presa à Naara, compartilhando sua consciência e sabedoria. Uma simbiose sinistra e ao mesmo tempo perfeita.

Por alguma razão, Naara passou a ter plena ciência, estava totalmente presente, ainda que fosse impotente para influenciar ou controlar a árvore em que se transformara. Era mais que inacreditável a sensação de não ser nada além de um joguete, forçada e empurrada de galho em galho, a bel-prazer da árvore perversa.

Tentou por várias vezes fazer com que a árvore parasse de subjugá-la, concentrou sua mente e reuniu cada gota de força de vontade com o objetivo de parar a árvore, porém, seus esforços foram em vão. A árvore a atirou novamente para outro galho. Por fim, acabou por desistir de lutar e se entregou por completo. Se não podia refrear essa coisa vil que a possuía, decidiu que aprenderia com ela.

Assim, emergiu de sua prisão, outra vez em carne e osso, sedenta de sangue, tão somente para se ver presa nas masmorras da casa dos deuses. Estava em Asgard. Nas terras de Odin, este, o soberano do lugar, ordenou que Naara fosse sacrificada e enviada para a casa dos mortos desonestos, um lugar cheio de ladrões e assassinos, um dos galhos da árvore, que agora ela sabia que se chamava Yggdrasil.

Ao chegar a Hel, o Reino dos Mortos, foi sacrificada naquela mesma noite e quase não acreditou quando despertou em Jotunheim, o Reino dos Gigantes.

Com eles, aprendeu a pescar, nadou nos grandes lagos e rios até se perder numa floresta densa e escura.

Naara sentia que estava se transformando. Alguma coisa dentro de sua mente estava se moldando. Já não era seiva bruta. Ganhava novas formas e a cada vez que renascia em um novo galho, sua raiva e sede de vingança pareciam diminuir.

Outra vez no interior de um novo galho, foi lançada para Vanaheim, o Reino dos Vanir. Ali, testemunhou a magia de seu povo e com eles aprendeu a prever o futuro. Quando voltou para a árvore, Naara sentiu-se flor.

Mais leve e mais fraca, Naara partiu para outro galho e desta vez acordou em Alfheim, a Casa dos Elfos. Estes seres inacreditáveis eram verdadeiros anjos da guarda que a fizeram sorrir e cantar, antes que o sono a dominasse outra vez.

No oitavo galho em que se encontrou, Naara teve a sensação de que estava mais forte. A árvore Yggdrasil não parecia mais querer dominá-la e ela conseguiu se prender com segurança até saltar direto para Svartalfheim, o Reino dos Anões.

Uma vez ali, visitou suas casas, escondidas em meio às rochas e dentro das cavernas e até mesmo no subsolo. Eram um povo muito amável e gentil. Quando chegou a hora de ir embora, ela ganhou um presente. Uma minúscula semente que, segundo eles, a protegeria para sempre.

Quando, por fim, a árvore Yggdrasil a libertou, Naara se recolheu ao lugar escuro dentro de si e revisitou suas vontades, seus desejos de vingança e brincou com seus sonhos. Decidiu perdoar e perdoar-se. Conseguiu descansar e sentir a paz que já imaginava perdida.

Amanheceu. Uma chuva fina tocou suavemente as faces rosadas de Naara. Ela era um fruto e estava ainda presa na ponta de um dos galhos: o nono galho de Yggdrasil. Finalmente havia chegado a Midgard, o Reino dos Seres Humanos.

Um facho de luz do sol irrompeu pelas folhas de Yggdrasil e iluminaram Naara. Acordada, sentiu outra vez cada músculo, cada osso berrando como se tivessem sido abertos ao meio e depois, de alguma forma, restituídos — o que, para seu espanto, de fato acontecera.

Naara pendeu-se da árvore, atingida pelos ventos. Enquanto descia suave, soube que se haviam passado nove noites completas, seu coração trespassado pela lança e oferecido a Odin. Ela mesma o havia oferecido.

Caiu e tocou o chão.

Estava em pé, sentiu-se forte.

Havia amadurecido, agora era uma mulher.

Altiva, andou na direção de seu destino, sabendo que a semente que carregava consigo era Yggdrasil e que ela, Naara, permaneceria em Yggdrasil também. Em seu interior, sentia o pulsar de todo o bem e de todo o mal do mundo e agora, consciente, poderia escolher o que germinar.

O DESTINO DE SETH

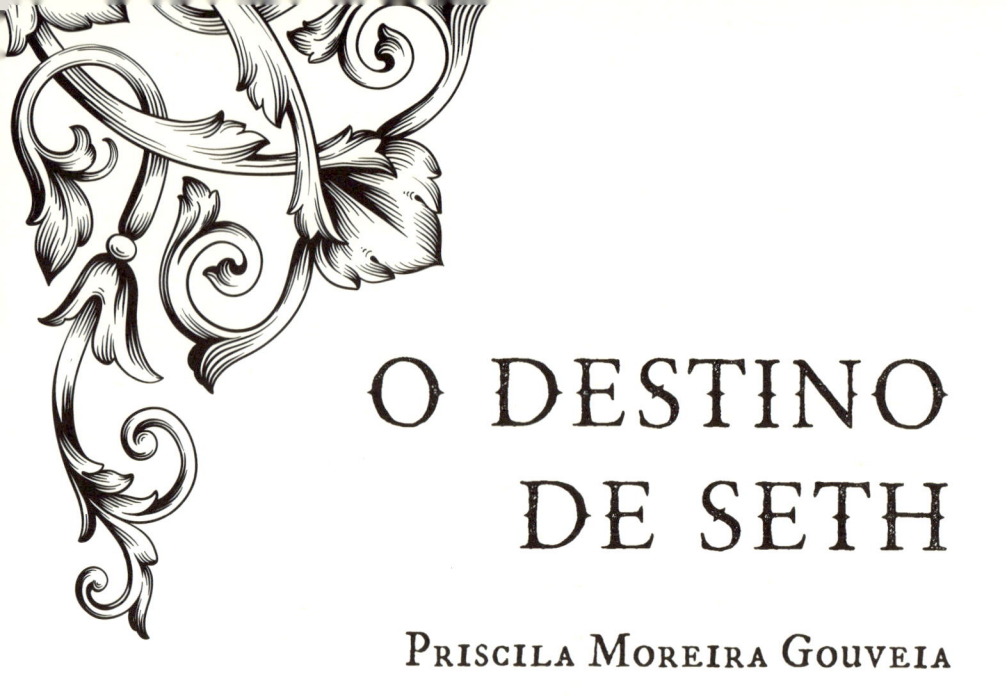

Priscila Moreira Gouveia

Um rumor estranho rondava os bares, *pubs* e cavernas do mundo oculto ultimamente. Andavam comentando sobre certo arranjo feito em plena luz do dia. Uns diziam: "Isso é bobagem. O poder já não existe mais. O mundo é feito de homens e ratos apenas". Mas, para outros, esse pensamento incauto podia custar caro. Deuses não faziam tratos. Você já viu monstros conversando? Já viu feras sentadas em mesas de negociação? Os mais prevenidos preferiam observar para depois opinar. Mas a verdade escondida sob sete chaves é que de fato fora firmada uma coalizão. Na Nova Terra, como eles chamavam, mitos eram apenas isso: coisas esquecidas no passado, deixadas para os livros folclóricos e para as festas à fantasia. Muitos se deixaram levar pela força do esquecimento, pela ojeriza ao novo e, de fato, tantos seres outrora magnânimos acabaram se tornando humanos ou simplesmente deixaram de existir diante da força da baixa autoestima. Aqueles que não padeciam de tais fraquezas psicológicas viram no amanhã uma oportunidade. Seth era um destes oportunistas. Sua ideia era arregimentar uma coalizão, um complexo de forças capaz de lhe garantir domínio sobre a humanidade. Seu alvo, muitos pensavam, seria o norte da África e o sudoeste asiático, afinal, o que faria Seth em outro lugar que não fosse o Oriente Médio?

Pobres almas estas que desconheciam a megalomania do deus egípcio do Caos. Por que beber do Nilo se ele podia transformar a Terra inteira em seu quintal? Mas Seth não fora sempre assim. A ideia de equilíbrio sempre circundou sua mente perturbada. "O cosmo necessita do caos", é o que ele acreditava. Hórus, seu nêmesis, representava a verdade de sua crença. A agoniante obsessão de Hórus com a manutenção da ordem apenas era vista aos olhos de Seth como uma doença, um caso clássico de Transtorno Obsessivo Compulsivo (TOC), porém um transtorno necessário, pois sem Seth o que seria de Hórus? Com quem travaria suas neuróticas guerras psicológicas?

Este foi seu pensamento até o dia em que Loki cruzou seu caminho, ou melhor dizendo, cruzou o caminho de Hórus. O deus nórdico, bêbado, irresponsável, mendicante, entregue aos vícios e ao ópio, perdido entre quase overdoses, matou Hórus enquanto este dormia. Invadiu seu palácio apenas para urinar em sua grama. Vendo Hórus descansando à beira de sua piscina, pensou: "Um homem com cabeça de falcão! Que coisa abominável! Eu deveria cortá-la!". E ele a cortou. Apanhou a tesoura de jardinagem do pomposo Hórus e arrancou-lhe a cabeça. Esse fato, claro, tornou-se de conhecimento público, de deuses a mantícoras. Considerando que não existe ser mais fofoqueiro que uma mantícora, todo o mundo soube: Hórus morrera nas mãos de um bêbado sujo de urina, sem luta, sem guerra, sem drama.

A morte pode ser bastante enlouquecedora para quem permanece. Seth não suportou a perda de Hórus. "O equilíbrio estava arruinado", ele pensou. A loucura dominou-lhe o coração e os impulsos. Mais tarde, as más línguas comentaram: sabiam que alguém roubou o Olho de Rá do defunto Hórus? Quem teria levado novamente seu olho esquerdo? Seth foi visto um tempo depois com uma joia bastante peculiar numa gargantilha cravejada de diamantes e ossos.

O plano do deus do Caos era simples: destruir. Não havia um depois. Não havia um propósito como: "Irei destruir a humanidade e reconstruí-la da melhor forma possível!". Não. Ele apenas queria destruir tudo porque este era seu desejo. "Se um deus imbecil de Asgard pôde degolar um falcão à beira da piscina, por que não posso degolar todos os homens?". Foi aí que o plano foi iniciado. Seth precisava de aliados fortes e que ele acreditava serem tão tolos que o seguiriam mesmo sem entender muito bem o que estavam fazendo.

O recrutamento começou com os semideuses gregos remanescentes, aqueles que não sucumbiram ao estrelato nem à morte. Todos os heróis estavam moralmente mortos, então foi fácil recrutar os demais. Semideuses são sempre assim: eternamente insatisfeitos por não serem completos e detentores da arrogância dos salvadores. A ganância de tais criaturas foi um prato cheio nas mãos de Seth. Esta seria sua infantaria, os que ele jogaria ao fogo primeiro, mas, antes de qualquer movimento, era preciso informação. As passarelas de moda estavam repletas de *banshees*, sempre comunicativas, já não falavam mais sobre a morte, mas sim sobre drinks, dietas e vidas. A estes seres, na atualidade sempre ávidas por sugar a vida que parecia escorrer por seus saltos em cada desfile, Seth ofereceu *resorts* exclusivos no novo mundo, no mundo que ele criaria. Elas aceitaram satisfeitíssimas. Seriam então suas informantes. Estavam sempre em festas repletas de riqueza e ostentação, integravam círculos de alta cúpula em nível transnacional, podiam então fornecer-lhe um arsenal em termos de dados importantes sobre políticos, empresários, jogadores e todo tipo de gente.

A movimentação do deus despeitado não passou despercebida.

"Eu sabia exatamente quem ele era quando me casei", dizia Sigyn, esposa de um Loki desaparecido há quase três semanas. "Sabe, Fenrir, um enteado meu disse que eu jamais deveria ter me casado com seu pai. Você acredita? Como um filho diz isso do pai? Bom, sei que Loki não é flor que se cheire... sabe como o chamam naquele livro velho, o Gylfaginning? O chamam de 'caluniador de deuses'! Mas um filho falar mal do pai... já não é demais?!" Os lamentos de Sigyn enchiam os ouvidos de uma pobre e abandonada *bartender*. "Eu entendo. Seu marido não parece peça boa, mas tenho que ir embora. Meu turno acabou e daqui a meia hora tenho que estar em outro lugar. Tenho outro emprego, sabe... fico numa *lan house* até duas da manhã, dia sim, dia não. Por isso eu realmente tenho que ir, senhora. Preciso fechar o bar".

Sigyn estava devastada. Montou em Sleipnir, seu aliado e único enteado que lhe tinha consideração, e cavalgou tropegamente até sua casa. Loki nunca desaparecera por tanto tempo. Mas não era este o principal problema. Ouvira por algo tenebroso, algo realmente terrível: ouvira que Loki matara alguém em quem não deveria ter tocado. Sigyn não sabia se era verdade ou se se tratava de um deus, uma besta ou um homem, mas sabia que algo seu marido fizera. Seus pressentimentos não falhavam. Com esta agonia em seu peito, decidiu que não aguentava mais esperar. Iria atrás de respostas.

Nos primeiros raios de sol, Sigyn acordou. Sonhara com Valhala, o incrível e abandonado salão dos mortos. No sonho, Loki a perseguia e tentava machucá-la, até que escorregava no próprio suor e caía como um tolo, quebrando o pescoço na queda. "Que tolo sonho." Loki estava morto. Ela descobriria tal verdade em apenas algumas horas. Thor avisou que chegaria em algumas horas, sem lhe dizer o porquê.

A morte de Loki, no entanto, era um fato desconhecido apenas para sua esposa, aparentemente. Nephthys, irmã e esposa de Seth, conhecia os movimentos de seu marido. Sempre o observava da escuridão. Seus olhos estavam em todos os locais onde a luz não chegasse. Era fácil ver tudo que seu marido fazia. Era fácil e nauseante. Seth e Nephthys não se separaram como a maioria de seus parentes. As más línguas disseram que a bruxa estava solta no século XX para os relacionamentos dos deuses egípcios, mas este caos matrimonial não chegou aos portões de sua casa. Não foi amor ou luxúria que fez o casamento continuar. Não foi o peso da história deles dois ou mero companheirismo que os fez ficarem juntos. Não foi nada disso. Seth não desejaria jamais separar-se de Nephthys. Ela representava para Seth o resto de sua sanidade e o ciúme que este possuía da esposa jamais permitiria que ele abrisse mão dela. Ele nunca a amou. Seus sentimentos mesclavam-se entre a posse e a admiração, mas amor não é algo que coubesse no coração de Seth. Nephthys, por outro lado, amara o marido muito tempo atrás. Ela o traíra, é verdade, mas não por paixão. A esterilidade de Seth e seu desejo por ter filhos não lhe deixou outra saída. O tempo passou, espalhado em milênios, e o seu amor por Seth desapareceu, mas não a culpa. Anúbis era o retrato de sua traição e este lembrete vivo fez com que Nephthys fosse incapaz de deixar o marido, mesmo que dia após dia o rejeitasse mais. Nojo era o que sentia. Não existia outra palavra para definir seus sentimentos mais verdadeiros. Recentemente, inclusive, soube que o marido matara um deus nórdico: Loki. Como se isso não fosse suficiente, ultimamente parecia estar se preparando para uma guerra ou para tornar-se um empreendedor do novo mundo: arregimentava soldados como um pastor junta fiéis.

Nephthys sabia que a hora chegara. Ísis sentiu a irmã chamando seus pensamentos. O que seria? Há décadas não se falavam. "Ísis, eu preciso de você". Não foi preciso mais do que esse pensamento e as irmãs estavam juntas novamente.

Enquanto isso, os planos de Seth, que na realidade até agora não traçara nenhuma estratégia de valor, pareciam fluir como o vento. Já sabia quais eram os principais círculos milionários do mundo. Já instalara seus asseclas semideuses em diversos subempregos por todo o planeta: motoristas, guarda-costas, garçons, empregados de todos os tipos, seus agentes infiltrados em mansões e palácios, prontos para obedecer cegamente o que o senhor da terra vermelha ordenasse. Um de seus principais soldados, no entanto, não era um semideus, mas um deusinho de baixa hierarquia: Herictônio, filho de Atena e Hefesto. O pobre carente, epítome da rejeição, era um prato a ser saboreado por Seth. Cumpria todas as ordens sem rejeitar, sem questionar, sem duvidar. Apenas almejando um sorriso, um cumprimento, uma confirmação de seu Seth. Além do abandonado Herictônio, seu outro escravo moral era Zagreu. Nascido do incesto, fadado a carregar a cruz da violação materna, Zagreu tinha sérios problemas com a figura paterna. Quem melhor que o deus do Caos, então, para suprir patologicamente esse espaço afetivo?

Era assim que Seth operava, identificando almas frágeis e sugando-lhe o bom senso, quando havia algum para ser sugado. Era fácil. Seth finalmente considerava-se pronto. Posicionara seus obedientes cães em todos os núcleos do mundo: de bordéis a quartéis. Era hora de traçar sua estratégia de destruição.

Foi numa manhã de sábado que o mundo quase acabou. Seth decidira, após toda uma noite rabiscando seus possíveis fins do mundo, que deveria envenenar toda a água do planeta. Usaria sangue de anfisbenas dissolvido em barragens. Nada é mais venenoso. Assim poderia observar a humanidade padecer lentamente sob seus olhos. Nada seria mais revigorante.

"Seth, você perdeu o jeito." A voz surgiu de lugar nenhum. Seth, que estivera absorto em divagações genocidas, pareceu retornar à realidade. Nephthys entrou no quarto do marido, assustando-o. "O que você faz aqui? Há séculos que não te vejo durante o dia, minha deusa da noite." "Você perdeu o jeito, Seth", ela repetiu, ignorando o comentário do outro.

"O que você quer dizer com isso? Tenho certeza de que andou me espionando. Nunca perde essa mania!"

"Não o espiono. Eu cuido do você. E percebo que o tempo não lhe fez bem. Sua vingança parece lenta e sem graça, amigo." Seth estranhou um pouco que a esposa o chamasse de "amigo", mas seu estranhamento durou pouco. Sentiu-se intimamente ofendido pelo que a outra dissera. Como podia dizer para o deus egípcio do Caos que sua vingança era tola?! Qual seria então sua ideia de vingança apropriada? Em seu afã por afrontar a mulher, não percebeu a estranheza da situação. Sua esposa jamais participara antes de seus ardis de natureza duvidosa.

"O que você quer dizer? Quem reclama de algo deve no mínimo apresentar alguma sugestão. Se bem que você não é exatamente a rainha das soluções, ó, querida esposa. Sua irmã que o diga..." O coração da mulher apertou ao ouvir aquelas palavras cruéis, porém, isso não a impediu de continuar em sua missão.

"Mate Thor antes de sua guerra começar." Ela disse simplesmente. Seth precisou de um segundo para entender a brilhante perversidade das palavras da esposa. Loki fora para Thor o que Hórus fora para Seth: seu eterno rival, o outro lado de sua moeda, seu equilíbrio neste mundo. Claro! Era brilhante! Era asquerosamente genial! Não existe melhor vingança que derramar o sangue de um familiar. Ísis parada em frente a Seth, fingindo ser sua irmã gêmea Nephthys, a pedido desta, naquele segundo constatava: mais uma vez conseguira enganar Seth.

"Mulher, você é maravilhosa!" Seth então beijou os lábios de Ísis, pensando estar beijando sua esposa, e saiu de seus aposentos absolutamente satisfeito. Alguns segundos depois, Nephthys surge da escuridão perdida em algum canto do universo. "Você conseguiu, irmã. Você o enganou." Ísis apenas olhou para a irmã com compaixão e perguntou: "Eu não entendo. Ele matou Loki pela morte de Hórus. Por que ainda quer se vingar?". Nephthys então baixou os olhos e respondeu: "É a natureza dele, irmã. Ele é o próprio caos. Assim como não há como tirar a luz do sol, não há como tirar o mal de Seth". Ao ouvir tais palavras, Ísis apenas disse: "Eu entendo. De todo jeito, agora o que está feito, está feito".

E estava.

Seth caminhou para a morte.

Herictônio avisara ao seu senhor que Thor chegara à cidade naquela manhã. A cunhada, Sigyn, fora buscá-lo no aeroporto. Mas que maravilha! Seth sentia-se abençoado por este *timing* perfeito! Além de liquidar o irmão, ainda faria bom uso da viúva e depois a mandaria para o Tártaro ou para onde quer que esse pessoal de Asgard fosse enviado no pós-vida! Seth não precisou esperar muito para concretizar seu encontro com Thor. Dirigiu-se à casa de Sigyn. Seus informantes lhe passaram o endereço com presteza máxima. Ali seria o palco ideal. Estava com pressa. A vingança nunca foi fria. Deveria ser servida quente como o sangue de um deus.

Tocou cinicamente a campainha da residência do defunto Loki. Mas não chegou a ver a porta abrir. De repente, ela estava na sua frente e depois não estava mais. Sentiu o cheiro de grama. Algo roçou em seu rosto. Estava deitado no chão? Seus olhos desfocados então conseguiram ver: seu corpo ainda estava ali em frente a porta de Sigyn. Então, como podia estar deitado em sua grama?

Seth teve o encontro que queria. Em seus últimos segundos, pôde perceber: estava certo. Loki fora para Thor o que Hórus fora para ele próprio e, como pensou: Não existe melhor vingança que derramar o sangue de um familiar. Só não pensou que o sangue derramado seria o seu.

A CASA NO FIM DO RIACHO

Felipe M. Oliveira

A bem da verdade, para o povo do interior, os três eram um só.
Era um santo, fazia milagres e os acudia na vida cotidiana.

I

O ano era 1925. Murilo morava em Curitiba, capital paranaense, mas foi encontrar o restante da família no interior do estado. Filho único, acompanhou os pais na demorada viagem de trem até a pequena cidade para o velório de sua avó.

Quando chegaram na casa de madeira do bairro rural a meia hora daquela cidadezinha na região dos Campos Gerais, já havia cerca de vinte pessoas velando o corpo na sala de entrada. Sua falecida avó fora colocada em um caixão no meio do cômodo com uma vela grande de cada lado e uma cruz de Jesus Cristo logo atrás. Em suas mãos, foi enrolado um rosário com contas de madeira e uma medalhinha de Nossa Senhora das Brotas.

Todos os parentes estavam desolados. Tia Dete derramava lágrimas junto de murmúrios baixos ao lado do caixão. Tio João, mais contido, recebia os vizinhos e os amigos mais próximos que haviam vindo para o velório. O pesado clima fúnebre contagiava todo mundo, pois não havia se passado nem um ano desde que, naquela mesma sala, todos estiveram reunidos para o velório do avô.

Seu primo Gustavo, de cinco anos, corria pra lá e pra cá. Quatro anos mais velho, Murilo não tinha paciência para ser pajem da criança pequena, mas seu pai o mandou levar o menino mais novo consigo para fora da casa, a fim de que brincassem e não incomodassem os adultos. Era outono e, naquele início de maio, o vento gelado se fazia presente ao longo de todo o dia.

Murilo não gostava do frio. Olhou persuasivo para sua mãe, num sinal de súplica, mas ela se agachou ao lado dele, repreendendo-o:

— Mu, não contrarie seu pai. Ele já está muito triste pela perda da vovó. Custa brincar um pouquinho com seu primo?

— Tá bom, mãe... tô indo. Vem, Gu... vamos chutar bola.

A chácara de sua avó ficava aos pés de uma serra, onde a mata se ligava ao início de um grande paredão de rocha em tons escuros que se estendia de leste a oeste, parecendo não ter fim. A casa de madeira se encontrava em um descampado, no meio de um bosque rodeado por diversas árvores, das quais Murilo conhecia apenas a imbuia e o pinheiro. Esta última possuía um tronco muito alto, esticando os galhos em coroas que se assemelhavam a braços abertos acima da mata e, como recompensa pela sua busca incessante para ficar mais perto do sol, aquela árvore produzia uma deliciosa semente chamada pinhão, que anualmente era derrubada naturalmente de sua copa.

Os dois garotos desceram os degraus da varanda e se dirigiram ao gramado na frente da casa. Foram brincar perto do grande pinheiro que já derrubava sementes ao redor.

Murilo adorava comer pinhão. Todo ano, quando visitava os avós naquele período, saía com eles e com seus pais para coletar no chão as sementes caídas dos pinheiros. Juntavam galhos secos e faziam uma fogueira onde jogavam os pinhões para serem assados e imediatamente comidos. Ano passado já havia sido triste sem o seu avô, e agora sem a avó ele não sabia se continuariam voltando lá como antes.

Perdido em seus pensamentos, Murilo foi desperto por uma bolada na cabeça. Olhou para o primo, que se esbaldava em gargalhadas, daquelas que pessoas mais velhas nunca ousariam emitir em um velório. O garoto compreendia que a pequena criança não possuía discernimento do que estava acontecendo ali naquele momento. Ele se abaixou, pegou a bola e a chutou para longe da casa:

— Vai lá, Gu! Duvido você trazer a bola de volta rápido como um trem!

Enquanto o pequeno correu atrás da bola incentivado pelo desafiador primo mais velho, Murilo se abaixou para juntar alguns pinhões. Ao levantar a cabeça, divisou ao longe uma forma difusa que se movia rapidamente pelos pequenos morros da região.

Olhou novamente, identificando novos contornos naquela forma que, agora mais próxima, assemelhava-se a um homem velho com barba branca, talvez um andarilho vindo da cidade. Entretanto, o garoto sabia que as pessoas geralmente caminhavam pela estrada, e não pelo meio dos campos dentro das propriedades dos outros.

O menino fechou e esfregou bem os olhos e, ao abri-los, não viu nada além de pasto, pinheiros e outras árvores. Ele achou que podia ter imaginado coisas, reflexo da bolada na cabeça que acabara de sofrer.

Gustavo havia voltado:

— Chuta a bola, Mu! Chuta!

Antes de chutar, Murilo olhou novamente para onde acreditava ter visto algo estranho. Novamente não enxergou nenhum velho de barba branca. Convencido de que tudo não havia passado de sua imaginação, foi brincar com o primo.

II

O preguiçoso sol do outono esboçava seus primeiros raios quando Murilo finalmente se levantou após uma difícil noite de sono, pois na sala da casa ainda estavam velando o corpo da avó. Era uma estranha sensação de dor e saudade.

Precisava caminhar ao ar livre. Estar na casa da avó somente fazia as lembranças voltarem. Vestiu a roupa, calçou os sapatos e lavou o rosto em uma bacia com água. Na sala, tia Dete ainda chorava e soluçava. Ouviu o pai dizer para o tio:

— Foi ali na mata que eu vi São João Maria quando criança.

— Os antigos contam que ele andava por estes lados antes de ter ido pro Contestado — respondeu o tio.

— Vocês dois ainda com esse mito? — interpelou a mãe de Murilo — Não é hora e nem lugar pra isso!

Escondido, o menino se esgueirou pela cozinha, pegou um pedaço de pão adormecido, colocou-o no bolso e saiu porta afora sem ninguém ver. Estava muito frio. Murilo atravessou o gramado e se dirigiu à trilha que levava ao meio da mata, uma que usava para buscar os pinhões junto de sua família.

Caminhou lembrando de momentos bons, observando as folhas secas, o balançar das copas das árvores e o barulho dos pássaros que cantavam no início da fria manhã de outono. O sol tornou a se esconder atrás das nuvens, ludibriando quem esperava um dia luminoso. Assim, a trilha da mata ficou na penumbra e o garoto caminhou por um longo tempo.

Seu estômago roncou.

Abaixou-se, pegou o pão e começou a comer, derramando migalhas ao redor. Lembrou de sua última refeição, um pouco de sopa de galinha com mandioca antes do anoitecer no dia anterior. Murilo não gostava de carne de galinha. Comia todo dia.

De pé novamente, o garoto percebeu uma trilha que se dirigia ao imenso paredão de rocha. "Nunca notei essa trilha. Não parece ser nova. Até onde será que ela vai?".

Muito afastado da casa da falecida avó, a atração imatura do menino para com o desconhecido se sobrepôs ao frio, à penumbra e à prudência. Decidido, pôs-se a caminhar pela misteriosa trilha estreita, repleta de folhas no chão e com a mata exibindo galhos mais densos do que no caminho principal, que se estendiam em direção ao garoto, por vezes arranhando roupas e rosto. A trilha inclinava levemente para cima em direção ao gigantesco paredão de rocha escura. A cada nova mordida no pão, mais migalhas caíam. A cada passo dado, mais o céu escurecia e nuvens assustadoras se juntavam num turbilhão sombrio.

III

Passado um longo tempo, Murilo chegou ao sopé do paredão rochoso. Olhou para cima e não conseguiu enxergar o topo.

Entre a mata e o paredão, havia uma clareira de alguns metros de distância, e só então o menino se deu conta do terror daquela escuridão no céu. O vento gelado soprava sem parar, fazendo-o desejar estar debaixo das cobertas olhando toda aquela tormenta pela janela, com chocolate quente numa caneca e as presenças reconfortantes de seu pai e sua mãe.

O vento aumentou, um clarão se deu ao longe e, em segundos que demoraram uma eternidade, veio o ribombar de um trovão.

Murilo se assustou e decidiu voltar para casa. Ao dar o primeiro passo de volta, percebeu que a trilha havia desaparecido, dando lugar a uma mistura de retorcidos arbustos labirínticos, medonhas ervas daninhas e árvores escuras que pareciam não estar ali minutos antes.

Outro clarão, seguido de outro trovão.

Com um assovio alto, agudo e contínuo, o vento surgiu em uma golfada forte, trazendo consigo folhas secas, poeira e todo tipo de material que se podia encontrar no piso da floresta.

Murilo buscou novamente qualquer sinal da trilha, mas não encontrou nada. Amedrontado, sentou-se no chão e esperou.

Após o terceiro relâmpago veio a tempestade, numa torrente de água que mais parecia uma furiosa cachoeira vinda do céu. Em poucos minutos, toda a roupa do menino estava encharcada.

Além da chuva e da ventania, havia a escuridão, aquele pesadelo sem forma nem cor vindo de dentro da floresta, de cima dos céus e do paredão rochoso, fazendo o coração do menino acelerar. Não importava a direção na qual olhasse, os braços negros da mata ensandecida pareciam tentar agarrar seus pés, braços e cabeça. Em lufadas constantes, rajadas de vento jogavam água em seu rosto, fazendo-o engasgar-se. Cambaleou para trás, caiu e bateu com a cabeça numa pedra do chão.

Ao olhar para a floresta negra e retorcida, viu sair de dentro dela um felino grande e negro, que o encarava com penetrantes olhos alaranjados. Reunindo suas últimas forças, Murilo disparou em direção ao paredão.

Ao ver o menino em debandada, a pantera atacou.

Murilo correu debaixo do aguaceiro, tropeçando e escorregando, mas não parou. Chegou rapidamente ao sopé do paredão e se enfiou por uma fenda estreita, não sem antes sentir uma garra arranhar seu ombro esquerdo. Com um grito de dor, olhou para trás e viu o soturno animal se debatendo em urros selvagens, preso na fenda da rocha sem poder alcançá-lo.

Confinado num espaço de pouco mais de um metro de comprimento, o menino tinha o paredão rochoso de um lado, o predador assassino de outro e uma furiosa tempestade acima que fazia ricochetear torrentes de água gélida e torturante.

Em meio à tormenta do aguaceiro incessante, quando já não aguentava mais, percebeu um vulto passar rapidamente por trás da pantera selvagem. Em seguida, o garoto estremeceu e lentamente seu consciente foi se perdendo de encontro ao escuro.

IV

Quando acordou, desperto pelo sol da tarde, Murilo estava deitado sobre folhas úmidas em meio à clareira na base do paredão de rocha. A tempestade havia passado, mas uma forte dor na nuca ainda o incomodava.

Olhou para o lado e se assustou ao ver o mesmo homem velho com barba branca que havia enxergado no descampado no dia anterior. O homem parecia mais idoso que o seu falecido avô e transparecia um olhar profundo e cansado.

O misterioso indivíduo permaneceu sentado em um pedaço caído de tronco de árvore, com as pernas cruzadas na altura dos calcanhares e as mãos unidas abraçando as pernas. Magro, parecendo um mendigo, usava roupas rústicas e um chapéu esquisito sem abas. Vestia calças surradas, com as barras na altura das panturrilhas e uma camisa xadrez de manga comprida desabotoada por cima de outra mais simples. Nos pés, calçava apenas um chinelo de dedos. Seu cabelo era curto e volumoso, mas uma barba grossa e branca descia quadrada até pouco abaixo do pescoço.

O velho mantinha consigo um pequeno cajado de madeira depositado no tronco de árvore, uma panela com ervas, um pequeno bule e um copo, todos de latão. Depois do susto inicial, Murilo sentiu paz e segurança na presença daquele homem de olhar profundo.

Apesar do recente temporal, o garoto percebeu que não só as roupas do velho estavam secas, como também o gramado no chão ao redor de onde ele estava não dava sinais de ter sido molhado, parecendo que as gotas da chuva haviam desviado de sua existência. Murilo tentou se levantar, mas, além da dor de cabeça, sentiu uma fisgada no local onde as garras do animal haviam-no cortado:

— Ai! Meu ombro!

Uma atadura tosca havia sido amarrada em seu ombro sobre um punhado de ervas escuras cozidas. De onde estava, o velho falou com voz rouca, mas não muito grave:

— *Calma, guri. Já tá quase sarando.*

— Quem é o senhor? — Murilo perguntou, desconfiado.

— *Só um velho que muito vê, pouco fala, mas alguma coisa sempre consegue fazer. Em meus 188 anos, vi linhas de burros pretos de ferro carregando gente na terra e também águias de aço carregando gente no ar! Gafanhotos de asas de ferro perigosíssimos, deitando as cidades por terra! Mas ainda há muito o que se ver, há sim! Um dia, uma cobra preta cruzará toda a região e engolirá muita gente, e por ela só caminharão pés de borracha. Chegará o dia*

em que as mulheres tomarão uso da vestimenta dos homens, e que filhos e filhas não obedecerão a seus pais! Mas esses dias ainda não chegaram.
— Não entendi nada. Por que o senhor está falando isso?
— *Porque o que eu falo acontece, guri. E, durante o que falei, você sarou. Pode ir.*

Murilo colocou a mão direita na nuca e no ombro e realmente a dor havia passado.
— O senhor fez alguma coisa?
— *Alguma coisa eu sempre consigo fazer.*
— Não sei por onde voltar... a trilha desapareceu.
— *Ora, menino. Basta seguir margeando o pequeno riacho que, ainda antes do sol se pôr, estará na casa da sua falecida avó.*
— Riacho? Mas não há riacho aqui!

O homem velho de barba branca e volumosa levantou-se, pegou o cajado de madeira e se dirigiu ao paredão. Encostou o ouvido na rocha, esperou um pouco, mas logo se decidiu. Levantou o cajado e rapidamente o desceu de uma só vez contra o muro de pedra escura, num baque agudo que ecoou na mata. Do local, surgiu uma nascente de água límpida, jorrando num jato saído de uma pequena fenda na rocha.

Após tocar o chão, a água rapidamente contornou obstáculos como galhos secos, pedras e arbustos, serpenteando mata adentro. Por fim, o homem velho alertou:
— *O pequeno riacho! Rápido! Siga-o e não olhe pra trás!*

Assim, Murilo correu para a mata e seguiu a água do riacho com pressa, sem olhar para trás, conforme orientado. No percurso, encontrou as migalhas secas do pão que havia comido pela manhã. O caminho margeando o riacho não era difícil, com pouquíssimos arbustos ou galhos que o incomodassem. Durante a corrida, também percebeu que havia se esquecido de agradecer ao velho homem que o ajudara. Mais ainda: não havia nem perguntado o nome do andarilho.

V

Quando o menino chegou à casa do sítio, a Lua começava a subir em um canto do horizonte e o Sol a se pôr em outro. No peculiar crepúsculo, o céu estrelado foi pano de fundo para a chegada da família de Murilo. Sua mãe o encontrou na escadaria da varanda:

— Oi, Mu! Acabamos de voltar do enterro da vovó. Tia Dete tá mais tranquila. Vamos fazer uma janta aqui e reunir toda a família, já que foi nesta casa que vivemos tantas lembranças boas. Anda, menino! Vai tomar um banho, pois pelo visto você teve uma aventura e tanto catando pinhão!

Murilo não disse nada. Apenas deu em sua mãe o abraço mais apertado de toda a sua vida.

ALÉM DA METADE

Maria de Fátima Moreira Sampaio

Após regurgitar seus filhos, Cronos, deus do tempo, chorou. Odiava seu pai. Por esta razão, tinha seu trono como um troféu na guerra para viver e não perder seu poder. O céu finalmente era seu. Custou-lhe apenas um segundo. Um único momento, fruto da fúria e do medo por seu pai, Urano.

O céu e a terra choravam a perda dos filhos de Gaia e desde então de seu útero saíam lágrimas em forma de sangue todos os meses.

A dor causava alívio para seu remorso e Cronos era erguido ao posto de patrono de todos os tempos, que o faziam senhor ordeiro da sequência dos acontecimentos.

Entretanto, algo o atormentava: repelido por seu pai, ele ainda não o havia matado dentro de si. Nem mesmo depois que a ele o fim levou.

A maldição de seu pai não durou mais que uma única geração. Em sua alma, permaneciam resquícios daquele que dentro de si não morria. Um lixo em nome das vidas que ele abominou fez assim definhar sua vontade de prosseguir. Um deus em lamento quase agouro, vaticínio buscando alforria em nome das gerações que por hora não viveriam.

A cruz do tempo que aos dois arrastava por terem sido assim feitos um do outro ainda pesava sobre suas agruras.

Em suas lembranças, não havia nada a celebrar. Nada a lamentar senão a liberdade de extinguir um mal que, para si, um alvo apontava em riste, como a fazer célere o tempo que ainda a ele restava.

Debaixo das águas vindas do Olimpo, elas todas sagradas como a vida que corria sem fim, Cronos banhava suas mágoas de deus dividido. Uma metade em pranto; outra em luto, ainda não extinta.

Sobre sua cabeça, a condenação dos irmãos que saberiam a hora de colocá-lo diante do próprio engano de estar vivo.

Cronos estava sozinho. Como sozinha era a deusa da multidão, Pálaces. Ela também vagava em meio ao ébrio corredor dos desafortunados na casa de marfim do Olimpo. Pálaces vestia-se de risos e a todos suas dezenas de mãos atirava para entregar-lhes o amistoso abraço que de verdade ocultava.

Cronos ria das lembranças da deusa amante e amiga que o confundia com um mortal asilado em seu manto.

Cronos estava ressabiado. Dividia sua visão com a de seus filhos devorados. Desde então, o medo o mantinha fora do sagrado ofício de viver em paz.

Sob as mãos de Moros, a morte era seu destino. Mas o tempo não convidava o luto em suas chagas abertas. Ninguém passava sem rumo. A vida deveria estar presente no banquete das feridas expostas em regras claras após a morte: não há perdas na sobrevivência das batalhas e sim apenas aqueles que não tiveram forças suficientes para continuar.

Cronos levou o pai à morte, mas a sua ausência não o libertou. Nem mesmo as preces pagãs o vento até ele as fez chegar.

Parecia agora apenas mais um karma sobre o qual teria que se render: às sobras do parto que um dia dele se livrou. Sem par, sem exércitos, nem sequer palácios para repousar, ele vivia seus dias. Estes agora em franca exaltação aos próprios demônios que o corroíam. A angústia da sedução pela inveja, a fome de luxúria agora feito erva o alimentava em seu tempo frio.

Precisava de companhia quando sua tristeza era a única a não ir embora.

Enquanto chorava, asas de borboleta o aqueciam. Era Edonê, a deusa do prazer, que a ele sua beleza oferecia. Ofertou-lhe sua juventude, a fonte de sua beleza, e até fecunda se dispôs a ser. Cronos a repugnou e a enviou para o esquecimento como fez consigo mesmo para não desfalecer.

As dores e os espíritos femininos o dilaceravam diante da frieza de sua percepção e minavam suas forças agora quase nostálgicas.

Cronos zarpava da vida, do prazer, assim como fugia de si mesmo e da própria estória que deixou de escrever.

Mas seu é o tempo de todos os feitos do fazer. A vida, o fim, o prazer e o desfazer eram dele. A si cabia o ato de juntar e multiplicar o que não lhe fosse conveniente para o ciclo da vida viver.

Quase sem alento, Cronos pôs-se a rejuvenescer. Atirando pragas e engolindo alguns antílopes para alimentar sua face e músculos, ele parecia aos poucos sobreviver.

Sem par ou harmonia, Cronos vagava em meio à folia de vícios que ser um deus lhe concedia. Enquanto sua alma adoecia, seu corpo em pé ainda se mantinha.

Onde ficaria a fina e estética estrutura da dor que traz lágrimas sob a luz do anoitecer?

Sua alegria estava dilacerada. Permanecia presente e persistente como uma alegoria antes do fim do amor.

Ouviu falar das penitências, perdões impuros em troca de favores da carne, a moeda do corpo em uso.

Agora havia penas e dissabores e teria ele que beber o asco e infligir a si mesmo os devidos castigos.

Cronos previu seu próprio fim. Como as asas das ninfas que cansam e fenecem sem alimento do sexo, ele estava consumido pela própria névoa do seu inverno feito de paredes de carnes vivas em crateras de carnaval.

Mas sua honra e seus méritos não poderiam estar em dúvida diante de Genesys, a deusa de todas as vidas com quem ele iria se encontrar no dia do fim de seus atos.

Seus filhos estavam perdidos na loucura de Gaia, que incendiou as próprias mamas enquanto seus filhos a sufocavam em seu ventre com fome.

Pela maldição de Urano, elas permaneceriam ali a jorrar em forma de leito as dores das mortais que ousassem não procriar.

Ao atar as correntes da tortura de Urano, Cronos criou sua própria cela do inferno ao qual se mortificou.

Logo após seu nascimento, sua mãe o escondeu para sobreviver da fúria paterna e parece que dali jamais saiu.

Ao entregar ao pai a pedra em seu lugar, sua mãe também entregou seu coração, o que o impedia de amar.

O perdão não era um dito entre deuses. A valentia e a brutal capacidade para sobreviver além dos vendavais e dilúvios fazia parte dos tempos que o calendário contou.

Seu pai o teria vencido? Andou sobre séculos sob os ares da vitória e agora se deixou envolver pelas lembranças? Ou saudades?

É possível amar o que nunca esteve vivo dentro de você? Perguntava-se, aflito. Um amor é capaz de sobreviver ao fato de não ter existido? A ilusão imortaliza a razão?

Estava devastado e, alucinando, viu chegarem seus filhos a rasgarem seus olhos para que deles não esquecesse.

Aos deuses, os maiores fardos eram dados ao preço da sua imortalidade, beleza, força, sagacidade. Mas a alma pertence a um Olimpo no qual apenas um deus reinava: a real e total felicidade.

As Moiras! Poderiam ser elas sua salvação! Aquietar uma alma crua e se redimir perante Nêmesis, que o aguardava com sua espada cravejada de olhos de titãs.

A elas imploraria para subtrair a passagem dos dias de agonia e dor.

Cronos as encontrou entre o dia, a noite e o tecer da madrugada, onde bordavam fios tenazes entre cada passo dado em cadafalsos que fabricavam.

Estavam em três cores diferentes que simbolizavam a curva do destino de cada um: aos deuses régios, a cor amarela de ouro, fortuna e saúde; àqueles etéreos, a cor lúgubre lilás, que apenas em alguns momentos satisfaz àqueles que emergem das valas do remorso; a terceira cor era a noite mais longa do universo e a ela estavam condenados todos aqueles que teciam o fio mais curto do dia: o erro evitável. Assim, sem luzes, ao reino pútrido das sombras estaria o deus destinado.

Ao chegar, seu olhar foi levado pelas Moiras ao terceiro destino. Mas em seu íntimo ele já adivinhava seu fardo.

Cronos rogou às Moiras que, em sua roda da fortuna, modificassem seu destino impregnando-o do que considerava sua maior riqueza: viver o tempo em total paz. Nada mais.

Argumentou sua aflição, que sua comoção não o deixava jamais.

Implorou por sua compaixão, por comiseração.

Havia o remorso, mas também agora outro inimigo: Kairós. Talvez o maior de todos. Uma ameaça real e eterna porque ouviu dizer que sua divindade era absolutamente mordaz. De nada dependia.

Kairós pertencia aos deuses e mortais. Representava a alma em chamas, a própria existência que pulsa perante a vida e a morte mais que eterna.

Era o dono do tempo não mensurável. Da astúcia da oportunidade. Daquilo que não se pode ver, mas que só os sentidos apurados podem perceber, antever e descrever. Estava impune a julgamentos, e não estava disposto a conciliações e medições em tempos encardidos.

Cronos não conseguia entender a própria adoração por um tempo que não poderia ser visto, medido ou apurado. Kairós para eles representava apenas um meio termo de um calendário caótico, sem ordem.

Kairós estava agora sob a mesa, exposto ao banquete dos signos que aos deuses importava: o respeito e o medo pelas coisas consideradas eternas, mas que por serem etéreas, estavam intocáveis.

Eis que Kairós definia o que era divino, apropriado, oportuno, definitivamente celestial.

Cronos estava ardido mais uma vez em ódio. Decepou as Moiras em seus próprios fios de seda, que transformou em lâminas de diamante. Crucificou a primeira na roda do tempo, a outra em uma bússola gigante no portal do monte Olimpo e a terceira ofereceu em pratos apetitosos com vinho que jorravam das montanhas em forma de cristais.

O conflito em Cronos estava revestido da inveja, a mais pura que reveste as entranhas, a mais cega das vestes.

Nem Ftono, nem o próprio Caos, nenhum deus seria suficientemente grande diante de sua insatisfação.

Tempo, oportunidade, ocasião, palavras fora da poesia que é beleza na métrica, nos dias que contavam as horas, na vida e na aurora que somavam a existência, não poderiam ser subjugadas diante de uma razão que os dedos não contavam, que as asas não sobrevoavam, nem pés os alcançavam.

Ser ou não ser linear não poderia ser a questão. Ele não estava deus à toa. O tempo e sua má gestão o sufocavam. As dores da invisibilidade eram laços traiçoeiros que o sufocariam diante da esculpida invídia.

A destreza e a inteligência estavam em julgamento e o sucesso só seria alcançado com o escárnio de todos perante a derrota de Kairós.

Utilizaria o argumento de que a pouca ou nenhuma praticidade é o que caracteriza ou torna a oportunidade o que é: apenas uma associação fugaz.

O agir deve incidir sobre a retidão do pensamento, da vontade. Não há nada impreciso que perdure, que resolva e que não possa ser a chama do tempo a contar no calendário das glórias de um deus.

Cronos havia perdido o rumo. Absorto em sua profunda angústia, percebia suas forças outra vez esvaecendo, pondo fim ao seu tormento, mas também ao seu júbilo de vitórias.

Em seu banquete convidou Apolo para que, com sua beleza e, principalmente, com sua afinidade e régua de razão, aportasse como um fiel escudeiro à oportunidade que, por hora, imperava como nova ordem. Cronos resolveu assim chamar à palavra, Kairós.

Não suportava sua leveza, a falta de melancolia, seus passos gigantes e pequeninos com os quais se sentava e andava sobre a mesa a conferir os olhares rudes e as belezas de ninfas que o convidavam ao deleite.

Em seus pensamentos, a sua decomposição cheirava ao leito das virgens de Évens, as primeiras deusas de Régia, deusa das princesas. Ele o mataria ao nascer do sol, antes da próxima áurea manhã. Enfim, ele duraria o tempo do fim de suas horas. E necessariamente seria apenas uma rara oportunidade, com o cuidado de sua reputada razão.

Kairós olhou-o firmemente, como apontando seu desprezo e por certo adivinhando seus pensamentos mortais.

Durante certo tempo seus olhares se encontraram no infinito, tempo de cada um desejando a pedra de âmbar, para enfim selar a sorte de cada um.

Neste momento, as mãos de Apolo, o mais belo dos deuses, em cada um cravou a espada da devassidão. Com os dois corações em punho, ofereceu beleza e esplendor aos dois em lide, ou a morte de um Narciso em si mesmo ferido por não conseguir aceitar a beleza com a qual a natureza os havia servido.

Em seu relato profético, avisou-os que trazia a beleza, mas também a fúria, a poesia, mas a peste dele também fazia parte. Que a justiça em suas decisões calava e que aos seus rebanhos uma colheita os aguardava.

Era não apenas sorte, mas as pedras do caminho da maldição ou da eterna juventude que os atiravam todos os dias sobre a felicidade ou as feridas que aos deuses eram servidas.

Por fim, Apolo jogou os dois no Oceano, o maior lago dos mortais que lá provasse do limite de tempo da vida imortal.

Deixou-os chegar à beira da morte para fazê-los compreender que entre o Caos, os céus e a terra não há nada que a vaidade não vá fenecer.

Apolo, o deus da beleza, que por si só era a própria beleza que Narciso não conseguiu ver.

Cada tempo em seu limite. Cada deus em Olimpo.

Apenas os olhos da alma no final podem aos dois conter.

GLÓRIA

Tiago Soares

— Pois, do contrário, que eu morra de novo! — foi a fala inusitada do capitão, o brado que motivou esta história a ser contada. Afinal, o capitão não era louco, mas morto — e que belo paradoxo! — seu tema era vivo, pois negociava a glória com a morte.

O capitão não precisava angariar investimentos para a sua última empreitada, o que era bom, pois jamais ousaria buscá-los com investidores, pelo simples fato de estes requisitarem coisas estúpidas como garantias. Ele precisava de pessoas, e sabia, a partir do que desejava, quem deveria procurar e onde procurá-las. Acreditava que o que pensava deveria ser dito e, para tanto, precisava de pessoas que o escutassem, nem que fosse para rir dele ao final. Não se importava com risadas. Ele próprio não dava nenhuma.

Buscou o melhor lugar para fazer isso, que é em meio a trabalhadores comuns, oriundos de famílias comuns, em meio a seus afazeres comuns. Em adegas é que se encontram os mais justos homens, a bebericar bom vinho após honesto labor. Com a pressa que urgiu, falou a todos em direto, da maneira mais sutil que pôde. Virou um barril vazio de ponta-cabeça, pondo-se a subir nele sem peias nem barreiras, a se apoiar num indivíduo delgado, que o olhava de um jeito desconfiado, mas respeitoso.

— Meus velhos, a questão que vos apresento será direta. Trata-se de glória! Embarcarei numa jornada mitológica, na qual homens não comuns não ousariam adentrar. Apenas homens comuns — os mais excepcionais que habitam este mundo — é que são capazes de me seguir. A glória, nada é mais nobre! Qual aqui almejar isto, levante a mão e brade comigo seu desejo. Estarei aqui para recebê-los. Nada mais preciso dizer! Pois, do contrário, que eu morra de novo!

Ao descer do barril e olhar ao redor, o capitão pasmado notou que ninguém lhe dera ouvidos, nem mesmo para rir. O tempo da descida foi o suficiente para todos os olhos lhe serem desviados, a restar apenas um olhar a desafiá-lo. O dito magro que lhe servira de apoio na subida ao barril lhe disse que se quisesse a confiança daqueles homens, a abordagem deveria de ser outra, em absoluto. Enquanto dizia isso, o capitão distribuía a atenção entre o que ele falava e o que ele havia feito, uma caricatura sua em cima do barril, com traços precisos.

— Você — disse o capitão, será imprescindível em minha jornada.
— A seguir o conselho deste homem, após conversa em particular com cada qual e com as promessas devidamente apresentadas, muitos aceitaram ser a tripulação do navio, não com servidão motivada por discurso inflamado, mas com a paga adequada de profissionais contratados, neste caso, a promessa de glória. Algumas semanas depois, zarpou o navio pela madrugada sem que ninguém o visse, atrás de seu objetivo, não detalhadamente ainda entendido pelos seus tripulantes, que foram selecionados para as respectivas tarefas de maneira inusitada, como o meteorologista que disse em entrevista ser bom caçador de ratos e o cozinheiro, que cozinhava mal, mas sabia cantar alegres canções. O capitão, sempre soturno em terra, levantava muitos questionamentos em todos a bordo pelo sério motivo de não ser visto desde a partida, no que o julgavam sempre encerrado em sua cabine.

Ao avançar caminho, a tripulação finalmente percebeu num pasmo apalermado que o capitão não estava a bordo. Iniciariam as buscas por toda a extensão da grandiosa embarcação a velas, no que passada toda uma tarde a buscar o capitão, deram-no por desaparecido e começaram a sondar outra estranha questão. Como o navio estava a ser conduzido desde o porto? Começava por ser revelado o mistério da promessa de glória do capitão. Aquilo era inusitado, nunca antes visto, no que entenderam todos que as glórias consistem, normalmente, em ocasiões deste tipo. Opções havia, como alguém tomar o comando do navio e voltar ao porto, ou alguém tomar o comando e guiá-lo em sua expedição. Mas qual seria ela? Entretanto, essas opções se mostravam cada vez mais desnecessárias, haja vista que o navio em momento algum pareceu simplesmente à deriva. Ele fazia, pois, suas manobras, suas correções de rota, desviava de eventuais impactos e tudo mais que fosse necessário para um prosseguimento tranquilo da expedição. Tomados de medo, mas norteados pela glória prometida, deixaram-na seguir, a fantástica embarcação não comandada.

O consenso foi unânime: deixar o navio seguir adiante e estar alerta unicamente a colisões, a ser esta a única possibilidade de algum deles desviá-lo. Na verdade, haveria de ter outro motivo. O mesmo orgulho que leva milhões de almas ao inferno haveria de levar mais algumas do navio, pois a ambição é onívora, buscando se saciar com todo tipo de gente. Não tardou para que ambicionassem glória além da pretendida antes, no que consequentemente não tardou para que começassem, cada qual por si, a especular uma forma de tomar o controle da situação e colher, adiante, os frutos de uma viagem sem precedentes. O trecho de um poema épico norteia o entendimento do que se deu a seguir.

> De terras tão belas era o navio cruento,
> No que a princípio se imagina ou se sonha,
> Era guiado tão só pelo vento.
> Sua brava história de navegação se proclama,
> Mas só seus tripulantes alcançaram tal tento.
> Buscaram sucesso e para si toda fama,
> Morreram, portanto, em labor bem sangrento.

A glória prometida tornou-se então ideal,
Mas não desejavam a glória para sua terra;
Buscavam para si esplendor individual
Mas seria da pátria a glória mais bela;
O capitão que em navio se transformava, afinal,
Lenda maior neste mundo ainda se espera;
Pois a glória almejada era para Portugal.

Mal sabiam eles, então, o capitão não havia desaparecido, sendo ele o próprio glorioso navio que os levava. A forja do primeiro império global caberia a Portugal e aquela viagem, a partir da predestinação heroica do capitão, garantiria o início disso. À tripulação, bastava entenderem. O roteiro imaginado por eles era o mais variado, mas em todos, o final era o mesmo: chegar ao porto como o único tripulante do navio depois de livrar-se dos demais, tornar-se dono da embarcação por mérito de sobrevivente e contar então a história que bem desejasse, com todos os outros tripulantes perpetuamente impedidos de reivindicar a sua parcela de verdade. Em sua parte humana, o capitão se ressentia em sua falha na escolha daqueles homens, pois julgou-os erroneamente, ao achar que a virtude da decência não era algo tão faltoso entre os inteiramente homens. Entretanto, sabia também que bastava que um deles desejasse honestamente honrar antes a pátria do que a si próprio, no que entendia que tudo no mundo era preservado por um pequeno punhado de homens que tinham a audácia de não serem como a maioria.

Um dos tripulantes era destes raros homens, pois enquanto os outros tramavam entre si, este primeiro permanecia dentro de sua função, por sorte do capitão, a única que viria a ser imprescindível para a meta estabelecida. Já o cozinheiro cantante foi o primeiro a morrer. Ele, que desejava armar maneira de arremessar todos ao mar, para os tubarões que seguiam o navio quando desprezados em água restos de frangos e peixes, foi isca de sua própria trama.

— Rebentai vossas barrigas, amigos. Vinde ao banquete! — dizia aos tubarões.

Foi-se então o primeiro, morto de ironia, pela maneira que desejava matar. Os demais, ao perceberem que eram tanto assassinos quanto assassinados em potencial, pouparam os meios criativos da empreitada, entregando-se à selvageria, com porretes, machados e, claro, os bons e velhos punhos e pés. De chutes nos fundilhos a machadadas na cabeça, o navio avançava, fazia contornos, traçava rumos inimagináveis. O empenho em matar e sobreviver era tamanho que não perceberam a estratégia ousada de um dos tripulantes, que era a de trabalhar, tão discreto era, tanto em costume quanto em aparência. Sujeito mofino e esquálido, de semblante cansado e castigado pelo tempo, que abrigava olhos quase encobertos pelo peso das pálpebras rugosas e pesadas. Esse seu excesso de pele por sobre os olhos, se extirpado, revelaria olhos absolutamente aguçados, exigência do ofício. Não tardou para apenas este estar vivo no navio, que seguiu seu caminho, imponente e majestoso, banhado agora de sangue, o que fazia quadro único com a luz crepuscular, no lusco-fusco do entardecer.

Seguiu o sujeito a trabalhar, à sua maneira, a princípio, com poucas paragens a descansar e a comer, no que perdeu a noção das semanas até que percebesse que o navio tomava sozinho o caminho de volta de onde partiu. A glória chegava! Quando o porto se tornou visível ao horizonte, o único sobrevivente a bordo pensou que tudo estaria por acabar. E estava, mas não da forma imaginada. A uma distância que podia ser visível do continente, o navio começou por perder força ao recolher suas velas, até praticamente completa paragem. Feito isto, iniciou um vagaroso processo de afundar, no que o tripulante, no impulso mais honesto e modesto, depositou sua energia vital em salvar o seu trabalho no lugar de sua vida. Às pressas, no acontecer dos fatos é que pôde entender o que o capitão lhes dissera antes de embarcarem. De alguma forma, agora ele entendia a proposta do capitão e estava disposto a vivê-la, a morrer por ela. Entendeu, então, que não se vive pela glória, mas se morre por ela.

O último instante se aproximava, no que pouco do navio sobrara ainda visível acima d'água. O tripulante solitário saberia que em breve seria absorvido pela força colossal da água a puxar o que estivesse ao seu entorno, mas, ao entender tudo, isso não o incomodava, tampouco o impulsionava a tentar se afastar no navio para buscar salvar sua vida. Se sobrevivesse, a glória seria dele, o que não deveria acontecer. No último instante, uma gaivota audaciosa e desinformada pousara no cimo do mastro maior, perto de onde se agarrava o tripulante, a esperar o derradeiro final. Ao vê-la, deu-se conta de que ele fora o único que não matara ninguém naquela viagem, no que a agarrou pelas patas e buscou afundá-la junto. Esta, bicou e feriu a mão do sujeito, que, já com o rosto submerso e o braço levantado como única parte não imersa, ao sentir o sangue quente a lhe escorrer punho abaixo, soltou-a por fim, deixando-a viva.

Em terra, as pessoas buscavam entender aquilo e os que seguiam em direção ao navio não tinham esperanças de encontrar ninguém, pois, estranhamente, nenhum bote salva-vidas baixara, o que não apontava para sobreviventes. Encontraram, pois, uma coisa a boiar, no que reconheceram como um embrulho tosco feito de tecido grosso e lonas, para proteger o conteúdo, fosse qual fosse. "Deve ser imediatamente entregue ao Rei", estava registrado no embrulho, com uma caligrafia bonita, embora tremida, o que indicava habilidade manual de quem escreveu, mas, também, alguma aflição.

Passado algum tempo deste dia determinante para o país, um monumento em forma de navio fora erguido em homenagem àquele que afundara, do qual não sabiam nada, a não ser seu nome, visto enquanto se perdia. Nome que ficara eternizado no monumento e no imaginário, em letras garrafais: CAPITÃO AVEIRO. Era um patrimônio como herança do passado para manter viva e transmitir o mito às gerações porvir. O conteúdo entregue ao Rei, uma vasta quantidade de mapas, perfeitamente desenhados, que nas navegações reais seguintes mostraram o que seriam rotas comerciais nunca antes exploradas para Ásia, África e outros continentes ainda desconhecidos, com caminhos nunca antes desvendados ou sequer sonhados. O último tripulante era um exímio desenhista e cartógrafo, justo aquele que caricaturara o capitão na adega. Por meio deles, desconhecidos, Portugal se tornara o primeiro nas ditas Grandes Navegações, a ditar a Era dos Descobrimentos. O capitão Aveiro, que não tinha nenhum registro, conseguira o que almejara: a glória! Não para si, não para nenhum mortal, mas para sua pátria.

UM SEGREDO NO ARMÁRIO

Udine Tausz

Lancei um último olhar para o busto recoberto pelo espesso pano preto, que estava diante de mim, antes de apagar a luz. Em minhas mãos, o caderno que encontrara caído ao lado do pedestal que sustentava o busto. Não sabia que personagem o artista retratara naquela peça, mas tive o cuidado de obedecer ao aviso colado na capa: "Não levante o pano que cobre este busto".

A curiosidade é uma sensação inigualável, um sentimento poderoso. Ela coça, ela arranha, ela enlouquece... mas tive o bom senso de ler e obedecer às instruções do caderno e, antes de tomar qualquer atitude, resolvi ler todo o seu conteúdo.

No caderno tamanho A5, com capa de couro desgastada e mais ou menos 100 páginas, algumas faltando, a desafortunada história de um explorador desavisado, um caça-relíquias que, há 50 anos, encontrara o busto em um castelo abandonado em algum lugar nos Cárpatos. Ou alguma coisa parecida...

Eu recém-chegara à cidade, trazido pela minha agente, Marly Neuman, que administrava minha carreira desde que viera à minha cidade natal para a exposição de outro escultor. O cara estava tão bêbado que sequer apareceu. Neuman gostou das minhas peças, disse que eu tinha futuro e que eu deveria ampliar meus horizontes — e aqui estou eu, no ateliê que também me serve de casa, trabalhando na minha primeira grande exposição.

Noites insones são perfeitas para pessoas criativas, mas, nessa noite em particular, eu estava mais agitado do que criativo. Andei pelo ateliê sem muito o que fazer, tomando umas cervejas, até que notei uma protuberância na parede. Nunca, jamais toque em algo que pareça estranho em uma noite estranha... especialmente se estiver bêbado!

A protuberância era um botão. Apertei-o e uma parte da parede deslizou, revelando um armário secreto. Dentro dele, um pedestal coberto com um pano espesso, preto. Se eu tremi? Lógico, mas não sei se de excitação ou de medo. Seja como for, entrei no armário. Encontrei o aviso, encontrei o caderno. Segui as instruções da primeira página. Fiquei ali estatelado, como se tivesse sido petrificado... com uma sensação de perigo iminente, e talvez não tenha chorado por estar muito bêbado. Sim, é verdade. Minhas noites insones geralmente são acompanhadas por algumas cervejas!

Então, nesse ponto respirei fundo, apertei o caderno nas mãos e saí do armário (sem trocadilho, desse armário eu já tinha saído há tempos). Mas onde eu estava? Ah, sim, uma última olhada e apaguei a luz e saí; não sabia como fechar o armário, então apenas toquei novamente no botão e... ta-dá! a porta deslizou, cerrando o vão e o segredo.

Na volta para a parte "residencial" do ateliê, passei pela geladeira e peguei outra cerveja. A noite densa lá fora, de nuvens carregadas e ameaçadoras, não melhorava a sensação de perigo que se instalara em meu peito. Deitei no sofá, pousei a cerveja no chão e deixei os olhos percorrerem a capa do caderno de couro que tinha nas mãos, incerto se deveria ler ou não seu conteúdo. Respirei fundo e o abri. Na folha de rosto, um nome, uma data, um título: Ned Atterthon, 1920. Diário das Explorações nos Cárpatos.

Não sou bom em geografia, tive que fuçar no Google para descobrir onde ficavam os Cárpatos e conhecer sua localização me deixou ainda mais curioso. Dado adicional: o castelo mencionado não tem referência.

Virei a página e comecei a ler, as mãos suadas faziam o caderno escorregar e, por várias vezes, ele me caiu sobre o peito. Confesso que algumas dessas vezes isso contribuiu para amenizar o clima de suspense e me dava a oportunidade de beber mais um gole.

Quando terminei de ler o diário, minha testa porejava, embora o clima estivesse fresco. A respiração encurtada pela ansiedade, uma sensação de claustrofobia que me obrigou a levantar... Não podia acreditar. Não era possível. Isso era inacreditável... Lancei um olhar incrédulo na direção do cubículo secreto e respirei fundo.

Levantei-me de ímpeto, peguei uma garrafa de vinho (sim, precisava de algo mais) e voltei ao sofá, disposto a reler o conteúdo todo. Não era possível ter lido o que li, minha mente me enganara (talvez fosse melhor um café para clarear as ideias, mas café era sóbrio demais para aquela história).

Reli as primeiras páginas, nada mais que a descrição da chegada aos Cárpatos, algumas desventuras, intoxicações alimentares e problemas devido ao clima. A partir do 20º dia, as coisas ficavam mais tensas. Atterthon se referia todo o tempo a um mapa que ele escondia dos outros, mas que parecia levar a um caminho secreto por um bosque até o tal castelo. E, uma vez no castelo, indicaria uma passagem secreta, que iria da biblioteca a um salão subterrâneo, sobre o qual o castelo tinha sido erigido com o propósito de escondê-lo para sempre.

Nunca entendi a mania que as pessoas têm de querer desenterrar algo que deveria ficar escondido para sempre. Basta ver nos filmes que, toda vez que algo que deveria ficar escondido para sempre é desenterrado, dá merda!

Blá-blá-blá... seguia a descrição da chegada ao Castelo, que não era muito grande e ficava enfurnado em um bosque em uma zona remotíssima dos Cárpatos e blá-blá-blá... chegaram à biblioteca e à tal passagem. Lá vamos nós.

> A porta que bloqueava a passagem se abriu com um gemido. Não — com um lamento, como se quisesse nos advertir que era perigoso passar. Ora, mas claro que era! O perigo era um ingrediente constante na vida de um explorador de verdade! Se eu não quisesse saborear o perigo, teria ficado na curadoria do museu, em Londres ou Berlim! Mandei um dos carregadores na frente, com uma tocha e o rifle carregado, e pronto. Um rapaz jovem e corajoso, esse, ávido pelo prêmio que acreditava nos esperar no salão abaixo. Todo mundo sempre acha que há um tesouro amaldiçoado enterrado em algum fim de mundo!
> Bem, descemos, seguindo o facho de luz da tocha que Timmy carregava. Nossos passos ecoavam na passagem estreita, o silêncio era oprimente e a umidade, sufocante, mas eu não desistiria tão facilmente. Já passara por por coisas bem piores... e não via a hora de me certificar de que estava no lugar certo, finalmente...
> A longa escada que nos conduzia para o subsolo era toda em pedra, mas em um ponto do caminho as pedras sumiram e pisamos na terra. Podia sentir a umidade por baixo do solado dos sapatos, só pela consistência do terreno. A subida seria dura... antes de descermos, porém, certifiquei-me de encontrar o mecanismo que abria a porta, para não haver risco de ficarmos presos na volta à biblioteca(...).

Aqui, de novo, Atterthon se perde nas elocubrações sobre a construção das escadarias e todo o resto. Finalmente, três capítulos depois, ele chega ao salão.

> (...) Imenso e fulgurante, quando acendemos as piras colocadas a toda a volta do salão, ficamos extasiados. O chão de mármore tinha desenhos complexos e fascinantes, as paredes eram recobertas por afrescos representando cenas mitológicas, cuja descrição não constava do caderno que eu carregava e que continha as informações sobre o Grande Salão. No centro, coberto por um pano espesso e desgastado, um pedestal que parecia encimado por um busto... Mas nenhum sinal de uma passagem ou entrada que levasse ao tesouro que estávamos procurando.
> Procurei no caderno alguma referência ou descrição do objeto e notei que havia pulado a parte que descrevia o pedestal no meio do salão. Ora, eu procurava entradas secretas e possíveis nichos que levassem a ouro, ou joias ou obras de arte significativas. Então, de-

cidi ler o que o caderno dizia... Ao terminar, olhei incrédulo para a coluna à minha frente, não pelo que estava escrito no caderno, mas porque o incauto Timmy já começara a levantar a capa que escondia o pedestal. E, diante de meus olhos, tudo aconteceu...

Dois dias se passam sem que haja qualquer anotação de Atterthon no caderno. Ele volta a anotar, mas o tom é diferente, melancólico. Como eu imaginava, o pobre Timmy morreu mesmo.

Deixamos o corpo para trás; nenhum dos outros ajudantes quis tocar nele e eu não conseguiria carregá-lo sozinho. Não sou religioso, mas um dos rapazes fez uma bela oração encomendando sua alma. Ninguém quis tocar no busto, agora novamente recoberto, mas eu não podia simplesmente deixá-lo para trás. Enquanto os rapazes recolhiam o material, eu me aproximei do pedestal e puxei o busto pela cabeça para me certificar de que eu aguentaria o peso. Para minha surpresa, a cabeça se destacou dos ombros e sua consistência pareceu mudar imediatamente. Recoloquei-a no lugar, mas ela não se encaixou e caiu. O ruído seco, inesperadamente surdo, chamou a atenção dos carregadores que se afastaram um passo. Lembro como se fosse hoje da expressão horrorizada de cada um.

Em resumo, peguei a cabeça e enfiei em uma sacola. Ordenei a um dos carregadores que fizesse o mesmo com o busto. Depois de alguma hesitação, ele obedeceu. Pegamos o resto das coisas e deixamos o salão.

O que segue é Atterthon descrevendo a viagem de volta com a cabeça e o busto da estátua, como fez para passar pela fronteira incólume e sem despertar suspeitas e, depois, sua chegada à cidade e ao seu ateliê. Este ateliê.

Atterthon construíra o armário secreto. O busto que estava ali era o mesmo que ele encontrara nos Cárpatos...

Entre as folhas, encontrei uma foto de Atterthon — e uma segunda olhada na foto fez meu coração disparar. Voltei ao armário e virei-me de frente para a estátua que sempre estivera ali, olhando espantado para o pedestal coberto... não era possível, mas era real. Aquele era Atterthon. Imortalizado em uma expressão de terror... eu tinha encontrado a estátua, mas nunca reparara o quanto ela era real, o quanto era parecida com...

Olhei para o busto, coberto pelo pano, e dei um passo para trás.

Não queria acreditar... não podia acreditar...

Passei para trás do busto e ergui o pano. Um busto encimado por uma cabeça petrificada... uma cabeça que, em vez de cabelos, tinha serpentes. Muitas serpentes...

Cobri novamente o busto e saí do cubículo quase sem fôlego, petrificado, por assim dizer, de pavor. Não era possível, era apenas um mito, uma história! Não era real...

Era. Real. E depois de tantos milênios, ainda "viva", ainda mortal.

Eu tinha a cabeça da Medusa no meu armário. E não tinha a menor ideia do que iria fazer com ela!

TERROR EM DUAS PARTES

Marcio Pacheco

Capiz, Filipinas. Século XVII.

— Então essa foi a história que contaram a vocês? — Cirilo mergulhou as duas canecas dentro do barril e as trouxe cheias de uma cerveja escura espessa de um aroma intenso que envolvia a taverna. — Lamento informar que é uma grande bobagem. Um morcego gigante?

O ganancioso dono do estabelecimento atirou as canecas deslizando pela tábua até serem agarradas por uma mão grande e outra menor e mais delicada. A dupla de caçadores forasteiros avaliou a bebida. O homem demonstrou maior coragem. Sorveu um grande gole, fazendo uma expressão de surpresa que era comum aos estrangeiros. Principalmente aos holandeses, como ele. Tinha um rosto duro e destemido. Cabelos ruivos bem aparados nas têmporas com costeletas que desciam até quase o maxilar. O nariz adunco e anguloso combinava com o porte imponente. Nas costas, trazia um longo fuzil de pederneira. Ao lado dele, a segunda figura era mais agradável aos olhos. Uma mulher de cabelos curtos, cintura fina e uma imprevisibilidade implícita no olhar. Transportava uma besta de madeira presa por uma cinta nos ombros.

— Mas por que o conde mentiria? — perguntou o homem, depois de limpar a boca com as costas das mãos.

Cirilo sorriu. Mas não pareceu aquele sorriso de deboche, de alguém que zomba do outro por saber demais. Era quase um sorriso piedoso.

— Como disse que eram mesmo os nomes de vocês? — perguntou Cirilo.

O caçador encostou a palma da mão no peito.

— Eu sou Rutger e essa — apontou para a parceira — é Brigitta.

Num canto escuro, um bêbado quase entregue aos seus delírios deixou escapar um arroto, enquanto em uma das mesas um cântico começava a ser entoado acompanhando o embalo dos canecos no ar. Cirilo se inclinou sobre o balcão, sua postura indicava que desenterraria o maior dos seus segredos.

— Já ouviram falar da Manananggal?

Rutger apertou os olhos.

— Mana-o-quê?

Cirilo se debruçou sobre o balcão.

— Olha, eu sei que o nome é esquisito. A coisa é esquisita. Mas acreditem em mim, isso — apontou para a besta de Brigitta — só vai aborrecê-la ainda mais.

— Eu já derrubei um búfalo — rebateu Brigitta. — Um morcego não me preocupa.

— Vocês não fazem a menor ideia no que se meteram, não é? — riu Cirilo. — Manananggal nasceu uma mulher comum. Mas ela foi amaldiçoada ou mordida por um vampiro. Honestamente, eu não tenho certeza, pois cada pessoa que conta tem sua própria versão. Eu gosto mais da ideia do vampiro, apesar de achar que é mentira. Quando o sol se esconde e deixa o céu para as estrelas, ela parte o próprio corpo ao meio e deixa a metade no chão, ganha um par de asas de morcego e voa sobre Capiz em busca de comida.

— Deixa metade do corpo no chão? — perguntou Rutgar, erguendo as sobrancelhas, cético.

Cirilo ignorou o ceticismo e serviu uma cerveja para um homem magro visivelmente embriagado na outra ponta do balcão.

— Até a cintura — ele deu de ombros. — Acho que isso a deixa mais rápida, mas também é seu ponto fraco. Ele fica ali onde ela se separou, paradinho. Dizem que se você jogar sal ou cinzas sobre essa metade, Manananggal não vai poder se unir novamente e o sol acaba com ela.

— Mas como sabem disso? — perguntou Brigitta.

— Ela nunca deixa longe da cidade. Na verdade, não deixa muito longe do lugar onde ataca. Deve ter medo de não voltar a tempo. Se ao nascer do sol ela não estiver unida de novo... — Cirilo traçou uma linha no pescoço com o polegar — Morte.

— O que ela come?

— Manananggal ataca geralmente mulheres grávidas. Ela enfia a língua pela garganta delas até chegar à barriga e devora a criança. Parece que é como cubos de açúcar para um cavalo. Depois, suga todo o sangue da mãe e de quem mais estiver por perto. Viram o tamanho da barriga da condessa? Há tempos ninguém quer ter filhos. Provavelmente, ela é uma das últimas grávidas da cidade. Se não for a última. Aposto que o seu marido daria a carruagem para quem matasse a desgraçada.

Rutgar tomou um gole de cerveja enquanto ponderava a informação.

— Permita-me raciocinar. Então, conforme sua lenda, tudo o que precisamos fazer para matar esse demônio que enche de terror os corações de Panay é achar a parte de baixo e jogar sal? — completou a pergunta com um sorriso.

Agora Cirilo deu um sorriso de deboche.

— Você pode até achar que é fácil — se abaixou e pegou dois sacos cheios de sal, colocando-os sobre o balcão —, mas a parte de cima nunca vai te deixar encontrar a parte de baixo. O demônio já é astuto por ser demônio. E esse, pra ajudar, ainda é mulher... — olhou para Brigitta. — Sem ofensas.

— Mas esse *demônio* ainda não cruzou nosso caminho — disse Rutgar, pegando os sacos de sal. — Quanto é a cerveja?

— Essa é por conta da casa — disse Cirilo, com o rosto vestido de um sorriso triste. — Provavelmente é a última que tomarão na vida. E, se não for, é mais do que merecida.

Ofendido, o forasteiro atirou duas moedas para ele. Partiu em direção à casa do conde, com sua companheira logo atrás. O sol estava quase se escondendo no horizonte, como se ele mesmo quisesse se enterrar abaixo do solo. Quando o terror paira nos céus, qualquer buraco abaixo da superfície passa a ter o seu valor. Rutgar e Brigitta aguardaram pela escuridão sentados na varanda da casa do conde. E ela veio.

※※※※※※

A noite estava propícia para matá-la. O vento trazido do mar serpenteava pelas paredes de pedra da cidade de Panay, cruzando cada viela mal iluminada pela lua à procura de um corpo para roubar o calor. Reverberava uivos como se anunciasse a chegada da morte. Portas e janelas estavam trancadas com cunhas e barras de ferro na tentativa parca de fornecer proteção. Uma névoa densa, quase tão espessa quando a cerveja que haviam provado, formou uma atmosfera sombria em volta da casa do conde, como o prenúncio de algo ruim.

— O que você acha da história? — Perguntou Brigitta.

— Bobagem! — disse Rutgar. — Não deve passar de um maldito morcego.

A dupla de caçadores permanecia com as mãos apertadas nas coronhas das armas e os queixos erguidos na direção dos céus. O silêncio foi quebrado por um bater de asas distante. *Tik-tik, tik-tik.* Ambos perseguiram o som que terminou em um tilintar nas telhas de barro da exuberante casa do conde. Rutgar girou a cabeça acompanhada do fuzil de pederneira. Seu olhar cruzou com algo que não poderia imaginar nem nos seus piores pesadelos. Com as asas encolhidas nas costas, a criatura usava suas garras para se arrastar pelo telhado, indo em direção à chaminé.

— Mas que diabos é isso? — gritou Rutgar.

Ele apontou o rifle e puxou o gatilho. Não foi rápido o suficiente. O monstro saltou para o lado com extrema habilidade, deu um mergulho na direção deles e abriu as asas, ficando suspenso no ar. Tinha uma pele pálida e as entranhas aparentes. A espinha dorsal pendia do corpo partido ao meio, como um rabo feito de ossos. As asas se assemelhavam às de um morcego e na boca os dentes pontiagudos se afastaram para permitir a passagem da língua, tão comprida quanto uma serpente.

Rutgar ficou paralisado com o que estava vendo. Travou uma batalha contra os músculos para abastecer o cano do fuzil com mais pólvora. Manananggal deu um grito e voou na direção do caçador, esticando as grandes garras à frente do corpo. O orgulho do holandês não o permitiu fugir, mas o pavor também não o permitiu carregar a arma. Preso no limbo da indecisão, ele soube que sua vida estava por um fio. Fechou os olhos esperando o bote e sentiu seu corpo sendo jogado para o lado. Abriu as pálpebras a tempo de ver Brigitta, tão selvagem quanto o inimigo, alvejar a fera com a sua besta. A seta se enterrou no torso da mulher-morcego, fazendo-a mudar a trajetória do voo e mergulhar na névoa.

— O que aconteceu com você? — bradou Brigitta, esticando a mão para o parceiro.

Ouviram o monstro voando além da névoa, cada vez mais alto. O som de *tik-tik* foi se tornando baixo e distante. Imperceptível como uma sombra no meio da escuridão.

— Foi embora — disse Rutgar. — Acha que matou a desgraçada?

O sorriso nos lábios de Brigitta durou apenas o tempo de ela perceber as poderosas garras que envolviam seus ombros. As mãos da caçadora agarraram os antebraços da Manananggal, golpeando desesperados na tentativa de se soltar. Mais rápido que o disparo da besta, o monstro bateu suas longas asas e os pés da caçadora saíram do chão. Rutgar viu o meio-demônio alado envolver o pescoço de Brigitta com a sua língua longa e asquerosa, carregando a sua companheira para dentro da névoa, na direção dos céus.

— Brigitta!!!

O grito dela atravessou a névoa. Rutgar municiou o fuzil e apontou para todos os lados, procurando pelo monstro. Estava cercado por uma parede esquálida feita de umidade. Sua respiração ficou ofegante. O peito largo avançava e recuava com o trabalho dos pulmões. O nevoeiro adensou ainda mais parecendo reagir à vontade do monstro. Era isso, ou seus olhos estavam lhe pregando algum truque. O som de bater das asas aumentou, fazendo um *tik-tik* que parecia estar em cima dele. A boca do fuzil apontou para o céu, enquanto mais abaixo o olho atento do caçador se alinhava com a mira, buscando uma oportunidade de alvejar a besta alada.

— Rutgaaarrr!!!

O grito percorreu pelas paredes de pedra da casa do conde. O timbre de Brigitta era inconfundível. Rutgar agarrou o fuzil e colocou suas pernas em movimento. Chegou a um descampado atrás da casa. Viu a estrada mais à frente, acompanhada de uma nodosa figueira com suas raízes penetrando profundamente o solo. Havia um vulto ao lado do tronco, como uma pessoa encolhida. Rutgar se perguntou se poderia ser Brigitta.

Deu o primeiro passo, mas não conseguiu dar o segundo. Manananggal surgiu na sua frente em um rasante certeiro. Rutgar rolou na grama e sentiu as garras passarem a centímetros das suas costas. Ela inclinou as asas e fez um giro no ar, sumindo e reaparecendo na névoa, com seus olhos sem vida e grandes presas atrás da imensa língua. As costelas saíam para fora da carne, terminando mais além no final da espinha dorsal. Precisava buscar cobertura.

O desespero o ajudou a encontrarem um estábulo, e nele, um fio de esperança. Correu o máximo que pôde. Seus ouvidos captavam o bater das asas, o *tik-tik* decrescente que insanamente indicava que a besta estava cada vez mais perto. Quando o som fugiu de seus ouvidos e ele sentiu a presença repulsiva do monstro perto de suas costas, girou para fazer o disparo. A língua esponjosa se enrolou no fuzil. Rutgar puxou o gatilho e a bala se enterrou no pescoço da fera.

Indiferente, Manananggal agarrou seus ombros e Rutgar sentiu o hálito pútrido de sangue e carne humana. O fuzil foi atirado para longe, forçando-o a sacar a faca do cinto para cravar no peito do monstro, na tentativa de acertar o coração. A meia-mulher-vampira deu um grito zangado e afrouxou as garras, dando ao caçador a liberdade para escapar.

Rutgar cruzou a entrada do estábulo. Colocou a trava de madeira, acompanhada de toda sua fé, para fechar aquela porta. Seu coração pulsava como nunca. A lenda era real. O mito estava além daquela parede de madeira carcomida, faminta e disposta a devorá-lo. Imune à seta e ao disparo do fuzil. Mas ela tinha uma fraqueza. O dono da taverna foi específico quanto a isso.

— A parte de cima nunca vai te deixar encontrar a parte de baixo — repetiu as palavras, reunindo coragem.

Ouviu a madeira ser riscada por unhas afiadas, e depois a palha sendo amassada no telhado. Manananggal estava acima dele, buscando um jeito de entrar. Rutgar olhou para o saco de sal preso na cintura e pensou que poderia não ser uma má ideia tentar. Abriu a porta do estábulo e correu o máximo que pôde na direção da figueira. Se estivesse certo, poderia matar o monstro. Se estivesse errado, poderia estar se matando. Mas se não fizesse nada, já estava morto de qualquer jeito.

O nevoeiro parecia se dissipar à frente e adensar às suas costas conforme se aproximava da árvore. A pequena silhueta, antes indefinida, foi tomando uma forma mais conhecida. Mas em vez de encontrar sua companheira morta ou inconsciente, percebeu algo que trouxe alívio para o seu coração. Metade de um corpo humano estava ali. Partido exatamente na cintura de onde o sangue escorria até o solo. As pernas estavam estáticas conforme a lenda de Cirilo. Rutgar puxou o pacote de sal. O *tik-tik* baixo preenchia os seus ouvidos. Espiou sobre o ombro e viu o par de asas resistentes como couro estendidas para manter a dinâmica do vento. O monstro estava se aproximando rápido.

— Morra, sua filha da puta!

Despejou o sal sobre a cintura ensanguentada. Manananggal sequer se contorceu de dor. Seguiu em seu rasante e acertou Rutgar em cheio, jogando-o para trás. Suas costas bateram em um dos troncos da figueira, fazendo os músculos se retesarem de dor. Os dedos tocaram algo gosmento, chamando a atenção do caçador. Ele girou a cabeça e seu coração foi esmagado pelo pavor. Entendeu por que o sal não havia funcionado. Ao seu lado, escondida atrás de um conjunto de raízes, jazia a outra metade de Brigitta, partida ao meio com os olhos fitando o vazio. A outra metade dela estava ali de pé. Servindo como isca para enganá-lo.

O demônio já é astuto por ser demônio. E esse, para ajudar, ainda é mulher.

Rutgar tentou gritar, mas não teve tempo. O monstro começou a escalar suas pernas, abrindo a boca para mostrar os dentes pontiagudos e dar liberdade à sua língua, que parecia ter vida própria. O caçador tateou o corpo buscando alguma arma, mas não havia mais nada. Apenas a certeza de que o pagamento era pouco e o mito era real. Segundos antes do fim, seu único desejo foi tomar uma última caneca de cerveja.

MUSSUM CUARA

Melkides Diniz

Foi no tempo em que cada povo ainda vivia em sua terra, muito antes da invasão, que aconteceu esta história. Naquela época, algumas serras ainda não haviam se formado e se falavam muitas outras línguas. Algumas não existem mais hoje em dia, e alguns povos tiveram que usar, posteriormente, línguas diferentes de seus antepassados, línguas impostas e introduzidas. Por isso, foi usada a língua nheengatu para representar essa história, que era a que os descendentes desse povo passaram a falar muitos anos depois, que foi a língua em que essa história ficou conhecida e mais tarde contada em português, preservando assim alguns nomes como ficaram conhecidos.

Numa aldeia, à margem esquerda do Rio Uaupés, morava um garoto muito esperto e curioso chamado Akuti Apixá, pois quando ele nasceu seu pai disse: "Ele já ouve tudo, parece que tem ouvido de cutia". Akuti tinha 11 anos e era muito esperto e corajoso. Ele tinha uma irmã, de 12 anos. Quando ela nasceu, sua mãe disse: "Minha filha é linda como uma chuva de flores". Por isso, pôs nela o nome de Amana Putira. Amana era bela. Seu rosto era macio como o araçá maduro e seus olhos escuros como dois caroços de açaí.

Akuti e Amana sempre estavam se aventurando pela floresta, tomando banho no rio e nos igarapés, pescando, acompanhando seus pais na roça. Não temiam onças nem cobras venenosas. Até que surgiu o boato de que pessoas estavam desaparecendo. Primeiro foi um parente do Velho Pajé, que sumiu depois de ir se banhar no rio, em seguida vieram notícias de que duas crianças foram sugadas para o fundo do rio e até a anta de estimação de Akuti havia sido levada. O terror se espalhou por sua comunidade. Ninguém mais saía para se banhar no rio.

Não se sabia de onde veio tal criatura, nem onde morava. Diziam que era um mussum gigantesco, filho de Umáuali, o pai dos peixes e das sucurijus. O Velho Pajé recomendou que ninguém saísse de suas malocas, a não ser que fosse extremamente necessário. Os dias se passaram e não se ouviu mais falar em ataques.

Entretanto, Amana havia ficado menstruada pela primeira vez e insistiu com a mãe que queria se lavar no rio. Ela acabou saindo escondida, pois achava que não havia mais perigo nenhum. Quando Akuti soube, saiu correndo atrás de sua irmã e a viu nadando no rio. Mal Akuti chegou, ele viu um rebojo, era algo muito grande. Akuti gritou, mas Amana não conseguiu nadar rápido o suficiente e foi puxada para baixo da água.

Akuti ficou desesperado e viu o corpo enorme da criatura serpenteando até ir para o fundo. Ele pulou na água, mas a criatura não retornou. Arrasado, voltou chorando para contar a seus pais o que havia acontecido. Todos ficaram muito tristes, mas o Velho Pajé lhes deu uma esperança. Disse que o Mussum não era um animal comum, ele tinha a força e essência de Umáuali, que quando uma pessoa era engolida por ele, não morria imediatamente, mas poderia ficar viva até por três dias dentro da criatura, desde que não tivesse se ferido em seus dentes. Akuti perguntou se haveria uma chance de ele salvar sua irmã. O velho e sábio Pajé disse que sim, que ele deveria achar onde era a morada do Mussum e matá-lo para tirar Amana viva. Disse também que Umáuali queria provar os povos semeados pela Cobra-Canoa, a cobra primordial que deixou cada povo onde deveria morar, e que provavelmente o Mussum estaria descendo o rio Uaupés, indo para o Rio Negro.

Akuti foi desencorajado por seus pais, pois não queriam perder mais um filho. Mas o Velho Pajé se lembrou de como as crianças foram corajosas da outra vez, quando viajaram por uma terra desconhecida e trouxeram a cura de que seus pais precisavam quando estavam muito doentes.

Akuti se armou com seu arco e flecha, sua zarabatana e seu machado de quartzo, levou provisões para três dias, entrou em sua canoa e saiu em busca do Mussum. Ele o procurou nos remansos do rio e viu o rastro de bolhas que ele deixava. Foi descendo o Rio Uaupés por dois dias, mas não havia encontrado o Mussum. Sua esperança se esvaecia à medida que o terceiro dia chegava ao fim e os rastros do Mussum haviam sumido.

O rio estava muito seco e raso. Akuti parou em uma pequena praia, antes da cachoeira de Ipanoré, onde improvisou um tapiri. Ele lembrou das histórias que seu avô lhe contara, de que ali ficava Pamuri Pe, o buraco da transformação, de onde emergiram todos os povos. Lá adormeceu muito triste, mas estava decidido a matar o Mussum, mesmo que não pudesse mais salvar Amana. Akuti teve um sonho, onde via Amana lhe pedindo socorro de dentro da barriga do Mussum, dizia que não ia aguentar mais por muito tempo, mas que havia pedido que Yebá-Beló, a Avó-do-Universo, enviasse amigos para ajudá-la.

Akuti acordou assustado. Ainda estava meio escuro e viu que o Boto Tucuxi estava ali ao lado de sua canoa. Ele ficou muito surpreso. Nunca havia sido avistado boto algum acima da cachoeira de Ipanoré, pois não conseguiam ultrapassá-la. Akuti embarcou e o Boto lhe disse que o levaria mais rápido que qualquer canoa a remo para onde quisesse ir. Akuti ficou feliz com a ajuda do Boto, mas estava preocupado em como passariam pelas águas turbulentas da cachoeira. O Boto não se intimidou e disse para Akuti se segurar firme. Akuti se agarrou temeroso à canoa e foram descendo as águas turbulentas por canais que nem sabia que existiam. A água entrava na canoa e Akuti, mesmo sendo ótimo nadador, não escaparia se caísse ali.

O Boto se desviava das pedras com agilidade, mas a canoa acabou virando e foi para o fundo com Akuti. Ele confiou no Boto e não largou a canoa. O Boto puxou a canoa velozmente para a superfície até que a água foi saindo dela. Akuti recuperou o fôlego e viu que haviam passado a cachoeira. Pelo meio tradicional, teria que ir arrastando a canoa pela margem, e demoraria horas, mas haviam passado a cachoeira em minutos. O

Boto parecia feliz e sem medo algum, ele nadava muito veloz enquanto puxava a canoa, mesmo no raso. Akuti retirou o restante da água e verificou se ainda tinha seus pertences presos ao corpo. Logo chegaram à foz do Rio Uaupés e entraram no Rio Negro, onde o Boto o deixou. Akuti agradeceu a sua ajuda e viu os rastros de bolhas do Mussum descendo o Rio Negro, que tinha as águas turbulentas em certos trechos.

O rio estava seco, havia muitas pedras e Akuti avistou uma imensa praia. Após passar com dificuldades por um trecho encachoeirado, por pouco sua canoa não virou. Seu medo foi grande, pois estava sem a ajuda do Boto. Então, Akuti viu o Mussum se arrastando pela praia e entrando em um lago no meio da areia, na beira de um morro que ficava à margem esquerda do Rio Negro. Só então ele pôde ver o quanto ele era grande. Devia ter uns 25 metros. O Mussum deixou um rastro gosmento na areia. Akuti estava com muita ira pela criatura, não só por ter levado sua irmã, mas também por ter levado seus conhecidos e sua anta de estimação.

Akuti achou que havia encurralado a cobra-peixe no pequeno lago. Foi atrás de raízes de timbó, um tipo de veneno para matar peixes. Bateu as raízes misturadas com barro branco e jogou no lago. Vários peixes começaram a sair e saltar para fora da água, mas o Mussum não morreu.

Akuti decidiu entrar no lago. Pegou fôlego e mergulhou. Mas o lago era profundo, parecia ser só a entrada de uma caverna. Akuti voltou, pegou mais fôlego e foi. A descida era cônica, havia um buraco no fundo, uma caverna subterrânea, que levava para frente. Ele seguiu. Achou que morreria afogado, mas eis que encontrou uma grande caverna que ficava abaixo do morro. Um espaço seco onde o teto tinha uma sinistra luminosidade e havia uma continuação da caverna, mas que estava submersa. Quando seus olhos se adaptaram, conseguiu ver o que eram as coisas pontudas que estava pisando. Centenas de ossadas de animais e pessoas. Akuti levou um susto e acabou calando um grito. Entretanto, nem percebeu, com a fraca luz, que uma figura se aproximava por trás dele. Quando se virou, quase foi abocanhado por uma bocarra cheia de dentes. Akuti correu, e conseguiu se desviar num pulo. Pegou seu arco e flecha e deu inúmeras flechadas, que fizeram apenas cócegas no Mussum. Akuti foi atingido pela calda da cobra-peixe e caiu na água, na continuação da caverna. O menino guerreiro mergulhou e saiu em outro ponto. O Mussum, não suportando ficar muito tempo fora da água, mergulhou também, atrás do menino. Akuti saiu da água e a cobra-peixe tentou engoli-lo novamente. Akuti, numa tentativa desesperada para escapar de seus dentes terríveis, saltou para dentro da boca do Mussum e ele o engoliu.

Enquanto ainda podia respirar, Akuti puxou seu machado de quartzo e saiu rasgando a cobra por dentro conforme era engolido, do início da garganta até a barriga. Ele conseguiu abrir a barriga e sair. Saiu todo sujo de sangue. A cobra-peixe ainda deu uma investida com suas últimas forças, mas Akuti se desviou e deu-lhe vários golpes na cabeça, até que a criatura parou de se mexer.

Akuti correu e abriu ainda mais a barriga do Mussum, procurando Amana. Saíram restos de pessoas e animais em diferentes estágios de digestão, além de fezes. Até que achou sua irmã. Ela estava envolvida por uma gosma, que tinha um estranho brilho cintilante. Parecia morta. Ele a pegou nos braços, estava a ponto de chorar, e a sacudiu. Amana soltou um suspiro longo, estava viva ainda. Akuti a abraçou.

Amana foi voltando aos poucos. Estava confusa e dizia que estava num lugar estranho, como se estivesse sonhando. Num lugar escuro onde conseguiu ver coisas que não sabia descrever o que eram. Como se dentro da cobra ela estivesse entre o mundo dos humanos e o mundo dos deuses. Akuti ajudou Amana a ficar de pé e eles mergulharam pelo buraco nadando. Amana não teve dificuldades para manter o fôlego. Eles saíram pelo lago na gigantesca praia, que era o buraco do Mussum.

O corpo do Mussum ficou inerte dentro da caverna e dizem que está lá até hoje. Outros dizem que talvez ele não tenha morrido, pois era filho de Umáuali, o imortal. Mas a verdade está ao alcance daqueles que tiverem a coragem de adentrar na caverna.

Akuti caminhou pela praia com Amana apoiada em seu ombro, olhou para o leste e só então reparou numa montanha que parecia ter o formato de uma mulher deitada. Era um lindo fim de tarde na praia. Amana disse que estava com fome. Logo, Akuti catou os peixes que haviam morrido com o timbó e os tratou. De forma ágil, usando as habilidades que aprendeu com seus pais desde muito pequeno, fez uma fogueira na areia da praia e assou os peixes. Ele e Amana comeram fartamente e descansaram ali mesmo ao lado da fogueira.

Então, foi assim que Akuti matou o Mussum, um dos tipos de filho de Umáuali. Desde então, aquele lago ficou conhecido como Mussum--Cuara, o Buraco do Mussum.

No dia seguinte, o Boto Tucuxi saltitava perto de sua canoa. Ele os ajudou na longa viagem de volta. Nadou velozmente puxando sua canoa rio acima para casa. Subiram o Rio Negro, entraram no Rio Uaupés, e o Boto os deixou no início da cachoeira de Ipanoré, pois não achou seguro para eles ultrapassá-la novamente. Quando chegaram à aldeia, os pais de Akuti e Amana ficaram muito felizes. O Velho Pajé observava tudo de longe. Deu uma baforada em seu cigarro. As crianças correram e o abraçaram, e ele sentiu algo diferente em Amana. Disse que Umáuali iria ficar muito brava quando descobrisse que mataram um de seus filhos, pois ninguém nunca tinha feito nada parecido antes. Akuti disse corajosamente que não tinha medo de Umáuali. O pajé deu outra baforada e disse que Akuti tinha muito que aprender ainda. Que Umáuali tinha o corpo mais grosso que a árvore mais grossa que Akuti já viu na floresta. Que era cerca de dez vezes maior que seu filho Mussum e que um dia ela viria para querer acabar com os povos.

O Velho Pajé falou com os pais de Akuti e Amana que faria um ritual para abençoá-los. Ele cheirou paricá para ter visões, fez muitas rezas e deu baforadas nas crianças. Então, perguntou a Amana o que ela viu enquanto estava no estômago do Mussum. Amana estava surpresa por o Pajé saber disso e ficou receosa em falar. Mas, finalmente, revelou o que viu. Disse que abaixo do rio havia uma presença maligna muito poderosa, que parecia estar presa na escuridão, em caminhos sem fim, procurando uma saída. O Velho Pajé ficou suado e muito assustado. Então, seus olhos se abriram e ele pôde ver além do tempo presente. Disse que Akuti e Amana seriam grandes guerreiros e que a descendência deles, um dia, derrotaria aquele que estava preso no fundo do rio. Mas que Umáuali viria primeiro.

"Vocês serão grandes guerreiros. Já são. Mas precisam ser mais sábios", disse o Velho Pajé. "Quem é aquele que eu vi no fundo da escuridão do rio?", perguntou Amana. "No momento certo vocês saberão, crianças. Agora ele está lá e não representa perigo." "Quando Umáuali virá?", perguntou Akuti. "Não sei. Pode demorar muito tempo ainda." "Eu vou estar pronto", disse Akuti. O Pajé esboçou um sorriso e deu uma baforada no cigarro.

ANHANGÁ

João Pedro Lupo

O Anhangá traz para aquele que o vê, ouve ou pressente, certo prenúncio de desgraça, e os lugares que se conhecem como frequentados por ele são mal-assombrados.

CONDE ERMANNO DE STRADELLI

—Fazia tempo que não caçava — Dario largou seu mosquete na terra, ao lado do toco onde se sentara, e estendeu a mão para pegar um pedaço da carne assando nas brasas da fogueira — e que não comia veado.

— Acredito que a última vez foi quando você tinha seus 15 anos — seu avô, Emanuel, o lembrou, quase cuspindo a carne mastigada. Ele olhou para o lado.

Uma aquietação se instalava na clareira. Os outros soldados vinham de lá para cá, alguns com animais mortos nos ombros, outros com tochas e facões, cortando as árvores em seu entorno a fim de abrir ainda mais espaço e visão para eles.

— Quando souberem do nosso ataque, os índios que restaram vão fugir com certeza — enquanto mastigava, o velho despejava pólvora pelo cano de sua arma, preparando-a para uso.

— Se é que já não fugiram de medo.

Entre os outros soldados, uma figura pálida e desengonçada vinha em direção deles com os passos apressados. Héctor segurava seu mosquete na mão e seu facão já estava reluzindo novamente depois de outrora ter cortado grande parte da mata até a clareira:

— Rapazes, o capitão está nos chamando agora — sua expressão estava carregada.

— Justo na hora do rango? Ele não pode esperar, não? Essa carne tá uma maravilha — disse o velho.

— Ele disse que é urgente. Parece que há outra aldeia indígena aqui perto.

— Mais uma? — Dario se levantou, pegando o mosquete do chão e colocando-o nas costas. — Vamos lá!

O avô se levantou e foi atrás dos jovens para a cabana onde o capitão os aguardava. Vários dos que estavam ali montavam suas próprias cabanas nos espaços vazios de terra para poderem dormir e preparar o próximo avanço.

Eles passaram pelos guardas, cumprimentando-os, e adentraram a tenda do capitão. Quando entraram, o capitão estava apoiado na mesa à espera de seus homens com dois outros guardas atrás que mantinham um indígena como prisioneiro:

— Precisamos de vocês para atravessarem o rio hoje mesmo — o capitão disse quando se puseram à sua frente.

— Desculpe, capitão, mas estávamos no meio do nosso descanso — o velho disse.

— Não seria mais prudente explorarmos ao amanhecer? — o neto perguntou, dando um olhar alarmante para o avô.

— Um dos selvagens que capturamos desenhou uma coisa na terra — ele sinalizou para que os homens viessem atrás dele. — Olhem! — na frente do indígena amarrado, no chão, havia um desenho feito com o próprio dedo, era claramente um desenho de fogo, seguido de um riacho e, do outro lado dele, algumas cabanas. Em cima das cabanas, a figura de um índio e um veado ao lado. — Acreditamos que há outra vila deles ao atravessar o riacho.

Os companheiros ficaram analisando o desenho e, sem opinar sobre a interpretação do capitão, perguntaram:

— O que devemos fazer precisamente?

— Não quero vocês esgotados caso haja um ataque amanhã. Preciso que atravessem o rio e apenas averíguem se há outra vila em frente. — disse, fitando o prisioneiro, que se mantinha cabisbaixo, e então apagou o desenho com sua bota.

— Estamos indo. Se não retornarmos em uma hora e meia, mande alguns soldados atrás da gente. Vamos, garotos! — Emanuel foi se virando para sair da tenda, já com o mosquete carregado.

O caminho até o rio era curto, havia uma pequena trilha de terra para auxiliar o trajeto entre as gigantescas e densas árvores que ali se erguiam, obrigando-os a usarem tochas para enxergar por onde andavam, já que a luz da lua cheia não era o suficiente.

Alguns minutos se passaram até que eles começassem a ouvir o barulho do fluxo do rio:

— Estamos perto! — o velho e o neto, diferente de Héctor, andavam com suas armas abaixadas, mas atentos a qualquer som em volta deles.

Era improvável que os indígenas estivessem perto daquela área já que havia recebido um ataque há algumas poucas horas. Além disso, a fumaça do fogaréu levantado por eles era perceptível no céu iluminado. Os animais ao redor também já haviam fugido ou estavam sendo digeridos pelos estômagos dos soldados.

Pouco andaram até que logo à frente já era possível ouvir as águas do riacho próximas. Ambos começaram a avançar devagar pelas folhas das árvores, quando Héctor sussurrou:

— Olhem! — sinalizou apontando para noroeste com o cano do mosquete.

Dois índios estavam agachados na beira do outro lado do riacho, pegando água com uma tigela de argila. Nenhum deles parecia estar armado, como estavam seus adversários outrora, quando haviam conquistado o território do acampamento.

— É a nossa hora! — Dario avançou correndo na direção deles, seguido de Héctor.

Quando os índios os perceberam, Dario parou com o mosquete em mãos e atirou. O tiro acertou o vão entre os alvos, acertando a terra seca. Os dois índios correram na direção oposta, entrando na mata.

Dario viu um disparo despedaçando a casca de uma das árvores ao lado dos fugitivos. Um deles tropeçou e colocou a mão no ombro emitindo um grito.

— Vão atrás deles! — gritou o velho depois de ter atirado. — Acertei o da esquerda!

Sem hesitar, os dois à frente saltaram sobre o riacho e correram em direção à mata. Dario foi feroz na frente, cortando as folhas, trepadeiras e cipós que surgiam no caminho, seguido do companheiro, que estava logo atrás com o dedo no gatilho, ambos guiados pelo farfalhar das folhas nas quais os índios pisavam.

Durante a corrida, quando viam um dos homens por entre as folhas verdes, arriscavam um disparo sem foco, que acabava acertando alguma árvore.

Quando já não viam seus alvos e o barulho das folhas à frente era impossível de ouvir, Héctor parou ofegante:

— Não vamos alcançá-los! — disse, pendurando a alça da arma nas costas. — Podem nem mais estar indo reto. Podem ter virado, Deus sabe pra onde!

— Vamos continuar. Já viemos até aqui, Héctor!

— Não! É até melhor pararmos para não darmos de cara com a tribo deles.

Atrás, o barulho de folhas e galhos sendo pisoteados chamou a atenção deles. Logo viraram e apontaram para trás:

— Sou eu! — a voz do velho ecoou.

— Aqui, senhor! — disse Héctor.

Emanuel surgiu entre as folhas segurando seu facão:

— Eu subi em uma árvore — sinalizou com a cabeça para a frente. — Vi uma fumaça de fogueira. A vila deles é logo à frente — ele limpou a boca suja com a mão e cuspiu no chão. — Vamos ficar quietos a partir de agora, ok? Nós três vamos ver o que essa aldeia tem e depois voltamos para avisar o capitão.

Desviando do trajeto que os índios haviam feito, os três começaram a avançar pela mata até enxergarem um pequeno e estranho fogaréu no céu. As cinzas pareciam estar alaranjadas e as faíscas de fogo chegavam mais alto que o normal. Logo alcançaram o fim da mata e chegaram ao sudoeste de uma clareira, onde estava a vila. Um muro de pilares pontudos de madeira com quase três metros cercava a vila, mas também impedia os indígenas de vê-los do lado de fora.

Dario enxergava índios fazendo roupas com as longas folhas de árvores, alguns até com penas de pássaros. Outros preparavam comida dentro das ocas e serviam às crianças enquanto alguns homens esculpiam armas. Mas a maioria deles estavam fazendo uma espécie de reza bizarra ao redor da fogueira:

— Acha que conseguimos fazer algum estrago agora? — Dario perguntou, olhando pelo vão dos pilares do muro.

— Não. Só tentem enxergar se há muitos homens para matar. É tudo que o capitão precisa saber — o velho e seu neto andavam devagar em volta do muro, tentando observar se havia homens guerreiros dentro e por entre as ocas.

Com um pouco de dificuldade, Héctor subiu em uma árvore perto dos muros, mas com uma copa que fosse suficiente para escondê-lo. Depois de completarem cada um meia volta, com cuidado para não serem vistos na entrada da aldeia, Dario e Emanuel foram ao encontro de Héctor:

— Pelo que eu e o velho contamos, não chega nem a cinquenta deles. Amanhã essa aldeia vai estar no chão.

— Quando o governador vier construir nessas terras, tomara que o capitão conte sobre a nossa "arriscada" missão — riu o velho, colocando o mosquete nas costas e se virando para adentrar a mata novamente.

— Calma — sussurrou Héctor. — Tem algo de estranho no centro!

— Nós vimos. Eles estão fazendo uma espécie de ritual bobo ou vai saber o quê. Agora desça! Vamos voltar — Dario disse, se juntando ao avô.

— Não! Tem algo ... estranho naquela fogueira. — Héctor balbuciou.

— Como assim?

— As chamas vermelhas... eles estão jogando coisas lá no meio... "Anhangá"! — Héctor tinha os olhos fixos na vila, com o reflexo do fogo sibilando neles.

— Desça daí, idiota! Vamos embora! — o velho chamava.

De repente, uma flecha atinge o galho onde Héctor estava apoiado, fazendo ele se jogar no chão para não ser acertado. Um grito de alerta vem de dentro da aldeia e em poucos segundos se ouve uma enorme agitação dentro da vila em direção à entrada.

Dario ajudou o companheiro a se levantar e os três saíram correndo de volta para dentro da mata.

Não demorou para que eles ouvissem muitas pessoas atrás deles e flechas começaram a atingir as árvores ao seu redor. Enquanto corriam rumo ao riacho, eles rodopiavam e tentavam atirar para trás.

A mata parecia ficar cada vez mais densa e escura à medida que eles chegavam perto do riacho, mesmo eles tendo aberto caminho anteriormente. Dario corria na frente, cortando o máximo possível de obstáculos com seu facão.

Então, ele começou a ouvir só os seus próprios passos correndo. Parou.

Ao olhar para trás, o avô e o amigo haviam sumido. Em vez deles, Dario viu um veado com os olhos em chamas encarando-o.

Ele olhou para cima. Neve caía na floresta. Então, como uma voz longínqua, ele começou a ouvir:

— Isso! Você só tem que prender a respiração e apertar o gatilho — era a voz de seu avô.

— Assim, vovô? — uma voz infantil respondeu ecoando em sua cabeça.

Houve um momento de silêncio, até que ele ouviu um disparo e o veado à sua frente foi atingido no pescoço e caiu no chão.

Dario ficou encarando o animal morto aterrorizado, que não exibia nenhuma expressão. Aquilo não fazia sentido nenhum para ele:

— Olha! Eu matei ele, vovô! Eu matei! — a criança falava sem parar.

O soldado fechou os olhos, apertando-os com força, e colocou as mãos nos ouvidos:

— O que tá acontecendo? O que tá acontecendo? — sua cabeça parecia girar e ele sentia uma leve náusea.

Quando abriu os olhos novamente, a neve havia sumido e, no lugar do veado morto, estava seu avô estirado no chão à beira do riacho com cinco lanças fincadas no corpo. Ele estava sem nenhuma expressão.

Sentindo-se novamente um garoto, ele agarrou a mão do avô.

Como aquilo foi acontecer? Foi como se ele tivesse entrado em um estado de transe, como se estivesse sonhando acordado.

Logo, o rapaz começou a ouvir passos correndo e o barulho dos índios novamente e a adrenalina lhe subiu à cabeça:

— Desculpe, vovô... — apertou forte a mão do velho. Deixou seu corpo sendo levado devagar pela mansa correnteza do riacho e voltou a correr em direção ao acampamento. Ele não tardaria a chegar. Já estava na metade do caminho.

À medida que corria e chegava perto do acampamento, a temperatura ia subindo e Dario começou a ouvir várias pessoas gritando. Ele acelerou o passo:

— Os índios atacaram!

Tomando a trilha que os levara até o riacho, Dario correu sem parar para pensar em nada, apenas em defender seus companheiros dos selvagens, mas quando chegou à entrada do acampamento já era tarde.

Não havia nenhum índio. Apenas chamas que queimavam cada barraca do acampamento e as árvores ao redor dele. Os homens que sobraram corriam de um lado para o outro, com fogo em suas roupas, e era possível ver muitos corpos carbonizados entre eles.

As chamas pareciam ter vida própria. Pareciam dançar entre as barracas e atingia os soldados, que logo viravam cinzas. Aquilo parecia o verdadeiro inferno.

Seria outra ilusão?

Estático, Dario olhou para aquela chama dançante. Ele via olhos de serpente nela. Quando o fogo atingia aquelas pessoas, parecia o sibilar de uma cobra.

Com um avanço cortante, as chamas passaram por ele, deixando uma trilha de fogo na terra.

Dario olhou para trás.

O veado com os olhos de fogo estava lá novamente encarando-o.

Cabelos brancos e longos foram surgindo da cabeça do animal, e ele começou a assumir outra forma. Ficou sobre duas patas, que se transformaram em pernas, as outras patas viraram os braços e o animal tomou forma humana.

Um índio com o rosto pintado de vermelho, usando um cocar de plumas da mesma cor e uma lança de madeira em sua mão. Seus olhos em chamas, porém, continuavam os mesmos.

Ele encarava Dario com certo sorriso no rosto.

Quando levantou a arma para o céu, as chamas dançantes surgiram atrás dele, revelando claramente, dessa vez, uma cobra gigante em chamas. Dario foi se afastando para trás. Suas mãos tremiam.

O rapaz caiu e foi apalpando o chão em busca de um mosquete caído perto dos corpos carbonizados.

O índio avançava para mais perto dele.

Quando Dario pegou um mosquete, logo mirou no peito do índio e atirou. Mas nada aconteceu. A bala ricocheteou para longe.

Ele, então, se encolheu no chão como um animal pronto para o abate.

Assim, o índio que o encarava abaixou a lança, apontando para o corpo à sua frente. A cobra sibilou e avançou sobre Dario, que só ouviu o som crepitante do fogo.

O MUIRAQUITÃ

Edvaldo Leite

Ano: 2035

"Já tinha passado dias que Benício estava fugindo e o edifício em que residia havia algum tempo era a sua fortaleza, pensava ele. Também foi o seu túmulo. Depois de mais um dia em que saiu para buscar comida, achou que voltaria e pediria por mais uma noite em segurança, porém, já acostumado com a sensação de estar num ambiente seguro e, provavelmente, cansado, naquele dia acabou não observando que o cadeado não trancou corretamente. Por conta do vento daquela noite chuvosa, o portão da escadaria, único meio de chegar até o terceiro andar, abriu-se e alguma coisa pequena conseguiu passar, minutos após a chegada dele. Era mais um dos seres que dominavam a capital paraense, como numa realidade terrivelmente fatal. Medindo pouco menos de cinquenta centímetros, a criatura rapidamente chegou ao andar onde ele habitava. Antes que Benício fechasse a porta, o homúnculo o agarrou após um salto, cravando as garras pouco acima do joelho, mas atingindo a veia femoral em cheio. Depois de semanas lutando por sua existência, o rapaz não teria mais que 20 minutos de vida. Enquanto o sangue jorrava e ele se debatia, em vão, no chão, a coisa foi para cima de sua barriga e desferiu mais um golpe. Descobriu ali, pouco antes de morrer, que as chamadas *visagens* também eram reais."

Sob os escombros do que parecia ser um complexo de viadutos, devidamente escondidos como se estivessem em uma caverna, Luís Alberto lia essa história mais uma vez para a filha Carla. Era a maneira de eles nunca esquecerem a própria segurança e sempre se certificarem que, onde quer que estivessem, o bloqueio de entradas e saídas deveria ser monitorado constantemente. Quando as estrelas no céu aparecerem, vão saber que só assim o que restara da humanidade sobreviveria naquela Era dos Mitos.

※ ※ ※ ※ ※

Ano: 2020

Acostumado a ser apelidado de desatento, por não prestar muita atenção às coisas ao seu redor, o adolescente Arthur Corrêa já batia os pés de maneira acintosa enquanto aguardava a chegada dos demais colegas de classe. Ainda mais naquele horário, afinal, praticamente não dormira nada jogando até altas horas o seu jogo *on-line* preferido desde o início da noite da sexta-feira. Porém, o combinado era que, um dia antes de realizarem um simulado na escola em que estudavam, teriam um momento de relaxamento entre amigos. Era a promessa do professor de História.

※ ※ ※ ※ ※

Thaís Pereira penteava o longo cabelo liso, típico de muitas morenas paraenses, quando a mãe a lembrou mais uma vez do horário com o risco de perder a carona. Já estava vestida com uma bermuda jeans e uma blusa azul, onde estava estampada a imagem de Nossa Senhora de Nazaré, padroeira do Estado.

A garota morava com a mãe, Gertrudes, que se separou do pai da menina quando ela tinha dois anos. Ela quase já não perguntava pelo pai, pois a mãe sempre desconversava sobre qualquer assunto que se referia ao Sr. Honorato.

Moradora do bairro do Jurunas, do outro lado da cidade, se fosse de ônibus talvez não chegasse a tempo.

Localizado na principal avenida de Belém, o Bosque Rodrigues Alves era um pedaço da floresta amazônica encravado bem no meio da metrópole. Com mais de 80 mil espécies da flora e fauna distribuídos em uma área aproximada de 150 mil metros quadrados, ele preservava parte da natureza originária antes da expansão da cidade.

Arthur acompanhava a visitação com cara de poucos amigos e o único alento era estar perto de Thaís, por quem nunca disfarçava sua admiração. Queria saber se o passeio ainda iria demorar muito.

Já Thaís não escondia a euforia de quem está no "seu mundo", tal qual um astrônomo ao descobrir uma nova estrela ou um cientista ao encontrar a cura para uma doença. Com boas notas no seu currículo escolar, ela amava ler e pesquisar assuntos da cultura nortista, inclusive, seguia uma página no Instagram em que se postavam fotos antigas da capital.

Um dos locais que ela admirava no bosque era o Chalé de Ferro, uma estrutura arquitetônica pré-fabricada de ferro, com quase 380 metros quadrados e remontado em 1985. Também admirava as estátuas ali instaladas.

O Mapinguari era mais um ser da mata. Segundo a lenda, alguns o descreviam como um monstro semelhante a um bicho-preguiça, porém com a boca se estendendo até a região do abdome.

Já o Curupira dispensava apresentações, pois sempre falavam dele na semana do folclore. O menino de pés para trás, entre as entidades da literatura fantástica, era pura travessura.

Enquanto passavam ao lado de uma seringueira, árvore que trouxe grande riqueza no ciclo da borracha ao Pará, uma cutia atravessara outro caminho de terra batida e chamara a atenção de Arthur, avesso também a animais, facilmente vistos naquele lugar.

Logo atrás do pequeno mamífero, um sujeito parecia correr em direção a outra trilha.

Sendo um sábado como outro qualquer, a movimentação dentro do bosque era considerada normal. Com o ingresso bastante acessível, facilmente se viam muitos turistas e fotógrafos de fim de semana retratando as maravilhas botânicas ou simplesmente fazendo *selfies*.

Um dos pontos mais visitados naquele quarteirão era a chamada Gruta Encantada, comparável a uma caverna cheia de túneis e depressões, em frente a uma queda d'água e uma escada de pedras.

Ali, Carlos Alberto, moreno, de rosto simétrico e que seria considerado por revistas especializadas como definição de uma face perfeita, não se importava em vestir uma camisa e calça branca e ser atingido por alguns respingos de água ao adentrar na gruta, que também sujavam o tênis, também branco.

Minutos antes, ele enxotara uma cutia que insistia em andar ao lado dele e apressou o passo. Já dentro da gruta, tirou das costas a mochila que carregava, colocou-a no chão e a abriu.

Carlos pegou uma marreta e começou a bater em algumas pedras. A expectativa era encontrar o Muiraquitã. Evitando chamar a atenção sempre que alguém passava, ele continuou até, finalmente, encontrar o que poderia ser sua redenção.

O semblante misterioso, um tanto lânguido, de minutos antes, esboçou um leve sorriso de canto de boca, com o suor escorrendo lentamente pelas têmporas. Em suas mãos, estava uma pedra que o fez recordar daquela anciã que lhe tinha informado alguns meses antes que precisaria encontrar aquela pequena réplica batráquia em suas mãos. E assim o fez, dando-lhe um forte golpe.

Uma intensa luz encandeou a gruta, a partir do orifício aberto, espalhando um clarão por todos os lados.

※ ※ ※ ※ ※

Thaís registrava em seu celular alguns exemplares de plantas nativas quando observou um grande clarão deixando o céu ainda mais branco. Fez-se o silêncio. O barulho de caminhões, ônibus, carros pequenos, motos... nada. Em seguida, um forte deslocamento de ar derrubou todos que estavam a metros da famosa gruta do bosque.

Em seguida, ainda atordoados, um a um começavam a se levantar, mas a menina não parecia acreditar no que estava acontecendo. Ali pertinho dela, correndo igual ao famoso passo de dança de um falecido cantor, o Curupira gritava para terem cuidado com o Mapinguari.

Além da voz estridente do ruivinho, o outro som que se ouvia era o de um Uirapuru.

✿⊱━━━⊰✿

Carlos é da cidade de Muaná, município localizado na Ilha do Marajó. A cidade é conhecida como terra do camarão por realizar no mês de junho o Festival do Crustáceo, sendo considerada a maior festa cultural do arquipélago, reunindo mais de 30 mil pessoas.

Com o poder que tinha em mãos, o indivíduo guardou na mochila o chapéu que usava e servia para esconder sua peculiaridade: um orifício no alto da cabeça.

Ele nascera não como humano e sim como outro mamífero: um boto cor-de-rosa. Com o poder de se transformar em homem, desde pequeno ele sempre perambulou pelas comunidades ribeirinhas, onde era bastante conhecido. Quando cresceu e virou adulto, passou a procurar cidades nas quais não era conhecido e, assim, disfarçava-se e acabava seduzindo jovens solteiras, engravidando-as e sumindo dias depois.

Anos atrás, quando era menino ainda, ao visitar um vilarejo e conversar com uma anciã, que não parava de fumar tabaco, descobriu que já existiram outros como ele, mas poucos sobreviviam, afinal, eram caçados como troféus pelos pescadores ou familiares das mulheres vítimas do encantamento deles. Mais ainda, mesmo que não morresse pelas mãos de alguém, só chegaria no máximo aos 60 anos de idade. Era o preço de sua maldição.

Não satisfeito com a verdade, questionou o que poderia fazer para conseguir alterar seu destino, conseguindo até mesmo a juventude eterna, se fosse possível. Matinta, a velha do vilarejo, lhe narrou a lenda que falava sobre uma pedra que se assemelhava a um sapo, esculpida por mulheres guerreiras de uma antiga tribo, ao longo do Rio Amazonas. Ela era um objeto especial porque teria sido um pedido do próprio Nhamandú, deus-supremo dos tupi-guarani para entregar a M'Bororé, milênios atrás.

Carlos soube que, posteriormente, ela fora inserida dentro de outra pedra, como forma de garantir o equilíbrio entre os dois mundos: o real e o fantástico. Em suas pesquisas, descobriu que essa pedra estaria num navio naufragado por Boiuna, a cobra-grande, às proximidades de Belém.

Passadas duas semanas desde aquele dia, tudo parecia normal. Era como se as memórias de todos tivessem sumido após saírem correndo do bosque, mas Thaís dava ares de ser a única que sonhava toda noite com o que ocorrera. A mãe, incrédula, dizia que era mais um pesadelo da filha.

Carlos se apresentou como um grande empresário e já manipulava autoridades da segurança pública e políticos. O Mapinguari foi transfigurado num truculento guarda-costas. Curupira, o pequeno motorista.

Naquela manhã, Thaís caminhava por uma avenida quando um táxi passou ao seu lado, com a velocidade baixa. A pessoa que estava dirigindo baixou o vidro e parecia contente por tê-la encontrado.

Uma moça de pele bem nívea se apresentou como Josefa e a pediu que ela entrasse no carro para ajudá-la a entender que os pesadelos dela eram reais.

Thaís se sentou no banco de trás do veículo e percebeu que estavam indo em direção ao bairro do Guamá, o mais populoso de Belém. Ao parar o automóvel, após alguns minutos, nem se atentou onde Josefa havia estacionado, pois estava mais interessada em ouvir a história daquela mulher.

Josefa contou que sabia que muitas outras lendas já perambulavam entre nós há tempos. Alguns foram esquecidos à própria sorte, mas desde a Grécia, passando pelo Egito e outras grandes civilizações, os mitos eram reais e se perpetuavam através das histórias recontadas.

Se havia uma maneira de terminar com o domínio do boto seria com a promessa de que tudo que ela contasse também deveria ser repassado e escrito em um novo livro, garantindo que tudo jamais fosse esquecido.

Ela pediu que Thaís chamasse alguém em quem confiasse para irem até a Estação das Docas e lá sussurrassem o nome Iara.

Em dado momento, enquanto questionava como ela sabia disso tudo, a garota olhou para o lado e viu que estava em frente ao Cemitério de Santa Izabel. Ao se virar para sua anfitriã de um passeio inimaginável, ela sumiu bem diante dos seus olhos, ficando somente uma fumaça translúcida no banco do motorista.

※ ※ ※ ※ ※

Construída onde antes existiam galpões do porto da capital, a Estação das Docas era um dos mais lindos cartões postais de Belém.

Ao chegarem ao fim da tarde, com o sol se despedindo por trás de uma ilha, Thaís e Arthur se aproximaram das margens do rio Guamá.

A adolescente retirou da mochila que carregava uma pequena garrafa tipo *long neck*.

Como o mundo já estava há alguns dias vivendo uma realidade mágica, não demorou muito e os jovens viram o guarda-costas de Carlos Alberto vindo na direção deles pelo lado do mercado Ver-o-Peso. Já pela entrada próxima à chamada escadinha, ponto de embarque e desembarque de barcos, vinha o próprio boto.

Thaís sabia que aquele era o momento e chamou pela Iara.

Nadando próxima ao parapeito, uma mulher emergiu com os cabelos cobrindo parte de seu rosto e os seios.

Iara era uma índia que há muitos anos fora acusada injustamente de ter assassinado os próprios irmãos, mas quem cometera os crimes foram outros seres encantados.

Acuada pelo próprio pai, cacique da tribo, a indígena foi jogada no rio, mas Nhamandú a protegeu, transformando-a numa sereia.

Carlos se aproximou e lembrou da menina no bosque e perguntou o que ela tinha feito. Arthur pegou a garrafa e, quando ia beber, Carlos o segurou pelo braço querendo saber que líquido era aquele.

Thaís se intrometeu e disse que era uma poção para protegê-los. Sem hesitar, o homem tirou a garrafa da mão do garoto e entornou o líquido de uma só vez.

Ainda dentro d'água, Iara começou a cantar. Arthur conseguiu tapar os ouvidos, mas Carlos não conseguiu fazer o mesmo. Titubeando, sem saber o motivo, ele olhou para Thaís e perguntou o que tinha na garrafa. Sorridente, ela respondeu que ele tomara chá de tamaquaré.

Duplamente tonto, pelo líquido e pelo canto da sereia, o falso empresário se aproximou do parapeito de proteção dos visitantes e, antes de cair, disse que retornaria para se vingar.

Ali, ele fora derrotado, pela primeira vez, encantado por uma voz feminina e a astúcia da juventude.

Iara também sumiu por alguns minutos, mas em seguida apareceu e jogou para Thaís uma espécie de pingente. Era o Muiraquitã, restaurado. De alguma forma, Thaís ouviu em seus pensamentos a voz da indígena dizendo que ela deveria protegê-lo com a própria vida, se fosse necessário, pois era preciso.

※※※※※

Já tinha pouco mais de um ano que alguns seres das lendas amazônicas apareceram na cidade das mangueiras, saindo do imaginário popular para a realidade.

Enquanto Thaís tomava um tacacá, um tipo de sopa feita com o tucupi, camarões e jambu, Arthur terminava mais um rascunho com as anotações para edição da história que poucos iriam acreditar. Pendurado num colar, a moça carregava um amuleto: o esverdeado Muiraquitã.

Mesmo que não estivessem concentrados na tarefa para cumprir o pedido de Josefa, não atentariam que no meio do rio Guamá, há dezenas de metros do Portal da Amazônia, um boto parecia observá-los.

AS RUÍNAS

Célio Marques

Do grupo original restou o casal de garotas, o rapaz alto, Rosana e João Antunes. A excursão tornou-se chata, e resolveram se emancipar das visitas tradicionais, reguladas por um relógio preciso demais para coadunar com o prazer de turistas sem método. O hotel de selva dava essa liberdade aos hóspedes, e como a área reservada possuía um milhar de hectares, passeios solo costumavam ser prazerosos.

Resolveram ir pela trilha que o guia tinha indicado, mas, ao mesmo tempo, desaconselhado. Deixaram a canoa de madeira azul e branca amarrada na margem e foram para a terra. Um deles marcou a hora. Nove horas. Cedo o suficiente para uma caminhada de observação e um retorno seguro. As garotas eram aventureiras, da classe média mais saudável, amigas que se chamavam Sheila, com os cabelos pretos, e Enya, uma loura de cachos dourados que desciam até o ossinho da coluna. O cóccix. Tinham a mesma idade, 21 anos. O rapaz alto, Renato, apenas 19 anos e primo de Enya. Rosana era assistente social e trabalhava no sul, usava roupa de aventureira e tinha o corpo proporcional. As duas jovens preferiram os biquínis e sandálias.

Renato ficava perdido admirando o corpo de Sheila.

— Vê se não vai tropeçar na língua — disse Enya.

— Não enche!

— Legal que o hotel está vazio, né?

— Os hóspedes são aguardados para a temporada de férias pós-pandemia — falou João Antunes.

— A vacina veio na hora certa, a onda de mortes foi terrível — lembrou Rosana.

— Eu não aguentava mais as máscaras — lembrou Enya. — Nenhuma combinava com meus olhos.

Enya falou e piscou os olhos inúmeras vezes, em uma demonstração de destreza muscular e charme duvidoso.

O grupo andava despreocupado pela trilha quando toparam com um inusitado observador, contemplando uma das espécies de flor parasita, uma orquídea, comum naquelas florestas. O grupo reconheceu-o, era o senhor Renoir, um francês residente há muitos anos na região. O senhor Renoir fazia trabalhos esporádicos para o hotel de selva, e naqueles dias aguardava uma trupe da Espanha. Ele faria a recepção, mostraria as comodidades das instalações e prepararia os equipamentos para a expedição do grupo.

Tudo isto ele mesmo tinha contado no jantar.

— Renoir! — chamou o grupo.

O senhor se virou para o grupo e abriu o sorriso peculiar, amistoso e, ao mesmo tempo, com uma dose enervante de pedantismo.

— Senhores. Senhoras — falou Renoir.

— Estamos perdidos, como você sugeriu no jantar — falou João Antunes.

— Deixe-me fazer um exercício de memória. Senhor João...

— João Antunes.

— João Antunes e senhora Rosana. As meninas Enya e Sheila, sempre seguidas do jovem Renato.

— Até o senhor — desabafou Renato.

— Meu jovem, não julgue esse comentário como algo depreciativo. Queria eu poder seguir estas beldades, mas estou velho e a única flor que contemplo atualmente são as orquídeas.

Renato sorriu e as garotas fizeram comentários particulares, que não compartilharam com os demais.

— Essa trilha leva para muito longe? — perguntou Rosana.

— Os caminhos levam para onde nosso desejo quer nos levar, mas que nossa razão impede de irmos.

— Já fomos para lugares bem estranhos — disse Enya.

— Muito estranhos? — perguntou Renoir.

— Descemos em uma gruta na Chapada Diamantina, Gruta de Teju Jagua, mas o guia não deixou que a gente pernoitasse — completou Sheila.

— O senhor sabe o que significa esse nome? — interpelou Rosana.

— Sim, minha jovem. Eu sei — disse Renoir, acentuando o tom solene, como se sereferindo a algo sagrado.

— O que significa, afinal? — interpelou Renato.

— É um dos deuses primordiais da cultura tupi-guarani, um dos numens mitológicos que não foram deturpados pela mentalidade tosca dos religiosos portugueses. Esse deus guarda as cavernas, grutas e fossos.

— Mas é um deus, sei lá, como posso dizer... deus do mal?

— "Deus do mal", você diz, mas o que pode ser uma deidade do mal?

— Um que exija sacrifícios humanos — falou Sheila.

— Conheço um que pediu ao pai para sacrificar o próprio filho — disse Renoir.

— Mas não vale simples mitologia — defendeu-se Sheila.

— Desculpem minha desatenção, pensei que falássemos de deuses. João Antunes sorriu.

— Mitologia é o nome que damos às religiões dos outros — disse Rosana.

— Perfeita observação — comemorou Renoir.

— Papo de professores — bocejou Enya.

— A menina tem razão, nesse aspecto afogamos nossas angústias no mar de hipóteses que queremos usar como os novos dogmas, mas a vida é deveras maior que modelos e paradigmas concebidos dentro da nossa limitada capacidade de aprender e compreender.

— Porra, velho! Tu só consegues falar para dentro — comentou Renato.

— A arrogância da juventude, maravilhosa — respondeu Renoir.
— Liga não, Renoir. É ciúme — falou Sheila.
Renato já iria replicar, mas um olhar de Enya o fez calar.
— Fiz estudos em mitologia, mas foram estudos simplórios — falou Rosana.
— Mitologia grega, você quer dizer aquele monte de asneiras que os homens das cidades-estados contavam uns para os outros, em versões das mais estranhas? — pontuou Renoir.
— Os indianos devem pensar a mesma coisa da nossa religião, ou religiões. Vocês dois devem saber como classificar — ponderou João Antunes.
— O senhor trabalha com o quê, senhor João? — perguntou Renoir.
— Funcionário público. Setor financeiro.
— A senhora Rosana?
— Serviço social, mas estou tentando ampliar os horizontes com conhecimentos livres.
— Agora compreendo os estudos simplórios, mas lhe digo uma coisa: não há estudo simplório. Afundamos no saber de acordo com nosso fôlego, e nosso fôlego aumenta com a dedicação, fique certa disso.
— Vamos ficar de bate-papo ou vamos seguir adiante? — perguntou Renato.
— Tenho uma proposta que pode agradar vocês, mas se não concordarem existem belezas nessa trilha que poucos olhos já testemunharam.
— Qual seria essa proposta? — questionou Enya.
— Foi como expliquei no jantar. Sou contratado para fazer o papel de receptivo aos grupos que compareçam no hotel, geralmente procurando por um atrativo particular. Isso me fez lembrar um detalhe. Como vocês encontraram a página do nosso hotel?
— Pergunta esquisita — falou Renato.
— Desculpe a intromissão, meu rapaz. Nem de longe quero me intrometer nos seus particulares, mas agora que conversamos fora das acomodações, longe de ouvidos atentos...
— Caramba, Renoir! Por que esse segredo todo? — perguntou Rosana.

— Como posso explicar? Nosso diferencial é justamente a completa exclusividade. Nossas reservas são para grupos especialíssimos, gente que procura locais que são raros hoje em dia.

— Nós nos hospedamos em Manaus, mas me lembro de que descemos para o salão e ficamos procurando uma operadora de turismo — disse Sheila. — Juntos os três.

— Vimos o João e a Rosana — completou Renato.

— Vocês recordam o horário?

— Já era tarde. Meia-noite mais ou menos — respondeu Sheila.

— Isso faz dois dias?

Sheila fez as contas mentalmente.

— Sim. Dois dias.

— Aconteceu uma ruptura na segurança do nosso sistema nessa data e nesse horário, portanto, creio que vocês, acessando ao mesmo tempo, foram direcionados para essa propriedade em sincronia.

— Isso foi sorte ou azar? — alfinetou Renato.

— Sorte! — respondeu Enya.

— Destino! — disse Renoir.

— E a proposta, Renoir? — perguntou João Antunes.

— Conhecer ruínas que foram descobertas faz alguns anos. Seremos os primeiros a frequentar o local depois de muito tempo.

— Essas ruínas são o quê? Prédios? Restos de moradias antigas? Líticos raros? — perguntou Enya.

— Você tem algum conhecimento em arqueologia, minha linda? — provocou Renoir.

— O professor de História, na época do colegial, passava slides de sítios arqueológicos, e sempre explicava os detalhes das descobertas.

— Se falar vou desmontar parte da surpresa. E que maravilhosas descobertas vocês poderão fazer por lá.

— Então? Vamos ou não? — indagou Rosana.

Os mais jovens se entreolharam e decidiram seguir adiante, pois não seriam vencidos, segundo a ótica das garotas, pela arrogância velhaca de uma balzaquiana metida a Lara Croft. E o marido, pela ótica moral de Renato, que devia ser um daqueles cornos modernosos, já que Rosana parecia evidentemente encantada pelo monsieur Renoir. A turma começou a caminhada e foram longas horas, que nenhum deles supunha no início.

Subiram trechos íngremes, segurando em raízes e troncos de paus. Duas vezes os componentes da excursão deram gritos, no momento em que suas mãos encontraram espinhos e o tipo de mato serrilhado que causava um desconforto tremendo. Renoir avisou que logo chegariam a uma cabana rústica, espécie de base de apoio para esse tipo de excursão.

— Cara, tô morrendo de fome — falou Renato.

— O que não daria por uma piscina, almoço e ar-condicionado — completou Enya.

— Falta muito, senhor Renoir? — questionou Sheila.

— Meus jovens aventureiros, as dificuldades da conquista enobrecem o prêmio. Já imaginaram se Jasão e os Argonautas não tivessem dificuldades em pôr as mãos no Velo de Ouro? Se Hércules tivesse que completar somente dois ou três trabalhos? Força e logo estaremos bebendo e comendo. Depois vamos continuar. *Le long des mousquetaires!*

— Não entendi — falou João Antunes.

— Avante, mosqueteiros!

Após vários minutos, enfim alcançaram a cabana de apoio. O local era protegido por uma cerca baixa, com portão de acesso trancado. Embora parecesse apenas formalidade urbana, já que seria fácil ultrapassar o obstáculo e adentrar a área interna. A cabana em si já representava outro grau de dificuldade. A aparência frágil em um primeiro olhar escondia uma robustez material que traria dificuldade para um invasor de ocasião. Tábuas grossas formavam as paredes e as janelas tinham folhas duplas e trincos elaborados, a porta era do tipo que fechava com travas em todos os lados e, por certo, devia ter algum artifício acionado por alavanca criando alguma barreira física adicional.

Resumindo, a cabana mais parecia uma casamata inviolável.

— Acho que nem uma bomba faria estrago aqui — observou Renata.

— Somos administradores zelosos — respondeu Renoir.

Renoir abriu as janelas e acendeu lamparinas e incensadores que em minutos deixaram o ambiente agradável ao olfato, e iluminado, afastando a atmosfera tétrica. O grupo foi convidado a relaxar, enquanto Renoir preparava o fogo.

O homem sabia agradar.

Preparou carnes e espetos, abriu garrafas de bebida e as dispôs em uma mesa de madeira nos fundos. Um jardim bem cuidado servia de ambiente, cheio de flores e orquídeas, com cipós aéreos descendo da pérgula e criando um jogo de sombras no chão. Renata se sentou em uma cadeira, enquanto João Antunes investigava os detalhes do ambiente, mas na verdade o marido estava com ciúmes da mulher. Quando voltassem para as suítes reservadas, teriam uma conversa sobre o comportamento dela em relação a Renoir. Os olhares e os cochichos durante a caminhada na trilha.

Dentro da cabana, pelas paredes, existiam quadros de cortiça, com fotografias de grupos entusiasmados. Deviam ser as excursões programadas, que seguiam a trilha alternativa. Chamaram a atenção de João alguns detalhes que para os outros passaram despercebidos. As fotografias contavam uma história iconográfica, mas outra igualmente temporal. João se formara em Contabilidade e trabalhava com finanças, mas um dos seus passatempos prediletos eram os jogos de memória e observação. As fotografias mais antigas foram pregadas naquele quadro há muito tempo. O papel de alta gramatura depunha a favor dessa observação e o alfinete que o espetava estava enferrujado, mas o artesanato do alfinete merecia uma descrição. A cabeça, por certo de marfim, tinha sido entalhada. O metal da haste possuía filigranas sutis, que o fazia se assemelhar a um florete. João desconhecia a indústria de manufaturas que tinha produzido aquela peça.

Descendo os olhos para os demais painéis nas paredes, encontrou uma peça insólita, uma placa pintada de vidro. Com homens e paisagens. Uma fotografia em chapa de vidro, técnica morta no início do século XX, usada pelo cineasta amazonense Silvino Santos para registrar fatos pitorescos da região. Uma pena não poder pegar as chapas de vidro.

Afinal, há quanto tempo existia esse lugar?

Pregadas nas paredes, foram encontradas armas de todos os tipos. Facas, adagas, espadas, floretes, arcos, lanças, bordunas e outras que nem se reconheciam. Em outra seção, dessa vez acompanhado pelo trio de jovens, estavam as armas de fogo. Um museu de peças como mosquetes, pistolas de extrusão, rifles arcaicos, bacamartes. Renato admirava uma pistola Mauser, do tempo da Segunda Guerra Mundial. Renoir se aproximou e ligou uma lâmpada, que deixou as peças ainda mais vibrantes.

— É uma coleção valiosa — falou Renoir.

— Peças que não encontrei no Museu de Numismática e do Exército em Manaus — falou João Antunes.

— Os grupos deixam como souvenir — falou Renoir.

— Mas são tantas armas?

— A comunidade de exploradores é composta por gente entusiasta. Armas e carros são objetos comuns de fetiche. Óbvio que não poderíamos comportar uma exposição de veículos.

— Engraçado uma coisa, Renoir — observou Enya.

— O que é engraçado, linda aventureira?

— O pano de fundo das fotografias parece ser o mesmo, uma única paisagem que não mudou durante muito tempo.

— Nosso empreendimento é reservado e muito tradicional, e o modelo de hotel de selva existe desde o século 19, na África. Edgar Rice Burroughs coloca o Tarzan em suítes aéreas — explanou Renoir. — Vamos comer agora?

O grupo comemorou e foram comer a refeição improvisada, mas ao chegar à mesa pararam boquiabertos. Renoir havia preparado um banquete suntuoso. Vinhos estavam dispostos em recipientes cheios de gelo, e uma quantidade desse vinho respirava seu buquê em um *decanter*. Carnes em espetos estavam em travessas e, no braseiro, outras carnes fumegavam.

— Caramba, Renoir! — exclamou Renato.

— Coma, meu jovem. Alimente seu corpo para futuras batalhas — disse Renoir, que sorriu meio zombeteiro olhando para as garotas. — Mas antes de começarmos a nos satisfazer, tenho outra proposta que é uma extensão da primeira.

— Fala logo — pediu Sheila.

— Em homenagem ao banquete romano, peço que vocês se vistam a caráter.

— Como assim? — questionou Renato.

— É um dos brindes do hotel. Para imersão total na experiência sensorial, este pacote é reservado para as excursões especiais. Mas vocês conquistaram o coração deste solitário. Óbvio, vocês podem recusar, mas se aceitarem vão ser todos tacitamente a participar dessa brincadeira. Antes uma fotografia desse grupo tão alegre e disposto. Concordam?

Para posarem não houve vozes de discórdia, Renoir posicionou cada elemento tendo a mesa de guloseimas como tema central e fez a fotografia, usando uma máquina com aspecto antiquado. Por certo um desses modelos retrô. A deliberação acerca das roupas durou pouco tempo, e concordaram sem maiores problemas.

As mulheres foram se trocar e, em seguida, os homens.

Um detalhe interessante consistiu em deixarem os celulares, máquinas fotográficas, *smartphones* e quaisquer outros aparelhos eletrônicos dentro de um armário, individual, protegido por senhas que o usuário momentâneo determinava em um teclado. Fizeram a pergunta tradicional: "Por quê?". Renoir explicou calmamente que as regras de divulgação eram inflexíveis, não cabendo discussão sobre o assunto, mas que não haveria problemas em um ou mais dissidentes aguardarem o retorno dos que aceitassem a regra. Novamente, Renoir conseguira contornar com sofisticada diplomacia outra barreira e quando as mulheres saíram com as roupas comemorativas, estavam deslumbrantes. Os tecidos eram finos, revelando de maneira sensual o que a sociedade teimava em esconder. Os homens também experimentaram uma liberdade de movimentos com a qual não estavam acostumados.

Então comeram, beberam e se embriagaram, tudo sendo orquestrado por Renoir. As horas foram passando sem que o grupo estivesse preocupado com a chegada da noite, já que a cabana comportaria facilmente um pernoite. Saíram caminhando para as ruínas prometidas, rindo e brincando. Até a timidez moral de João Antunes começava a ruir, e faziam brincadeiras picantes uns com os outros. Sem que se preparassem para o espetáculo, eles chegaram afinal às ruínas.

Em uma grande depressão, cercada de árvores e com grades cheias de pontas, repousava uma construção que nenhum deles jamais vira concretamente. Corredores e obstáculos se intercalavam, se estendendo em uma grande área. A depressão devia ter uma área equivalente a um ou dois campos de futebol e se perdia na direção de um paredão de pedras, que subia para um pequeno platô. Renoir consultou o relógio de pulso.

— A noite vai cair em pouco tempo, mas abaixo existem archotes...
— Que porra é um archote? — perguntou Renato.
— Uma tocha, rapaz! Peguem os archotes e acendam usando as pederneiras presas na parede.
— Sei usar uma pederneira — comentou João Antunes.
— Desçam e aproveitem.
— Você não vem com a gente? — perguntou Rosana.
— Depois descerei, mas primeiro os convidados devem experimentar as sensações do lugar, as sombras.
— Isso é um labirinto? — observou Enya.
— Encontramos faz muito tempo, uma das maravilhas do mundo.

O grupo desceu, admirado com a arquitetura, imaginando como uma construção como aquela foi construída no meio da floresta. Enya se lembrou do Minotauro, mas gregos na Amazônia seria demasiado fantasioso. Quando alcançaram os archotes e os acenderam, foram falar com Renoir, que se encontrava na borda externa, observando como um expectador. Comentavam o incrível do local quando o ribombar de metal encheu os corredores e ecoou longe no silêncio da floresta.

— Desceu uma grade de ferro no acesso da rampa que descemos — informou Renato.
— Vamos falar com Renoir. Assim já é demais! Não vou ficar presa neste lugar por causa de regras idiotas — disse Sheila.

Alcançaram a parte externa do labirinto e olharam para cima, para encontrar o local de onde Renoir os observava.

— Renoir! — gritou Renato.

Demorou um pouco, o guia se apresentou. Vestia uma indumentária ritual exótica.

— Sim, meus amores?
— Essa grade? Você pode fazer o favor de subi-la? — ordenou Sheila.
— Não posso. Logo chega a noite e ele vem caçar.

O grupo se entreolhou.

— Vem caçar? — repetiu Sheila.

Em resposta à jovem, veio dos corredores mais internos um urro animal que não puderam classificar, parecendo um arremedo de mugido mixado a uma voz. Em seguida, o som de cascos, que se aproximavam cada vez mais. Quando surgiu, a razão abandonou as mentes de cada um deles. Renoir os dopara para que as mortes não fossem demasiadamente sofridas, mas correriam pelo labirinto para alegria do seu deus monstruoso. Mino, que era como o chamava, deixaria uma das garotas vivas, para desposá-la. Apostava em Rosana, a coroa fogosa, mas ela teria de suportar o furor de sua haste. Nisso muitas morriam. Os demais seriam devorados no correr dos dias. Acaso conseguissem adentrar os corredores e vencessem as provas, poderiam se salvar, mas daquele grupo certamente não viria o herói que o derrotaria. Antes de descer, Renoir ouviu uma das jovens gritando em algum ponto do labirinto, mas não reconheceu a voz.

— Isso não vai ficar assim, velho safado! Vão mandar nos procurar!
— Não se preocupe, senhorita!
— Senhorita é o caralho! Tu vai apodrecer na prisão.
— Tenho experiência nessa área. Vocês desapareceram!

O som de cascos se acelerou e Renoir ouviu os primeiros gritos. Os tempos eram outros e os homens fracos demais para enfrentar a morte sem gritar.

DEUSES DA GUERRA

Diego J. Raposo

Nos idos de março, em um campo aberto ao nordeste da cidade de Camuloduno, um acampamento romano se destaca na noite, com tochas acessas e legionários fazendo vistorias em torno das muralhas da *castra*. Próximo ao portão sul, dois soldados jogam dados enquanto mantêm a fogueira acesa. Um deles é jovem, de nome Rufus Marciano, soldado por dois anos em guarnições na Gália Transalpina, convocado para Britânia sob ordens do general Aulo Pláucio. É baixo e franzino, mas com algumas cicatrizes escondidas no peito, resultado de escaramuças que quase tomaram sua vida. O outro, Mário Cássio, faz parte de uma das coortes do legado Tito Flávio Vespasiano na *Legio II Augusta* e, tendo quase seis anos de campo, é legionário experiente e duro. Sua aparência alta e rosto tranquilo, porém, tendia a enganar quem não o conhecia a fundo, sobretudo se ouvisse as piadas obscenas que contava para entreter companheiros de campanha.

Rufus e Mário apostam pequenos pertences com dados. Mário levara a melhor até então, e graceja:

— Meu caro Marciano, a sorte não está contigo. Seria sensato desistir, amanhã será um novo dia e teremos mais coisas para apostar.

— Quer dizer então que vamos levantar acampamento e rumar para Camuloduno?

— Sim, sim... O *princeps* está com pressa e saudade das termas! Mal chegamos e já quer partir, só quer fazer a aparência de grande general conquistador e voltar para um triunfo. Quando todos sabemos que Pláucio e Vespasiano fizeram todo o trabalho sujo! Só um covarde que se esconde em cortinas gemendo de medo se apodera do sucesso dos outros assim.

— Shhhh! Quer nos ver mortos na chibata!? Veja! Vespasiano passa por aqui e nem pilhagem, nem mulheres, nem nada!

— Calma, calma, pequeno. Ele é um dos nossos. Acorde amanhã cedo e verá ele preparando a própria farinha junto com os outros de nós. Esse, sim, daria um grande imperador. Mas não enrole. Vai parar ou não?

— Eu... — separando uma estátua de uma trouxa atrás de si, Rufus a segura e pondera.

— Que bela estátua de Marte você tem aí... Ah, você nasceu sob os desígnios de Marte, então, daí o nome Marciano?

— Sim, vem da família. Eu nasci em 5 de março, bem no meio das festividades dele. Já me salvou a vida mais de uma vez, e sempre dedico a ele um pequeno sacrifício antes das batalhas, usando esta estátua como testemunha.

— Então não pode perdê-la. Terminemos esse assunto.

— Não exatamente. Ele me diria que mais vale uma arma na mão do que um pedaço de pedra esculpido. Aposto isso pelo teu púgio.

Rufus olha para a adaga presa à sua esquerda, retira-a e, sorrindo maliciosamente, resolve aceitar o desafio. Na manhã seguinte, Rufus faria seu ritual normalmente.

No nascer do sol, um *haruspex* realiza um ritual premonitório para Júpiter, sacrificando um touro branco que os soldados encontraram na vila que recentemente haviam tomado. Limpa-se copiosamente, extirpa a vida do animal e, pela leitura de suas entranhas, com o olhar vigilante no imperador Cláudio a alguns passos, conclui que o avanço era bem visto pelos deuses.

A marcha segue ao longo do meio-dia, quando entram em uma floresta com árvores muito altas, mas espaçadas o suficiente para permitir que o contingente atravessasse a passos lentos. Rufus tem sua atenção desviada para gritos de pássaros e estranhos seres urrando em intervalos regulares. Ruídos em selvas eram comuns, mas dificilmente audíveis através do passo de milhares de homens.

Dião Córbulo chama sua atenção: esses são códigos entre os belgas. Servem tanto para se comunicarem e tomarem decisões de ataque e defesa, como para assustar os homens e lembrar que eles estão sendo observados.

— Eu não queria ser capturado por um deles. Não mesmo. Prefiro flechas em meu peito a ser arrastado até um druida. Já ouviu falar do homem de vime que aqueles malditos constroem? Pois bem, eles fazem um boneco enorme com galhos na forma de um homem tosco, e dentro dele colocam as vítimas do sacrifício. Lá dentro os amarram e tocam fogo, e ouvem o pobre sofrer e sofrer, abafando seus gritos com cantos rituais... e se César disse isso, eu acredito!

Rufus cerra os dentes calado, lamentando tanta informação não requisitada, em meio a um ambiente suficientemente hostil e que demanda a máxima atenção. Mas confessa para si que, pela primeira vez, teme estar em campanha. Ter a cabeça cortada enfeitando a lança de um celta era uma coisa. Servir de sacrifício era outra bem diferente.

Não muito tempo depois a centúria em que Rufus e Córbulo estão para devido a um bloqueio, com vários troncos nos caminhos mais abertos através das árvores. Os homens interrompem a marcha, aguardando ordens, quando flechas em chamas cruzam o ar por cima da barreira e arrancam a vida dos primeiros à frente. Ao mesmo tempo, gritos e golpes em escudos podem ser ouvidos muito ao longe, sinal de que a retaguarda da tropa está sob ataque. Rapidamente, Vespasiano vem a galope, com disposição forte e eficaz.

— Escudos! Se protejam! Septimus, avance com pelo menos duas fileiras de homens além do bloqueio e protejam os detrás. Vocês, tirem os troncos e deem espaço para recuo! Já separei a cavalaria pra acabar com os arqueiros. O resto vem comigo. Vamos flanquear essa escória belga!

Quase todos reagem imediatamente, e Rufus olha para a adaga, segura a *gladius* e o *scutum* com força, lembra-se da graça de Marte e grita: "*Mars vigila!*".

※※※※※

Entre as muralhas de Camuloduno, um dos maiores ópidos da Britânia, há uma intensa movimentação entre os catuvelaunos, preparando-se para defender a posição, caso necessário. Em uma das cabanas, uma mãe moça, chamada Cadiceia, afia um punhal diligentemente. Ouve um ruído atrás de si e vê o filho buscando sua atenção. Ela interrompe o serviço, limpa as mãos na túnica e coloca-o no colo. O pequeno tem olhos escuros, em contraste com os olhos verdes da mãe; mas ambos possuem cabelos negros e lisos, e a pele salpicada de sardas.

— Mãe, por que todos estão tão ocupados?

— Estão se preparando para defender nossas terras, Camulus. Os romanos transformaram nossos rios em sangue e agora vêm para cá, eles que têm tanto e querem mais, sempre mais — retrucou com amargura.

— Por isso a senhora amola a faca do papai?

Cadiceia range os dentes, receosa do seu destino e do propósito da arma cujo fio renovara. Mas, frente ao medo, por seu marido, pelo filho... Ela se lembra do pai, o grande Lugh, filho de Cassivelauno, que repelira os romanos em tempos menos sombrios. Ela desvia os olhos para o baú onde guarda a espada que herdara dele e renova a esperança. *Não vai ser hoje. Se for, vai ser com a bênção dos deuses. E com luta.*

— Escute, Camulus. Eles vêm para cá, mas vão conhecer a fúria do nosso povo. Você se lembra do carvalho de Camulos, de quando fomos à cerimônia do druida Bandua?

Na mente do garoto, passam algumas imagens de um rito de proteção e fertilidade, no último solstício de inverno. Um velho com túnica marrom e detalhes de couro de cabra se apoiava em um cajado torto com um crânio no topo. Ele entoara cânticos ao surgir da lua no horizonte e, de frente a um grande carvalho, ao lado de uma estátua em madeira de Sucellus, um deus barbado com um machado na mão direita, oferecera um sacrifício de dois touros brancos. Ele cortara um pedaço de visgo florido preso ao carvalho e pedira boa fortuna a Sucellus e a Camulos, e dividira a carne para preparar o banquete que seguiria noite adentro.

— Sim. Lembro sim.

— Aquele é o símbolo do nosso vínculo com o deus Camulos, o nome da nossa cidade, o teu nome. Teu bisavô atestou o poder dos deuses romanos, mas os nossos têm ainda poder nesta terra. Taranis repeliu a sua última invasão com urros, com chuva e raios, e a tempestade castigou seus barcos. E aqui, onde nasceu o nosso poderoso Camulos, deus que surgiu da vingança de Sucellus contra Esus, eles não têm chance. Pois guerra é seu nome. Então guerra é o nosso nome também.

— Ele surgiu do senhor Sucellus?

— Sim, claro que sim! O druida Reua nos conta que Sucellus mantinha paz nessa cidade. Não faltava comida nem água, nem mesmo nos invernos mais impiedosos. Até que Esus, com inveja, decidiu enganar Sucellus. Aproveitou seu amor por Epona, e sugeriu que ele poderia encontrá-la na mata a sudoeste daqui, aquela que proíbo você de visitar. Pois então: Sucellus foi, pensando que era aguardado pela deusa. Não a encontrando, lá esperou. Depois de muitas luas, voltou desconsolado e, quando chegou à cidade, a encontrou queimada, destruída, com todos os moradores mortos. Num rompante de raiva e frustração, Sucellus brandiu o machado e o lançou na primeira árvore a seu alcance. Ela é o carvalho que visitamos uma vez ao ano para a cerimônia do visco, aquele ao lado da imagem de Sucellus. Dele, diz o druida Reua, escorreu o âmbar que Sucellus usou para criar Camulos. Raiva e vingança criaram um deus forte, que cuida de nossa cidade. E ele nos protegerá aqui, não importa quantas lanças tragam. Resistiremos, crê, meu filho!

Renovada a esperança, a mãe sorri para o filho, que retribui o gesto. E, por um momento, há paz em seus corações.

Pouco depois, um homem alto e largo, com barba trançada e machado em punho, entra na casa: "Eles estão chegando. Precisamos ir. Já preparei os cavalos". Cadiceia entrega o filho ao pai, pega o punhal e, virando-se antes de partir, abre o baú. E empunha o cabo com detalhes em âmbar mais uma vez.

Nota histórica: embora alguns personagens sejam fictícios, outros (Pláucio, Cláudio, Vespasiano e Cassivelauno) fazem parte de registros históricos, assim como os eventos descritos e os deuses mencionados (embora em sua história de origem seja ficcional). Em particular, Camulos e Marte viriam a ser considerados um mesmo deus da guerra na mitologia galo-romana (a partir da *interpretatio romana*). Com este conto, quis evidenciar dois lados de uma história de conflito e fusão cultural no intento de sugerir que medo, fé e esperança são comuns a todos os povos, e que os mitos e ritos permeiam estes três aspectos do espírito humano.

SINAIS

Alessandro Mathera

Não existe nada melhor do que acordar por si numa manhã de domingo (mesmo quando o hábito de acordar cedo não te deixa dormir mais) e ter um dia tranquilo e devagar. Pelo menos era este meu pensamento enquanto eu me levantava da cama e até abrir a porta do quarto.

— Bom dia, Alice! Por um instante, pensei que precisaria te acordar.

— Aaah! Que susto, Campeão! Mesmo conhecendo você, não é nada agradável encontrar um tigre alado de dois metros de altura logo depois de acordar! O que você faz na minha casa às nove da manhã?

— Também não me agrada chegar aqui com você dormindo, mas não temos muito tempo. Onde está o Oráculo?

— Estou aqui, em cima da cômoda, do outro lado do quarto.

— Oráculo, mais uma vez você está vermelho! Se é uma emergência, por que não me acordou antes?

— Eu chamei o Campeão até aqui no exato momento que a crise começou e quando ele chegou você já estava acordando.

— Certo. Agora, enquanto eu me arrumo, você pode me contar o que está havendo?

— Sim, no caminho para Viena, Áustria.

— Como é? Viena?

— Alice, não podemos mais perder tempo! E não se preocupe com seu filho. Meus soldados já estão tomando conta dele!

— Já estou pronta, Campeão! Pelo menos já deixou seus soldados aqui em casa. Não sei o que houve com vocês dois para estarem deste jeito numa manhã de domingo!

— Que tal o Apocalipse de João?

— Hein!? Como assim? O Apocalipse bíblico?

— Oráculo, explique a ela por que já vou iniciar o feitiço de ocultação e controle! Afinal de contas, seria demais para o mundo aparecer uma mulher montada num tigre alado de dois metros de altura e portando uma esfera de diamante vermelha e brilhante indo buscar uma relíquia dentro de um museu em pleno horário de visitação!

— Sim, Campeão. É preciso que Alice saiba e entenda a gravidade da situação.

— Só de vocês falarem em Apocalipse, você não nos teleportar para Viena e o Campeão já iniciar o feitiço dele em pleno voo, é muito grave! O que vamos fazer em Viena, Oráculo?

— Vamos pegar a Lança do Destino, seguir para o Kilauea e confrontar Asvero e Elimas.

— A Lança do Destino? A mesma lança que usaram para perfurar Jesus na cruz?

— Sim, ela mesma.

— Pensava que havia sido perdida faz tempo, ainda na época da crucificação.

— De fato, ela ficou perdida por vários períodos longos de tempo, porém também esteve sob a posse de diversos governantes. O primeiro a usá-la em seus feitos foi Carlos Magno, obtendo sucesso em suas batalhas. Depois ela ficou perdida por mais alguns séculos até o monge Pedro Bartolomeu ter uma visão de Santo André que o levou até a igreja de São Pedro em Antioquia e o fez encontrar a Lança.

— Estas histórias eu conhecia, mas acreditava serem apenas lendas medievais e dos tempos das Cruzadas, criadas apenas para elevar o moral das tropas de Carlos Magno em suas conquistas e dos cruzados nas batalhas pelas retomadas, e a Lança encontrada fosse apenas uma relíquia comum.

— Negativo, e depois das Cruzadas ela passou por muitas outras mãos, como Frederico Barbarossa e o Papa Inocêncio VIII.

— Lembro-me de ter lido nos relatos das respectivas épocas que as pessoas comuns acreditavam que eles tinham superpoderes.

— Sim, mas o pior veio depois. Napoleão Bonaparte apossou-se dela durante a Revolução Francesa, tirando-a da Sainte-Chapelle. Hitler conseguiu levá-la para a Alemanha após a anexação da Áustria. Foi graças aos poderes da Lança do Destino que tanto as Guerras Napoleônicas quanto a Segunda Guerra Mundial foram tão destrutivas e duradouras.

— Céus! Então, trata-se de um artefato muito poderoso e perigoso nas mãos erradas!

— Sim. Com o fim da Segunda Guerra, a Lança foi devolvida ao Hofburg Treasure Museum, em Viena, e desde então se encontra lá exposta, protegida por humanos e encantos diversos.

— Até aqui eu entendi a missão e a necessidade de o Campeão já vir executando o feitiço de ocultação desde o Rio de Janeiro, uma vez que ainda estará aberto o museu com visitantes e vigias, mas o que vamos fazer com tal objeto?

— Vamos em busca de Asvero, também conhecido como o judeu errante, e do mago Elimas, que estão de posse do Livro do Leão de Judá.

— Eu conheço a lenda do sapateiro Asvero, que teria agredido Jesus durante a Via Sacra, bem como os diversos relatos sobre os seus possíveis paradeiros ao longo dos anos, todavia o que li sobre o mago Elimas na Bíblia não menciona o seu paradeiro e nunca ouvi falar sobre o Livro do Leão de Judá.

— Infelizmente, a lenda de Asvero é real e ele continua vivo até hoje, esperando pelo retorno de Jesus. Quanto ao mago Elimas, ele realmente confrontou os apóstolos Paulo e Barnabé e acabou cego. Entretanto, por descuido, a cegueira imposta por Paulo acabou tornando-se permanente e Elimas também continua vivo até hoje, apesar de o seu paradeiro ter sido mais discreto que o de Asvero.

— Certo, Oráculo. Mas que livro é esse?

— O Livro do Leão de Judá é aquele que será aberto por Jesus quando do seu retorno.

— Espera, deixa eu entender: o livro sem nome mencionado no Apocalipse cujos sete selos são abertos e provocam o fim dos tempos está em posse de Asvero e Elimas?

— Sim, Alice, e o plano deles é antecipar o fim dos tempos para morrerem.

— Isso eu entendi, óbvio. Mas para que precisamos da Lança do Destino?

— Asvero tem sido os olhos de Elimas desde que o encontrou. Assim, Elimas pode iniciar o feitiço que permite abrir os selos do Livro do Leão de Judá e invocar os Quatro Cavaleiros. Tanto eu quanto o Campeão temos a proteção de Gaia para chegar perto de qualquer um deles, mas a posse da Lança do Destino bastará para que eles não se aproximem de você e também servirá para enfrentar Asvero e Elimas.

— Certo, Oráculo! Pelo visto, chegamos ao Hofburg Treasure Museum! Ainda bem que o feitiço do Campeão é eficiente e eficaz. É aquela dali a Lança do Destino? Como brilha!

— Sim, Alice. Ela brilha somente para os dignos de empunhá-la.

— Que bom! Mas ela está sem cabo e... Uau! Bastou eu tocá-la para surgir um cabo para manejá-la!

— Como eu disse antes, você é digna. E agora um feitiço básico de substituição. Assim nenhum vigia humano dará falta da Lança.

— Beleza! E agora, como vamos para o Havaí? Voando também ou teleporte?

— Teleporte. Vamos precisar do Campeão liberado de executar o feitiço de ocultação. Ao Kilauea!

— Caramba, estamos bem próximos da base do vulcão mesmo! E que lua extremamente vermelha é essa, Oráculo?

— Hoje se completa mais uma tétrade da lua vermelha, quando ocorrem quatro eclipses lunares totais consecutivos e a lua fica naturalmente avermelhada. Os três anteriores ocorreram nos dias 24 de abril de 1967, 18 de outubro de 1967 e 13 de abril de 1968. Hoje, dia 6 de outubro de 1968, está acontecendo o quarto e o feitiço iniciado por

Asvero e Elimas deixou a lua mais vermelha que o normal. Precisamos encontrá-los e logo.

— Creio que chegamos tarde, Oráculo!

— Por quê, Campeão?

— Está vendo aquelas quatro estrelas cadentes? São os Cavaleiros do Apocalipse chegando!

— Então temos de nos apressar e encontrar Elimas e Asvero antes de os Cavaleiros nos encontrarem! Oráculo, para onde?

— Cinquenta metros em direção à cratera do vulcão. Consegue ver, Campeão?

— Sim, Oráculo! Alice, use a Lança contra o homem de capuz! Oráculo, cegue o outro homem! Eu pego o livro das mãos deles!

— Ao ataque! — grito eu, correndo em direção aos homens que desejam acabar com a vida sobre a Terra e, assim, acabarem com as próprias vidas.

Ambos silenciam o encantamento ao ouvirem meu grito de guerra e Asvero, instintivamente, fecha e abraça o livro. Ele fica aturdido num primeiro momento com a visão de nosso grupo, em especial do Campeão. Mal sabe que se trata de uma distração, já que a verdadeira ameaça contra ele veio logo depois com o raio de luz emitido pelo Oráculo! Já Elimas, ainda surpreso com nossa aproximação ruidosa, fica muito assustado com o grito de horror de Asvero ao ficar cego pelo ataque do Oráculo. Eu aproveito sua distração e sigo com o plano, varando o pescoço de Elimas com a Lança. Sua cabeça cai rolando à nossa frente enquanto seu corpo fica para trás e desaba.

— Muito bem, Alice! Você decapitou Elimas! Agora é a vez de Asvero! — ouço o Campeão comemorar, mas sua voz está diferente.

Viro e vejo o Campeão com o livro na boca e se afastando de Asvero. Pelos ferimentos e sangue em seus braços, o Campeão teve pouco trabalho para obter o livro. Então, aproveitando a deixa do Campeão, com apenas um giro da Lança eu decapito Asvero e encerro a luta.

— Pronto! Estes dois não darão mais trabalho! E bem na hora, pois estamos cercados! — eu apenas constato a chegada dos Cavaleiros do Apocalipse.

— Acalme-se, Alice! Você é a Guardiã de Gaia e está com a Lança do Destino nas mãos, um dos poucos objetos capazes de feri-los! Eu sou o Campeão de Gaia e estou com o Livro do Leão de Judá, capaz de invocá-los! Deixe que o Oráculo explicará a situação para eles!

— Cavaleiros, eu sou o Oráculo de Gaia e estes são a Guardiã e o Campeão atuais. Os corpos aqui decapitados são de Asvero e Elimas, duas desavenças do Leão de Judá que queriam vingança e fizeram a vossa invocação apenas com a intenção de destruir o mundo e a humanidade. A Guardiã precisou fazer uso da Lança do Destino para encerrar as vidas destes homens e o Campeão levará o Livro do Leão de Judá de volta ao seu lugar sagrado. Quanto às almas desses homens, peço que as levem para o julgamento adequado e posteriormente retornem à sua espera pelo Julgamento.

Com a fala do Oráculo, os Cavaleiros se entreolham e, aparentemente, deliberam entre si. Primeiro os restos mortais de Asvero e Elimas começam a evanescer, seguidos dos próprios Cavaleiros, até nada restar.

— Uau! Oráculo, eu nunca imaginei que você os convenceria assim tão fácil! Eles simplesmente sumiram e levaram os corpos também!

— Eu e eles somos todos seres primordiais e reconhecemos uns aos outros quando nos encontramos. Agora precisamos devolver o Livro e a Lança para seus respectivos locais.

— Muito bem, a Lança eu sei onde devemos deixar, mas e o Livro? Aliás, como aqueles dois conseguiram pegá-lo?

— Na Basílica do Santo Sepulcro em Jerusalém, Israel. Eles se aproveitaram da confusão provocada pela Guerra dos Seis Dias e apenas aguardaram pela conclusão desta tétrade lunar para realizarem o feitiço. Aliás, com o fim do feitiço, observe como os selos do Livro se restauraram, pois não foram rompidos pelo Leão de Judá.

— Verdade, Oráculo! Então é hora de partir! Campeão, vamos voar!

O BEIJO DA SEREIA

Júlio César Bombonatti

O mar estava bastante tranquilo quando ela emergiu. A lua cheia, imponente num céu sem nenhuma nuvem, refletia luz suficiente sobre aquela região a ponto de ela conseguir avistar algo que de longe parecia ser uma baía.

A última vez que pisou em terra havia sido há sete dias, em Benguela, de onde partiu a nado impulsionada pela corrente que leva o nome da província angolana e, depois de atravessar o Atlântico pela Equatorial Sul, aproximou-se da costa do Espírito Santo nadando pela Corrente do Brasil.

Cansada da longa viagem, ela não pensou muito antes de tomar a direção da Enseada do Suá. Cruzou a Terceira Ponte e continuou nadando até chegar em um conjunto de muitas pedras onde poderia observar a região em segurança. Quando percebeu que não havia ninguém que mesmo de longe pudesse vê-la, subiu numa das pedras para sentir a leve brisa que soprava mar adentro e pensar no que fazer.

Sob o luar, se alguém além dela estivesse ali veria uma cena magnífica: sentada sobre uma das pedras, ela alisava com os dedos os seus cabelos lisos e volumosos para retirar o excesso de água que ainda havia neles; o negro brilhante dos fios se estendia por todo o torso e contrastava com a pele alva; os seios levemente volumosos e empinados só não chamariam mais a atenção do que a cauda ictíaca coberta por escamas prateadas que começava pouco abaixo da cintura e se afilava até dar início a uma grande nadadeira bipartida cor de madrepérola.

Quando terminou de enxugar os cabelos, ela se reclinou apoiando sobre os cotovelos o peso do corpo e permaneceu sobre aquela mesma pedra observando o céu até que estivesse totalmente seca. Passava da meia-noite quando ela percebeu que já não havia mais nenhuma gota de água sobre seu corpo, então dobrou a cauda como quem fica de joelhos e inclinou seu corpo projetando as palmas de suas mãos em direção ao chão.

Naquele momento, as escamas prateadas foram lentamente dando lugar à pele branca quase leitosa que cobria a parte superior de seu corpo, a nadadeira começou a encolher e inchar progressivamente até que cada uma de suas duas partes tivesse se transformado em pés e a cauda foi se dividindo e se moldando até que, em seu lugar, surgissem pernas e glúteos.

O tempo que ela levou para concluir essa metamorfose e assumir sua forma humana não demorou mais do que trinta minutos, contudo, a dor lancinante desse processo e o gasto de energia deixaram-na completamente exaurida, algo que, entretanto, era necessário e que sempre acabava por valer a pena.

Uma vez em postura ereta, ela olhou para os pés. Já fazia uma semana que não os via e, depois de passar tanto tempo nadando, era um pouco estranho ficar de pé novamente. Dobrou primeiro o joelho esquerdo e depois o direito, para alongar as articulações e, em seguida, em longos e precisos saltos, pulou de pedra em pedra até chegar à areia daquela região da praia que era coberta por algumas árvores.

Caminhando sem parar, atravessou a pequena faixa de areia e a Praça do Papa até que logo chegou à margem da avenida Nossa Senhora dos Navegantes. Ela nunca esteve em Vitória antes, mas sabia que por mais vazia que a avenida estivesse àquela hora — já eram quase duas da madrugada — logo alguém passaria por ali. E ela estava certa.

Em pouco menos de cinco minutos, um carro lançou luz alta sobre ela e, reduzindo a velocidade, foi em sua direção até parar totalmente. O vidro da janela começou a baixar e pelo vão o motorista perguntou:

— Está tudo bem, moça?

Ela não respondeu. Há muitos anos que havia deixado de falar qualquer língua humana. No final das contas, era sempre desnecessário. Apenas devolveu a pergunta dele com um olhar malicioso e um sorriso de canto de boca.

— Ah... estou te entendendo. Isso é algum tipo de tara, né!? Achou o cara certo! — respondeu ele, enquanto abria a porta do carro para ela entrar.

Ela, entretanto, se afastou. Deu alguns passos atrás fazendo gestos sensuais com as mãos indicando o desejo de que ele saísse do veículo.

Já fazia pelo menos um mês desde que Carlos, o motorista, havia transado pela última vez. Quando viu aquela mulher nua, com os longos cabelos cujos movimentos realçavam a forma estonteante de seu corpo enquanto caminhava a esmo, àquela hora, à margem da avenida deserta, ele pensou:

"É hoje!"

"Se ela entrar no carro, eu como."

"Não deve ser prostituta... Prostitutas não andam assim pela rua."

"Deve ser algum tipo de fetiche..."

"Ou deve ter problemas mentais... não estou nem aí se for louca! É gostosa... é tudo o que importa."

— Você gosta de fazer ao ar livre, não é!? — disse ele, saindo do carro.

Ela respondeu com outro sorriso, deu as costas e saiu correndo de uma maneira que ele logo pudesse alcançá-la.

— Ei... espere aí! Aonde você vai? — gritou ele antes de sair correndo atrás dela. — Eu sei que você quer...

Foi no ponto central da Praça do Papa que Carlos a alcançou. Ele a agarrou pela cintura trazendo seu corpo para junto do dele. Ela, ainda abraçada por ele, posicionou-se de frente àquele homem que, pelas contas dela, deveria ter pouco mais de trinta anos e, encarando-o com olhos sedutoramente maliciosos, ameaçou beijar a sua boca, mas antes que os lábios se tocassem, ela mordeu o ar e afastou a cabeça em um gesto sensual e provocante.

— Você é muito provocadora, moça — disse ele enquanto apoiou uma de suas mãos na nuca dela para tentar forçá-la a beijá-lo.

Ao mesmo tempo que pressionou seu dedo indicador esquerdo sobre os lábios de Carlos, com a mão direita ela o puxou pela mão com a qual ele apertava um de seus glúteos e, esquivando-se dos braços dele, novamente ela começou a correr, só que dessa vez de mãos dadas a ele.

Os dois atravessaram a porção final da praça até chegarem à faixa de areia da pequena praia que havia ali.

— Quem é você? — perguntou Carlos, enquanto a tomou novamente pela cintura olhando diretamente nos olhos dela que, por conta da pouca iluminação do local, pareciam ser de um azul bem claro, quase acinzentado.

De novo sem responder, ela forçou a abertura da camisa dele estourando todos os pontos dos botões frontais. Em seguida, segurou firme os braços fortes de Carlos e percorreu com a língua o espaço entre o vão do peito robusto dele e seu pescoço dando, ao final, uma leve mordida no queixo quadrado dele.

Em resposta, ele começou a beijar o pescoço dela estendendo o gesto até a altura de seu lóbulo auricular esquerdo. Ela o empurrou de maneira delicada e se afastou andando de costas em direção à água ao mesmo tempo que olhava fixamente nos olhos dele.

— Você quer ir para a água? É isso? — perguntou ele, enquanto tirava as roupas, ficando nu.

Ela retribuiu a pergunta com outro sorriso. Quando seus pés finalmente tocaram a areia molhada, ela virou as costas para Carlos e avançou rapidamente em direção ao mar, mergulhando quando a água atingiu a altura de seus quadris. Ela mergulhou e não emergiu.

Quando percebeu que depois de alguns segundos ela não veio à tona, Carlos começou a gritar por ela:

— Ei!... Cadê você?... Você está bem? — gritou, sem receber nenhuma resposta.

Ele correu em direção ao ponto onde ela havia mergulhado e procurou por ela em meio à água. Mergulhou algumas vezes para avançar alguns metros, mas a busca foi inútil.

"Como ela desapareceu desse jeito?", pensou.

"Logo hoje que eu ia me dar bem."

"O melhor que eu posso fazer é sair daqui antes que a água traga o corpo dela... ter que explicar isso à polícia vai ser complicado", ele pensou enquanto saía da água.

Quando já estava caminhando sobre a areia molhada, Carlos ouviu o som de um riso agudo que ecoou em seus ouvidos e fez disparar seu coração.

— O quê!? — disse ele após se virar na direção do riso que ouviu. — Mas co-mo!? — gaguejou sem acreditar no que seus olhos viram.

Ela estava poucos metros atrás dele, em um local bem raso, de bruços, com o queixo apoiado sobre os pulsos e a face entre as mãos, ao mesmo tempo em que apoiava sobre os cotovelos o peso da parte superior de seu corpo, sua longa cauda de provavelmente mais de um metro e meio estendia parcialmente coberta pela água traçando ângulos agudos enquanto se movimentava para cima e para baixo.

Carlos deu três passos em direção a ela e, ainda descrente daquilo que via, disse em voz alta para si:

— Uma sereia! Mas como pode!?

Ela recuou para uma parte um pouco mais profunda e ele também tentou recuar dando alguns passos para trás em direção à areia. Contudo, antes que alcançasse a parte seca da praia, ela começou a vocalizar um som agudo, bastante melodioso, que entrou pelos ouvidos dele e o deixou completamente inerte.

Ele não conseguiu pensar em mais nada além do som emitido por aquela belíssima criatura que estava diante dele, a poucos metros de distância. Começou a caminhar lentamente em direção a ela até que se encontraram quando a água já estava na altura de seu peito. Ela então envolveu as pernas dele com a cauda, abraçou-o e beijou a sua boca.

Durante o beijo, Carlos recobrou a consciência, mas não resistiu. Aquilo era diferente de tudo o que ele já havia experimentado e ela beijava de uma maneira que o fazia se sentir completo, em êxtase. O prazer daquela situação era algo do qual ele não estava disposto a abrir mão.

De repente, ele sentiu um movimento rápido e quente percorrer a extensão do vão de seu peito. Por reflexo, ele empurrou a criatura que o beijava e viu a quantidade de sangue que escorria pelo talho que ela fez nele com suas longas e cortantes unhas. Carlos não teve tempo de esboçar outra reação. Com um movimento rápido, ela enfiou a mão direita no corte e quebrou o esterno dele provocando um estalo, afundou a mão com um pouco mais de força e, quando puxou, violentamente, trouxe junto o coração esguichando sangue.

O golpe o deixou sem reação nenhuma, mas ainda consciente por alguns instantes para vê-la morder e mastigar o órgão que arrancou dele como quem come uma maçã. Enquanto isso, ela olhava fixamente dentro de seus olhos durante os instantes que restavam antes que ele estivesse morto.

Já fazia sete dias que ela não se alimentava, por isso estava com muita fome. Sua última refeição foi o dono de um bar à beira-mar que ela havia caçado da mesma maneira em Benguela. Quando o corpo de Carlos já estava completamente desfalecido, ela o puxou por mais alguns metros em direção a uma área mais profunda onde pudesse devorar cada grama de carne dele sem correr o risco de ser incomodada até que estivesse saciada.

Sentindo-se satisfeita, ela deixou que a carcaça do que havia sido um homem de pouco mais de trinta anos afundasse e fosse levada pela correnteza. Mergulhou e se limpou retirando todo tipo de resíduo de sangue, carne e vísceras que pudessem ter ficado sobre seu corpo. Em seguida, nadou em direção ao mesmo conjunto de pedras onde já havia estado naquela noite e, sobre uma delas, esperou o Sol nascer enquanto pensava em qual seria a próxima direção que tomaria.

Desde que marujos e pescadores aprenderam a tapar os ouvidos para se protegerem das sereias, ela achava mais fácil caçar sobre a terra e trazer suas presas para a água. Além disso, os humanos tinham evoluído muito e, para ela, caçar na água estava ficando cada vez mais difícil — os barcos e as pessoas já não eram mais como antes.

Quando o Sol finalmente surgiu no horizonte, ela decidiu que seguiria em direção ao sul. Ainda estava em dúvida sobre o Uruguai ou a Argentina, mas essa decisão ela tomaria durante a viagem.

FRAGMENTOS DE UM OUTRO BANQUETE

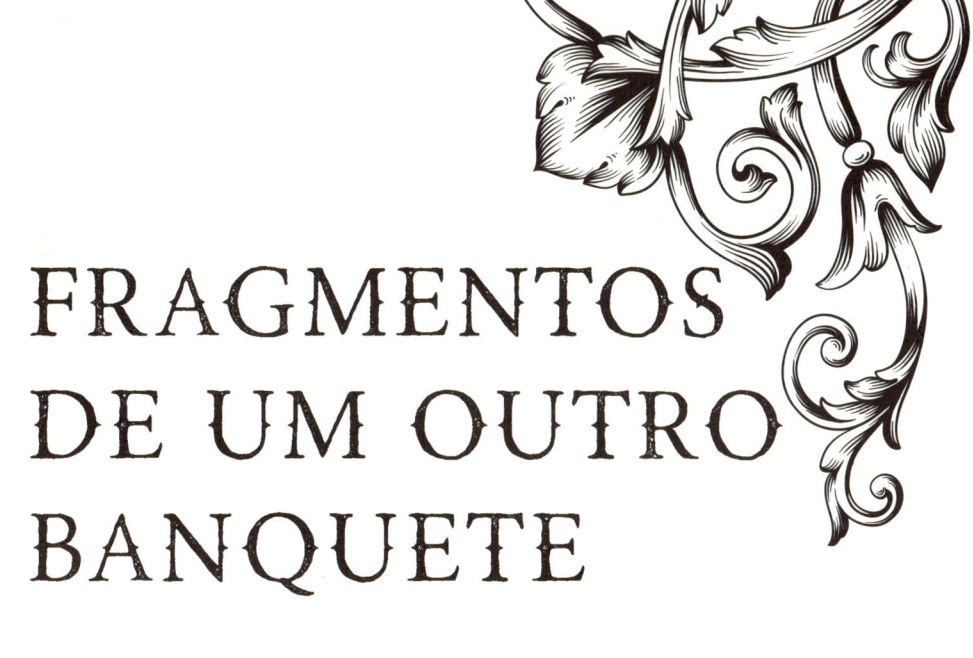

Valéria de Leoni

(Flautista e uma Companheira)

FLAUTISTA

— Vide, minha cara, encontro-me pronta a responder acerca do que queres saber. Estava vindo de minha casa, às margens turquesas do Egeu, quando ouvi chamar-me um conhecido, com jocosidade: "Lesbía! Tu mesma, Flautista! Acaso não vais me esperar?". Parei, conquanto quisesse prosseguir, e aguardei. E ele me falou: "Flautista, eu estava à tua procura. Queria saber do encontro de Temistocleia, Safo, Melissa, e das demais que compareceram ao banquete. Enfim, como conversavam Safo e suas amigas? Fala-me, pois, o que é mistério a todo homem, no que tu, flautista, és a melhor para relatá-lo, afinal, tu andas com elas e és como elas". Engolindo o enfado, respondi-lhe, quase num soluço, forçando o bocejo deslizar garganta abaixo: "Temistocleia, a reduzirão. Quanto à Safo, a difamarão. Melissa, sequer se lhe conhecerão. Se queres saber como conversavam, vós, homens, deveis, antes de tudo, parar para ouvi-las, as mulheres". "Flautista, não fiques a escarnecer", ele bufou, porque incomoda aos homens a verdade. "A história dos homens apagou as mulheres. Temistocleia o previu, há muitos anos, numa noite de lua cheia, quando confrontou Delfos sobre o porvir."

Seguimos a atravessar a cidade e, enquanto caminhávamos, eu e *ele*, ocorreu-me pensar que deveria estar preparada para contar a ti, minha cara, como e sobre o que as mulheres falavam, quando os homens não as ouviam, pois me apiedo de ti, mulher que, como eu, fazias tanto sem que nenhum o visse ou prestasse a devida atenção. Eu, que outrora fui expulsa do banquete dos homens, estive em tantos outros banquetes dos quais eles sequer tiveram conhecimento.

COMPANHEIRA

— Não o é assim sempre para ti, e para nós, Flautista? Querem tua música, mas não a tua *voz*. Não o que tens a dizer. Querem tua doçura e teu silêncio. Daí te apelidarem de mole. Mas o que eles não sabem é que, em nossas conversas, nós também esbravejamos.

FLAUTISTA

— Caríssima, o grande senão é que nossa raiva é só *nossa*, enquanto, em verdade, nós, mulheres, deveríamos esbravejar com aqueles que nos querem tácitas. Ou estarei eu delirando e desatinando?

COMPANHEIRA

— Deveríamos, sim, Flautista, brigar por isso agora, desde já, desde sempre; ao contrário. Então, conta-me e conta-nos sobre o outro banquete, aquele sobre o qual não leremos no futuro.

FLAUTISTA

— Tentarei reproduzir, com maior fidedignidade e irrestrito respeito, os discursos dessas mulheres... Contudo, antes é do princípio, conforme relatou-me Xântipe, que também eu buscarei contar-vos.

Disse ela que estivera com Safo banhada e com os pés descalços, tal qual o fazia recorrentemente; indagou-lhe, num sussurro, onde iria com aquele ar misterioso expresso nas duas linhas sutis que se anunciavam entre suas finas sobrancelhas.

Respondeu-lhe Safo: — Ao jantar no círculo de Temistocleia, no âmago da floresta de pinheiros. Ontem, eu a evitei, a fim de disfarçar sobre nosso encontro fortuito. E eis porque me encontras, assim, sorrateira. E tu — disse ela — que tal te dispores a vir comigo? Soube que Sócrates está em banquete com os *seus*.

— Aprazer-me-ia demais — regozijou-se a outra.

— Acompanha-me, pois — prosseguiu Safo — e exaltemos o verso, ao nosso bel-prazer: "No alto, amigos, Mulher ou deusa tece; o pavimento". Grande verdade, sem exatamente sabê-lo, trouxe Homero neste verso; pois, mesmo nas sombras silentes, a mulher seguiu tecendo a vida e o mundo. Gestamos, parimos e criamos a vida. Somos Circe, tecelã dos destinos.

Ao ouvir isso, a outra disse: — Entretanto, ó Safo, talvez as mulheres, como Homero, também não saibam o poder que detêm. Que possamos convidar umas às outras, sempre, a enxergar as nossas linhas, os nossos teares e a nossa luz.

— Pondo-nos as duas nessa meta — disse Safo — devemos exercitar-nos a enxergar essa luz e fazer com que a outra, outrossim, a enxergue. Avante!

Após definirem o *sentido* de cada caminho, dizia Xântipe, elas partem. Safo, então, com o espírito irrequieto e fervilhante, caminhava apressada, e como a outra precisasse acelerar para alcançá-la, ela recusa-se a pedir que a espere: agiliza, ela mesma, o passo e também o seu próprio espírito. Aproximando-se do círculo de Temistocleia, após atravessar a vastidão dos pinheiros até uma extensa clareira, avistam suas amigas reunidas em uma grande roda. Ocorre a Safo, ao se deparar com aquelas tantas mulheres juntas, de parar um instante para simplesmente contemplar. Xântipe, por sua vez, aproxima-se. Tão logo a viu, Temistocleia não demorou a exclamar, com sua voz afável como o som da primavera: — Xântipe! Recebo-te de braços abertos! A lua sumiu do céu essa noite, para sua jornada de autoconhecimento e renovação. Venha jantar conosco, e comemorar a vida. Se acaso vieste por alguma razão distinta, peço-te que o deixe para depois, pois ontem buscava-te eu para te convidar e não te encontrei. Mas... e Safo, não veio contigo?

— Tornando-me então — prosseguiu ela — estava eu apressando-me para acompanhar Safo; expliquei-lhe eu então que vinha com Safo, por haver ela me convidado ao jantar.

— Pois fizeste bem — afirmou Temistocleia. — Mas onde está essa mulher?

— Há pouco, fui eu quem quase ficou para trás! Que ela vinha depressa qual uma estrela que cai do céu; eu própria pergunto espantada onde estaria ela.

— Não devemos procurar Safo. Ela trará a si própria — exclamou Temistocleia. — E tu, querida Xântipe, reclina-te ao lado de Agnodice.

Enquanto algumas presentes estendiam as tapeçarias ao solo para servir de mesa, vem uma outra anunciar: — Essa Safo está parada, recostada ao tronco de um pinheiro cuja sombra a encobre; por mais que eu a chame, parece não me ouvir. Está como em transe.

— Não é em nada estranho o que dizes — exclamou Temistocleia. — Deixe-a ser!

Falou então Xântipe: — Sim! Deixai-a! É um hábito seu esse. Às vezes, detém-se onde quer que se encontre, e fica parada, num estado de completa absorção. Não demorará tanto mais porém, segundo creio. Não a incomodais, portanto, mas deixai-a.

— Que assim seja! — tornou Temistocleia. — Meninas, que nos sirvamos daquilo que nos apraz. Nesta noite de lua negra, ninguém nos vigia; agora, portanto, sirvamo-nos a fim de que louvemos a nós, mulheres.

— Depois disso — continuou Xântipe — puseram-se a jantar, sem que Safo se integrasse à roda. Temistocleia muitas vezes ponderou chamá-la, mas a amiga a dissuade. Enfim, ela chegou, sem haver demorado tanto quanto era seu costume, mas exatamente quando estavam a servir o vinho. Temistocleia, que estava a se espreguiçar como um gato egípcio, exclama: — Aqui, Safo! Joga-te ao meu lado, a fim de compartilhar as sábias ideias que te ocorreram à sombra do pinheiro. Pois evidentemente as tiveste, que as tens sempre.

Safo então larga-se, como uma fruta que cai do pé, e diz: — Seria bom, Temistocleia, se a sabedoria tivesse a natureza de escorrer da mulher para o homem, quando ambos trocassem pensamentos, como as raízes sustentam a base das árvores e crescem das sementes. Se assim o fosse a sabedoria, muito apreciaria jogar-me ao lado de um homem, pois poderia fazê-lo transbordar com meu espírito selvagem. A nossa sabedoria se lhes parece tanto ordinária, ou mesmo dúbia como um sonho não sonhado, enquanto a deles lhes soa brilhante e evoluída, eles que, por seu sexo, já de mancebos tão intensamente refulgiram, tornando-se *naturalmente* ovacionados por mais de trinta mil ou trezentos mil gregos, todos homens.

— És terrível e dolorosamente precisa, ó Safo — disse Temistocleia.
— Quanto a isso, e por isso, devemos, eu, tu e nós, definir o rumo da nossa sabedoria, tomando não Dioniso, porque também homem, mas Perséfone por juíza; agora, todavia, primeiro apruma-te para o jantar.

— Depois disso — continuou Xântipe — ergueu-se Safo, cruzou as pernas, e jantou como as outras; aquelas que estavam no devido período do ciclo lunar deixaram verter o sangue do ventre para a terra e, depois, todas entoaram hinos à deusa e fizeram os ritos de costume, voltando-se, por fim, à conversa. Penélope então começa a falar mais ou menos assim: — Bem, senhoras, qual o modo mais livre de conversarmos? Eu por mim compartilho minha angústia quanto à forma como temos sido silenciadas, e preciso tomar fôlego para não explodir, e creio que também a maioria das senhoras, pois estais lá, como eu, sendo silenciadas, como eu; vede então de que modo poderíamos conversar o mais livremente possível, sem explodirmos todas, mas usando nossa raiva como impulso.

Erina disse então: — Tens razão quanto ao que dizes, Penélope. Que encontremos uma maneira de conversarmos em liberdade, pois também eu sou das que vêm sendo silenciadas.

Ouviu-as Agnodice, a filha de Atena do Olimpo, e lhes disse: — Tendes razão! Mas de uma de vós ainda preciso ouvir como se sente para falar com liberdade; não é, Temistocleia?

— Absolutamente — retrucou esta, conquanto sem alterar o tom — é sabido que nem sempre me sinto capaz. Muitas revelações obtive de Delfos, e guardei-as comigo.

— Uma bela ocasião seria para nós, ao que parece — continuou Agnodice — para mim, para Xântipe, Elpinice e as outras, se vós, as menos capazes de vos expressar, vos esforçásseis em fazê-lo; nós, com efeito, somos cabalmente afeitas à livre expressão; quanto à Safo, eu devo exaltá-la, que ela simplesmente repudia a conversa que não possa ser feita em liberdade. Ora, como todas as presentes, pela razão óbvia de terem consentido em integrar este círculo, parecem dispostas a conversar e compartilhar seus pensamentos, talvez, se a respeito do que o silêncio provoca, eu fizesse algumas considerações, ficaria ainda mais claro o nosso dever para com a transparência. Pois para mim eis uma evidência que me veio da prática da medicina, a qual apenas vós, mulheres, sabeis que pratico, uma vez que também essa prática é vedada a nós, de sorte que a pratico em vestes de homem: é esse um mal terrível para as mulheres, o silêncio; com o tempo, o silêncio se transforma em doença e corrói o corpo e, por fim, a alma.

— Na verdade — exclamou a seguir Elpicine de Ática. — Eu costumo dar-te atenção, principalmente em tudo que dizes de medicina, tanto mais que aos homens que a praticam, pois conheces mais do nosso corpo que eles; e agora, que seja consenso, e aposto que o é, não guardaremos a voz nesse círculo. Ouvindo isso, concordam todas em não passar a reunião com meias palavras, mas expondo cada uma a seu bel-prazer.

— Como então — continuou Agnodice — é isso que se decide, falar, conversar e expor cada uma quanto quiser, sem que nada seja coibido ou cerceado, o que sugiro então é que convidemos a Flautista que acabou de chegar, que venha flautear conosco, se quiser, e trocar com as mulheres desses círculo; e que nós, sob essa infinidade de estrelas a iluminar nossa tez e espírito, pactuemos que nossas reuniões hoje, amanhã e depois de amanhã, sejam, essencialmente, pautadas na liberdade do discurso; e, se me permitis, tenho alguns discursos a propor.

Todas então se declaram afeitas e a convidam a fazer a proposta. Prossegue, pois, Agnodice: — Meu discurso irá se debruçar sobre a Medeia de Eurípides; pois não é apenas minha, mas de todas as mulheres, a história que vou trazer. Elpicine, com efeito, frequentemente me diz irritada: — Não é estranho, Agnodice, que para os homens haja epopeias e às mulheres, base primordial da existência humana, todavia, sobrem as tragédias? Observa os renomados versos cantados pelos aedos: a Aquiles e Odisseu, o heroísmo e a glória celebrados pelo excelente Homero — e isso é menos de admirar ou surpreender, uma vez que os homens têm por costume cantar os feitos de outros homens; e penso que até existam homens que mereçam certos elogios; mas despendem tanto esforço em exaltar e venerar o masculino, enquanto à mulher homem algum, até os dias de hoje, teve a audácia de celebrá-la condignamente, e se não houvesse a mulher, tampouco o homem existiria! Ora, em tais ponderações de Elpicine parece haver verdade. Assim, não só eu desejo apresentar-lhe o meu ponto de vista e referendá-la como, ao mesmo tempo, parece-me que nos convém, aqui presentes nesse círculo, venerar a mulher e o feminino. Se vós, caras amigas, concordardes, que possamos preencher esse nosso tempo em discursos; penso que seria majestoso se cada uma de nós, não importa a ordem, fizesse um discurso de louvor à Mulher, mãe de toda vida, e que Elpicine pudesse começar, já que levantou tais ideias.

— Vibramos na mesma tonalidade, ó Agnodice — disse Safo. — Pois eu afirmo e reitero a imprescindibilidade de darmos luz às questões do feminino, e também sem dúvida Temistocleia e Penélope, e ainda Erina, cuja ocupação é toda em torno da poesia e do desejo, e todas que estou vendo aqui. Sem mais, que Elpicine se faça ouvir.

Todas concordaram com Safo. Sem dúvida, tudo o que cada uma disse nem Xântipe recordava com retidão, e eu, tampouco; mas os discursos pareceram formar um só discurso, pois que todas disseram o mesmo, apenas com palavras distintas.

Primeiramente, Elpicine começou a falar "que a Mulher, embora privada do espaço público pelos homens que criaram as leis, precisava encontrar sua voz para se fazer ouvir. Pois ela, entre os seres, tinha o papel político quiçá mais fundamental: o de dar continuidade a todos os demais seres. Primeiro, a Mulher precisa fazer o homem, para que este exista...".

... e só depois

Pela Senhora dos seios de leite, amamentado, o homem tem condição de ser, pela Mulher.

Diz ela então que, depois, e apenas depois, da Mulher foi que ele nasceu, o homem. E Teano de Crotona diz da sua origem:

Como coisas que não existem podem ser concebidas a gerar?

Assim, deve-se reconhecer que a Mulher é anterior ao homem. E sendo a mais antiga, deveria ser para nós a causa dos maiores bens. Pois que bem maior há que a ideia do amanhã? O sentido de futuro é o que move o espírito. Todo homem deveria demonstrar gratidão à mulher. Pois é precisamente a mulher, aquela com quem ele não conversa, que torna esse dia seguinte possível. Se fossem ouvidas, as mulheres teriam tanto a dizer! Ah, se Medeia fosse ouvida em sua infelicidade pela condição servil ao marido e por ter seu corpo reduzido à propriedade deste! Enquanto a mulher ficar em silêncio, seu lugar será o da sombra, a ponto de se tornar esquecida pela história; e, sem mais rodeios, que as mulheres possam se apropriar de sua voz, pois, como o disse Medeia, "saber tenho de sobra". Eis o que a Mulher pode dar ao mundo, quando fala e não cala: sabedoria.

ESPELHO, ESPELHO MEU: O NARCISO QUE NÃO SOU EU

Maria de Fátima Moreira Sampaio

Narciso estava maravilhado. Nada nem ninguém poderia ser mais perfeito do que a imagem vista em seu próprio espelho. Sua tez era acetinada e os olhos pareciam guardar o segredo do universo, de tão profundos e belos! Sua boca desenhava a forma da sedução e seu sorriso poderia ser tão encantador quanto a própria vida.

Seu corpo esbelto, músculos rijos que adornavam sua silhueta em forma de atração que fazia corar as ninfas mais doces e inocentes.

Sim. Ele era belo.

O filho do deus do rio, Cefiso, e da deusa Líríope sempre foi o símbolo da vaidade, da ostentação estética, da busca desenfreada pela superação da genética em feitiços, encanto das mil e uma noites, dos desejos de juventude eterna para saborear a fonte das paixões para os seres que ao amor vivem a esperar.

Nascido na região grega da Boécia, além de sua beleza, ele também trouxe a maldição da primorosa estética: não poderia admirar seu próprio rosto, a robustez de seu escultural corpo e o sorriso fascinante que trazia na boca.

Um dos oráculos chamado Tirésias disse, quando Narciso veio ao mundo, que sua vida seria longa se assim procedesse.

Atormentado por essas palavras, ele jamais tentou infringir essa regra. Até o dia que Ateia, deusa da força e da sedução, o atraiu com sua formosura.

Era impossível resistir àquela que gerava inveja e ódio e a vontade desenfreada de sua própria morte por parte das demais deusas. Era eloquente e sagaz e todos os dias os rios bebiam em seus braços, o leito das águas de Poseidon, para que se tornassem mais abundantes e derramassem sobre as águas seu manto.

Narciso estava perdidamente apaixonado. Ao mirar a própria imagem no espelho, passou a não perceber mais sua perfeita forma. Sua pele parecia rugosa e seus braços pareciam perdidos ao ensaiar um gesto brejeiro para contemplar Ateia.

"Não acredite nesta maldição. Eu lhe asseguro: sua vida será eterna. Você voltou do leito profundo do rio ao se ver pela primeira vez. A vida o quer por aqui. E eu o desejo mais que a minha própria vida." Ateia o encorajou. Ela o amava? Ele se perguntava: "Como poderia duvidar de algo que jamais o deixou inseguro?".

Sim, Narciso era cortejado. Embora arrogante e orgulhoso, ele despertava a ira de alguns deuses por sua imagem.

Eco era uma bela ninfa, e preferiu Narciso aos milhares de pedidos de amor recebidos. Ela esteve perdidamente apaixonada. Mas, na época, Narciso preferiu a si mesmo ao descobrir seu reflexo. Ele ficou encantado. Mas isso também o atormentou. E atormentava. Um dia, ao entardecer, ouviu dos cântaros que a má sorte se aproximava. Que parasse de se olhar pois isso era um mau presságio.

Narciso, o herói do território de Téspias e Beócia, aprendeu desde cedo a conviver com o medo e a lenda. Com a verdade e a fantasia que a vida trazia. Aprendeu a viver sozinho. Sua extrema beleza também lhe dava solidão e até a repugnância daqueles que tinham o coração doente e alma em chamas por não gostarem de si mesmos.

Ele era vivo como as flores da manhã, tinha o aroma da saúde e perfumava todos os deuses nas noites de paixão. Era símbolo do encanto, mas também da escuridão, porque não poderia ver seu reflexo nem na sombra que seu corpo fazia.

Ele foi crescendo e um dia procurou um oráculo. Assim como sua mãe, ele também queria respostas e certezas sobre seu futuro. Ouviu que poderia reverter sua impossibilidade de poder se ver se nunca olhasse para alguém mais belo que ele. Ao ouvir, ele concordou. Jurou que não iria mirar nenhuma beleza maior que a sua. Que seu ego renunciaria ao amor, à paixão de alguns dias sob as vestes de alguma deusa.

Assim, Narciso teve a maldição subtraída daquela que agora seria uma longa vida.

Passou a contemplar as ninfas como objeto da carne. Apenas enfeites que o vento leva e traz. Amargurou algumas vidas que seu prazer não satisfez e andou como um náufrago até perceber o quanto era grande a sua dor.

Não olhar a beleza poderia representar não amar, já que só a si mesmo amou e isso não bastou. Depois de um tempo vendo e revendo aquilo que a natureza lhe presenteou e que ele constantemente admirava em seu espelho, ele cansou.

Uma ideia brotou: e se pudesse burlar o oráculo, fazer de conta que apenas viajou em história de louco amor? E se pudesse se perder sob a lua de Andirás, seu refúgio construído com suas imagens espelhadas? O lugar que ele encontrou para ser feliz sem um par, sem ninguém para ele se comparar.

De fato, por ser esnobe, altaneiro, o destino era seu ajudante desfazendo as juras, as promessas, afastando toda e qualquer chance de um enlace por afeição.

Por muito tempo, Narciso se manteve sozinho apesar das ninfas e donzelas que cruzaram seu caminho.

Até o dia que a bela Ateia surgiu em sua dúvida se morreria sem conhecer ele, que é o maior de todos os poderes: o amor verdadeiro.

Depois que muitos homens e mulheres de todas as idades tudo fizeram para tê-lo, entregando a vida, a morte, fortuna e a própria carne, Narciso rendeu-se aos mistérios do coração.

Como uma adoração, Ateia se insurgiu em seus sonhos, fazendo de sua mente uma casa de fantasias e nas margens do rio um leito quente onde a paixão uniu a perfeição e a razão.

Finalmente, Narciso amava e era correspondido. Seu peito se enchia de amor, proteção e vontade de viver ao conquistar o coração daquela que agora era sua dona. Elegante, vestida sempre dos mares e das mais belas cores das águas, Ateia desfila como uma virgem em seu primeiro encontro. Havia nela intensidade e poder, astúcia e inocência. Ela possuía o encanto de um sopro de vida e o veneno que aos mortais definhava. Ateia tinha os olhos mais belos que Narciso podia enxergar. Uma cor para cada dia e durante a noite sob a luz do céu estrelado seus olhos eram prateados refletindo a cor das mais lindas estrelas do firmamento. Era nesse olhar que Narciso ia se encontrar.

Narciso percebeu que mesmo ele existindo, alguém mais belo poderia fazer dele um jovem pleno de amor.

Certo dia, o oráculo o avistou. Sentiu as vibrações quentes que estavam nele. Desconfiou que ele havia quebrado o trato feito tempos atrás. Alertou-o dos perigos que isso podia trazer e convidou Narciso para rever seu acordo. A voz do destino ainda implorou para que ele se retratasse, que pensasse melhor para poder recompor o acordo feito há muito tempo.

Mas não adiantou. Narciso tinha um encontro em Vênus com a bela que agora era seu esplendor.

Ao chegar em Ninfus, o limpo que dava acesso à torre do amor sem fim, Narciso sentiu vertigem e caiu. Seus braços ficaram presos nos lenços imensos do firmamento até o raiar de mais um dia quando por fim se soltou e para seu lugar voou. A sua casa parecia agora uma caverna. Estava suja, compacta e um cheiro de mofo e morte parecia estar impregnado em suas paredes. Seu corpo estava pesado e suas mãos pareciam menores e tão fracas que não pôde beber a própria água.

Narciso abriu suas janelas para ver o céu e uma sombra quente fechou a sua visão.

Parecia uma tempestade, a fúria do mar de algum norte ou quem sabe algum deus em batalha.

Mas o que mais o afligia era não ter encontrado a amada que por certo chorou desolada por não ter podido encontrá-lo na noite anterior.

Narciso estava cansado. Suas costas ardiam e dormiu.

Quando acordou, as mãos da mais macia pele lhe faziam carinho. Poderia reconhecer aquele toque entre todas as ninfas e donzelas. Aquele era o perfume que parecia o segredo de todos os tempos de felicidade. Ergueu o olhar para ver o que realmente era a maior alegria de seus dias.

Ateia. Estava escondida? Talvez distraída em algum véu. Ou quem sabe saiu para buscar néctar para adoçar mais seus beijos!

"Ó, minha amada, sonho dos meus dias, volte para mim! Cada segundo sem você parece uma longa partida! Minha amada Ateia, volte para meus braços!" Narciso chamava por Ateia porque pensava que ela havia saído. "Ateia, querida, porque está escuro?" "O dia não chegou? Você trouxe uma linda noite de amor?"

"Estou aqui, amado meu. Não me vês?", respondeu Ateia, beijando-lhe os lábios.

"Não, querida. São mesmo as suas mãos. Mas eu não vejo! Por quê? Por que a luz não está em meus olhos?", perguntou Narciso, tocando o rosto de Ateia.

"Você está chorando, minha querida? Por que não vejo? Por que sofres se a dor está em mim? Acho que entendo. Os deuses me castigam porque quebrei uma promessa. Não selei meu destino de permanecer sozinho com a minha imagem. Elegi você, meu amor, como a dona da mais linda formosura. Mais bela que eu. E eu? Sou apenas um infeliz que não a verei nunca mais? Como aconteceu?"

Aflito, Narciso tentava entender o desfecho que a sua má sorte lhe trazia. Reviu em sua memória a noite passada quando foi impedido de chegar até a estrela para estar com Ateia.

"Aquele brilho, aquele brilho ofuscante me cegou! Fiquei preso naqueles fios e não percebi quanto tempo passou! Os céus me castigam com o mais vil dos castigos! Eu amaldiçoo todos os deuses do infortúnio! E você, por que não diz nada? Você sabia? Por que não me avisou?"

Estupefato, Narciso sentia que Ateia já sabia o que aconteceria.

"Não, meu amor. Eu não poderia avisar e perdê-lo. Eu sabia que, ao amar, algo se perderia. O amor parece um rio que em meus braços vem buscar alimento assim como você repousa neles para evitar o sofrimento. Como eu poderia evitar viver esse tempo que só os imortais podem degustar?"

"Eu não sou um deus, meu amor! Sou apenas um alguém cego de amor", disse Narciso.

"Toque minha face. Sente o rubor? Pode beber minhas lágrimas ao perceber o estupor que de você tomou conta? Os amores trazem e tomam, Narciso. Você ganhou uma breve vida ao admirar a face da sedução que encontrou em mim. Mas o amor também rouba o orgulho, a vaidade e até a ilusão de uma vida eterna e impura. O amor preenche o coração, mas nos seca da razão. Eu também fingi plenitude para ter você, mas precisei me desfazer do meu eu para receber você em mim."

"Não chore, meu amor", continua Ateia.

"Você, a única escolhida para amar, me traiu! Levou minha visão, levou a claridade dos meus olhos e a beleza da admiração." Indignado, Narciso abria mão do amor porque não compreendia a razão de perder algo tão precioso para amar.

Ateia, que a razão possuía, levou o amor, a compaixão e a sedução que os olhos de Narciso agora não viam.

O orgulho amofinou, a sua prepotência fugia pelos pântanos em busca de consolo e mansidão. A vaidade, até então sua melhor versão, perdia as imagens para a imensidão da escuridão.

Passeando agora pelos campos, guiado pelas mãos de Ateia, um Narciso tateia novos encantos para encontrar como belos.

Ao lado da amada, ele descobriu a poesia, o barulho dos pássaros, o eco mais longo do dia que se fez seu amigo e encanto enquanto ele passeava suas mãos pelos longos cabelos da amada.

Nêmesis, a deusa punidora, era aquela que podia condenar como também podia perdoar. Ela escutou o choro perdido de Narciso, viu de perto seu lamento e pensou sobre seu castigo.

Ela, que havia feito as flores amarelas com pétalas brancas para jogar no rio após sua morte, as guardou depois que ele voltou das profundezas do lago.

Narciso não estava mais apaixonado pela imagem que podia mirar. Estava apaixonado sim por uma que não podia olhar, mas que poderia tocar.

Seu semblante aos poucos foi se transformando. Aprendendo a não se perder em si mesmo. A encontrar o encanto naquele que é assimétrico, torto, feio e sem luz. Um mero acaso ou a mais tirana vingança do destino. Agora ele se sentava com a sua ainda triste amada ao som dos pássaros nas tardes de sol que Narciso sentia em seu outrora admirado rosto.

Narciso agora sabia o quão dramática é a individualidade e a solidão. Mas também sabia o quanto é grande e imortal uma verdadeira paixão. Talvez não vista, talvez não mais apreciada pelos olhos da terra, mas sim por uma visão que só aos deuses do amor pode chegar no fundo da alma.

Aprendeu que as dores também não são para sempre e que elas podem mudar de rumo e de lugar.

Talvez os deuses nada tivessem a ver com isso. Nem o destino perdeu seu tempo a fazer um trabalho de ínfimo labor.

O sonho agora galopava por um andarilho que vestia as vestes do dia para cobrir a luz do sol. Sentia falta do céu estrelado que banhava seus pensamentos.

Quem disse que o amor não é mestre em certezas e ciladas?

As duas faces da moeda, quando chegam ao amor, serpenteiam em perigosas escaladas de se entregar ao mais misterioso dos segredos: amar e ser amado.

Aquele que dá também leva consigo um pedaço de cada um.

No amor, não importa a face ou o espelho.

A imagem refletida será sempre a da sua alma.

FILHA DO BOTO

Guilherme de Sá Pessoa

Em 2007, o meu velho amigo Luís, português, veio de lua de mel ao Brasil. Fez-me uma visita e foi nessa altura que conheci a sua simpática mulher, Raquel. Fomos para Jericoacoara, uma famosa e pacata praia do Ceará.

Para além de bons peixes e mariscos, fiz também, para eles, churrasco, por dois dias seguidos, com carnes de todos os tipos e de todas as maneiras possíveis, umas vezes bem passadas e outras, mal.

Após esses jantares, de churrasco, a minha mulher Rogéria e eu ficamos muito enjoados e chegamos a comentar que nunca mais iríamos comer daquela maneira, pois cogitamos que aquele mal-estar se devera ao exagero de carne nos últimos dias. Andamos assim durante algum tempo, até que naquela semana a Rogéria descobriu que estava grávida.

Os enjoos se mantiveram ainda por algum tempo, e comigo estava a se passar o tal fenômeno da chamada síndrome de couvade, ou gravidez psicológica.

Soubemos, mais tarde, que era uma menina e escolhemos o nome "Mariana", após ponderarmos várias opções.

Depois dos enjoos, vieram os desejos e a vontade de voltar a comer carne. Não podia ser uma carne qualquer, mas sim carne de búfalo. No Ceará, onde eu vivo, não se encontrava essa carne, e acredito que nem eu nem ela nunca tínhamos provado a carne desse animal. Achei a vontade dela tão estapafúrdia que me fez lembrar a lenda do bumba-meu-boi. Então, decidi contar a história a ela, na esperança de que entendesse que essa obsessão não fazia muito sentido e assim pudesse esquecer essa vontade. Era a história de um casal de escravos. Catarina, por estar grávida, desejava comer a língua de um boi, mas não de um boi qualquer, mas do melhor boi de um fazendeiro rico com quem o seu marido, Francisco, trabalhava. O marido mata o boi para poder entregar a língua do animal à sua mulher e, assim, poder satisfazer a vontade dela. O fazendeiro rico descobre e decide matar Francisco. A mulher chora de arrependimento. Surge um pajé que, com orações e magia, consegue ressuscitar o boi e a vida de Francisco é poupada.

A minha mulher, ouvindo tal história, perguntou-me qual era o lugar mais perto onde se poderia encontrar carne de búfalo. Respondi-lhe, sorrindo, que era no estado do Pará, acreditando que seria a resposta certeira para desistir dessa ideia.

Em março, embarcamos os dois para Belém. Menos mal que o desejo era só a carne de búfalo e não a língua do búfalo. Como a nossa filha iria nascer nesse ano, aproveitamos e juntamos o útil ao agradável e fizemos a viagem, enquanto ainda tínhamos tempo disponível.

Decidimos então visitar o Estado do Pará, entre o Maranhão e o Amazonas, cheio de histórias, encantos e lendas.

Uma das histórias mais populares do folclore amazônico brasileiro é a lenda do boto. O boto é uma espécie de golfinho de água doce, e um dos símbolos vivos mais importantes da Amazônia. Sua lenda é conhecida em toda a região norte do Brasil: dizem que, durante as festas, um boto aparece transformado num rapaz elegante, vestido de branco e sempre com chapéu, para tapar a narina que tem em cima da cabeça, e que não desaparece na transformação. O rapaz desconhecido, educado, elegante e meigo, seduz as mulheres, normalmente desacompanhadas. Desaparece, levando-as para o fundo do rio para as engravidar. Esta lenda geralmente é contada para justificar a gravidez numa mulher solteira ou, pior, quando uma mulher já casada engravida de outro homem. Por isso, quando naquelas bandas uma mulher tem um filho de um pai desconhecido, dizem que ele é filho de boto.

Chegamos a Belém e alugamos um carro. Em Icoaraci, fomos de *ferry boat* para a Ilha de Marajó, uma travessia de três horas e meia. Desembarcamos no município de Salvaterra.

A Ilha de Marajó faz parte de um arquipélago e é a maior ilha fluviomarítima do mundo. A ilha é banhada pelo Rios Amazonas e Tocantins e pelo Oceano Atlântico. As praias, todas maravilhosas, de águas salobras, com misturas de diversos rios que costumam cruzar a Amazônia com o Oceano Atlântico, parecem autênticas praias de mar, com areal extenso, cercadas de vegetação. São praias exóticas e desertas e sofrem marés. Apanhamos a estrada e fomos subindo em direção ao norte. Foi aí que conhecemos a nossa primeira praia — Praia Grande de Joanes. Não havia quase ninguém. Na extensa baía dessa praia, havia um velhinho sentado num tronco derrubado, olhando tranquilamente para o mar.

A praia era apetitosa. Havia restaurantes, mas todos vazios. Deixamos as nossas roupas no restaurante e pedimos à senhora que nos preparasse um peixe bom enquanto dávamos um mergulho.

Entramos dentro da água. A praia era só nossa, pequenas ondas, e a sensação de mergulharmos naquele imenso mar de água doce foi inesquecível.

Subitamente, apareceu-nos um boto à nossa frente. O boto ergueu todo o corpo para fora da água. O animal era enorme. Inicialmente até nos assustamos, mas depois percebemos o que era. Aproximou-se de nós algumas vezes, deixando-nos cada vez mais tranquilos. Surgiu outro. Umas vezes apareciam de um lado e outras vezes, de outro. Foi um espetáculo exclusivo para nós, mas não durou muito porque pouco depois desapareceram.

A senhora do restaurante chamou-nos com um grito, exibindo uma enorme bandeja com a comida pronta. Saímos da água e passamos pelo velhinho que continuava sentado no tronco. Fizemos-lhe o comentário de que o lugar era muito bonito e que até vimos golfinhos. O senhor respondeu:

— Para verem botos, deverão vir em junho.

— Mas nós vimos agora. Nadaram conosco!

— Só a partir de junho, se quiserem ver botos — insistiu o velho.

Achamos que ele era surdo e, sem mais conversa, continuamos a subir em direção ao restaurante.

Sentamo-nos de frente para o mar e a senhora do restaurante serviu-nos. Dissemos-lhe que estávamos encantados com a beleza e tranquilidade daquele lugar. Referimo-nos aos botos que tínhamos visto, mas a senhora parecia ter combinado com o velhote do tronco de madeira e respondeu-nos que, se quiséssemos ver botos, teríamos de vir entre junho e outubro. Nós dissemos a ela que os tínhamos visto quando estávamos dentro da água, mas ela insistiu que naquela altura não dava para vê-los. Comemos uma dourada deliciosa, de frente para a praia, na esperança de vermos os botos e podermos provar à senhora que estavam ali agora e não apenas quando eles achavam que estariam. Mas, infelizmente, não apareceram mais.

Frustrados, entramos no carro e seguimos viagem para o norte. Pernoitamos numa pousada, na cidade de Salvaterra.

Em toda a ilha de Marajó, veem-se búfalos. São muito usados como meio de transporte. Existem búfalos-taxi, para passeios, e até como montarias da polícia. Segundo nos disseram, existem na ilha quase um milhão de búfalos, quatro vezes mais do que a população local. Nos dias mais quentes, os búfalos permanecem horas e horas dentro da água. O búfalo também é importante para a culinária local. Comemos a maioria das vezes picanha ou filé-mignon de búfalo, recheado com mozarela de búfala. A minha mulher se deliciava a cada prato pedido. Sempre me dizia que quase se sentia realizada e que mais algumas daquelas deliciosas refeições e já poderíamos regressar para casa.

No dia seguinte, continuamos a subir para o norte da ilha, já muito próximo à linha do Equador. Chegamos a uma fazenda, a São Jerônimo. O proprietário era um senhor de 90 anos, muito lúcido e elegante, que nem parecia ter aquela idade. Organizou-nos um passeio incrível, a partir da sua fazenda. Havia um braço de rio que passava ali. Entramos num barco de madeira e quatro homens foram remando contra a corrente do rio. Rogéria e eu íamos conversando com o velhote, enquanto notávamos a dificuldade dos remadores em avançarem com o barco. A maré estava subindo e, por isso, a corrente era contrária. Era um igarapé, com muitas palmeiras e coqueiros nas margens. A paisagem era muito bonita, com uma vegetação muito densa.

Levamos dez a quinze minutos para descer o rio. O barco atracou e saímos. Em terra firme, havia uma charrete. Subimos e fomos puxados por dois búfalos. Apenas nós e o velhote fizemos o percurso. Vimos macacos e uma grande diversidade de aves. Os búfalos chegaram ao fim da trilha e tivemos de descer. Agora era necessário atravessar um mangue cercado de galhos, ramos e árvores. O velho tinha mandado fazer uma ponte com cerca de dois quilômetros, em bambu. A ponte era feita com uma linha de bambus, como se fosse uma corda bamba, e mais duas linhas para nos segurarmos com as mãos. A ideia foi genial. Sem ela, não seria possível fazer esta travessia, por causa da densidade do mangue e da lama encharcada, cheia de caranguejos, além de nos permitir apreciar tão magnífico cenário.

Como a maré ainda estava a subir, não podíamos perder muito tempo, porque, segundo o velhote, mesmo estando a alguns metros de altura, a ponte ia ficar submersa em pouco tempo. A travessia foi rápida e o nosso velho guia acompanhou-nos ao nosso ritmo. Quando terminou a ponte, saímos debaixo da densa vegetação e chegamos à praia de Goiabal. Uma ampla e exótica praia, totalmente deserta, com um imenso areal de areia fina e branca.

Algumas árvores de mangue no meio da praia, com as raízes muito altas e para fora, pareciam esculturas. Demos um mergulho e nadamos um pouco, enquanto o velhote nos aguardava. Voltamos pelo mesmo caminho. Quando demos conta que o acesso para aquela praia só podia ser feito daquela maneira, percebemos por que estava tão deserta. Quando a maré enchia e o manguezal ficava inundado, a praia ficava totalmente inacessível.

Chegamos ao casarão principal da fazenda, e o almoço já nos esperava. Tínhamos a nossa última refeição de carne de búfalo. Comemos bem e despedimo-nos do velho. Agradecemos muito por aquele passeio. Ele disse que havia muito mais para ver, mas precisaríamos de mais tempo. Perguntou-nos quando ali voltaríamos e eu, pondo a mão na barriga da minha mulher, respondi que tão cedo não poderíamos voltar, porque ela estava grávida de quatro meses. De imediato, o velhote exclamou:

— Grávida!? Que estranho... os botos nem apareceram!

No mesmo instante nos lembramos dos botos que nos tinham aparecido no primeiro dia, na Praia Grande de Joanes. Afinal, a lenda tinha um fundo de verdade. Estes inteligentes mamíferos pressentem a presença de mulheres grávidas e se aproximam delas.

Além disso, quando os animais surgem, tornam-se o pretexto perfeito para as mulheres poderem justificar uma gravidez sem casamento, culpando os botos.

FIM

Este livro foi composto por letra em ITC Stone Serif
9,5/15,0 e impresso em papel Pólen Soft 70g/m².